O Conde Enfeitiçado

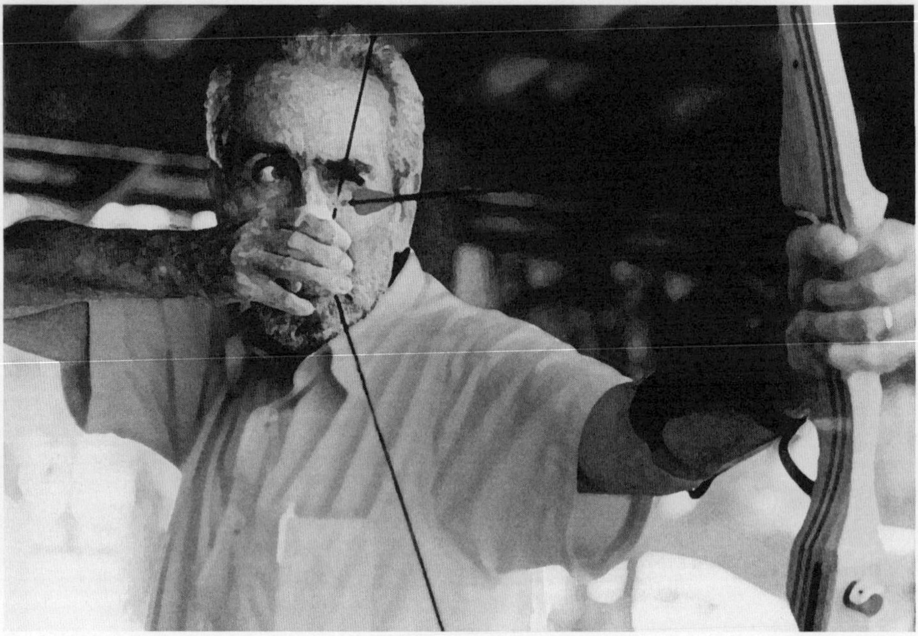

O Arqueiro

Geraldo Jordão Pereira (1938-2008) começou sua carreira aos 17 anos, quando foi trabalhar com seu pai, o célebre editor José Olympio, publicando obras marcantes como *O menino do dedo verde*, de Maurice Druon, e *Minha vida*, de Charles Chaplin.

Em 1976, fundou a Editora Salamandra com o propósito de formar uma nova geração de leitores e acabou criando um dos catálogos infantis mais premiados do Brasil. Em 1992, fugindo de sua linha editorial, lançou *Muitas vidas, muitos mestres*, de Brian Weiss, livro que deu origem à Editora Sextante.

Fã de histórias de suspense, Geraldo descobriu *O Código Da Vinci* antes mesmo de ele ser lançado nos Estados Unidos. A aposta em ficção, que não era o foco da Sextante, foi certeira: o título se transformou em um dos maiores fenômenos editoriais de todos os tempos.

Mas não foi só aos livros que se dedicou. Com seu desejo de ajudar o próximo, Geraldo desenvolveu diversos projetos sociais que se tornaram sua grande paixão.

Com a missão de publicar histórias empolgantes, tornar os livros cada vez mais acessíveis e despertar o amor pela leitura, a Editora Arqueiro é uma homenagem a esta figura extraordinária, capaz de enxergar mais além, mirar nas coisas verdadeiramente importantes e não perder o idealismo e a esperança diante dos desafios e contratempos da vida.

Os Bridgertons ~ 6

Julia Quinn

O Conde Enfeitiçado

ARQUEIRO

Título original: *When He Was Wicked*

tradução: Claudia Costa Guimarães
preparo de originais: Taís Monteiro
revisão: Cristhiane Ruiz e Tereza da Rocha
diagramação: Ilustrarte Design e Produção Editorial
capa: Raul Fernandes
imagem de capa: David & Myrtille/ Arcangel Images (mulher);
Tim Daniels/ Arcangel Images (casa)
impressão e acabamento: Lis Gráfica e Editora Ltda.

CIP-BRASIL. CATALOGAÇÃO NA PUBLICAÇÃO
SINDICATO NACIONAL DOS EDITORES DE LIVROS, RJ

Q64c Quinn, Julia, 1970-
O conde enfeitiçado/Julia Quinn; tradução de Claudia Costa Guimarães. Rio de Janeiro: Arqueiro, 2015.
304 p.; 16 x 23 cm. (Os Bridgertons; 6)

Tradução de: When he was wicked
Sequência de: Para Sir Phillip, com amor
Continua com: Um beijo inesquecível
ISBN 978-85-8041-440-0

1. Ficção americana. I. Guimarães, Claudia Costa. II. Título. III. Série.

15-23941 CDD: 813
CDU: 821.111(73)-3

Rua Artur de Azevedo, 1.767 – Conj. 177 – Pinheiros
05404-014 – São Paulo – SP
Tel.: (11) 2894-4987
E-mail: atendimento@editoraarqueiro.com.br
www.editoraarqueiro.com.br

Para B.B.,
que me fez companhia enquanto eu escrevia este livro.
As melhores coisas acontecem para quem sabe esperar!

E também para Paul,
embora ele quisesse chamar o livro de
O amor nos tempos da malária.

Árvore genealógica da família Bridgerton

Violet Ledger *c.* EDMUND
1766- 1764-1803

ANTHONY
1784-
O visconde que me amava
Livro 2

BENEDICT
1786-
Um perfeito cavalheiro
Livro 3

COLIN
1791-
Os segredos de Colin Bridgerton
Livro 4

DAPHNE
1792-
O duque e eu
Livro 1

ELOISE
1796-
Para Sir Phillip, com amor
Livro 5

FRANCESCA
1797-
O conde enfeitiçado
Livro 6

GREGORY
1801-
A caminho do altar
Livro 8

HYACINTH
1803-
Um beijo inesquecível
Livro 7

PARTE 1

Março de 1820
Londres, Inglaterra

CAPÍTULO 1

... Eu não diria que está sendo divertidíssimo, mas também não tem sido tão ruim. Afinal, há mulheres e, onde há mulheres, eu tendo a me alegrar.

– de Michael Stirling para o primo John,
conde de Kilmartin, enviada do 52º Regimento de Granadeiros
durante as Guerras Napoleônicas

Em toda vida ocorre um momento decisivo. Um instante tão extraordinário, tão claro e tão nítido que temos a sensação de havermos sido golpeados no peito, deixados sem fôlego, sabendo, *sabendo*, sem a menor sombra de dúvida, que nossa vida jamais será a mesma.

Para Michael Stirling, esse momento aconteceu ao pôr os olhos em Francesca Bridgerton.

Depois de uma vida inteira cortejando mulheres, sorrindo maliciosamente enquanto elas corriam atrás dele, permitindo-se ser conquistado apenas para virar o jogo e se tornar o conquistador, acariciando-as, beijando-as e fazendo amor com elas sem jamais entregar-lhes o coração, Michael viu Francesca Bridgerton uma única vez e se apaixonou tão rápida e perdidamente que ficou surpreso por conseguir permanecer de pé.

Infelizmente para Michael, no entanto, o sobrenome de Francesca só continuaria a ser Bridgerton por apenas 36 horas; a ocasião do encontro foi, de forma lamentável, um jantar de comemoração pelo iminente casamento dela com o primo de Stirling.

A vida era mesmo irônica, Michael costumava pensar quando estava de bom humor. Em seus momentos de estado de espírito menos agradável, lançava mão de um adjetivo bastante diferente.

E, desde que se apaixonara pela esposa do primo, seu humor não andava dos mais agradáveis.

Ah, ele disfarçava bem. Não seria de bom-tom mostrar-se incomodado ou triste. Se fizesse isso, algum observador mais sagaz poderia notar e –

Deus o livre – *perguntar* como ele se sentia. E embora Michael Stirling se orgulhasse bastante de sua capacidade de dissimulação (afinal, ele havia seduzido mais mulheres do que qualquer um se daria o trabalho de contar, e o fizera sem jamais ser desafiado para um duelo)... bem, a lamentável verdade era que jamais se apaixonara, e se havia uma ocasião em que um homem talvez perdesse a capacidade de manter as aparências mesmo sob questionamento direto, provavelmente era essa.

Assim, ele ria, mostrava-se muito alegre e continuava a seduzir as mulheres, fingindo não notar que tendia a fechar os olhos quando estava com elas na cama. Também parou de frequentar a igreja, pois não via motivo para fazer uma prece sequer em louvor de sua alma. Além do mais, a igreja da paróquia próxima a Kilmartin, datada de 1432, com pedras prestes a desabar, sem dúvida não ficaria em pé se fosse atingida por um raio.

E se Deus pretendesse castigar um pecador, nenhuma escolha seria melhor do que Michael Stirling.

Michael Stirling, Pecador.

Podia ver isso escrito num cartão de visitas. Ele mesmo o teria mandado fazer – seu humor era exatamente deste tipo: ácido – se não estivesse convencido de que a mãe morreria de desgosto no mesmo instante.

Ele podia ser um devasso, mas não via necessidade de torturar a mulher que o trouxera ao mundo.

Curioso como nunca encarara como pecado sua relação com todas aquelas mulheres. E continuava a não fazê-lo. Todas tinham agido de acordo com a própria vontade, é claro – não se podia seduzir uma mulher que não desejasse ser seduzida, ao menos quando se levava a sedução ao pé da letra, tomando todo o cuidado para não confundi-la com sexo à força. Era necessário que elas, de fato, quisessem aquilo – se Michael sentisse qualquer sinal de desconforto, dava meia-volta e partia. Suas paixões nunca fugiam ao controle a ponto de ele não poder sair de cena.

Além do mais, jamais seduzira uma virgem ou dormira com uma mulher casada. Bem, era preciso ser sincero até mesmo ao se viver uma mentira: dormira, sim, com mulheres casadas, muitas, mas apenas aquelas cujos maridos eram profundamente desagradáveis e, ainda assim, não antes de já terem produzido dois varões. Três, no caso de um dos meninos aparentar ter a saúde frágil.

Afinal de contas, um homem precisava ter regras de conduta.

Mas aquilo... Aquilo passava dos limites. Era inaceitável. Era a única transgressão (e ele cometera muitas) que enfim macularia a sua alma, ou, no mínimo – e isso supondo que ele se mantivesse forte o bastante para jamais tomar nenhuma atitude concreta –, a transformaria numa alma de um tom bem escuro. Porque aquilo... aquilo...

Estava cobiçando a mulher do primo.

Cobiçando a mulher de John.

John.

John, que – maldito fosse – era mais seu irmão do que qualquer um dos seus jamais poderia ter sido. John, cuja família o acolhera quando o pai morreu. John, cujo pai o criara e lhe ensinara a ser homem. John, com quem...

Ora, que diabo! Será que precisava fazer aquilo consigo mesmo? Poderia passar uma semana inteira catalogando os motivos pelos quais iria direto para o inferno por ter se apaixonado logo pela esposa do primo. E nenhum dos motivos mudaria a situação.

Não podia tê-la.

Jamais poderia ter Francesca Bridgerton Stirling.

Mas, pensou ele com uma risada desdenhosa, deixando-se despencar no sofá, apoiando o tornozelo no joelho e observando os dois do outro lado da sala, dando risadas, sorrindo e se olhando com um carinho de dar enjoo, ele *bem* que podia tomar mais um drinque.

– Acho que vou querer, sim – anunciou, virando a bebida num único gole.

– O que disse, Michael? – indagou John, cuja audição sempre fora prodigiosa.

Michael deu um sorriso falso e ergueu o copo no ar.

– Que estou com sede – retrucou, mantendo a imagem perfeita de bon vivant.

Estavam na Casa Kilmartin, em Londres, e não em Kilmartin (nada de Casa, nada de Castelo, Kilmartin, apenas), na Escócia, onde os meninos haviam passado a infância, nem na outra Casa Kilmartin, também na Escócia (em Edimburgo) – não houve uma única alma criativa dentre os seus antepassados, pensava Michael com frequência. Havia também a Cabana Kilmartin (se alguém achasse cabível chamar uma construção de 22 cômodos de cabana), a Abadia Kilmartin e, é claro, o Palácio Kilmartin. Michael não tinha a menor ideia do motivo pelo qual ninguém pensara em dar o nome da família a uma das residências. "Casa Stirling" soava perfeitamente respeitável, na sua opinião. Supunha que os ambiciosos – e pouco originais – Stirlings de outrora ficaram tão abobalhados com o condado recém-conferido que não conseguiram pensar em colocar outro nome em qualquer uma de suas propriedades.

Deu uma risada desdenhosa com o copo de uísque na boca. Era impressionante que não tomasse chá Kilmartin e não se sentasse em cadeiras estilo Kilmartin. Na verdade, era provável que estivesse fazendo exatamente essas coisas se a avó tivesse encontrado uma forma de conseguir realizá-las sem que a família precisasse entrar para o ramo do comércio. A velha, dona de uma disciplina rígida, tinha sido tão orgulhosa que era de esperar que tivesse nascido Stirling em vez de ter contraído o sobrenome pelo casamento. Na opinião dela, a condessa de Kilmartin (ela própria) era tão importante quanto qualquer personagem de maior nobreza e, mais de uma vez, ficara contrariada ao ser conduzida para a mesa de jantar depois de uma marquesa ou uma duquesa arrivistas.

A rainha, pensou Michael, impassível. Supunha que a avó tivesse se ajoelhado diante da rainha, mas na verdade não conseguia imaginá-la sendo deferente a qualquer outra mulher.

Teria aprovado Francesca Bridgerton. Vovó Stirling sem dúvida teria torcido o nariz ao saber que o pai de Francesca não passava de um mero visconde, mas os Bridgertons eram uma família antiga e bastante popular – e, quando desejava, poderosa. Além do mais, Francesca andava com a coluna ereta e seus modos irradiavam altivez; tinha um senso de humor malicioso e subversivo. Se tivesse cinquenta anos mais e não fosse tão bonita, teria sido uma excelente companheira para a vovó Stirling.

E agora Francesca era a condessa de Kilmartin, casada com o primo dele, John, que, embora fosse um ano mais novo do que Michael, sempre fora tratado na família Stirling com a deferência reservada ao mais velho. Afinal, era o herdeiro. Seus pais eram gêmeos, mas o de John chegara ao mundo sete minutos antes do de Michael.

Os sete minutos mais críticos da vida de Michael, e ele ainda nem era vivo para testemunhá-los.

– O que devemos fazer para comemorar nosso segundo aniversário de casamento? – indagou Francesca, atravessando a sala para se sentar ao piano.

– O que quiser – respondeu John.

Francesca se virou para Michael, os olhos de um azul estonteante até mesmo à luz de velas. Ou talvez ele simplesmente soubesse a intensidade daquele azul. Nos últimos tempos, tinha a impressão de que até seus sonhos eram azuis. Azul-Francesca devia ser o nome daquela cor.

– Michael? – chamou ela, o tom indicando que insistia em ter a atenção dele.

– Desculpe – disse ele, oferecendo-lhe o sorriso enviesado que usava com frequência. Ninguém o levava a sério quando sorria daquela forma, o que era, é claro, o objetivo. – Não estava prestando atenção.

– Tem alguma ideia? – perguntou ela.

– Para o quê?

– Para o nosso aniversário de casamento.

Se ela tivesse cravado uma flecha em seu coração, não teria conseguido feri-lo mais. Mas ele apenas deu de ombros, já que era espantosamente bom em esconder os sentimentos.

– O aniversário de casamento não é meu – lembrou ele.

– Eu sei – disse ela.

Ele não a estava olhando, porém imaginou que ela poderia estar revirando os olhos.

Mas não estava. Disso Michael tinha certeza. Passara a conhecer Francesca dolorosamente bem nos últimos dois anos e sabia que ela não revirava os olhos. Quando queria ser sarcástica, irônica ou maliciosa, era seu tom de voz que indicava isso, e ela formava um peculiar bico com os lábios. Não precisava revirar os olhos. Limitava-se a encará-lo com um olhar direto, os lábios se curvando levemente e...

Michael engoliu em seco enquanto refletia sobre aquilo, então encobriu o gesto tomando um gole de bebida. Não pegava nada bem passar tanto tempo analisando a curva dos lábios da mulher do primo.

– Posso lhe garantir – continuou Francesca, roçando as pontas dos dedos, preguiçosamente, na superfície das teclas do piano, sem emitir som algum – que sei com quem me casei.

– Tenho certeza que sim – murmurou ele.

– Como disse?

– Continue.

Francesca franziu os lábios numa expressão contrariada. Ele já observara a mudança de fisionomia com alguma frequência, em geral quando ela interagia com os irmãos.

– Estou pedindo a sua opinião porque você está sempre tão alegre... – prosseguiu ela.

– Eu estou sempre tão alegre? – repetiu ele, sabendo que era assim que o mundo o enxergava (afinal, o chamavam de Devasso Alegre), mas odiando a palavra nos lábios dela.

O que ela disse o fez sentir-se frívolo, vazio.

Então sentiu-se ainda pior, porque devia ser verdade.

– Você discorda? – indagou ela.

– De jeito nenhum – murmurou ele. – Só não estou acostumado a me pedirem conselhos com relação a comemorações de aniversários de casamento, pois é notório que não tenho o menor talento para o casamento.

– Não acho isso nem um pouco notório – rebateu ela.

– Agora você se complicou – avisou John com uma risadinha, acomodando-se outra vez em sua poltrona, com um exemplar do *The Times* daquela manhã nas mãos.

– Você nunca foi casado – observou Francesca. – Como haveria de saber que não tem o menor talento para o casamento?

Michael conseguiu fingir um sorrisinho presunçoso.

– Acho que está bastante claro para qualquer um que me conhece. Além do mais, que necessidade tenho eu de me casar? Não tenho título, não tenho propriedades...

– Você tem propriedades, sim – interveio John, demonstrando ainda estar escutando mesmo por detrás do jornal.

– Apenas uma pequena propriedade – corrigiu Michael –, que eu ficarei mais do que satisfeito em deixar para os seus filhos, uma vez que me foi dada por John.

Francesca olhou para o marido e Michael soube exatamente o que ela estava pensando – que John lhe dera a propriedade para que ele se sentisse dono de alguma coisa, para que tivesse algum objetivo, na verdade. Michael estivera um tanto perdido desde que dera baixa do exército, vários anos antes. E, embora John jamais tivesse tocado no assunto, Michael sabia que o primo se sentia culpado por não ter lutado pela Inglaterra no continente, por ter ficado em casa enquanto Michael corria riscos sozinho.

Mas John herdara um condado. Tinha o dever de se casar e de ter muitos filhos. Ninguém tivera a expectativa de que partisse para a guerra.

Com frequência, Michael se perguntava se a propriedade – uma adorável e confortável quinta com 8 hectares – era a penitência de John. E suspeitava que Francesca se perguntasse a mesma coisa.

Mas ela jamais comentaria a questão. Francesca compreendia os homens com surpreendente clareza – provavelmente por ter crescido com muitos irmãos. Sabia muito bem o que não perguntar a um homem.

O que sempre deixava Michael um pouco preocupado. Ele achava que escondia bem os sentimentos, mas e se ela *soubesse*? Não diria nada, é claro, nem mesmo faria alusão ao assunto. Na verdade, ele acreditava que, por alguma ironia, fossem parecidos nesse aspecto – se Francesca suspeitasse que ele era apaixonado por ela, *jamais* mudaria a forma de agir com ele.

– Acho que deveriam ir para Kilmartin – disse Michael, de forma abrupta.

– Para a Escócia? – perguntou Francesca, pressionando o si bemol com delicadeza ao piano. – Com a temporada tão próxima?

Michael se levantou, subitamente ansioso por ir embora. Não deveria ter aparecido, de qualquer forma.

– Por que não? – retrucou, num tom casual. – Você adora aquele lugar. John adora aquele lugar. Não é uma viagem tão longa assim numa boa carruagem.

– Você virá? – perguntou John.

– Não creio – disse Michael, um tanto bruscamente.

Como se quisesse ser testemunha da comemoração do aniversário de casamento dos dois. Só serviria para lhe lembrar do que jamais poderia ter. O que, por sua vez, lhe lembraria da culpa que sentia. Ou a aumentaria. Lembretes eram um tanto desnecessários; vivia com eles todos os dias.

Não cobiçarás a mulher do teu primo.

Moisés deve ter se esquecido de anotar esse.

– Tenho muita coisa para fazer por aqui – comentou Michael.

– É mesmo? – retrucou Francesca, os olhos se iluminando de interesse. – O quê?

– Ora, você sabe – começou ele, num tom de ironia –, todas aquelas coisas que preciso fazer para me preparar para uma vida de libertinagem e divagação.

Francesca se levantou.

Ah, Deus, ela caminhava em sua direção. Aquela era a pior parte, quando ela o tocava.

– Eu gostaria que você não falasse dessa forma – disse ela.

Michael olhou por cima do ombro para John, que ergueu o jornal apenas o suficiente para fingir que não estava escutando.

– Pretende, então, que eu me torne o seu projeto? – perguntou Michael, sem muita delicadeza.

Ela se retraiu.

– Nós nos importamos com você.

Nós. *Nós*. Não *eu*, não *John*. Um sutil lembrete de que eram uma unidade. John e Francesca. Lorde e Lady Kilmartin. Ela não quisera dar essa impressão, é claro, mas fora assim que ele interpretara.

– E eu com vocês – devolveu Michael, esperando que uma praga de gafanhotos invadisse a sala.

– Eu sei – disse ela, ignorando por completo o sofrimento dele. – Eu não poderia ter pedido um primo melhor. Mas quero que você seja feliz.

Michael olhou para John com uma expressão que dizia claramente: *Socorro*.

John desistiu de fingir que estava lendo e baixou o jornal.

– Francesca, meu anjo, Michael já é adulto. Encontrará a felicidade como lhe convier. *Quando* lhe convier.

Francesca franziu os lábios e Michael percebeu que estava irritada. Não gostava de ser contrariada e, sem dúvida, detestava admitir que talvez não pudesse arrumar o seu mundo – e as pessoas que nele habitavam – de acordo com a sua vontade.

– Eu deveria apresentá-lo à minha irmã – disse.

Meu bom Deus.

– Eu conheço a sua irmã – disse Michael rapidamente. – Na verdade, todas elas. Até mesmo a que ainda nem aprendeu a andar direito.

– Ela já sabe... – Francesca se deteve, rangendo os dentes. – Eu lhe garanto que Hyacinth não é apropriada, mas Eloise é...

– Não vou me casar com Eloise – retrucou Michael, asperamente.

– Eu não disse que tinha de se casar com ela – devolveu Francesca. – É só dançar com ela uma ou duas vezes.

– Já fiz isso – lembrou ele –, e é só o que vou fazer.

– Mas...

– Francesca – disse John.

A voz saiu doce, mas a intenção era clara. *Pare.*

Michael poderia ter dado um beijo no primo pela interferência. John, é claro, apenas acreditava estar salvando-o da desnecessária chateação feminina; não havia nenhuma forma de ele conhecer a verdade: que Michael tentava calcular o nível de culpa que um ser humano poderia sentir por estar apaixonado pela esposa do primo *e* se casar com a irmã dela.

Meu Deus, casado com Eloise Bridgerton... Será que Francesca estaria tentando *matá-lo*?

– Devíamos sair para uma caminhada – sugeriu Francesca subitamente.

Michael olhou pela janela. Qualquer vestígio de luz do dia já desaparecera.

– Não está um pouco tarde para isso? – perguntou.

– Não com dois homens fortes como acompanhantes – disse ela. – Além do mais, as ruas de Mayfair são bem iluminadas. Estaremos em perfeita segurança. – Ela se virou para o marido. – O que acha, meu bem?

– Tenho um compromisso esta noite – retrucou John, consultando o relógio de bolso –, mas você deveria ir com Michael.

Mais uma prova de que John não tinha a menor ideia dos sentimentos do primo.

– Vocês dois sempre se divertem tanto juntos... – acrescentou John.

Francesca se virou para Michael e sorriu, ganhando mais um centímetro do seu coração.

– Você vem? – perguntou ela. – Estou desesperada por um pouco de ar puro, agora que a chuva parou. E devo confessar que passei o dia todo me sentindo um pouco estranha.

– É claro – respondeu Michael, pois todos sabiam que ele não tinha compromisso nenhum.

Sua vida libertina era cuidadosamente cultivada.

Além disso, não conseguia resistir a Francesca. Sabia que devia manter distância, que jamais deveria se permitir estar a sós com ela. Jamais obedeceria aos próprios desejos, mas qual a necessidade de se sujeitar àquele tipo de agonia? Apenas terminaria o dia sozinho na cama, destroçado de culpa e desejo em doses quase iguais.

Mas quando ela sorria para ele, Michael não conseguia dizer não. E, sem dúvida, não era forte o bastante para negar a si mesmo uma hora ao lado dela.

Pois a companhia de Francesca era a única coisa que poderia ter. Jamais haveria um beijo, um olhar ou um toque mais íntimo. Jamais haveria palavras de amor sussurradas ou gemidos de paixão.

As únicas coisas que podia ter eram o seu sorriso e a sua companhia, e, como o idiota patético que era, ele se dispunha a aceitá-los.

– Só um instante – pediu ela, detendo-se no vão da porta. – Preciso pegar o casaco.

– Seja rápida – disse John. – Já passa das sete.

– Estarei segura com Michael para me proteger – retrucou ela com um sorriso alegre. – Mas não se preocupe, serei rápida. – Em seguida, lançou um sorriso atrevido para o marido. – Eu sempre sou rápida.

Michael desviou os olhos e o primo chegou a ruborizar. Por Deus, ele não queria *mesmo* saber o significado por trás de *Serei rápida*. Infelizmente, podia ser um bom número de coisas, todas elas deliciosamente sexuais. E era provável que ele passasse a hora seguinte a catalogá-las na mente, imaginando-as todas sendo feitas com ele.

Deu um puxão na gravata. Talvez conseguisse se desvencilhar daquele passeio com Francesca. Talvez pudesse ir para casa e tomar um banho gelado. Ou, melhor ainda, encontrar uma mulher bem-disposta com longos cabelos castanho-avermelhados. E, se estivesse com sorte, olhos azuis.

– Sinto muito por isso – disse John quando Francesca saiu.

Michael grudou os olhos no rosto do primo. Com certeza, John jamais mencionaria a insinuação de Francesca.

– Essa importunação de Francesca – acrescentou John. – Você é jovem. Não é preciso se casar tão cedo.

– Você é mais novo do que eu – retrucou Michael, em grande parte só para discordar.

– Sim, mas conheci Francesca. – John deu de ombros num gesto de impotência, como se isso explicasse tudo.

E é claro que explicava.

– Não me incomodo com os comentários dela – declarou Michael.

– É claro que se incomoda. Percebo em seus olhos.

E aí estava o problema. John realmente podia percebê-lo em seus olhos. Não havia ninguém no mundo que o conhecesse melhor. Se algo o estivesse incomodando, John sempre conseguiria notar. O milagre era que ele não se dava conta de *por que* Michael estava aflito.

– Vou dizer a ela que o deixe em paz – continuou John –, embora você precise saber que ela só o importuna por amá-lo.

Michael conseguiu forçar um sorriso. Não foi capaz de produzir palavra.

– Obrigado por levá-la para dar uma volta – disse John, levantando-se. – Passou o dia todo um pouco inquieta. Comentou que estava se sentindo excepcionalmente claustrofóbica.

– A que horas é o seu compromisso? – perguntou Michael.

– Às nove horas – respondeu John, ao saírem para o corredor. – Tenho um encontro com o lorde Liverpool.

– Assuntos parlamentares?

John fez que sim. Levava muito a sério a posição na Câmara dos Lordes. Com frequência Michael se perguntava se cumpriria esse dever com igual seriedade se tivesse nascido lorde.

Provavelmente não. Mas, pensando bem, que importância tinha aquilo, certo?

Michael observou John esfregar a têmpora esquerda.

– Você está bem? – perguntou. – Parece um pouco...

Não terminou a frase por não saber ao certo o que dizer. Seu primo não parecia bem. Era só isso que sabia.

E conhecia John. Muito bem. Provavelmente melhor do que Francesca.

– Estou com uma dor de cabeça terrível – murmurou ele. – Passei o dia todo assim.

– Quer que eu mande comprar láudano?

John fez que não.

– Detesto aquilo. Deixa a minha mente turva, e preciso estar concentrado para a reunião com o lorde Liverpool.

Michael assentiu.

– Você está pálido – comentou, sem saber por que, já que isso não mudaria a opinião de John com relação ao láudano.

– Estou? – perguntou John, fazendo uma careta de dor ao pressionar os dedos com um pouco mais de força na têmpora. – Acho que vou me deitar, se não se importar. Só preciso sair daqui a uma hora.

– Certo – disse Michael. – Quer que eu peça a alguém que o acorde?

John fez que não.

– Eu mesmo peço ao camareiro.

Nesse instante, Francesca vinha descendo as escadas, envolta num longo manto de veludo azul-escuro.

– Boa noite, cavalheiros – disse, claramente se deleitando com a exclusiva atenção masculina. Mas, ao chegar ao pé da escada, franziu a testa. – Há algo errado, meu amor? – perguntou a John.

– Só uma dor de cabeça. Nada de mais.

– Devia se deitar um pouco – sugeriu ela.

John conseguiu sorrir.

– Acabei de dizer a Michael que pretendia fazer exatamente isso. Vou pedir a Simons que me acorde a tempo para a minha reunião.

– Com o lorde Liverpool? – indagou Francesca.

– Sim. Às nove.

– É sobre os Seis Atos?

John assentiu.

– Sobre isso e sobre o retorno do padrão-ouro. Eu comentei com você durante o café da manhã.

– Certifique-se de que... – Ela se deteve, sorrindo enquanto balançava a cabeça. – Bem, você sabe como me sinto.

John sorriu e, em seguida, deu um beijo carinhoso em seus lábios.

– Eu sempre sei como se sente, meu amor.

Michael fingiu olhar para o outro lado.

– Nem sempre – respondeu ela, a voz afetuosa e provocadora.

– Sempre que importa – devolveu John.

– Bem, *isso* é verdade – admitiu ela. – Posso esquecer as minhas tentativas de ser a rainha do mistério.

Ele a beijou outra vez.

– Pessoalmente, eu a prefiro sendo um livro aberto.

Michael pigarreou. Aquilo não devia ser tão difícil; John e Francesca não estavam agindo de forma nada diferente do normal. Eram, como grande parte da sociedade costumava comentar, dois pombinhos enamorados, em total sintonia e perdidamente apaixonados.

– Está ficando tarde – observou Francesca – É melhor eu ir, se quiser tomar um pouco de ar fresco.

John assentiu, fechando os olhos por um instante.

– Tem certeza de que está se sentindo bem?

– Tenho. É só uma dor de cabeça.

Francesca colocou a mão no cotovelo de Michael.

– Tome um pouco de láudano quando voltar da reunião – disse ela, por cima do ombro, ao chegarem à porta –, já que sei que não vai fazê-lo agora.

John assentiu, com uma expressão de cansaço, e foi subindo as escadas.

– Pobre John – comentou Francesca, saindo para o revigorante ar noturno. Respirou fundo e deixou escapar um suspiro. – Detesto dores de cabeça. Sempre me deixam especialmente indisposta.

– Eu nunca as tenho – admitiu Michael, conduzindo-a escada abaixo até a calçada.

– É mesmo? – Ela ergueu a vista para olhá-lo, um dos cantos da boca se curvando daquela forma tão dolorosamente familiar. – Que sorte a sua.

Aquilo quase fez Michael rir. Ali estava, em um passeio noturno com a mulher amada.

Que sorte a sua.

CAPÍTULO 2

... e se fosse tão ruim assim, eu suspeito que você não me contaria. E, quanto às mulheres, pelo menos tente se certificar de que sejam limpas e livres de doenças. Fora isso, faça o que for necessário para tornar o seu tempo suportável. E, por favor, tente não ser morto. Correndo o risco de soar piegas, não sei o que faria sem você.

– do conde de Kilmartin para o primo Michael Stirling, enviada ao 52º Regimento de Granadeiros durante as Guerras Napoleônicas

Apesar de todos os seus defeitos – e Francesca se dispunha a aceitar que Michael Stirling tinha muitos –, ele realmente era o mais *querido* dos homens.

Era terrivelmente mulherengo (já o vira em ação e até mesmo ela devia admitir que mulheres que, em outras situações, demonstravam ser inteligentes perdiam todo o bom senso quando ele resolvia ser sedutor) e, sem dúvida, não encarava a própria vida com a seriedade que ela e John desejavam, mas ainda assim Francesca não conseguia deixar de amá-lo.

Era o melhor amigo que John já tivera – até se casar com *ela*, é claro – e, no decorrer dos últimos dois anos, se tornara seu confidente mais próximo também.

Que coisa engraçada aquilo. Quem poderia imaginar que ela incluiria um homem entre os seus amigos mais próximos? Não que se sentisse desconfortável na companhia masculina – quatro irmãos tendiam a extinguir a delicadeza até da mais feminina das criaturas. Mas ela não era como as irmãs. Daphne e Eloise – assim como Hyacinth, supunha, embora ela ainda fosse um pouco nova para se saber com certeza – eram tão extrovertidas e tão alegres... Eram boas esportistas, o tipo de mulher que se destaca na caça e no tiro. Os homens sempre se sentiam à vontade na presença delas e o sentimento era, Francesca observara, completamente mútuo.

Mas ela não era assim. Sempre se sentira um pouco diferente do resto da família. Amava-os com fervor e daria a vida por qualquer um deles, mas, embora por fora se parecesse com uma Bridgerton, por dentro sempre tivera a sensação de ter sido trocada quando pequena.

Enquanto a maioria dos Bridgertons era expansiva, ela era... bem, não exatamente tímida, mas um pouco mais reservada, mais cuidadosa com as palavras. Ficara conhecida pela ironia e pela sagacidade e tinha de admitir que quase nunca resistia à oportunidade de alfinetar os irmãos com alguma observação sarcástica. Tudo com amor, é claro, e talvez um toque de desespero por passar demasiado tempo com a própria família, mas eles devolviam a zombaria de imediato, então estavam sempre quites.

Assim eram os Bridgertons. Riam, zombavam uns dos outros e discutiam. As contribuições de Francesca para o alarido geral eram apenas um pouco mais discretas do que as do resto, um pouco mais maliciosas e subversivas.

Volta e meia ela se perguntava se parte da atração que sentira por John devia-se ao simples fato de que ele a tirara do caos que, com tanta frequência, era o lar dos Bridgertons. Não que não o amasse; amava, sim. Adorava-o com cada fibra de seu corpo. John era a sua alma gêmea, parecido com

Francesca em muitos aspectos. Mas havia sido, de uma maneira bastante estranha, um alívio deixar a casa da mãe, escapar para uma existência mais serena ao lado de John, cujo senso de humor era exatamente igual ao dela.

Ele a entendia, se adiantava às suas necessidades.

Ele a completava.

Tivera uma sensação muito curiosa ao conhecê-lo, quase como se fosse uma peça de quebra-cabeça que enfim encontrara o encaixe correspondente. O primeiro encontro deles não fora de uma paixão arrebatadora, mas naquele momento ela tivera a noção de ter enfim conhecido a única pessoa com quem podia ser totalmente autêntica.

Havia sido instantâneo. Súbito. Não conseguia se lembrar com exatidão do que ele lhe dissera, mas no instante em que as palavras saíram dos lábios de John, ela se sentira em casa.

E com ele viera Michael, o primo – embora, verdade seja dita, os dois estivessem mais para irmãos. Haviam sido criados juntos e eram tão próximos em idade que compartilhavam tudo.

Bem, quase tudo. John era herdeiro de um condado e Michael era apenas seu primo, então era natural que os dois meninos não fossem tratados exatamente da mesma forma. Mas, pelo que Francesca ouvira falar e a julgar pelo que viera a conhecer da família Stirling, haviam sido amados em igual medida, e ela imaginava que aquilo fosse o segredo do bom humor de Michael.

Porque, apesar de John ter herdado o título, a riqueza e, bem, tudo, Michael não parecia invejá-lo.

Ela achava aquilo incrível. Ele fora criado como irmão de John – na verdade, como seu irmão mais velho – e jamais invejara nenhuma das benesses de John.

E aquele era o motivo pelo qual Francesca mais o amava. Sem dúvida, Michael zombaria dela se tentasse elogiá-lo por isso, e com certeza apontaria suas muitas transgressões (sem qualquer exagero, temia ela) para provar que sua alma era sombria e que ele era um completo canalha. Mas a verdade era que Michael Stirling possuía uma generosidade de espírito e uma capacidade para o amor ímpares entre os homens.

E se ela não encontrasse uma esposa para ele em breve, iria enlouquecer.

– O que há de errado com a minha irmã? – começou Francesca, dando-se conta de que sua voz parecia perfurar o silêncio da noite.

– Francesca, eu não vou me casar com a sua irmã – devolveu ele, e ela pôde perceber a irritação e, felizmente, algum divertimento em sua resposta.

– Eu não disse que tinha de se casar com ela.

– Nem precisava. Seu rosto é um livro aberto.

Ela ergueu a vista para olhá-lo, retorcendo os lábios.

– Você não estava nem me olhando.

– É claro que estava, e, de qualquer forma, nem precisaria. Eu sei o que você quer.

Ele tinha razão e isso a assustava. Algumas vezes a preocupava o fato de ele a compreender tão bem quanto John.

– Você precisa de uma esposa – disse ela.

– Você não prometeu ao seu marido que pararia de me importunar com isso?

– Na verdade, não – respondeu ela, lançando-lhe um olhar bastante superior. – Ele pediu, é claro...

– É claro – murmurou Michael.

Ela riu. Michael sempre conseguia fazê-la rir.

– Pensei que esposas deveriam obedecer aos desejos dos maridos – caçoou Michael, arqueando a sobrancelha direita. – Na verdade, tenho certeza de que isso consta dos votos de casamento.

– Eu lhe prestaria um grande desserviço se lhe arrumasse uma esposa *desse* tipo – comentou ela, enfatizando sua opinião com um resfolegar muito bem cronometrado e bastante desdenhoso.

Ele se virou e baixou os olhos para encará-la com uma expressão que tinha algo de paternal. Devia ter sido um nobre, pensou Francesca. Era inconsequente demais para as responsabilidades de um título, mas quando olhava para alguém com aquela expressão, com a mais completa altivez e absoluta confiança, podia passar por um duque da realeza.

– As suas responsabilidades como condessa de Kilmartin não incluem encontrar uma esposa para mim – concluiu.

– Pois deveriam.

Ele riu, o que a deliciou. Sempre conseguia fazê-lo rir.

– Muito bem – disse ela, desistindo por ora. – Então me conte algo indecente. Algo que John não aprovaria.

Era um jogo do qual brincavam, até mesmo na presença de John, embora John fingisse desencorajá-los. Mas Francesca suspeitava que o marido se divertisse tanto quanto ela com as histórias de Michael. Assim que terminava as reprimendas obrigatórias, sempre se dispunha a escutar as narrativas do primo.

Não que Michael lhes contasse muita coisa. Era discreto demais para isso. Mas fazia alusões e insinuações, e Francesca e John se divertiam muito. Não trocariam a sua felicidade conjugal por nada, mas quem não gostava de ouvir histórias devassas e picantes?

– Sinto dizer que não fiz nada de indecente esta semana – retrucou Michael, levando-a a dobrar a esquina até King Street.

– Você? Impossível.

– Ainda é só terça-feira – lembrou ele.

– Sim, mas descontando o domingo, que tenho certeza que você não seria capaz de profanar – ela o olhou com uma expressão de quem não tinha a menor dúvida que ele já havia pecado de todas as maneiras, sendo ou não domingo –, ainda lhe sobra a segunda-feira, e um homem pode fazer muita coisa numa segunda-feira.

– Não este homem. Não nessa segunda-feira.

– O que você fez, então?

Ele ficou pensativo por um instante, então disse:

– Na verdade, nada.

– Impossível – zombou ela. – Tenho certeza que o vi acordado por pelo menos uma hora.

Ele permaneceu calado e, em seguida, deu de ombros de uma forma que ela achou bastante perturbadora e comentou:

– Não fiz nada. Caminhei, conversei, comi. Nada de mais.

Impulsivamente, Francesca apertou o seu braço.

– Vamos ter de encontrar alguma coisa para você – disse, com delicadeza.

Ele se virou e a fitou, seus olhos estranhos e quase prateados encarando os dela com uma intensidade que Francesca sabia que ele quase nunca deixava emergir.

Então o instante terminou e Michael voltou a ser ele mesmo, embora ela suspeitasse que ele não fosse, de maneira alguma, o homem que queria que os outros – inclusive ela – acreditassem que fosse.

– Devíamos voltar para casa – disse ele. – Já está ficando tarde e John vai querer cortar a minha cabeça se você se resfriar por minha causa.

– John culparia a *mim* pela minha tolice e você sabe muito bem disso – comentou Francesca. – Isto é só sua forma de me informar que tem uma mulher à sua espera, provavelmente nua a não ser pelos lençóis da cama dela.

Ele se virou para Francesca e sorriu. Era perverso e diabólico, e ela compreendia por que metade da sociedade – isto é, a metade pertencente ao sexo feminino – se acreditava apaixonada por ele, mesmo desprovido de título de nobreza ou fortuna.

– Você me pediu que contasse algo indecente, certo? – perguntou ele. – Vai querer mais detalhes? A cor dos lençóis, talvez?

Ela ruborizou. *Odiava* ruborizar, mas pelo menos sua reação estava sendo encoberta pela escuridão.

– Espero que não sejam amarelos – retrucou, porque não podia tolerar que a conversa terminasse com o seu constrangimento. – Essa cor o deixa abatido.

– Eu não vou vestir os lençóis – comentou ele, esticando cada sílaba.

– Ainda assim.

Michael riu e Francesca soube que ele tinha noção de que ela dissera aquilo apenas para ter a última palavra. E pensou que ele lhe permitiria aquela pequena vitória, mas, quando começava a sentir algum alívio no silêncio, ele continuou:

– Vermelhos.

– O quê? – perguntou ela, embora tivesse entendido muito bem.

– Imagino que os lençóis sejam vermelhos.

– Não acredito que tenha me contado isso.

– Você perguntou, Francesca Stirling. – Ele baixou a vista para olhá-la e um cacho de cabelos negros como a meia-noite caiu-lhe sobre a testa. – Você tem sorte por eu não a delatar ao seu marido.

– John jamais desconfiaria de mim – retrucou ela.

Por um instante, Francesca achou que ele não diria mais nada, mas então Michael falou:

– Eu sei. – A voz saiu estranhamente circunspecta e séria. – E é o único motivo pelo qual implico com você.

Ela estava com os olhos fixos no chão, procurando imperfeições, mas o tom dele foi tão sóbrio que Francesca teve de erguer os olhos.

– Você é a única mulher que conheço que jamais seria infiel – continuou ele, tocando-lhe o queixo. – Não tem ideia de quanto a admiro por isso.

– Amo o seu primo – declarou ela. – Jamais o trairia.

Ele abaixou a mão.

– Eu sei.

À luz da lua, Michael lhe pareceu tão belo e tão insuportavelmente necessitado de amor que ela ficou com o coração quase partido. É claro que nenhuma mulher conseguia resistir a ele, com aquele rosto perfeito, aquele porte tão alto e musculoso. E qualquer um que se desse o trabalho de conhecê-lo mais profundamente passaria a vê-lo como Francesca o via: um homem de bom coração, leal e verdadeiro.

Com um toque demoníaco, é claro, mas Francesca supunha que era isso que atraía as mulheres.

– Vamos? – perguntou Michael, subitamente o encanto em pessoa.

Inclinou a cabeça em direção à casa dela. Francesca suspirou e deu meia-volta.

– Obrigada por me acompanhar – disse ela, após alguns minutos de um confortável silêncio. – Não exagerei quando disse que estava enlouquecendo com a chuva.

– Você não disse isso – comentou ele, repreendendo-se no mesmo instante.

Ela dissera que estava se sentindo um pouco estranha, não que estava enlouquecendo, mas apenas um idiota-prodígio ou um tolo apaixonado teria notado a diferença.

– Não disse? – Ela franziu as sobrancelhas. – Bem, eu certamente pensei. Tenho me sentido indisposta, se quer saber. O ar fresco me fez muito bem.

– Então fico contente em ter ajudado – afirmou ele, galanteador.

Ela sorriu ao subirem as escadas da Casa Kilmartin. A porta se abriu no mesmo instante em que seus pés tocaram o degrau de cima – o mordomo devia estar à sua espera –, então Michael aguardou enquanto o homem retirava o manto de Francesca no hall de entrada.

– Fica para mais um drinque ou precisa partir imediatamente para o seu compromisso? – indagou ela, os olhos luzindo, endiabrados.

Ele olhou para o relógio, ao final do corredor. Eram oito e meia e, embora não tivesse de estar em lugar nenhum – não havia ninguém à sua espera, embora ele sem dúvida pudesse encontrar uma companhia a qualquer instante e talvez fizesse isso mesmo –, não estava com disposição para permanecer na Casa Kilmartin.

– Preciso ir – respondeu. – Tenho muito que fazer.

– Você não tem nada para fazer e sabe muito bem disso – disse ela. – Apenas gosta de ser malvado.

– É um passatempo admirável – murmurou ele.

Ela abriu a boca para soltar uma réplica, mas no mesmo instante Simons, o camareiro particular que John contratara recentemente, veio descendo as escadas.

– Milady? – chamou.

Francesca se virou para ele e inclinou a cabeça, indicando que ele deveria falar.

– Bati à porta do senhorio e chamei duas vezes, mas ele parece estar dormindo profundamente. Deseja que eu o acorde, ainda assim?

Francesca fez que sim.

– Claro. Eu adoraria deixá-lo dormir. Tem trabalhado tanto nos últimos tempos... – Ela dirigiu essa última parte a Michael. – Mas sei que essa reunião com o lorde Liverpool é de grande importância. Deve acordá-lo, sim... Não, espere, deixe que eu mesma o faço. É melhor.

Ela se virou para Michael.

– Eu o vejo amanhã?

– Na verdade, já que John ainda não saiu, eu espero – disse ele. – Vim a pé, então posso seguir viagem na carruagem dele depois que ele saltar.

Ela assentiu e se precipitou escada acima, deixando Michael sem muito que fazer a não ser cantarolar baixinho enquanto examinava os quadros do hall.

Então Francesca deu um grito.

Michael não se lembrava de ter corrido escada acima, mas, de alguma forma, lá estava, no quarto de John e de Francesca, o único aposento da casa em que jamais entrara.

– Francesca? – chamou, ofegante. – Frannie, Frannie, o que...

Ela estava sentada ao lado da cama, segurando o braço de John, pendurado para fora do colchão.

– Acorde-o, Michael – gritou. – Acorde-o. Faça isso por mim. Acorde-o!

Michael sentiu o seu mundo inteiro começar a desabar. A cama ficava do outro lado do quarto, a uns 3 metros de onde estava, mas ele *sabia.*

Ninguém conhecia John tão bem quanto ele. Ninguém.

E John não estava no quarto. Tinha partido. O que estava sobre a cama...

Não era John.

– Francesca – sussurrou, deslocando-se lentamente em sua direção. Seus membros lhe pareceram estranhos, lentos. – Francesca.

Ela ergueu para ele os olhos enormes e aflitos.

– Acorde-o, Michael.

– Francesca, eu...

– Agora! – gritou ela, atirando-se sobre ele. – Acorde-o! Você há de conseguir. Acorde-o! Acorde-o!

A única coisa que ele pôde fazer foi ficar ali, de pé diante de Francesca, enquanto ela esmurrava o seu peito com os punhos, enquanto agarrava a sua gravata e a sacudia e até ele perder a respiração. Não conseguiu abraçá-la, não conseguiu lhe oferecer consolo, porque se sentia tão prostrado e confuso quanto ela.

E, subitamente, todo o ânimo lhe escapou e ela desabou em seus braços, as lágrimas encharcando-lhe a camisa.

– Ele estava com dor de cabeça – gemeu ela. – Só isso. Só estava com dor de cabeça. Era só uma dor de cabeça. – Ergueu os olhos para ele, buscando o seu rosto, procurando respostas que ele jamais seria capaz de lhe dar. – Era só uma dor de cabeça – repetiu.

E pareceu perdida.

– Eu sei – disse ele, mesmo sabendo que não era o bastante.

– Ah, Michael! – exclamou ela, soluçando. – O que vou fazer?

– Não sei – respondeu ele, porque era verdade.

Na escola, na faculdade e no exército, ele fora treinado para tudo o que a vida de um cavalheiro inglês tinha a oferecer. Mas não fora treinado para *aquilo.*

– Eu não entendo – falou Francesca, e ele supunha que ela estivesse dizendo diversas coisas, embora nenhuma delas fizesse sentido aos seus ouvidos.

Ele nem mesmo tinha forças para ficar de pé e, juntos, os dois desceram até o tapete, permanecendo encostados na lateral da cama.

Ele olhou, sem de fato ver, a parede oposta, perguntando-se por que não chorava. Sentia-se entorpecido, o corpo parecia pesado, e não conseguia se livrar da sensação de a alma ter sido arrancada de seu corpo.

John não.

Por quê?

Por quê?

Sentado ali, mal se dando conta de que os empregados se aglomeravam do lado de fora do quarto, ocorreu-lhe que Francesca gemia as mesmas palavras.

– John não. Por quê? *Por quê?*

– Acha possível que ela esteja grávida?

Michael olhou fixamente para o lorde Winston, um recém-nomeado e, pelo jeito, afoito membro da Comissão de Privilégios da Câmara dos Lordes, tentando entender o que ele dizia. Não fazia nem um dia que John morrera. Ainda era difícil encontrar sentido em qualquer coisa. E agora, ali estava aquele homenzinho inflado exigindo uma audiência com ele e tagarelando sobre algum dever sagrado junto à Coroa.

– A esposa – esclareceu o lorde Winston. – Se estiver grávida, isso complicará tudo.

– Não sei – disse Michael –, não perguntei a ela.

– Pois precisa perguntar. Tenho certeza de que está ansioso por assumir o controle de suas novas posses, mas realmente precisamos saber se ela está grávida. Além do mais, se estiver, um dos membros do nosso comitê terá de estar presente no nascimento.

Michael sentiu o rosto perder toda e qualquer expressão.

– O que disse? – conseguiu pronunciar, de alguma maneira.

– Trocas de bebês – falou o lorde Winston, com a voz soturna. – Já houve casos.

– Pelo amor de Deus...

– É para a sua proteção tanto quanto para a de qualquer um – interrompeu o homem. – Se a senhora der à luz uma menina e não houver ninguém presente para testemunhar o ocorrido, o que poderá impedi-la de trocar a criança por um menino?

Michael nem mesmo se dignou a responder.

– Precisa saber se ela está grávida – pressionou lorde Winston. – Providências terão de ser tomadas.

– Ela perdeu o marido ontem – disse Michael, num tom áspero. – Não vou sobrecarregá-la com perguntas tão invasivas.

– Há muito mais em jogo do que os sentimentos dela – retrucou o lorde. – Não podemos transferir o condado de forma apropriada enquanto houver dúvida quanto à sucessão.

– Que o diabo fique com o condado – vociferou Michael.

Lorde Winston sufocou um grito, encolhendo-se, visivelmente horrorizado.

– Controle-se, milorde.

– Não sou seu lorde – retrucou Michael, quase gritando. – Não sou lorde de...

Ele controlou as palavras, deixando-se despencar na poltrona enquanto tentava não pensar que estava perigosamente próximo às lágrimas. Bem ali, no escritório de John, com aquele maldito homenzinho que não parecia compreender que um homem havia morrido, não só um conde, mas um homem, Michael queria chorar.

E ia chorar, imaginava. Tão logo lorde Winston saísse e ele pudesse trancar a porta para ninguém vê-lo, provavelmente enterraria o rosto nas mãos e choraria.

– Alguém tem de perguntar a ela – insistiu lorde Winston.

– Não serei eu – avisou Michael, em voz baixa.

– Eu o farei, então.

Michael saltou da poltrona e prendeu o homem contra a parede.

– Não chegará perto de Lady Kilmartin – rosnou. – Nem mesmo respirará o mesmo ar que ela. Estou sendo claro?

– Bastante – gorgolejou o homenzinho.

Michael o soltou, quase sem notar que o rosto do sujeito começava a arroxear.

– Saia – ordenou.

– Terá de...

– Saia! – rugiu.

– Voltarei amanhã – avisou lorde Winston, deslizando porta afora. – Conversaremos quando estiver mais calmo.

Michael se encostou na parede. Por Deus, como tudo havia chegado àquele ponto? John não tinha nem 30 anos. Um homem saudável. De fato, Michael era o próximo na linha de sucessão ao título de conde caso John e Francesca não tivessem filhos, mas ninguém imaginara que ele um dia poderia se tornar o herdeiro.

Nos clubes, já se comentava que ele era o homem mais sortudo de toda a Grã-Bretanha. Da noite para o dia, saíra das margens da aristocracia para o seu epicentro. Ninguém parecia compreender que Michael jamais desejara aquilo. Jamais.

Não queria um condado. Queria o primo de volta. E ninguém parecia entender isso.

A não ser, talvez, Francesca, mas ela estava tão entregue ao próprio sofrimento que não tinha como compreender a dor que se alojara no coração de Michael.

E ele não lhe pediria isso. Não quando ela mesma estava tão dilacerada.

Michael cruzou os braços no peito ao pensar nela. Enquanto vivesse, jamais se esqueceria do rosto de Francesca quando por fim se dera conta da verdade. John não estava dormindo. Não iria acordar.

E Francesca Bridgerton Stirling se tornara, na tenra idade de 22 anos, a pessoa mais triste que se podia imaginar.

Sozinha.

Michael compreendia o desespero dela melhor do que qualquer um.

Ele e a mãe dela a haviam colocado na cama naquela noite. Violet Bridgerton aparecera após o chamado urgente que Michael lhe enviara. E Francesca dormira como um bebê, sem emitir um único som, o corpo exausto devido ao choque.

Mas, ao acordar na manhã seguinte, se imbuíra da proverbial capacidade britânica de jamais deixar transparecer os sentimentos, decidida a permanecer firme, cuidando dos inúmeros detalhes que choveram sobre a casa com a morte de John.

O problema era que nenhum dos dois sabia quais eram esses detalhes. Eram jovens, haviam levado a vida de forma despreocupada até ali. Jamais lhes ocorrera ter de lidar com a morte.

Quem teria imaginado, por exemplo, que a Comissão de Privilégios se envolveria? E que exigiria um lugar de camarote num momento que deveria ser íntimo para Francesca?

Se, de fato, estivesse grávida.

Mas que diabo! *Ele* não iria lhe perguntar.

– Precisamos avisar à mãe dele – dissera Francesca mais cedo naquela manhã.

Tinham sido suas primeiras palavras, na verdade. Não houvera preâmbulo ou cumprimento, apenas "Precisamos avisar à mãe dele".

Michael assentira, pois era claro que Francesca tinha razão.

– Também precisamos avisar à sua mãe – prosseguira ela. – As duas estão na Escócia, portanto, com certeza, ainda não sabem.

Ele assentiu mais uma vez. Era só o que conseguia fazer.

– Vou escrever os comunicados.

Michael assentiu uma terceira vez, perguntando-se o que *ele* deveria fazer.

Essa questão tinha sido respondida com a visita de lorde Winston, embora Michael não conseguisse nem pensar naquilo no momento. Parecera-lhe de imenso mau gosto. Não queria pensar no que ganharia com a morte de John. Como era possível que alguém falasse como se algo de *bom* tivesse saído daquilo tudo?

Michael sentiu-se afundar cada vez mais, deslizar pela parede até estar sentado no chão, as pernas dobradas à sua frente, a cabeça repousando sobre os joelhos. Ele não havia desejado aquilo. Havia?

Desejara Francesca. Apenas isso. Mas não dessa forma. Não àquele preço.

Jamais invejara a boa sorte de John. Jamais invejara o título, o dinheiro ou o poder dele.

Invejara apenas a sua mulher.

Agora, esperavam que ele assumisse o título de John, que seguisse os seus passos. E a culpa apertava o seu coração com o seu punho implacável.

Será que, de alguma forma, teria pedido aquilo? Não, não teria sido capaz. Certo?

Certo?

– Michael?

Ele ergueu a vista. Era Francesca, ainda com a mesma expressão vazia, o rosto como uma máscara em branco que rasgou o coração dele mais do que o seu choro jamais teria feito.

– Mandei buscar Janet.

Ele fez que sim. A mãe de John. Ela ficaria devastada.

– Sua mãe também.

Que ficaria igualmente devastada.

– Há qualquer outra pessoa de que você se lembre...

Ele fez que não, ciente de que deveria se levantar, ciente de que a convenção social ditava que se levantasse, mas simplesmente não conseguia reunir forças. Não queria que Francesca o visse tão fraco, mas não tinha escolha.

– Você deveria se sentar – disse ele, por fim. – Precisa descansar.

– Não posso – retrucou ela. – Preciso... Se eu parar, nem que seja por um minuto, eu...

As palavras dela foram sumindo, mas não era necessário que dissesse mais nada. Ele compreendia.

Ergueu os olhos para ela. Os cabelos castanho-avermelhados estavam presos numa trança simples e o rosto estava pálido. Pareceu-lhe jovem, mal saída da escola, certamente jovem demais para aquele tipo de sofrimento.

– Francesca – começou ele, o tom não exatamente de uma pergunta, mas quase um suspiro.

Então ela disse. Sem que ele nem precisasse lhe perguntar.

– Estou grávida.

CAPÍTULO 3

... Eu o amo loucamente. Loucamente! Acho que morreria sem ele.

– da condessa de Kilmartin para a irmã Eloise Bridgerton uma semana após se casar

– Eu declaro, Francesca, que é a grávida mais saudável que já vi.

Francesca sorriu para a sogra, que acabava de entrar no jardim da mansão de St. James que agora compartilhavam. Da noite para o dia, ao que parecia, a Casa Kilmartin se transformara num lar de mulheres. Primeiro,

Janet se mudara para lá; em seguida, Helen, mãe de Michael, também. Era uma casa repleta de mulheres Stirlings.

E tudo ficou tão diferente...

Era estranho. Ela imaginara que sentiria a presença de John, que o sentiria no ar, que o veria no ambiente que compartilharam durante dois anos. Mas, em vez disso, ele simplesmente se foi e a chegada das mulheres mudou o ambiente da casa por completo. Francesca supunha que aquilo fosse bom; precisava do apoio feminino naquele momento.

Mas era estranho viver em meio a mulheres. Havia mais flores, agora: vasos por todos os lados. E já não sentia o aroma do charuto de John ou do sabonete de sândalo do qual ele tanto gostava.

A Casa Kilmartin passara a recender a lavanda e água de rosas, e cada vez que sentia aquele cheiro o coração de Francesca se partia.

Até mesmo Michael encontrava-se estranhamente distante. Aparecia para visitá-las – várias vezes por semana, se alguém se desse o trabalho de contar, algo que Francesca admitia fazer. Mas não parecia *presente*, não da forma que fora antes da morte de John. Não era o mesmo, e ela achava melhor não tocar no assunto, nem sequer em sua mente.

Ele também estava triste, ela sabia.

Isso ficava claro quando o fitava e via os olhos dele distantes. Quando ela não sabia o que dizer a ele e quando ele não zombava dela.

Quando se sentavam juntos na sala de visitas e não tinham o que dizer um ao outro.

Perdera John e agora, ao que parecia, perdera Michael também. E mesmo com três mães superprotetoras a cobri-la de atenções – sua mãe verdadeira a visitava todos os dias –, sentia-se só.

E triste.

Ninguém jamais lhe dissera quão triste se sentiria. Quem teria *pensado* em lhe dizer algo do gênero? E mesmo que isso tivesse acontecido, ainda que sua mãe, que também ficara viúva jovem, tivesse explicado a dor, como poderia ter compreendido?

Era o tipo de coisa que só se entendia sentindo. E como Francesca gostaria de não fazer parte daquele clube de melancólicos.

E onde estava Michael? Por que não a consolava? Por que não se dava conta de quanto precisava dele? Dele, não de sua mãe. Não da mãe de quem quer que fosse.

Ela precisava de Michael, da única pessoa que conhecera John tão bem quanto ela, tão completamente. Michael era o único elo que Francesca tinha com o marido que perdera, e ela o odiava por se manter distante.

Mesmo quando estava ali, na Casa Kilmartin, na mesma maldita sala que ela, as coisas não eram iguais. Não faziam graça, não zombavam um do outro. Ficavam apenas sentados, com o rosto triste e pesaroso, e, quando se falavam, havia um constrangimento que nunca existira.

Será que nada podia se manter da forma que havia sido *antes* da morte de John? Jamais lhe ocorrera que sua amizade com Michael pudesse morrer junto do marido.

– Como está se sentindo, meu bem?

Francesca ergueu o olhar para Janet, dando-se conta, um tanto tardiamente, de que a sogra lhe fizera uma pergunta. Talvez várias, que ela não respondera, perdida nos próprios pensamentos. Vinha fazendo isso com frequência nos últimos tempos.

– Bem – respondeu. – Nenhuma diferença.

Janet assentiu, maravilhada.

– É impressionante. Nunca ouvi falar em algo parecido.

Francesca deu de ombros.

– Se não fosse pela ausência das minhas regras, eu jamais saberia que algo mudou.

E era verdade. Não sentia enjoo, nem fome, nada. Supunha estar um pouco mais cansada do que de costume, mas isso podia ser também devido ao luto. A mãe lhe contara que passara um ano inteiro cansada após a morte do pai.

É claro que Violet tivera oito filhos para criar. Francesca tinha apenas a si mesma, com um pequeno exército de criados a cuidar dela como se fosse uma rainha inválida.

– Tem muita sorte – comentou Janet, sentando-se numa poltrona em frente à de Francesca. – Quando eu estava grávida de John, passava mal todas as manhãs. Quase todas as tardes também.

Francesca assentiu e sorriu. Janet já havia lhe dito isso várias vezes. A morte de John tinha transformado a sogra numa tagarela que não parava de tentar preencher o silêncio criado pela dor de Francesca. A jovem viúva a amava por essa tentativa, embora suspeitasse que a única coisa que abrandaria o seu sofrimento seria o tempo.

– Estou tão feliz com sua gravidez... – disse Janet, chegando o corpo para a frente e impulsivamente apertando a mão de Francesca. – Torna tudo um pouco mais tolerável. Um pouco menos intolerável, enfim – acrescentou, sem sorrir de verdade, embora parecesse tentar.

Francesca se limitou a assentir, temendo que falar liberasse as lágrimas acumuladas.

– Eu sempre quis mais filhos – confessou Janet. – Mas não aconteceu. E quando John morreu... Bem, digamos apenas que nenhum neto jamais será tão amado quanto o que você está esperando. – Ela parou, fingindo dar uma pancadinha de leve com o lenço sobre o nariz quando, na verdade, secava os olhos. – Não diga a ninguém, mas eu não me importo se for menino ou menina. É um pedaço dele. É só o que importa.

– Eu sei – disse Francesca, baixinho, pondo a mão sobre a barriga.

Desejava que houvesse algum sinal do bebê que estava dentro dela. Sabia que era cedo demais para que ele se mexesse; não estava nem no terceiro mês, de acordo com as suas cuidadosas estimativas. Todos os seus vestidos ainda cabiam e a comida tinha o sabor de sempre, e ela não estava sendo assaltada por nenhum dos desejos ou mal-estares sobre os quais outras mulheres haviam lhe contado.

Teria ficado satisfeita em se sentir indisposta todas as manhãs se isso a fizesse imaginar que o bebê estava acenando a mãozinha com um alegre "Estou aqui!".

– Tem visto Michael? – perguntou Janet.

– Não o vejo desde segunda-feira – respondeu Francesca. – Ele já não vem nos visitar com tanta frequência.

– Ele sente a falta de John – disse Janet, baixinho.

– Eu também – retrucou Francesca, horrorizada com o tom ríspido de sua voz.

– Deve ser muito difícil para ele – refletiu a outra.

Francesca se limitou a encará-la, surpresa.

– Não estou querendo dizer que não seja difícil para você também – ela se apressou em acrescentar –, mas pense na fragilidade da posição na qual Michael se encontra. Não saberá pelos próximos seis meses se será conde ou não.

– Não há nada que eu possa fazer quanto a isso.

– Não, é claro que não – falou Janet –, mas isso o coloca numa situação desconfortável. Já ouvi mais de uma senhora dizer que simplesmente não pode considerá-lo um pretendente em potencial para as filhas até que você dê à luz, e a não ser que seja uma menina. Uma coisa é se casar com o conde de Kilmartin. Outra é se casar com o seu primo pobre. E ninguém sabe qual dos dois ele haverá de ser.

– Michael não é pobre – rebateu Francesca, irritada. – Além do mais, ele jamais se casará enquanto estiver de luto por John.

– Não, eu suponho que não, mas espero que comece a procurar uma noiva – disse Janet. – Desejo tanto que ele seja feliz... E é claro que se ele for conde, vai gerar um conde. De outra forma, o título irá para aquele tenebroso ramo Debenham da família.

Janet estremeceu diante da ideia.

– Michael fará o que tiver de fazer – disse Francesca, embora não estivesse tão certa disso.

Era difícil imaginá-lo se casando. Sempre fora difícil – Michael não era o tipo a manter-se fiel a mulher nenhuma por muito tempo –, mas agora a ideia simplesmente lhe causava estranheza. Durante anos ela tivera John, e Michael servira de companheiro para ambos. Será que toleraria vê-lo casado, com ela servindo de acompanhante para o casal? Seria o seu coração nobre o bastante para se alegrar por ele enquanto ela estava sozinha?

Esfregou os olhos. Sentia-se muito cansada e, na verdade, um pouco fraca. Um bom sinal, supunha; ouvira dizer que mulheres grávidas tendiam a se sentir mais cansadas do que o habitual. Olhou para Janet.

– Achou que vou subir e dormir um pouco.

– Excelente ideia – disse Janet, num tom de aprovação. – Precisa descansar.

Francesca fez que sim e se levantou, em seguida agarrou o braço da poltrona para se firmar, sentindo-se tonta.

– Não sei o que há de errado comigo – falou, dando um sorriso vacilante. – Estou me sentindo tão instável. Eu...

Ela se interrompeu ao perceber que a sogra tentava conter um grito.

– Janet? – falou Francesca, preocupada.

A mãe de John estava bastante pálida e levara uma das mãos, trêmula, aos lábios.

– O que foi? – perguntou Francesca, então se deu conta de que Janet não olhava para ela.

Olhava para a poltrona.

Com pavor crescente, Francesca olhou para baixo, forçando-se a encarar o assento do qual acabava de se levantar.

Ali, no meio da almofada, havia uma pequena mancha vermelha.

Sangue.

A vida teria sido mais fácil, pensou Michael, ironicamente, se ele fosse dado a bebedeiras. Se havia uma ocasião apropriada para exageros, para afogar as mágoas numa garrafa de bebida, era aquela.

Mas não, ele fora amaldiçoado com uma constituição robusta e a maravilhosa capacidade de beber bem, com dignidade e elegância. O que significava que se quisesse atingir qualquer grau de entorpecimento mental, teria de virar a garrafa inteira de uísque sentado à escrivaninha e depois ainda beber mais um pouco.

Olhou pela janela. Ainda não escurecera. Até mesmo ele, devasso libertino que tentava ser, não conseguia se levar a entornar uma garrafa inteira de uísque antes de o sol se pôr.

Michael tamborilou os dedos sobre a escrivaninha desejando saber o que fazer consigo mesmo. Fazia seis semanas que John tinha morrido, mas ele continuava vivendo em suas modestas acomodações no Albany. Não conseguia se obrigar a se mudar para a Casa Kilmartin. Era a residência do conde, um título que, com certeza, ele não teria pelos próximos seis meses.

Ou talvez nunca.

De acordo com lorde Winston, cujos sermões ele, por fim, fora forçado a tolerar, o título ficaria em suspenso até que Francesca desse à luz. E se ela parisse um menino, Michael permaneceria na mesma posição de sempre, como primo do conde.

Mas não era a peculiar situação dele que o mantinha afastado. Sentiria-se reticente em se mudar para a Casa Kilmartin mesmo que Francesca não estivesse grávida. Ela ainda estava *lá*.

Ainda estava lá e ainda era a condessa de Kilmartin, e mesmo que ele fosse o conde, sem nenhuma questão pendente em relação ao título, ela não seria a *sua* condessa e ele não sabia se toleraria uma ironia dessas.

Achou que o seu luto pudesse, talvez, sobrepujar seus sentimentos por ela, que finalmente fosse conseguir estar ao seu lado e não mais desejá-la Mas não: ainda perdia o fôlego cada vez que ela entrava num aposento, seu corpo se retesava cada vez que ela se aproximava e seu coração ainda padecia da dor de amá-la.

Só que, agora, tudo isso se revestia de uma dose extra de culpa – como se ele já não se sentisse bastante culpado enquanto John era vivo. Ela estava devastada, de luto, e ele deveria consolá-la, não desejá-la. Por Deus, o corpo de John mal esfriara na sepultura. Que tipo de monstro cobiçaria a sua esposa?

Sua esposa grávida.

Já estava seguindo os passos de John de tantas maneiras... Não haveria de completar a traição tomando o seu lugar junto a Francesca também.

Assim, mantinha-se afastado. Não completamente, já que isso teria sido muito óbvio e, além do mais, ele não conseguiria agir assim, com a mãe dele e a de John morando na Casa Kilmartin. Somado a isso, ainda havia o fato de todos contarem com ele para administrar os negócios do conde, embora o título não fosse ser seu por no mínimo mais seis meses.

Mas ainda assim ele se encarregara dessa função. Não ligava para os detalhes, não se importava com o fato de passar várias horas por dia cuidando de uma fortuna que talvez estivesse destinada a outra pessoa. Era o mínimo que podia fazer por John.

E por Francesca. Não conseguia ser um amigo para ela, não da forma que deveria, mas podia se certificar de que suas finanças estivessem em ordem.

Sabia, no entanto, que ela não compreendia. Com frequência ia vê-lo enquanto ele estava trabalhando no escritório de John na Casa Kilmartin, debruçado sobre relatórios de diversos administradores de terras e de advogados. Michael percebia que ela buscava a antiga amizade dos dois, mas ele simplesmente não conseguia revivê-la.

Que o chamassem de fraco, de superficial. Mas não conseguia ser seu amigo. Não ainda, pelo menos.

– Sr. Stirling?

Michael ergueu os olhos. Seu camareiro estava à porta, acompanhado de um lacaio vestido com o inconfundível uniforme verde e dourado da Casa Kilmartin.

– Uma mensagem para o senhor – disse o homem. – De sua mãe.

Michael estendeu a mão enquanto o lacaio atravessava o aposento, perguntando-se o que seria dessa vez. Ao que parecia, a mãe o convocava para que fosse à Casa Kilmartin dia sim, dia não.

– Ela disse que era urgente – acrescentou o criado, colocando o envelope na mão de Michael.

Urgente? Essa era nova. Michael ergueu o olhar para o lacaio e o camareiro, dispensando-os, e assim que se viu sozinho enfiou o abridor de cartas por baixo da aba do envelope.

Venha rápido, Francesca perdeu o bebê, era só o que dizia.

Michael quase se matou para chegar à Casa Kilmartin rápido. Estava a cavalo, a toda a velocidade, ignorando os gritos dos pedestres zangados que quase atropelou em sua pressa.

Mas, agora que estava ali, de pé no corredor, não tinha a menor ideia do que fazer.

Um aborto espontâneo? Aquilo parecia ser uma coisa tão feminina... O que esperavam que ele fizesse? Era uma tragédia e ele se sentia péssimo por Francesca, mas o que achavam que ele diria? Por que o queriam ali?

Então Michael se deu conta. Era o conde, agora. Estava feito. Lenta, mas definitivamente, ele assumia a vida de John, preenchendo cada canto do mundo que um dia pertencera ao primo.

– Ah, Michael... – disse sua mãe, correndo até o corredor. – Estou tão contente por você estar aqui...

Ele a enlaçou com os braços, de forma desajeitada. Então disse algo completamente sem sentido, como "Mas que tragédia", embora na maior parte do tempo tenha se limitado a ficar ali, sentindo-se tolo e deslocado.

– Como está ela? – perguntou finalmente, quando sua mãe deu um passo para trás.

– Em estado de choque. Chorando.

Ele engoliu em seco, com um desejo desesperado de afrouxar a gravata.

– Bem, é de esperar – falou. – Eu... eu...

– Ela parece não conseguir parar – interrompeu Helen.

– De chorar? – perguntou Michael.

Helen fez que sim.

– Não sei o que fazer – acrescentou.

Michael foi controlando a respiração de forma ritmada, lenta. Inspirando, expirando.

– Michael?

A mãe o olhava, aguardando uma resposta. Talvez esperando algum sinal de liderança.

Como se *ele* soubesse o que fazer.

– A mãe dela veio aqui – disse Helen, quando ficou evidente que Michael não se manifestaria. – Quer que Francesca volte para a Casa Bridgerton.

– E Francesca quer?

Helen deu de ombros, triste.

– Não creio que saiba. É tudo um choque tão grande...

– Sim – falou Michael, engolindo em seco outra vez. Não queria estar ali. Queria ir embora.

– De qualquer forma, o médico disse que não devemos deslocá-la por alguns dias – acrescentou Helen.

Ele assentiu.

– Naturalmente, mandamos chamar você.

Naturalmente? Não havia nada de natural naquilo. Ele nunca se sentira tão deslocado, tão sem saber o que dizer ou como agir.

– Você é um Kilmartin agora – disse a mãe, baixinho.

Ele assentiu outra vez. Uma única vez. Era toda a concordância que conseguia emitir.

– Preciso dizer que eu... – Helen se deteve, franzindo os lábios de maneira estranha, contraída. – Bem, qualquer mãe deseja o mundo para os filhos, mas eu não... eu jamais teria...

– Não diga isso – pediu Michael, com a voz rouca.

Não estava pronto para que ninguém observasse que aquilo era uma boa coisa. E, por Deus, se alguém lhe desse parabéns...

Bem, ele não se responsabilizaria pela violência com que reagiria.

– Ela chamou você – falou Helen.

– Francesca? – indagou ele, os olhos se arregalando diante da surpresa.

Sua mãe fez que sim.

– Ela disse que queria você.

– Não posso.

– Você precisa.

– Não posso. – Ele balançava a cabeça, o pânico tornando os seus movimentos rápidos demais. – Não posso ir lá dentro.

– Não pode abandoná-la.

– Ela nunca foi minha para que eu tivesse o poder de abandoná-la.

– Michael! – exclamou Helen. – Como pode dizer uma coisa dessas?

– Mãe – começou ele, tentando desesperadamente mudar o rumo da conversa –, ela precisa de uma mulher. O que *eu* posso fazer?

– Pode ser seu amigo – disse Helen, baixinho, e ele se sentiu outra vez com 8 anos, repreendido por uma transgressão impensada.

– Não – retrucou Michael, e a própria voz o deixou horrorizado.

Soava como um animal ferido e confuso. Embora houvesse uma coisa da qual ele tinha certeza: não podia vê-la. Não agora, ainda não.

– Michael – chamou a mãe.

– Não – disse ele mais uma vez. – Eu vou... Amanhã eu...

Então ele caminhou em direção à porta sem nada mais que um "Deseje a ela melhoras".

E fugiu, como o covarde que era.

CAPÍTULO 4

... tenho certeza que não é digno de tanto drama. Não afirmo saber ou compreender o amor que existe entre marido e mulher, mas não pode ser tão grande que a perda de um destrua o outro. Você é mais forte do que imagina, irmã querida. Sobreviveria facilmente sem ele, por mais inútil que seja estarmos discutindo isso.

– de Eloise Bridgerton para a irmã, a condessa de Kilmartin, três semanas após o casamento de Francesca

Michael estava certo de que o mês que se seguiu foi o mais próximo do inferno que um ser humano podia experimentar.

A cada nova cerimônia, a cada novo documento que assinava como Kilmartin ou a cada "milorde" que era obrigado a tolerar, era como se o espírito de John estivesse sendo empurrado para mais e mais longe.

E logo, pensou Michael de forma impassível, seria como se ele jamais tivesse existido. Até mesmo o bebê – que deveria ter sido o último resquício de John Stirling sobre a terra – se fora.

E tudo o que fora de John pertencia, agora, a Michael.

Exceto Francesca.

E a intenção de Michael era manter as coisas dessa forma. Ele não iria – não, ele *não podia* – cometer esse último insulto ao primo.

Fora obrigado a vê-la, é claro, e lhe oferecera as melhores palavras de consolo que conseguira, mas o que quer que tivesse dito não havia sido a coisa certa, e ela apenas virara a cabeça e fitara a parede.

Ele não sabia o que dizer. Francamente, estava mais aliviado por ela não ter sofrido nenhum dano físico do que triste pela perda do bebê. As mães – a dele, a de John e a de Francesca – tinham lhe descrito o aborto em detalhes estarrecedores, e uma das criadas chegara a lhe mostrar os lençóis ensanguentados que alguém guardara para oferecer como prova de que Francesca perdera a criança.

O lorde Winston assentira em sinal de aprovação, mas então acrescentara que teria de manter a condessa sob observação apenas para se certificar de que o lençol pertencia mesmo a ela e que a barriga não continuaria a crescer. Aquela não seria a primeira vez que alguém tentasse burlar as leis sagradas da primogenitura, acrescentou.

Michael sentira vontade de atirar o homenzinho tagarela pela janela, mas, em vez disso, apenas lhe mostrara a porta da rua. Ao que parecia, não tinha mais energia para aquele nível de raiva.

Ele ainda não se mudara para a Casa Kilmartin. Não estava pronto para isso. Achava sufocante a ideia de morar ali com todas aquelas mulheres. Sabia que teria de fazê-lo em breve; era o que se esperava do conde. Mas, por ora, estava satisfeito em permanecer em seu pequeno apartamento.

Era onde se encontrava, evitando os seus deveres, quando Francesca finalmente veio à sua procura.

– Michael? – disse ela assim que o camareiro a conduziu à pequena sala de visitas.

– Francesca – falou Michael, perplexo pela aparição dela. Ela nunca estivera ali antes. Não enquanto John era vivo e, certamente, não depois. – O que está fazendo aqui?

– Queria vê-lo.

O que ficou subentendido foi: *Você está me evitando.*

Era verdade, é claro, mas tudo o que ele disse foi:

– Sente-se. – E, um pouco tarde: – Por favor.

Será que aquilo era impróprio? O fato de ela estar em seu apartamento? Ele não sabia ao certo. As circunstâncias da posição de ambos eram tão estranhas, tão completamente incomuns, que ele não tinha a menor ideia das regras de etiqueta que deveriam norteá-las.

Ela se sentou e não fez nada além de remexer os dedos sobre a saia do vestido por um minuto inteiro, então ergueu a vista para ele, encarando-o com uma intensidade de partir o coração.

– Eu sinto a sua falta.

As paredes começaram a se fechar em torno dele.

– Francesca, eu...

– Você era meu amigo – disse ela, num tom acusatório. – Além de John, você era o meu amigo mais próximo, e eu já não o reconheço mais.

– Eu...

Ah, ele se sentia como um tolo, completamente impotente e vencido por um par de olhos azuis e uma montanha de culpa.

Culpa de quê, ele já nem mais sabia ao certo. Parecia vir de tantas fontes, de tantos lugares, que ele não conseguia mais acompanhá-la.

– O que há de errado com você? – perguntou ela. – Por que está me evitando?

– Não sei – confessou ele, uma vez que não poderia mentir para ela e dizer que não a estava evitando.

Francesca era inteligente demais para isso. Mas ele tampouco poderia lhe contar a verdade.

Os lábios dela tremeram e então ela mordeu o inferior. Ele apenas a fitou, incapaz de desviar os olhos daquela boca, odiando-se pela onda de desejo que o invadiu.

– Você deveria ser meu amigo também – sussurrou ela.

– Francesca, não faça isso.

– Eu precisei de você. Ainda preciso.

– Não, não precisa – contestou ele. – Você tem sua mãe, a minha, a de John, além de todas as suas irmãs.

– Não quero conversar com minhas irmãs – disse ela, a voz profunda. – Elas não entendem.

– Bem, *eu* certamente não entendo – devolveu ele, o desespero dando uma impaciência desagradável à sua voz.

Ela se limitou a encará-lo, a condenação colorindo seus olhos.

– Francesca, você... – Ele quis atirar os braços para cima, mas, em vez disso, se limitou a cruzá-los. – Você... você teve um *aborto*.

– Estou ciente disso – retrucou ela, irritada.

– E o que eu sei sobre essas coisas? Você precisa conversar com uma mulher.

– Você não pode dizer que sente muito?

– Mas eu *disse* que sentia muito!

– Não pode demonstrar sinceridade?

O que ela queria dele?

– Francesca, eu estava sendo sincero.

– É que eu estou com tanta raiva... – disse ela, elevando o tom de voz –, tão triste, e transtornada, e olho para você e não compreendo como pode *não* estar.

Por um instante, ele nem ao menos se mexeu.

– Jamais repita isso – sussurrou ele.

Os olhos dela luziram de raiva.

– Bem, você tem uma forma estranha de demonstrar. Não vai me ver, não fala comigo e não compreende...

– O que você quer que eu compreenda? – explodiu ele. – O que eu *posso* compreender? Pelo amor de... – Ele se deteve antes de proferir uma blasfêmia e se afastou dela, apoiando-se pesadamente no batente da janela.

Atrás dele, Francesca permaneceu sentada, em silêncio, imóvel como a morte. Então, por fim, disse:

– Não sei por que vim. Vou embora.

– Não vá – pediu ele, com a voz rouca.

Mas não se virou.

Ela não respondeu; não soube ao certo o que ele quis dizer.

– Você acabou de chegar – continuou Michael, a voz vacilante e desajeitada. – Deve tomar uma xícara de chá, pelo menos.

Francesca assentiu, embora ele ainda não tivesse se virado para ela.

Os dois permaneceram assim por vários minutos, até ela não aguentar mais o silêncio. Os ponteiros do relógio corriam e a única companhia dela eram as costas de Michael. A única coisa que ela podia fazer era ficar ali, sentada, se perguntando por que fora até a casa dele.

O que queria de Michael?

Sua vida seria bem mais fácil se soubesse.

– Michael – começou, pronunciando o nome dele antes mesmo de se dar conta.

Ele se virou. Nada disse, mas demonstrou com os olhos que a tinha ouvido.

– Eu... – Por que o chamara? O que queria? – Eu...

Ele permaneceu em silêncio. Limitou-se a ficar ali, à espera de que ela organizasse os pensamentos, o que tornava as coisas bem mais difíceis.

Então, para completo horror dela, as palavras transbordaram:

– Não sei o que devo fazer agora – falou, ouvindo a emoção embargar-lhe a voz. – Estou com tanta raiva, e...

Ela se deteve, arfante, tentando a todo custo conter as lágrimas.

Diante dela, Michael abriu a boca quase imperceptivelmente, mas não conseguiu dizer nada.

– Não sei por que isso está acontecendo – choramingou ela. – O que foi que eu fiz? O que eu posso ter feito?

– Nada – assegurou ele.

– Ele se foi para sempre, e eu estou tão... tão... – Ela ergueu a vista para olhá-lo, sentindo a dor e a raiva estamparem-se em seu rosto. – Não é justo. Não é justo que isso tenha acontecido comigo e não com outra pessoa, e não é justo que tivesse de acontecer com qualquer um, e não é justo que eu tenha perdido o...

Então ela engasgou e os ofegos se transformaram em soluços, e a única coisa que conseguiu fazer foi chorar.

– Francesca – disse Michael, ajoelhando-se a seus pés. – Eu sinto muito. Eu realmente sinto muito.

– Eu sei – falou ela, soluçando –, mas isso não melhora as coisas.

– Não – murmurou ele.

– E não torna as coisas justas.

– Não – repetiu ele.

– E não... E não...

Ele não tentou terminar a frase por ela. Francesca queria que o tivesse feito; por anos, desejou que houvesse feito isso, porque talvez dessa forma ele tivesse dito a coisa errada, e quem sabe ela não teria inclinado o corpo em sua direção e permitido que ele a abraçasse.

Mas, ah, Deus, como sentia falta de ser abraçada...

– Por que você sumiu? – chorava ela. – Por que não pode me ajudar?

– Eu quero... Você não... – Por fim, ele simplesmente falou: – Eu não sei o que dizer.

Ela estava pedindo muito dele. Sabia disso, mas não se importava. Estava tão cansada da solidão...

E naquele momento, por um instante que fosse, não estava sozinha. Michael estava ali abraçando-a e ela se sentiu acolhida e segura pela primeira vez em semanas. Simplesmente chorou. Derramou as lágrimas contidas durante todo aquele tempo. Chorou por John e pelo bebê que perdera.

Mas, acima de tudo, chorou por si mesma.

– Michael – disse ela, assim que se recuperou o suficiente para falar.

A voz continuava trêmula, mas conseguiu balbuciar o nome dele e sabia que teria de conseguir dizer mais.

– Sim?

– Não podemos continuar assim.

Sentiu algo nele mudar. O abraço ficou mais apertado – ou talvez menos apertado, mas, sem dúvida, diferente.

– Assim como? – indagou ele, a voz rouca e hesitante.

Ela deu um passo para trás de forma a fitá-lo, e ficou aliviada quando os braços dele a soltaram e ela não teve de se desvencilhar.

– Assim – repetiu ela, mesmo sabendo que ele não a compreendia. Ou, se compreendia, fingia o contrário. – Com você me ignorando.

– Francesca, eu...

– De certa forma, era para o bebê ter sido seu também – balbuciou ela.

Ele ficou pálido, extremamente pálido. Tanto que, por um instante, ela não conseguiu respirar.

– O que quer dizer com isso? – sussurrou Michael.

– Ele teria precisado de um pai – respondeu ela, dando de ombros, indefesa. – Eu... Você... Precisaria ter sido você.

– Você tem irmãos – disse ele, engasgando.

– Não conheciam John. Não como você.

Ele deu um passo para trás, parou e então, como se ainda não fosse o bastante, se afastou o máximo possível indo até a janela. Os olhos se acenderam discretamente e, por um instante, ela pôde jurar que ele lembrava um animal preso, encurralado e amedrontado, esperando a morte.

– Por que está me dizendo isso? – indagou ele, a voz inexpressiva e grave.

– Não sei.

Mas ela sabia, sim. Queria que ele sofresse como ela. Queria que ele sentisse toda a dor que ela estava sentindo. Não era justo, não era agradável, mas não podia evitar, e tampouco tinha a necessidade de se desculpar por isso.

– Francesca – começou ele, e seu tom era estranho, oco e áspero, como nada que ela ouvira na vida.

Ela moveu a cabeça lentamente a fim de olhar para ele, temendo o que talvez visse em seu rosto.

– Eu não sou John – disse Michael.

– Eu sei.

– Eu não sou John – repetiu ele, mais alto, e ela se perguntou se ele a teria ouvido.

– Eu sei.

Ele estreitou os olhos e a encarou com perigosa intensidade.

– O bebê não era meu, e eu não posso ser o que você precisa.

Dentro dela, algo começou a morrer.

– Michael, eu...

– Eu não vou tomar o lugar dele – afirmou ele.

Não estava gritando, embora parecesse que talvez quisesse fazer isso.

– Não, você não poderia. Você...

Então, num surpreendente lampejo de ação, ele estava ao lado dela, agarrando os seus ombros e colocando-a de pé.

– Eu não hei de fazê-lo – gritou, sacudindo-a para em seguida mantê-la imóvel e então sacudi-la outra vez. – Não posso ser ele. Não vou ser ele.

Francesca não conseguia falar, não conseguia formar as palavras, não sabia o que fazer.

Não sabia quem ele era.

Ele parou de sacudi-la, mas enterrou os dedos em seus ombros enquanto a fitava, os olhos queimando com uma expressão terrível e triste.

– Não pode me pedir isso – arfou ele. – Não posso fazê-lo.

– Michael? – sussurrou ela, ouvindo algo de pavoroso na própria voz. Medo. – Michael, por favor, me solte.

Ele não a soltou, mas ela não sabia nem se ele a ouvira. Tinha os olhos perdidos e parecia estar num lugar distante, inalcançável.

– Michael! – repetiu ela, a voz mais alta, em pânico.

Então, abruptamente, ele fez o que Francesca pediu, cambaleando para trás, o rosto mostrando a aversão que sentia por si mesmo naquele momento.

– Sinto muito – sussurrou ele, fitando as mãos como se fossem corpos estranhos. – Sinto muito.

Francesca foi se aproximando da porta.

– É melhor eu ir – disse.

Ele assentiu.

– Sim.

– Eu acho... – Ela parou, perdendo a fala enquanto pousava a mão na maçaneta, agarrando-a como se fosse a sua salvação. – É melhor não nos vermos por algum tempo.

Ele assentiu.

– Talvez... – começou Francesca, mas não foi em frente.

Não sabia o que dizer. Se compreendesse o que acabara de acontecer entre os dois, talvez tivesse encontrado as palavras, mas por ora estava confusa e amedrontada demais para decifrar aquilo tudo.

Amedrontada por quê? Ela certamente não tinha medo *dele*. Michael jamais a machucaria. Daria a vida por ela, se preciso fosse. Não tinha a menor dúvida disso.

Talvez ela só tivesse medo do futuro. Perdera tudo e agora, ao que parecia, perdera Michael também. Simplesmente não sabia como poderia suportar aquilo tudo.

– Estou indo – disse ela, dando a ele uma última chance de detê-la, de dizer alguma coisa, qualquer coisa que fizesse tudo aquilo desaparecer.

Mas ele não fez nada. Nem mesmo assentiu. Limitou-se a fitá-la, os olhos silenciosos em sua concordância.

Então Francesca se foi. Passou pela porta e se foi. Entrou na carruagem e tomou o caminho de casa.

Ao chegar, ela não disse uma palavra a ninguém. Subiu as escadas e foi se deitar.

Mas não chorou. Ficou pensando que deveria fazer isso, que talvez precisasse.

Mas a única coisa que fez foi fitar o teto.

O teto, pelo menos, não se incomodava com o seu olhar.

Em seu apartamento no Albany, Michael pegou a garrafa de uísque e se serviu de uma grande dose, embora o relógio indicasse que ainda não era sequer meio-dia.

Aquele era o ponto mais baixo da sua vida, isso estava claro.

Mas, por mais que tentasse, não conseguia pensar no que mais poderia ter feito. Não *queria* tê-la magoado. Não fora algo pensado e decidido. *Ah, sim, acho que vou agir como um asno.* No entanto, apesar de seus atos terem sido rápidos e impensados, não conseguia imaginar como poderia ter agido de outra forma.

Ele se conhecia. Nem sempre – e atualmente quase nunca – gostava muito de si mesmo, mas se conhecia. E quando Francesca se virara para ele com aqueles insondáveis olhos azuis e dissera "De certa forma, era para o bebê ter sido seu também", ela o estilhaçara até a alma.

Ela não sabia.

Não tinha a menor ideia.

E, enquanto Francesca ignorasse o que ele sentia por ela, enquanto continuasse sem entender por que ele não tinha escolha senão se odiar por cada passo que desse seguindo o caminho de John, Michael não poderia ficar perto dela. Porque ela continuaria dizendo coisas como aquelas.

E ele simplesmente não sabia quanto conseguiria tolerar.

E assim, de pé em seu escritório, com o corpo rijo de infelicidade e culpa, ele se deu conta de duas coisas.

A primeira era fácil. O uísque não estava diminuindo nem um pouco a sua dor, e se um uísque de 25 anos vindo direto de Speyside não fazia com que se sentisse melhor, nada nas Ilhas Britânicas haveria de fazê-lo.

O que o levava à segunda coisa, que não era nada fácil. Mas seria necessária. Quase nunca as escolhas em sua vida haviam sido tão claras. Aquela era dolorosa, mas inegavelmente clara.

Michael pousou o copo, ainda com dois dedos do líquido âmbar em seu interior, sobre a escrivaninha e foi até o quarto.

– Reivers – disse, ao encontrar o camareiro ao lado do guarda-roupa, dobrando cuidadosamente uma gravata –, o que acha da Índia?

PARTE 2

Março, 1824
Quatro anos depois

CAPÍTULO 5

... você gostaria daqui. Acho que não iria apreciar o calor; ninguém parece gostar disso. Mas o resto a encantaria. As cores, os temperos, o aroma no ar são capazes de nos cercar em uma névoa estranha e sensual que pode ser, dependendo do momento, inquietante e inebriante. Acima de tudo, acho que adoraria os jardins. São bastante parecidos com os parques londrinos, mas muito mais verdes, luxuriantes e repletos das flores mais impressionantes que já se viu. Você sempre gostou de estar cercada pela natureza; iria adorar isto aqui, tenho certeza.

– de Michael Stirling (o novo conde de Kilmartin) para a condessa de Kilmartin, um mês após a sua chegada à Índia

Francesca queria um bebê.

Já queria havia algum tempo, mas só alguns meses antes fora capaz de admiti-lo para si mesma, de enfim colocar em palavras o desejo que parecia acompanhá-la aonde quer que fosse.

Começara de forma inocente, com uma pequena pontada no coração, após ler uma carta que Kate, esposa do irmão, lhe enviara, contando várias novidades sobre sua filhinha, Charlotte, prestes a fazer 2 anos e já incorrigível.

Mas a pontada crescera e se transformara em algo mais próximo à dor quando a irmã, Daphne, chegara à Escócia para uma visita com os quatro filhos a reboque. Não ocorrera a Francesca como uma penca de crianças podia transformar um lar por completo. Os pequenos Hastings haviam alterado a verdadeira essência de Kilmartin, preenchendo-a com vida e alegria que, Francesca se deu conta, infelizmente estavam ausentes havia anos.

Então, quando eles se foram, o silêncio reinou, mas não a paz.

Apenas o vazio.

Daquele momento em diante, Francesca ficou diferente. Via uma ama-seca empurrando um carrinho de bebê e seu coração doía. Observava um coelho atravessando saltitante o jardim e não podia deixar de pensar que devia estar mostrando o animalzinho para outra pessoa, para uma criança. Viajou para Kent a fim de passar o Natal com a família, mas quando a noite caía e todos os sobrinhos estavam na cama, sentia-se só.

Só conseguia pensar que a vida a estava deixando para trás e que se não fizesse algo logo, morreria daquela forma.

Sozinha.

Não infeliz – não era infeliz. Por mais estranho que fosse, acostumara-se à viuvez, encontrara um padrão confortável e satisfatório para a sua vida. Era algo que jamais teria imaginado possível durante os terríveis meses que se seguiram à morte de John, mas conseguira encontrar um lugar para si no mundo. E, com isso, alcançara alguma paz.

Gostava de sua vida como condessa de Kilmartin – Michael não se casara, portanto ela conservara os deveres e o título. Adorava Kilmartin e administrava a propriedade sem a menor interferência do novo conde; a instrução dele ao deixar o país, quatro anos antes, fora que ela deveria cuidar do condado da forma que lhe conviesse, e, uma vez passado o choque de sua partida, Francesca se dera conta de que aquele havia sido o maior presente que ele poderia ter lhe dado.

Aquilo lhe dera algo para fazer, algo pelo qual trabalhar.

Um motivo para deixar de olhar para o teto.

Tinha amigos e família, tanto Stirlings quanto Bridgertons, e levava uma vida plena na Escócia e em Londres, onde passava vários meses ao ano.

De maneira que deveria ser feliz. E era, em grande parte.

Só queria um bebê.

Levara algum tempo para admitir isso a si mesma. Era um desejo que lhe parecia um tanto desleal para com John; o bebê não seria dele, afinal, e, mesmo agora, quatro anos após sua morte, era difícil imaginar uma criança sem os traços dele no rostinho.

Além de isso significar que precisaria se casar de novo. Teria de mudar de nome e jurar ser fiel a outro homem, prometer amá-lo e ser-lhe leal, e, embora pensar nisso já não lhe causasse sofrimento, bem... era... estranho.

Mas ela supunha haver certas coisas na vida que uma mulher simplesmente precisava superar. Então, num dia frio de fevereiro, enquanto olhava pela janela de Kilmartin e observava a neve envolver aos poucos os galhos das árvores como em um manto, Francesca se deu conta de que aquela era uma delas.

Havia muitos sentimentos a temer na vida, mas a estranheza não deveria ser um deles.

Assim, decidiu fazer as malas e viajar para Londres um pouco mais cedo naquele ano. Costumava passar a temporada na cidade, durante a qual saía com a família, fazia compras, frequentava saraus e ia a peças de teatro – em resumo, fazia tudo o que não podia fazer no interior da Escócia. Mas aquela temporada seria diferente. Para início de conversa, precisava de um novo guarda-roupa. Já deixara o luto havia algum tempo, mas ainda não tinha se livrado dos tons de cinza e lilás do meio-luto e não dera a devida atenção à moda que uma mulher de sua posição deveria dar.

Chegara a hora de usar azul. Um brilhante e belo azul-centáurea. Tinha sido sua cor favorita anos antes, e ela fora vaidosa o bastante para usá-la esperando que as pessoas comentassem quanto combinava com os seus olhos.

Ela compraria vestidos azuis e, sim, rosa e amarelos também, e talvez – algo em seu coração estremeceu diante da ideia – carmim.

Agora não era mais uma mulher solteira. Era uma viúva que podia ser considerada um bom partido e, portanto, as regras eram diferentes.

Embora as aspirações fossem as mesmas.

Estava a caminho de Londres para encontrar um marido.

Já fazia muito tempo.

Michael sabia que já passara da hora de voltar à Grã-Bretanha, mas acabara protelando a decisão sem a menor dificuldade. Segundo as cartas da mãe, que lhe escrevia com impressionante regularidade, o condado prosperava sob a administração de Francesca. Ele não tinha dependentes que pudessem acusá-lo de negligência e, ao que parecia, todos os que havia deixado para trás estavam melhor na sua ausência do que quando ele se encontrava por perto.

Assim, não havia por que se sentir culpado.

Mas um homem não podia fugir do destino por muito tempo, e, ao completar seu terceiro ano nos trópicos, tinha de admitir que a novidade de uma vida exótica se desgastara e, para ser completamente franco, estava ficando um tanto cansado do clima. A Índia lhe dera um objetivo, uma vida além das duas coisas nas quais sempre se destacara: guerrear e se divertir. Embarcara num navio sem levar nada além do nome de um amigo que fazia parte do exército e que se mudara para Madras três anos antes. No espaço de um mês, obteve uma posição no governo e se viu tomando decisões importantes, implementando leis e políticas que, de fato, mudavam a vida das pessoas.

Pela primeira vez, Michael compreendeu por que John fora tão apaixonado por seu trabalho no Parlamento Britânico.

Mas a Índia não o fizera feliz. Dera-lhe alguma paz, o que parecia um tanto paradoxal, considerando que nos últimos anos ele quase morrera três vezes, ou quatro, se contasse o incidente com uma princesa indiana de faca em punho. Michael ainda afirmava que poderia tê-la desarmado sem se machucar, embora tivesse de admitir que a moça trazia uma luz homicida no olhar; desde então, aprendera que jamais se deve subestimar uma mulher que acredita ter sido – por mais enganada que esteja – desprezada.

Deixando de lado os episódios que colocaram sua vida em risco, o tempo passado na Índia lhe proporcionara certo equilíbrio. Ele enfim fizera alguma coisa por si mesmo, finalmente fizera algo *de si*.

Mas, acima de tudo, a Índia lhe dera paz porque não precisara viver com a consciência de que Francesca se encontrava a apenas uma esquina de distância.

A vida não era necessariamente melhor com milhares de quilômetros entre ele e Francesca, mas, sem dúvida, era mais fácil.

Já passara da hora, no entanto, de enfrentar as dificuldades da proximidade dela, assim, Michael juntou seus pertences, informou o camareiro – que se viu bastante aliviado – de que voltariam para a Inglaterra, reservou uma luxuosa suíte a bordo do *Princess Amelia* e zarpou para casa.

Teria de enfrentá-la, isso estava claro. Não haveria escapatória. Teria de encarar aqueles olhos azuis que o haviam assombrado de forma implacável e tentar ser seu amigo. Fora a única coisa que ela quisera durante os tenebrosos dias que se seguiram à morte de John e fora a única coisa que ele não tinha sido capaz de fazer por ela.

Mas talvez agora, depois de tanto tempo e do poder curativo da distância, ele conseguisse. Não era estúpido a ponto de esperar que ela tivesse mudado, de achar que, ao revê-la, descobriria que não a amava mais – *isso*

Michael tinha certeza que jamais aconteceria. Mas ele enfim se acostumara a ouvir a expressão "conde de Kilmartin" sem olhar por cima do ombro à procura do primo. Então, talvez agora, com a dor um pouco mais distante, pudesse estar ao lado de Francesca como amigo, sem a sensação de ser um ladrão planejando roubar aquilo que cobiçara por tanto tempo.

Também esperava que ela tivesse prosseguido com a própria vida e não lhe pedisse que cumprisse os deveres de John de todas as formas exceto uma.

De qualquer modo, estava satisfeito por seu desembarque em Londres estar previsto para março, cedo demais para Francesca já ter chegado para a temporada.

Era um homem corajoso; provara isso diversas vezes, dentro e fora do campo de batalha. Mas também era sincero o bastante para admitir que a perspectiva de se ver diante dela era apavorante, como nenhum campo de guerra francês ou tigre faminto jamais seriam.

Quem sabe, se tivesse sorte, ela decidiria não ir para Londres naquela temporada.

Que dádiva seria.

Estava escuro e ela não conseguia dormir. A casa estava terrivelmente fria, e o pior de tudo era que a culpa era toda sua.

Ora, é claro que não com relação à escuridão. Não podia se culpar por isso. A noite era a noite, afinal, e ela não tinha controle sobre o pôr do sol. Mas era, sim, culpada pelo fato de a criadagem não ter se preparado para a sua chegada. Esquecera de mandar avisar que planejava estar em Londres um mês antes do usual, e, como resultado, a Casa Kilmartin ainda estava funcionando com uma equipe mínima e o estoque de carvão e de velas de cera de abelha estava perigosamente baixo.

Tudo ficaria melhor no dia seguinte, depois que a governanta e o mordomo fossem às pressas até as lojas de Bond Street, mas, por ora, Francesca estava batendo queixo na cama. Fora um dia terrivelmente frio, com um vento ruidoso que o tornara ainda mais frio do que seria o normal para o início de março. A governanta tentara transferir todo o carvão disponível para a lareira de Francesca, mas, condessa ou não, ela não podia permitir que os outros cômodos da casa congelassem por sua causa. Além do mais, o quarto dela era imenso e sempre fora difícil aquecê-lo de forma adequada a não ser que o resto da casa estivesse igualmente quente.

A biblioteca. Era isso. Era pequena e aconchegante, e, se Francesca fechasse a porta, a lareira acesa manteria o aposento agradável e aquecido. Sem contar que havia um divã no qual ela poderia se deitar. Era diminuto, mas, pensando bem, ela também o era, e não podia ser pior do que morrer congelada no próprio quarto.

Tomada a decisão, Francesca saltou da cama e atravessou o ar frio para apanhar o robe que se encontrava atirado por cima do espaldar de uma cadeira. Não era quente o bastante – ela não pensara que pudesse precisar de algo mais pesado –, mas era melhor do que nada e ela não podia se dar ao luxo de ser seletiva demais, sobretudo com os dedos dos pés congelando de tão frios.

Correu escada abaixo, as pesadas meias de lã escorregando nos degraus encerados. Tropeçou nos dois últimos e, felizmente, aterrissou de pé e continuou correndo pela passadeira até a biblioteca.

– Fogo, fogo, fogo – foi resmungando para si mesma.

Tocaria a campainha para chamar alguém tão logo chegasse à biblioteca. Acenderiam a lareira para ela imediatamente. Francesca voltaria a sentir o nariz, as pontas dos dedos perderiam o doentio tom azul e...

Ela empurrou a porta.

Um grito breve, seco, escapou dos seus lábios. A lareira já estava acesa e havia um homem de pé diante do fogo, aquecendo as mãos preguiçosamente.

Francesca tateou em busca de alguma coisa – qualquer coisa – que talvez pudesse usar como arma.

Então ele se virou.

– *Michael?*

Não sabia que ela estaria em Londres. Droga, nem mesmo lhe passara pela cabeça que isso pudesse acontecer. Não que tivesse feito qualquer diferença, mas pelo menos teria se preparado. Poderia ter se obrigado a dar um sorriso lento ou ao menos se certificar de que estaria vestido de forma impecável, integralmente imerso no papel de devasso irrecuperável.

Engoliu em seco. Não olhe. *Não* olhe.

– Michael? – sussurrou ela outra vez.

– Francesca – falou, já que precisava dizer alguma coisa. – O que está fazendo aqui?

Isso pareceu impeli-la a pensar e agir.

– O que *eu* estou fazendo aqui? – ecoou ela. – Não sou eu quem deveria estar na Índia. O que *você* está fazendo aqui?

Ele deu de ombros de forma um tanto indiferente.

– Achei que tinha chegado a hora de voltar para casa.

– Não podia ter escrito?

– Para você? – indagou ele, arqueando uma das sobrancelhas.

Foi, e era mesmo para ser, uma alfinetada. Ela não lhe escrevera uma única carta durante a viagem. Ele lhe enviara três correspondências, mas uma vez que ficara óbvio que ela não pretendia lhe responder, ele passou a escrever apenas para a mãe e para a mãe de John.

– Para qualquer um – retrucou ela. – Alguém teria estado aqui para recebê-lo.

– Você está aqui – observou ele.

Ela fechou o rosto ao olhá-lo.

– Se soubéssemos que estava a caminho, teríamos preparado a casa para você.

Ele deu de ombros mais uma vez. O ato parecia comunicar o sentimento que Michael precisava tão desesperadamente deixar claro.

– Está preparada o suficiente.

Ela envolveu o corpo com os braços, na verdade escondendo os seios, o que, Michael precisava concordar, provavelmente era o melhor a ser feito.

– Bem, você poderia ter escrito – disse ela por fim, a voz pairando áspera no ar. – Teria sido, no mínimo, cortês.

– Francesca – começou ele, virando-se ligeiramente para longe dela de maneira a continuar a esfregar as mãos diante do fogo –, tem alguma ideia de quanto tempo leva para uma carta chegar a Londres vinda da Índia?

– Cinco meses – respondeu ela de pronto. – Quatro se os ventos forem generosos.

Droga, ela estava certa.

– Seja lá o tempo que for – retrucou ele, irritado –, uma vez que decidi voltar, fazia pouco sentido tentar avisar com antecedência. A carta teria vindo no mesmo navio que eu.

– É mesmo? Achei que as embarcações de passageiros fossem mais lentas do que as que carregam as correspondências.

Ele deixou escapar um suspiro, olhando para ela por cima do ombro.

– Todas carregam correspondências. Além do mais, isso tem realmente alguma importância?

Por um instante, ele achou que ela responderia que sim, mas então Francesca disse, baixinho:

– É claro que não. O importante é que está em casa. Sua mãe ficará exultante.

Ele se virou de maneira que ela não pudesse ver seu sorriso completamente sem humor.

– Sim – murmurou –, é claro.

– E eu... – Ela se deteve e pigarreou. – Eu também estou feliz em tê-lo de volta.

Ela soou como se tentasse convencer a si mesma disso, mas Michael decidiu ser cavalheiro uma vez na vida e não chamar a atenção dela para esse fato.

– Está com frio? – perguntou.

– Não muito – disse ela.

– Está mentindo.

– Só um pouco.

Ele deu um passo para o lado, abrindo espaço para ela em frente à lareira. Quando não a ouviu se aproximar, fez um gesto com a mão em direção ao espaço vazio.

– É melhor eu voltar para o meu quarto – disse ela.

– Pelo amor de Deus, Francesca, se está com frio, venha para perto do fogo. Eu não mordo.

Ela rangeu os dentes e deu um passo à frente, juntando-se a ele em frente às chamas. Mas manteve-se um pouco para o lado, guardando alguma distância entre os dois.

– Você está ótimo – comentou ela.

– Você também.

– Faz tanto tempo...

– Eu sei. Uns quatro anos, acho.

Francesca engoliu em seco, desejando que aquilo não fosse tão difícil. Ora, pelo amor de Deus, aquele era Michael. Não era para ser difícil. Era verdade que haviam tido uma despedida ruim, mas isso fora nos terríveis dias logo após a morte de John. Na época, todos estavam sofrendo muito, e eram como feras feridas atacando qualquer um que se colocasse em seu caminho. Era para ser diferente agora. Deus sabia que ela pensara bastante naquele reencontro. Michael não podia ficar longe para sempre, todos sabiam disso. Mas, uma vez que a sua raiva inicial passara, Francesca esperara que quando ele voltasse os dois pudessem esquecer qualquer coisa desagradável que tivesse ocorrido entre eles.

E que voltassem a ser amigos. Ela precisava disso, mais do que jamais se dera conta.

– Tem planos? – perguntou, em grande parte porque o silêncio estava insuportável.

– Por enquanto, só consigo pensar em me aquecer – murmurou ele.

Ela sorriu involuntariamente.

– Está *mesmo* bastante frio para esta época do ano.

– Eu havia esquecido como pode ser terrivelmente frio aqui – resmungou ele, esfregando as mãos uma na outra.

– Seria de supor que você jamais conseguiria escapar à lembrança de um inverno britânico – murmurou Francesca.

Ele se virou para ela, então, com um sorriso irônico no canto dos lábios. Michael estava mudado. Sim, havia as diferenças óbvias – aquelas que todos notariam. Estava bronzeadíssimo e os cabelos, sempre negros como a meia-noite, agora revelavam algumas mechas prateadas.

Mas havia mais. A boca estava diferente, com traços mais rijos, se é que isso fazia sentido, e a graça fluida e esguia parecia ter desaparecido. Ele sempre lhe parecera tão relaxado, tão à vontade consigo mesmo, mas agora estava tão... tenso.

– Seria de supor – murmurou ele. Francesca o olhou com o rosto inexpressivo, já tendo esquecido ao que ele estava respondendo até que Michael acrescentou: – que eu teria voltado para casa por não tolerar mais o calor e agora cá estou, prestes a morrer de frio.

– Logo chegará a primavera – comentou ela.

– Ah, sim, a primavera. Com seus ventos apenas frios, em vez dos vendavais congelantes do inverno.

Ela riu ao ouvir isso, muito satisfeita por ter algo do que rir na presença dele.

– A casa estará melhor amanhã – disse. – Eu só cheguei hoje à noite e, como você, sem avisar. A Sra. Parrish me garantiu que o estoque estará completo amanhã.

Ele fez que sim e se virou, para aquecer as costas.

– O que está fazendo aqui?

– Eu?

Em resposta, ele fez um gesto indicando o aposento vazio.

– Eu moro aqui – disse ela.

– Mas só costuma chegar em abril.

– Você sabe disso?

Por um instante ele lhe pareceu quase encabulado.

– As cartas de minha mãe são cheias de detalhes – revelou Michael.

Ela deu de ombros e se aproximou um pouco mais do fogo. Não devia ficar tão perto dele, mas ainda estava sentindo muito frio e o robe, fino demais, quase não a protegia da friagem.

– Isso foi uma resposta? – perguntou ele.

– Vim mais cedo porque me deu vontade – respondeu ela, insolente. – Isso não é prerrogativa de uma dama?

Ele se virou outra vez, presumivelmente para esquentar a lateral do corpo, ficando então de frente para ela.

E lhe pareceu próximo demais.

Ela se afastou um pouco – apenas alguns centímetros; não queria que ele soubesse que ficara desconfortável com a sua proximidade.

Tampouco queria admitir isso para si mesma.

– Pensei que fosse prerrogativa de uma dama mudar de ideia – comentou ele.

– É prerrogativa de uma dama fazer o que bem entender – devolveu Francesca, atrevida.

– *Touché* – murmurou Michael. Olhou para ela outra vez, agora com mais atenção. – Você não mudou nada.

Francesca entreabriu os lábios.

– Como pode dizer isso?

– Porque está igual à lembrança que tenho de você. – Então, maliciosamente, fez um gesto em direção à reveladora camisola. – Sem contar as vestimentas, é claro.

Ela conteve um grito e deu um passo para trás, abraçando o corpo ainda mais.

Fora um pouco ridículo da parte dele, mas ficou bastante satisfeito por tê-la ofendido. Achara necessário fazê-la dar um passo para trás, afastando-se do seu alcance. *Ela* teria de impor os limites.

Porque ele não estava certo de que seria capaz de fazer isso.

Ele mentira ao dizer que ela não tinha mudado. Havia algo diferente em Francesca, algo completamente inesperado.

Algo que o abalou até a alma.

Era apenas uma impressão, mas nem por isso menos devastadora. Ele experimentou a sensação de que Francesca estava disponível, foi tomado por uma terrível e tortuosa noção de que John realmente se fora e que a única coisa que impedia Michael de estender a mão e tocá-la era a própria consciência.

Era quase engraçado.

Quase.

E lá estava ela, ainda sem a menor noção dos sentimentos dele, ainda completamente alheia à ideia de que o homem que se encontrava a seu lado não queria nada além de despir cada camada de seda de seu corpo e deitá-la diante do fogo. Queria apenas afastar as suas coxas, mergulhar entre elas e...

Ele riu sombriamente. Ao que parecia, quatro anos haviam feito pouca coisa para esfriar o seu ardor inoportuno.

– Michael?

Ele a olhou.

– O que há de tão engraçado?

A pergunta dela, isso, sim.

– Você não compreenderia.

– Tente explicar.

– Ah, eu acho melhor não.

– Michael.

Ele se virou para ela e disse, com frieza deliberada:

– Francesca, há coisas que você jamais compreenderá.

Os lábios dela se entreabriram e, por um instante, ela pareceu ter levado um golpe.

E ele se sentiu tão mal como se o tivesse dado.

– Que coisa mais horrível de dizer – sussurrou ela.

Ele deu de ombros.

– Você mudou – acrescentou ela.

O mais triste era que isso não era verdade. Pelo menos não de uma forma que teria tornado a vida mais fácil de tolerar. Ele deixou escapar um suspiro, odiando-se por não suportar o ódio dela.

– Desculpe – disse ele, passando a mão pelos cabelos. – Estou cansado, com frio, e sou um asno.

Ela sorriu ao ouvir aquilo e, por um instante, foram transportados no tempo.

– Está tudo bem – disse ela, afavelmente, tocando-lhe o braço. – Você fez uma longa viagem.

Ele suspirou. Ela costumava fazer aquilo o tempo todo – tocar-lhe o braço num gesto de amizade. Jamais em público, é claro, e raramente até quando estavam só os dois. John estava sempre junto. E aquilo sempre – *sempre* – abalara Michael.

Mas nunca tanto quanto agora.

– Preciso me deitar – murmurou ele.

Costumava ser um mestre em disfarçar o desconforto, mas não estava preparado para vê-la naquela noite e, além disso, sentia-se mesmo cansado.

Ela recolheu a mão.

– Não há nenhum quarto pronto para você. Fique com o meu. Eu durmo aqui.

– Não – disse ele, com mais vigor do que pretendia. – Eu durmo aqui ou... mas que diabo – resmungou, atravessando o aposento para tocar a campainha.

Qual era a vantagem de ser o maldito conde de Kilmartin se não podia ter um quarto preparado para ele a qualquer hora da noite?

Além do mais, tocar a campainha significava que um empregado chegaria dali a instantes, o que queria dizer que ele não estaria mais sozinho com Francesca.

Não que nunca tivessem ficado sozinhos antes, mas nunca à noite, e nunca com ela de camisola, e...

Ele tocou a campainha de novo.

– Michael – disse ela, soando quase divertida. – Tenho certeza que o escutaram da primeira vez.

– Sim, bem, é que foi um longo dia – comentou ele. – Pegamos uma tempestade no canal e tudo o mais.

– Vai ter de me contar tudo sobre suas viagens – disse Francesca com delicadeza.

Michael olhou para ela, erguendo uma sobrancelha.

– Eu poderia ter-lhe escrito a respeito.

Ela franziu os lábios por um instante. Era uma expressão que ele vira inúmeras vezes em seu rosto. Estava escolhendo as palavras, decidindo se iria ou não espetá-lo com a lança de sua lendária ironia.

Aparentemente, decidiu que não, pois disse apenas:

– Fiquei bastante aborrecida com você por ter partido.

Ele respirou fundo. Só mesmo Francesca para escolher a sinceridade nua e crua em vez uma réplica mordaz.

– Sinto muito – disse ele, e estava sendo sincero, mas ainda assim não teria agido de outra forma.

Precisara partir. Talvez isso quisesse dizer que era um covarde; talvez fosse um homem menor. Mas naquela ocasião não estava pronto para ser o conde. Não era John, jamais poderia ser John. E aquilo era a única coisa que todos pareciam desejar dele.

Até mesmo Francesca, daquela forma um tanto parcial.

Olhou para ela. Estava quase certo de que ela continuava sem compreender por que ele havia partido. Provavelmente achava que entendia, mas como poderia? Não sabia que ele a amava, não havia como entender a culpa que ele sentia em assumir a vida de John.

Mas nada disso era culpa dela. E, ao olhar para ela, frágil e orgulhosa enquanto fitava o fogo, ele repetiu:

– Sinto muito.

Ela aceitou o pedido de desculpas com um sutil um aceno da cabeça.

– Eu devia ter lhe escrito – disse ela. Virou-se então para fitá-lo, os olhos cheios de tristeza e talvez de uma insinuação de seu próprio pedido de desculpas. – Mas a verdade é que eu simplesmente não senti vontade. Pensar em você me fazia lembrar de John, e eu achei que era melhor não pensar demais nele naquela época.

Michael não fingiu compreender, mas ainda assim assentiu.

Ela sorriu, melancólica.

– Nós três nos divertíamos tanto, não é?

Michael assentiu outra vez.

– Eu sinto a falta dele – falou, surpreendendo-se com quanto era bom dar voz àquele sentimento.

– Sempre achei que seria tão bom quando você finalmente se casasse – acrescentou Francesca. – Você escolheria uma mulher brilhante e divertida, tenho certeza. E teríamos nos divertido muito, nós quatro.

Michael tossiu. Aquilo lhe pareceu a melhor coisa a fazer.

Ela olhou para ele, despertando de seu devaneio.

– Está se resfriando?

– Provavelmente. Até sábado estarei à beira da morte, pode ter certeza.

Ela arqueou uma sobrancelha.

– Espero que não ache que eu vou cuidar de você.

Era só a abertura que ele precisava para adotar a postura sarcástica com a qual se sentia tão confortável.

– Não será preciso – falou, com um aceno da mão. – Não devo levar mais do que três dias para atrair um séquito de mulheres inadequadas para cuidarem de todas as minhas necessidades.

Francesca franziu os lábios de leve, ainda que se mostrasse claramente divertida.

– O mesmo de sempre, pelo visto.

Ele deu um sorriso apoiado no canto da boca.

– Na verdade, ninguém jamais muda, Francesca.

Ela inclinou a cabeça para o lado, indicando o corredor, onde podia-se ouvir alguém vindo com passos rápidos. O lacaio chegou e Francesca cuidou de tudo, enquanto Michael continuou em frente ao fogo com uma postura vagamente imperial, acenando a sua concordância.

– Boa noite, Michael – disse ela assim que o lacaio saiu para cumprir suas ordens.

– Boa noite, Francesca – retrucou ele, baixinho.

– É bom vê-lo outra vez – falou ela. Então, como se precisasse convencer um dos dois, e ele não sabia ao certo qual, de que isso era verdade, ela acrescentou: – Muito bom.

CAPÍTULO 6

... Sinto muito por não ter escrito. Não, não é verdade. Eu não sinto. Não tenho vontade de escrever. Não tenho vontade de pensar em...

– da condessa de Kilmartin para o novo conde de Kilmartin, um dia após o recebimento de sua primeira correspondência, rasgada em pedacinhos, então encharcada em lágrimas

Quando Michael se levantou na manhã seguinte, a Casa Kilmartin parecia estar funcionando como cabia ao lar de um conde. Todas as lareiras tinham sido acesas e um esplêndido café da manhã fora servido na sala de jantar, com ovos cozidos, presunto, bacon, linguiças, torradas amanteigadas, geleia e o seu prato preferido: cavalinhas assadas na brasa.

Francesca, no entanto, não estava em lugar algum.

Ao perguntar por ela, Michael recebeu um bilhete dobrado que ela deixara mais cedo. Ao que parecia, temia que as más línguas começassem a falar sobre estarem vivendo sob o mesmo teto na Casa Kilmartin e, por isso, resolvera se hospedar na residência da mãe na Bruton Street até que Janet ou Helen chegassem da Escócia. Convidou-o, no entanto, para ir visitá-la, pois achava que tinham muito a conversar.

E Michael concordava com ela, assim, tão logo terminou o desjejum (descobrindo, para sua surpresa, que sentia falta das iguarias indianas), foi até o Número Cinco.

Preferiu ir caminhando; o lugar não ficava muito longe e o clima esquentara agradavelmente desde o dia anterior. Mas, na verdade, queria mesmo era absorver a paisagem da cidade, recordar o ritmo de Londres. Jamais havia notado os aromas e os sons específicos da capital, a forma como o ruído dos cascos dos cavalos combinava com os gritos festivos do vendedor de flores e com o grave retumbar de vozes cultas. O barulho de seus passos na calçada, o aroma de castanhas assadas e uma ligeira presença de fuligem no ar, tudo isso combinado de modo a formar uma cidade única.

Era quase opressor, o que era estranho, pois lembrava-se de ter se sentido exatamente assim ao chegar à Índia, quatro anos antes. O ar úmido, perfumado com especiarias e flores, afetara gravemente cada um de seus sentidos. Sentira-se quase como se houvesse sido golpeado pela cidade, tonto e desorientado. E, embora sua reação a Londres não fosse tão dramática, estava um pouco como um peixe fora d'água, assaltado por cheiros e sons que não deveriam lhe parecer tão pouco familiares.

Será que Michael se tornara um estranho na própria terra natal? Aquilo lhe pareceu meio bizarro e, no entanto, enquanto caminhava pelas ruas apinhadas do bairro comercial mais exclusivo da cidade, não pôde deixar de notar que sua presença sobressaía, que qualquer um que o olhava parecia saber, instantaneamente, que ele era diferente, despojado de sua essência britânica.

Ou então, ele se permitiu pensar, ao captar o próprio reflexo numa vitrine, talvez fosse o bronzeado.

Levaria semanas para sua pele voltar à cor normal. Meses, talvez.

A mãe ficaria escandalizada.

A ideia o fez sorrir. Gostava de surpreender a mãe. Não amadurecera o bastante para que isso deixasse de diverti-lo.

Dobrou na Bruton Street e passou pelas últimas casas antes de chegar ao Número Cinco. Já estivera lá, é claro. A mãe de Francesca costumava definir a palavra "família" da forma mais ampla possível, assim Michael era sempre convidado junto a John e Francesca para inúmeros eventos da família Bridgerton.

Ao chegar, Lady Bridgerton já se encontrava na sala de visitas decorada em tons de verde e creme, tomando uma xícara de chá à sua escrivaninha, próxima à janela.

– Michael! – exclamou, pondo-se de pé com óbvia satisfação. – Que prazer em vê-lo!

– Lady Bridgerton – cumprimentou ele, tomando-lhe a mão e a agraciando com um galante beijo.

– Ninguém faz isso como você – comentou ela em tom de aprovação.

– É preciso saber cultivar os melhores costumes – murmurou ele.

– E eu posso lhe assegurar que as senhoras de certa idade ficam muito agradecidas por fazê-lo.

– Certa idade quer dizer... – ele sorriu maliciosamente – trinta e um?

Violet Bridgerton era o tipo de mulher que se tornava mais encantadora com a idade, mas o sorriso que ela deu a deixou ainda mais radiante.

– Você é *sempre* bem-vindo nesta casa, Michael Stirling.

Ele sorriu e se acomodou numa cadeira de espaldar alto quando ela lhe fez um gesto para que ele se sentasse.

– Minha nossa – começou ela, franzindo a testa –, eu devo me desculpar. Imagino que deva chamá-lo de Kilmartin, agora.

– "Michael" está ótimo – assegurou-lhe ele.

– Eu sei que faz quatro anos – continuou ela –, mas como não o vejo...

– Pode me chamar como desejar – disse ele, com delicadeza.

Era estranho. Finalmente se acostumara a ser chamado de Kilmartin, adaptando-se à forma como o título se sobrepusera ao seu sobrenome. Mas isso fora na Índia, onde ninguém o conhecera apenas como Sr. Stirling e, talvez o mais importante, onde ninguém conhecera John como o conde. Ouvir seu título dos lábios de Violet Bridgerton era um pouco assustador, em especial considerando que ela, como era o costume de muitas sogras, costumava se referir a John como filho.

Mas se percebeu o desconforto dele, não deu a menor indicação disso.

– Se pretende me deixar tão à vontade assim – disse ela –, então eu devo fazer o mesmo. Por favor, me chame de Violet. Já passou da hora de fazê-lo.

– Ah, eu não poderia – apressou-se ele em retrucar.

E estava sendo sincero. Aquela era Lady Bridgerton. Era... Bem, ele não sabia o que ela era, mas não podia ser *Violet* para ele, de modo algum.

– Eu insisto, Michael – replicou ela –, e tenho certeza que você sabe que sempre consigo o que quero.

Ele não tinha a menor chance de vencer aquela discussão, então apenas respirou fundo e disse:

– Não sei se posso beijar a mão de uma Violet. Isso me parece um gesto escandalosamente íntimo, não acha?

– Não ouse parar.

– Mas as pessoas começarão a falar – advertiu ele.

– Acredito que minha reputação haverá de resistir.

– Ah, mas será que a minha resistirá?

Ela riu.

– Você é um patife.

Ele se recostou na cadeira.

– Isso me cai bem.

– Aceita um chá? – Ela indicou o delicado bule de porcelana que se encontrava do outro lado do aposento. – O meu já esfriou, então eu adoraria pedir outro bule.

– Um chá seria ótimo.

– Imagino que seu paladar esteja desacostumado ao chá depois de tantos anos na Índia – comentou ela, levantando-se e atravessando a sala para tocar a campainha.

– De fato, não é o mesmo – disse ele, depois de ter se colocado de pé assim que ela levantou. – Não sei explicar, mas nada tem exatamente o mesmo sabor do chá inglês.

– Será a qualidade da água?

Ele sorriu furtivamente.

– Creio que a qualidade das mulheres que o servem.

Ela riu.

– Você, milorde, precisa de uma esposa. Imediatamente.

– Ah, é mesmo? E por que diz isso?

– Porque no seu estado atual, representa um grande risco para mulheres solteiras de todos os lugares.

Ele não pôde resistir a um último flerte:

– Espero que esteja se incluindo nesse grupo, Violet.

Então, ouviu-se uma voz vinda da porta:

– Está flertando com a minha *mãe*?

Era Francesca, é claro, usando um vestido lilás adornado com renda belga. Parecia estar se esforçando um bocado para ser severa com ele.

E não estava sendo completamente bem-sucedida.

Michael curvou os lábios num sorriso misterioso enquanto assistia às duas senhoras se sentarem.

– Viajei o mundo todo, Francesca, e posso afirmar que há poucas mulheres com as quais eu preferiria flertar no lugar de sua mãe.

– Eu o convido para jantar conosco hoje – anunciou Violet –, e não aceitarei uma recusa como resposta.

Michael deu uma risada maliciosa.

– Será uma honra.

À sua frente, Francesca murmurou:

– Você é incorrigível.

Ele se limitou a lhe lançar um sorriso preguiçoso. Aquilo era bom, pensou. A manhã estava transcorrendo exatamente como esperava, com ele e Francesca retomando a antiga dinâmica. Ele era, mais uma vez, o sedutor imprudente, enquanto ela fingia repreendê-lo. Tudo voltava a ser como antes da morte de John.

Ele ficara surpreso na noite anterior. Não esperara vê-la. E não tivera tanta certeza de que sua *máscara* pública estivesse no lugar.

Não que *tudo* a seu respeito fosse uma representação. Ele sempre fora um pouco imprudente e *de fato* era um namorador inveterado. A mãe costumava dizer que ele enfeitiçava as moças desde a mais tenra idade.

No entanto, quando estava com Francesca, era fundamental que esse aspecto de sua personalidade permanecesse em evidência para que ela não suspeitasse de nada.

– Quais são seus planos agora que retornou? – indagou Violet.

Michael se virou para ela com uma expressão vaga.

– Na verdade, não tenho certeza – respondeu, com vergonha de admitir para si mesmo que não estava mentindo. – Imagino que levarei algum tempo para compreender o que exatamente é esperado de mim neste papel.

– Estou certa de que Francesca poderá lhe ser útil nisso – observou Violet.

– Apenas se ela assim desejar – retrucou Michael, baixinho.

– É claro – disse Francesca, chegando levemente para o lado quando uma criada entrou com uma bandeja de chá. – Eu o ajudarei no que for preciso.

– Quanta rapidez – murmurou Michael.

– Eu sou louca por chá – explicou Violet. – Bebo o dia todo. As criadas têm sempre uma panela com água próxima do ponto de fervura.

– Aceita uma xícara? – indagou Francesca, que assumira a função de servir.

– Sim, por favor – respondeu Michael.

– Ninguém conhece Kilmartin como Francesca – revelou Violet, explodindo de orgulho maternal.

– Ela provará ser de valor inestimável para você.

– Tenho certeza disso – disse Michael, pegando a xícara das mãos de Francesca. Ela se lembrara de como ele gostava do chá: com leite, sem açúcar. Por algum motivo, isso o alegrou imensamente. – É condessa há seis anos e, durante quatro, teve de ser conde também. – Diante do olhar perplexo de Francesca, ele acrescentou: – De todas as formas, exceto no nome. Ora, vamos, Francesca, precisa reconhecer que é verdade.

– Eu...

– E trata-se de um elogio – continuou ele. – Tenho com você uma dívida de gratidão muito maior do que minhas condições de pagar. Não poderia ter ficado longe por tanto tempo se não soubesse que o condado se encontrava em mãos tão capazes.

Francesca chegou a ruborizar, o que o surpreendeu. Desde que a conhecera, podia contar em uma das mãos o número de vezes que vira suas faces ficarem rosadas.

– Muito obrigada – disse ela. – Não foi difícil, posso lhe garantir.

– Pode ser, mas eu lhe sou grato mesmo assim.

Ele levou a xícara aos lábios, permitindo às senhoras que conduzissem a conversa dali em diante.

Violet, então, lhe perguntou sobre o tempo que ele passara na Índia e, antes que Michael se desse conta, estava contando-lhes a respeito de palácios e princesas, caravanas e *curries*. Excluiu os saqueadores e a malária, decidindo que não eram exatamente assunto para a sala de visitas.

Depois de algum tempo, deu-se conta de que estava se divertindo muito. Talvez, pensou, ao ouvir Violet mencionar um baile de tema indiano no ano anterior, ele tivesse tomado a decisão acertada.

Talvez fosse bom estar em casa.

Uma hora mais tarde, Francesca se viu de braços dados com Michael, passeando pelo Hyde Park. O sol irrompera através das nuvens e quando ela declarou que não conseguia resistir ao bom tempo, Michael não tivera outra escolha senão se oferecer para acompanhá-la numa caminhada.

– É um pouco como nos velhos tempos – comentou ela, inclinando o rosto em direção ao sol.

Era capaz de acabar com um bronzeado assustador ou algumas sardas, mas supunha que sempre pareceria pálida como porcelana ao lado de Michael, cujo tom de pele deixava claro que ele tinha acabado de voltar dos trópicos.

– A caminhada, você quer dizer? – indagou ele. – Ou a sua forma de me manipular tão habilmente de modo a acompanhá-la?

Ela tentou se manter séria.

– As duas coisas, é claro. Você costumava me levar para passear com bastante frequência. Sempre que John estava ocupado.

– É verdade.

Caminharam em silêncio por algum tempo, então ele disse:

– Fiquei um pouco surpreso ao descobrir que você partira esta manhã.

– Espero que compreenda por que precisei fazer isso – disse ela. – Eu não queria, é claro; voltar para a casa de minha mãe me dá a sensação de retornar à infância. – Ela franziu os lábios em sinal de aversão. – Eu a amo, é claro, mas me acostumei à minha própria rotina doméstica.

– Gostaria que eu fosse morar em outro lugar?

– Não, é claro que não – retrucou ela rapidamente. – Você é o conde. A Casa Kilmartin pertence a você. Além do mais, Helen e Janet partiram apenas uma semana depois de mim; devem chegar logo, então eu vou poder me mudar de volta para lá.

– Coragem, Francesca. Tenho certeza que haverá de suportar.

Ela o olhou de soslaio.

– Não é nada que você ou qualquer homem seja capaz de entender, mas prefiro o meu status de mulher casada ao de debutante. Quando estou no Número Cinco, com Eloise e Hyacinth, tenho a sensação de ter retornado à minha primeira temporada, com todas as regras e todos os regulamentos.

– Nem todos – comentou ele. – Se isso fosse verdade, não lhe permitiriam sair comigo agora.

– Tem razão – reconheceu ela. – Especialmente com você, imagino.

– Como assim, *especialmente* comigo?

Ela riu.

– Ora, vamos, Michael. Acha mesmo que sua reputação vai ser esquecida apenas por ter passado quatro anos fora do país?

– Francesca...

– Você é uma *lenda*.

Ele se mostrou horrorizado.

– É verdade – disse ela, perguntando-se por que ele estava tão surpreso. – Minha nossa, as mulheres ainda falam em você.

– Não para você, eu espero – murmurou ele.

– Ah, sim, sobretudo para mim. – Ela deu um sorriso malicioso. – Todas queriam saber quando você planejava voltar. E agora vai ser pior, quando a notícia de seu retorno se espalhar. Devo dizer que é um papel bastante estranho o de confidente do mais notório libertino de Londres.

– Confidente, é?

– Do que mais você chamaria?

– Não, não, confidente é uma palavra perfeitamente apropriada. Só que se você acha que eu lhe confidenciei *tudo*...

Francesca lançou-lhe um olhar enviesado. Aquilo era tão típico dele, deixar as palavras no ar e a imaginação correr solta.

– Imagino, então – murmurou ela –, que não tenha compartilhado conosco todas as novidades da Índia.

Ele se limitou a sorrir. Diabolicamente.

– Muito bem – disse ela. – Permita-me, então, passar a conversa a áreas mais respeitáveis. O que planeja fazer agora que voltou? Vai assumir o seu assento no Parlamento?

Ele parecia não ter pensado nisso.

– É o que John teria desejado – acrescentou ela, sabendo que estava sendo terrivelmente manipuladora.

Michael olhou para Francesca com uma expressão implacável, deixando claro que ele não apreciava suas táticas.

– Também terá de se casar – prosseguiu ela.

– Está planejando assumir o papel de casamenteira? – perguntou ele, irritado.

Ela deu de ombros.

– Se assim desejar. Tenho certeza que não poderia fazer um trabalho pior do que você.

– Meu bom Deus... – retrucou ele. – Faz um dia que voltei. Precisamos falar sobre isso agora?

– Não, é claro que não. Mas logo teremos que falar. Você não está ficando mais jovem.

Michael se limitou a fitá-la, atônito.

– Não consigo me imaginar permitindo que qualquer pessoa se dirija a mim dessa forma.

– Não se esqueça de sua mãe – retrucou ela, com um sorriso satisfeito.

– Você *não* é minha mãe – rebateu ele, com veemência.

– Graças a Deus por isso – devolveu ela. – Eu já teria sucumbido à falência cardíaca há anos. Não sei como ela consegue.

Ele parou de caminhar.

– Eu não sou *tão* ruim assim.

Ela deu de ombros levemente.

– Não?

E ele ficou sem fala. Absolutamente sem fala. Era uma conversa que tinham tido tantas vezes, mas havia algo diferente agora. Uma aspereza na voz, uma ironia nas palavras que nunca tinham atribuído.

Ou talvez ele nunca as tivesse notado.

– Ora, não fique tão chocado, Michael – disse ela, dando-lhe um tapinha de leve no braço. – É claro que você tem uma péssima reputação. Mas é encantador e, por isso, é sempre perdoado.

Michael perguntou-se se era assim que ela o via. Por que estava surpreso, afinal? Era exatamente essa a imagem que cultivara.

– E, agora que é o conde – continuou ela –, as mãezinhas vão fazer fila para tentar casá-lo com as preciosas filhinhas.

– Estou com medo – disse ele, baixinho. – Morrendo de medo.

– E deveria estar mesmo – retrucou ela, sem a menor compaixão. – Vai ser um frenesi, isso eu posso lhe garantir. Você tem sorte por eu ter feito minha mãe jurar esta manhã que não atiraria Eloise ou Hyacinth nos seus braços. E ela o faria, é bom que saiba – acrescentou, claramente deleitando-se com a conversa.

– Pelo que me lembro, você costumava tentar atirar suas irmãs nos meus braços.

Os lábios dela se retorceram levemente.

– Isso foi há muito tempo – falou, com um gesto da mão para descartar o comentário dele. – Você jamais serviria.

Ele nunca desejara cortejar nenhuma das irmãs dela, mas não pôde resistir à chance de implicar com Francesca:

– Jamais serviria para Eloise ou para Hyacinth?

– Para nenhuma das duas – respondeu ela, irritada o bastante para fazê--lo sorrir. – Mas eu hei de encontrar alguém para você, não se aflija.

– E eu pareço aflito?

Ela foi em frente, como se ele não tivesse falado.

– Acho que vou apresentá-lo à amiga de Eloise, Penelope.

– A Srta. Featherington? – indagou ele, recordando-se vagamente de uma moça meio rechonchuda que nunca abria a boca.

– Também é minha amiga, é claro – acrescentou Francesca. – Acho que vai gostar dela.

– A Srta. Featherington já aprendeu a falar?

Ela o fulminou com os olhos.

– Vou ignorar esse comentário. Penelope é uma moça agradável e muito inteligente depois que consegue vencer a timidez inicial.

– E quanto tempo demora isso? – murmurou ele.

– Acho que ela seria um bom ponto de equilíbrio para você.

– Francesca – disse ele, com firmeza –, você não vai servir de casamenteira para mim. Estamos entendidos?

– Bem, al...

– E não venha me dizer que alguém tem de fazer esse papel – interrompeu ele.

Ela realmente ainda era o livro aberto de outrora. Sempre querendo administrar a vida dele.

– Michael – começou Francesca, a palavra saindo como um suspiro que sugeria um sofrimento muito maior do que o que tinha o direito de sentir.

– Só estou de volta há um dia – observou ele. – Um dia. Estou cansado e não quero saber se o sol saiu: continuo com frio e os meus pertences ainda nem foram tirados das malas. Por favor, espere pelo menos uma semana antes de começar a planejar meu casamento.

– Uma semana, então? – indagou Francesca, zombeteira.

– Francesca – disse ele, a voz contendo um claro aviso.

– Muito bem – retrucou ela, com algum desdém. – Mas depois não diga que eu não lhe avisei. Quando estiver em algum evento social e as mocinhas o tiverem encurralado em algum canto, acompanhadas de suas mãezinhas, prontas para atacá-lo...

Ele estremeceu diante da imagem. E também ante a constatação de que o prognóstico dela provavelmente estava correto.

– ... irá implorar pela minha ajuda – terminou ela, erguendo o olhar para ele com um irritante ar de satisfação.

– Estou certo que irei – disse ele, lançando-lhe um sorriso condescendente que sabia que ela detestaria. – E quando isso acontecer, prometo que demonstrarei o devido pesar.

Então ela riu, o que aqueceu o coração dele bem mais do que deveria. Ele sempre conseguira fazê-la rir.

Francesca se virou para ele, sorriu e deu um tapinha em seu braço.

– É bom tê-lo de volta.

– É bom estar de volta – disse ele.

Embora tivesse proferido as palavras de maneira automática, deu-se conta de que estava sendo sincero. *Era* bom. Difícil, mas bom. E, de qualquer forma, difícil nem sempre era algo ruim. Certamente não era nada com que não estivesse acostumado.

A essa altura, estavam bem no coração do Hyde Park e a região ia ficando um pouco mais cheia de gente. As árvores apenas começavam a brotar, mas o ar ainda estava frio o bastante para que as pessoas não precisassem procurar um lugar com sombra.

– Eu devia ter trazido pão para os pássaros – murmurou Francesca.

– No Serpentine? – perguntou Michael, surpreso.

Havia passeado no Hyde Park com Francesca com frequência e lembrava que os dois costumavam evitar a todo custo as margens do Serpentine. Viviam repletas de babás e de crianças berrando como pequenos selvagens (as babás com frequência mais do que as crianças), e Michael tinha pelo menos um conhecido que já fora atingido na cabeça por um pão inteiro. Ao que parecia, ninguém dissera ao futuro jogadorzinho de críquete que se devia partir o pão em pedacinhos menos perigosos.

– Eu gosto de atirar pão para os pássaros – disse Francesca, um pouco na defensiva. – Além do mais, não deve haver muitas crianças por lá hoje. Ainda está um pouco frio.

– Isso nunca foi um impedimento para mim ou John – observou Michael, alegremente.

– Bem, claro, vocês são escoceses – devolveu ela. – O sangue de vocês continua circulando mesmo congelado.

Ele sorriu.

– Somos mesmo muito saudáveis, os escoceses.

Estava brincando. Com tantos casamentos dentro da própria família, eram tão ingleses quanto escoceses, talvez ainda mais ingleses, até. Mas sendo Kilmartin localizada nos condados da fronteira, os Stirlings se agarravam à herança escocesa como um distintivo de honra.

Encontraram um banco não muito longe do Serpentine e se sentaram para observar os patos na água.

– É de supor que procurassem um local mais quente – comentou Michael. – A França, talvez.

– E se privarem de toda a comida que as crianças atiram para eles? – retrucou Francesca com um sorriso irônico. – Não são tolos.

Michael apenas deu de ombros. Quem era ele para fingir conhecimento sobre o comportamento das aves?

– O que achou do clima da Índia? – indagou Francesca. – É tão quente quanto dizem?

– Mais, até – respondeu ele. – Não sei. Acho que as descrições são bastante precisas. O problema é que nenhum inglês consegue compreender verdadeiramente até chegar lá.

Ela o olhou, confusa.

– É muito mais quente do que você poderia imaginar – disse ele.

– Parece... Bem, não sei o que parece – admitiu ela.

– Mas o calor não é nada comparado aos insetos.

– Parece aflitivo – comentou Francesca.

– Você provavelmente não gostaria de lá. Não para uma estada prolongada, pelo menos.

– Eu gostaria de viajar, entretanto – disse ela, baixinho. – Eu sempre planejei isso.

Ela ficou em silêncio, assentindo distraidamente por tanto tempo que Michael desconfiou que ela esquecera que fazia aquilo. Então ele se deu conta de que ela mantinha os olhos fixos a distância. Observava alguma coisa, embora ele não imaginasse o quê. Não havia nada de interessante na paisagem, apenas uma babá de cara amarrada empurrando um carrinho.

– O que está olhando? – perguntou ele, por fim.

Ela não respondeu, apenas continuou a olhar.

– Francesca?

Ela se virou para ele.

– Eu quero um bebê.

CAPÍTULO 7

... eu esperava ter recebido um bilhete seu a esta altura, mas é claro que o correio é notoriamente precário quando tem de viajar tão longe assim. Ainda na semana passada ouvi uma história sobre a chegada de um malote de dois anos atrás; vários dos destinatários já haviam retornado à Inglaterra. Minha mãe escreve que você se encontra bem, completamente recuperada de sua penosa experiência; fico contente em sabê-lo. Meu trabalho aqui continua a me desafiar e me satisfazer. Estabeleci-me da cidade, como faz a maior parte dos europeus aqui em Madras. Mas gosto bastante de visitar a cidade; tem um aspecto bem grego, pelo menos eu acho, já que nunca fui à Grécia. O céu é azul, tão azul que é praticamente cegante, praticamente a coisa mais azul que eu já vi na vida.

– do conde Kilmartin para a condessa de Kilmartin,
seis meses após a sua chegada à Índia

– Como disse?

Ela o chocara. Ele chegou até a gaguejar. Ela não havia feito o anúncio para provocar aquele tipo de reação, mas agora que ele estava sentado ali, boquiaberto, Francesca não podia deixar de sentir certo prazer.

– Eu quero um bebê – repetiu ela, dando de ombros. – Existe algo de surpreendente nisso?

Os lábios dele se moveram antes de ele emitir qualquer som.

– Bem... não... mas...

– Tenho 26 anos.

– Eu sei quantos anos tem – disse ele, um tanto impaciente.

– Farei 27 no fim de abril. Não acho que seja tão estranho eu querer um filho.

Os olhos dele ainda guardavam uma aparência vítrea.

– Não, é claro que não, mas...

– E eu não deveria ter de me explicar para você!

– Eu não pedi que o fizesse – disse ele, olhando-a como se ela tivesse adquirido duas cabeças.

– Sinto muito – murmurou Francesca. – Não quis ser rude.

Ele não disse nada, o que a irritou. No mínimo, deveria tê-la contradito. Teria sido uma mentira, mas, ainda assim, gentil e cortês da parte dele.

Por fim, como se o silêncio fosse insuportável, ela murmurou:

– Muitas mulheres querem filhos.

– Certo – concordou ele, tossindo ao dizer a palavra. – É claro. Mas... não acha que talvez queira um marido primeiro?

– É claro. – Ela dirigiu-lhe um olhar irritado. – Por que acha que voltei mais cedo para Londres?

Ele a fitou sem entender.

– Estou à procura de um marido – explicou ela, falando como se ele fosse um imbecil.

– Que colocação mais interesseira – murmurou ele.

Ela franziu os lábios.

– Mas é isso mesmo. E é melhor você ir se acostumando, para o seu próprio bem. É exatamente assim que as senhoras haverão de começar a se referir a respeito de *você*, em breve.

Ele ignorou a segunda parte do que Francesca dissera.

– Tem algum cavalheiro em mente?

Ela balançou a cabeça.

– Ainda não. Mas imagino que vá aparecer alguém assim que eu começar a procurar. – Ela tentou conferir um tom jocoso ao que disse, mas em vez disso sua voz foi perdendo a força e a convicção. – Estou certa de que meus irmãos têm amigos.

Michael olhou para ela, então se deixou afundar no banco e olhou para a água.

– Eu o choquei – disse ela.

– Bem... sim.

– Normalmente eu sentiria grande prazer nisso – confessou ela, os lábios se retorcendo com ironia.

Ele não respondeu, mas revirou levemente os olhos.

– Não posso chorar a morte de John para sempre – continuou Francesca. – Quer dizer, eu posso e vou, mas... – Ela parou, odiando o fato de estar à beira das lágrimas. – E a pior parte é que talvez eu nem possa ter filhos. Levei dois anos para engravidar e olhe só como consegui estragar tudo.

– Francesca – começou ele, com veemência –, você não deve se culpar por ter perdido o bebê.

Ela soltou uma risada amarga.

– Você pode imaginar? Casar-se com alguém só para ter um filho e depois não conseguir ter um?

– Acontece o tempo todo – disse ele, com todo o cuidado.

Era verdade, mas isso não a fez sentir-se nem um pouco melhor. *Ela* podia escolher. Não precisava se casar; continuaria a ter dinheiro para se sustentar – e ser abençoadamente independente – se permanecesse como viúva. Caso se casasse – não, *quando* se casasse; precisava se comprometer mentalmente com a ideia –, não seria por amor. Não teria um casamento como o que tivera com John; uma mulher não conseguia encontrar um amor como aquele duas vezes na vida.

Iria se casar para ter um filho e não havia a menor garantia de que teria um.

– Francesca?

Não olhou para ele; limitou-se a ficar ali, sentada, tentando desesperadamente ignorar as lágrimas que lhe queimavam os cantos dos olhos.

Michael estendeu um lenço em sua direção, mas ela não quis demonstrar que notara o gesto. Se aceitasse o lenço, *teria* de chorar. Não haveria nada para detê-la.

– Eu preciso ir em frente – disse ela, desafiadora. – Preciso. John se foi e eu...

Então algo muito estranho aconteceu. De fato, *estranho* não seria a palavra correta. Chocante, talvez, ou transformador, ou quem sabe não houvesse uma palavra para definir o tipo de surpresa que deixa uma pessoa paralisada e incapaz de respirar.

Ela se virou para ele. Deveria ter sido algo simples, uma vez que Francesca já fizera aquele gesto centenas... não... milhares de vezes. Sim, era verdade que ele passara os últimos quatro anos na Índia, mas ela conhecia seu rosto, conhecia seu sorriso. Na realidade, conhecia tudo a respeito dele...

Só que dessa vez foi diferente. Quando se virou para ele, não esperava que ele já tivesse se voltado para ela. Tampouco esperava que ele se encontrasse tão próximo que fosse possível enxergar os salpicos cor de carvão em seus olhos.

Mas, acima de tudo, não esperava que o próprio olhar se direcionasse aos lábios dele. Eram lábios cheios, opulentos e bem contornados, e Francesca conhecia seu formato tão bem quanto o dos próprios lábios, a não ser pelo fato de que jamais os olhara *realmente*, jamais notara como eram uniformes na cor, ou como a curva do lábio inferior era sensual e...

Ela se levantou com tanta rapidez que quase perdeu o equilíbrio.

– Preciso ir – declarou, estranhando o fato de sua voz não soar como a de algum demônio sobrenatural. – Tenho um compromisso. Tinha me esquecido.

– É claro – disse ele, levantando-se também.

– Com a costureira – acrescentou ela, como se detalhes pudessem tornar a mentira mais convincente. – Todas as minhas roupas são em cores de meio-luto.

Ele assentiu.

– Não lhe caem bem.

– É muito gentil da sua parte fazer essa observação – disse ela, irritada.

– Devia encomendar vestidos azuis – sugeriu ele.

Ela fez que sim, movendo a cabeça com gestos espasmódicos, ainda desestabilizada e aborrecida.

– Você está bem? – perguntou ele.

– Estou ótima – afirmou Francesca. Então acrescentou, com um pouco mais de delicadeza: – Estou ótima, sério. É que detesto me atrasar.

Isso era verdade e ele sabia dessa característica dela, então era de esperar que aceitasse aquilo como um motivo para a rudeza.

– Muito bem – disse Michael em concordância, e Francesca foi tagarelando durante todo o percurso de volta até o Número Cinco.

Precisava criar uma boa fachada, pensou, à beira do desespero. Não podia permitir que ele adivinhasse o que realmente acontecera com ela naquele banco à beira do Serpentine.

Sempre achara Michael bonito, é claro. Mas era uma beleza que não significava nada para ela. Ele era belo assim como Benedict, irmão dela, era alto, e a mãe tinha olhos lindos.

Mas agora, de repente...

Ela olhara para ele e vira algo completamente novo.

Vira um *homem*.

E aquilo a assustara terrivelmente.

Francesca tendia a acreditar que a melhor atitude a tomar era agir, assim, ao retornar ao Número Cinco, foi à procura da mãe e lhe informou que precisava visitar a modista. Afinal, era melhor transformar a sua mentira em verdade o mais rápido possível.

Violet ficou mais do que satisfeita com o desejo da filha de se livrar de seus tons cinza e lilás do meio-luto, então, pouco menos de uma hora depois, as duas se encontravam confortavelmente acomodadas na elegante carruagem de Violet a caminho das exclusivas lojas da Bond Street. Normalmente, Francesca teria se irritado diante da interferência da mãe – tinha plena capacidade de escolher o próprio guarda-roupa –, mas naquele dia achou a presença dela estranhamente reconfortante.

Não que Violet não costumasse ser um conforto, mas Francesca gostava de cultivar sua independência e preferia que não a vissem como "uma das meninas Bridgertons". Agora, aquela visita à costureira estava sendo bastante desconcertante. Teria sido necessária uma sessão de tortura completa para levá-la a admiti-lo, mas Francesca estava, para usar um termo bem adequado, apavorada.

Mesmo que não tivesse decidido que chegara o momento de se casar outra vez, despir-se dos trajes de viúva assinalava uma enorme mudança para a qual ela não estava certa de estar preparada.

Sentada na carruagem, baixou o olhar para os braços. Não conseguia ver as mangas do vestido – estavam cobertas pelo casaco –, mas sabia que eram lilás. Havia algo reconfortante nisso, algo sólido e seguro. Vinha usando aquela cor, e também o cinza, havia três anos. E, um ano antes disso, o inevitável preto. Funcionara como uma espécie de distintivo, de uniforme. Não era necessário se preocupar com quem se era quando as roupas o proclamavam com tanta clareza.

– Mãe? – começou ela, antes mesmo de se dar conta de que tinha uma pergunta a fazer.

Violet se virou para ela com um sorriso.

– Sim, minha querida?

– Por que você nunca se casou de novo?

Violet entreabriu os lábios e, para grande surpresa de Francesca, os olhos da mãe brilharam.

– Sabe que esta é a primeira vez que um de vocês me faz essa pergunta?

– Não é possível – retrucou Francesca. – Tem certeza?

Violet assentiu.

– Nenhum dos meus filhos jamais me perguntou isso. Eu teria me lembrado.

– Sim, é claro que teria – apressou-se Francesca em dizer.

Mas tudo aquilo era tão... estranho... E impensado, na verdade. Por que será que ninguém nunca tinha feito aquela pergunta a Violet? Do ponto de vista de Francesca, era a mais urgente de todas as perguntas imagináveis. E, mesmo que nenhum de seus irmãos tivesse levantado a questão apenas por curiosidade, será que não se davam conta de quão importante era para Violet?

Será que não desejavam *conhecer* a mãe? Conhecê-la *de verdade*?

– Quando o seu pai morreu... Bem, não sei até que ponto você lembra, pois foi muito repentino. Nenhum de nós esperava.

Ela deu um sorriso triste e Francesca se perguntou se algum dia seria capaz de rir sobre a morte de John, mesmo que o gesto contivesse uma nuance de tristeza.

– Uma picada de abelha – continuou Violet, e Francesca se deu conta de que, mesmo hoje, mais de vinte anos após a morte de Edmund, a mãe ainda demonstrava surpresa ao falar a respeito. – Quem teria imaginado isso? – prosseguiu, balançando a cabeça. – Não sei se você lembra, mas seu pai era um homem muito grande. Alto como Benedict, talvez com os ombros até mais largos. Ninguém imaginaria que uma abelha... – Ela se deteve e sacou um lenço engomado e branco, levando-o aos lábios enquanto pigarreava. – Bem, foi inesperado. Eu realmente não sei o que dizer, a não ser... – Ela se virou para a filha com uma dolorosa consciência nos olhos. – A não ser que acredito que você compreenda melhor do que ninguém.

Francesca assentiu, sem nem tentar disfarçar a ardência nos olhos.

– De qualquer forma – prosseguiu Violet de modo brusco, claramente ansiosa por seguir adiante –, depois da morte dele eu fiquei tão... aturdida. Tive a sensação de estar andando em meio a uma névoa. Não sei muito bem como agi naquele primeiro ano. Ou mesmo nos anos seguintes. Não tinha nem como pensar em casamento.

– Eu sei – disse Francesca, baixinho.

E sabia, mesmo.

– E depois disso... Bem, não sei o que aconteceu. Talvez eu simplesmente não tenha conhecido ninguém com quem quisesse compartilhar a vida. Talvez eu amasse demais o seu pai. – Ela deu de ombros. – Talvez eu simplesmente nunca tenha sentido necessidade. Afinal, eu estava numa posição muito diferente da sua. Era mais velha, não se esqueça, e já era mãe de oito filhos. E o seu pai deixou os nossos negócios em muito boa posição. Eu sabia que nunca passaria necessidade alguma.

– John deixou Kilmartin em uma posição excelente – apressou-se Francesca em dizer.

– É claro que deixou – retrucou Violet, dando um tapinha em sua mão. – Perdoe-me, eu não quis sugerir o contrário. Mas você não tem oito filhos, Francesca. – Os olhos dela pareceram ainda mais profundamente azuis. – E você tem muito tempo à sua frente para passá-lo sozinha.

Francesca assentiu com a cabeça, num gesto rápido e espasmódico.

– Eu sei, eu sei – falou. – Eu sei, mas não consigo... Não consigo...

– Não consegue o quê? – perguntou Violet, com delicadeza.

– Não consigo... – Francesca baixou os olhos. Não sabia por que, mas não conseguia tirar os olhos do chão. – Não consigo me livrar da sensação de que estaria fazendo algo errado, de que estaria desonrando John, desonrando o nosso casamento.

– John teria desejado que você fosse feliz.

– Eu sei, eu sei. É claro que teria. Mas a senhora não percebe...? – Ergueu a vista outra vez, os olhos buscando os da mãe atrás de algo que ela não sabia muito bem o que era: talvez aprovação, talvez apenas amor, já que havia certo reconforto em procurar algo que ela estava certa que encontraria. – Não estou nem querendo isso – acrescentou. – Não vou encontrar alguém como John. Já aceitei esse fato. E me parece tão errado me casar por menos que isso...

– Você não vai encontrar alguém como John, é verdade – começou Violet. – Mas talvez encontre um homem que seja apropriado para você, só que de outra forma.

– Você não encontrou.

– Não, não encontrei – concordou a mãe –, mas não procurei muito. Não procurei nem um pouco.

– Gostaria de ter procurado?

Violet abriu a boca, mas não emitiu som algum, nem mesmo o da própria respiração. Por fim, disse:

– Não sei, Francesca. Com toda a sinceridade, não sei. – Então, como o momento parecia precisar de alguma leveza, acrescentou: – Eu certamente não queria mais filhos!

Francesca não pôde deixar de sorrir.

– Eu quero – disse, baixinho. – Quero um bebê.

– Imaginei que sim.

– Por que nunca me perguntou a respeito?

Violet inclinou a cabeça para o lado.

– Por que nunca me perguntou por que nunca me casei outra vez?

Francesca sentiu os lábios se entreabrirem. Não deveria se surpreender tanto com a sensibilidade da mãe.

– Se você fosse Eloise, eu acho que teria dito alguma coisa – acrescentou Violet. – Ou, pensando bem, qualquer uma das suas irmãs. Mas você... – Ela deu um sorriso nostálgico. – Você não é igual a elas. Nunca foi. Mesmo quando criança, se distinguia. E precisava de distância.

Impulsivamente, Francesca estendeu a mão e apertou a da mãe.

– Eu amo a senhora, sabia?

Violet sorriu.

– Confesso que desconfiava.

– Mãe!

– Está bem, é claro que eu sabia. Como poderia não me amar quando eu a amo tanto, tanto?

– Eu não tenho dito isso com muita frequência... – comentou Francesca, sentindo-se um tanto horrorizada com a omissão.

– Tudo bem. – Violet devolveu o aperto de mão da filha. – Tem tido outras coisas em que pensar.

Por algum motivo, isso fez Francesca rir baixinho.

– Eu diria que há um certo eufemismo na sua afirmação.

Violet se limitou a sorrir.

– Mãe? – balbuciou Francesca. – Posso lhe fazer mais uma pergunta?

– É claro.

– Se eu não encontrar alguém... Não como John, é claro, mas que seja igualmente apropriado para mim. Se eu não encontrar alguém assim e me casar com uma pessoa de quem goste bastante, mas talvez não ame... Tudo bem?

Violet ficou em silêncio por um longo instante antes de responder.

– Imagino que só você saiba a resposta a essa pergunta – disse, por fim. – Eu jamais diria que não, é claro. Metade da sociedade, na verdade, mais da metade, tem casamentos desse tipo e muitos estão perfeitamente satisfeitos. Mas você terá que fazer esses julgamentos por si mesma quando eles surgirem. As pessoas são diferentes umas das outras, Francesca, e eu suspeito que você saiba disso melhor do que a maioria. E, quando um homem pedir a sua mão, você terá de avaliá-lo com base em seus méritos e não por algum padrão arbitrário que você mesma tenha estabelecido de antemão.

Violet tinha razão, mas Francesca estava tão cansada de a vida ser desordenada e complicada que aquela não era a resposta que buscava.

E nada daquilo esclarecia a questão que habitava o fundo de seu coração. O que aconteceria se ela de fato conhecesse alguém que a fizesse se sentir como se sentira com John? Não podia imaginar que isso aconteceria – na verdade, lhe parecia absurdamente improvável.

Mas e se conhecesse? Conseguiria viver consigo mesma?

Havia algo realmente satisfatório no mau humor, então Michael decidiu dar completa vazão ao seu.

Foi chutando um seixo ao longo de todo o caminho até a casa.

Rosnava para qualquer um que esbarrasse nele na rua.

Abriu a porta da frente da casa com tal ferocidade que ela se chocou contra a parede de pedra. Na verdade, não fez isso, mas teria feito se o maldito mordomo não fosse tão solícito e já tivesse aberto a porta antes mesmo de os dedos de Michael tocarem a maçaneta.

Mas ele *pensou* em escancará-la com toda a força, o que lhe proporcionou alguma satisfação.

Então subiu pisando forte os degraus que levavam ao seu quarto – um cômodo que ainda lhe dava a impressão de pertencer a John, embora não houvesse nada que pudesse fazer a respeito disso no momento – e arrancou as botas dos pés.

Ou, pelo menos, tentou.

Maldição.

– Reivers! – gritou a plenos pulmões.

O camareiro surgiu – pareceu se materializar automaticamente, na verdade – no vão da porta.

– Sim, milorde?

– Poderia me ajudar com as botas? – disse Michael por entre os dentes, sentindo-se um tanto infantil.

Três anos no exército e quatro na Índia e não conseguia tirar as próprias botas? O que havia em Londres que reduzia um homem a um idiota lamuriento? Lembrou que, antes de deixar a cidade, Reivers também precisava tirar as botas para ele.

Baixou os olhos. Eram botas diferentes. Tipos distintos para situações distintas, pensou, e Reivers sempre sentira grande orgulho de seu trabalho. É claro que haveria de querer vestir Michael com o melhor da moda londrina. Ele teria...

– Reivers? – disse Michael com voz grave. – Onde arranjou estas botas?

– Milorde?

– Estas botas. Não as reconheço.

– Ainda não recebemos todos os seus baús do navio, milorde. O senhor não tinha nada apropriado para Londres, então achei este par entre os pertences do outro conde...

– *Meu Deus.*

– Milorde! Peço-lhe que me perdoe se estas não lhe parecem apropriadas. Recordo-me de que os dois usavam o mesmo tamanho e achei que o senhor desejaria...

– Apenas tire-as. Agora.

Michael fechou os olhos e se sentou numa poltrona de couro – na poltrona de couro de *John* –, perplexo com a ironia daquilo. Seu maior pesadelo se tornando realidade na forma mais literal.

– É claro, milorde.

Reivers parecia contrariado, mas obedeceu imediatamente.

Michael apertou a ponte do nariz com o polegar e o indicador e deixou escapar um longo suspiro antes de voltar a falar:

– Eu preferiria não usar nenhum artigo do guarda-roupa do conde anterior.

Na verdade, não tinha a menor ideia de por que os pertences de John continuavam ali; já deveriam ter sido doados aos empregados ou para instituições de caridade anos antes. Mas ele supunha que a decisão coubesse a Francesca, não a ele.

– É claro, milorde. Cuidarei disso agora mesmo.

– Muito bem – resmungou Michael.

– Quer que eu mande trancá-los em algum lugar?

Trancá-los? Por Deus, as coisas de John também não eram venenosas...

– Não há necessidade – retrucou Michael. – Apenas não quero usar nada que tenha sido dele.

– Certo.

Reivers engoliu em seco repetidas vezes, desconfortavelmente.

– O que foi agora, Reivers?

– É que todo o equipamento do outro lorde Kilmartin continua aqui.

– Aqui? – indagou Michael sem compreender.

– Aqui – confirmou Reivers, olhando à sua volta, para o quarto.

Michael sentiu-se encolher na poltrona. Não tinha o desejo de apagar da face da terra todo e qualquer vestígio do primo; *ninguém* sentia tanto a falta dele como Michael. Ninguém.

Bem, exceto, talvez, Francesca, ele admitiu, mas isso era diferente.

Só que simplesmente não sabia como queriam que ele seguisse com a vida em meio a todos os pertences de John. Detinha o seu título, gastava o seu dinheiro, vivia em sua casa. Esperava-se que também calçasse os seus sapatos?

– Empacote tudo – disse a Reivers. – Amanhã. Não desejo ser importunado esta noite.

Além disso, era provável que devesse alertar Francesca de sua intenção.

Francesca.

Deixou escapar um suspiro, levantando-se assim que o camareiro saiu. Por Deus, Reivers se esquecera de levar as botas. Michael as pegou e as colocou do lado de fora do quarto. Talvez estivesse exagerando, mas, que diabo, apenas não desejava ter de olhar para os calçados de John pelas próximas seis horas.

Após fechar a porta de forma decidida, caminhou lenta e silenciosamente em direção à janela, sem pensar muito bem no que estava fazendo. Encostou-se com pesar contra o parapeito, olhando para a rua logo abaixo através das cortinas transparentes. Empurrou o tecido fino para o lado, os lábios se retorcendo num sorriso amargo enquanto observava uma babá levar uma criança pequena pela calçada.

Francesca. Ela queria um bebê.

Não sabia por que ficara tão surpreso. Se pensasse naquilo de maneira racional, não deveria ter achado nem um pouco estranho. Afinal, ela era uma mulher; é claro que haveria de querer filhos. Todas as mulheres não queriam? E embora ele nunca tivesse, de forma consciente, dito a si mesmo que ela choraria a perda de John para sempre, tampouco considerara a ideia de que pudesse realmente querer se casar de novo algum dia.

Francesca e John. John e Francesca. Eram uma unidade, ou pelo menos tinham sido, e embora a morte dele tivesse tornado muito triste a visão de um sem o outro, era totalmente diferente imaginar um deles junto a outra pessoa.

E ainda havia, é claro, o pequeno detalhe dos calafrios que ele andava tendo ao pensar em Francesca com outro homem.

Ele estremeceu. Ou seria um arrepio? Raios, esperava que não fosse um arrepio.

Imaginou que teria simplesmente de se acostumar à ideia. Se Francesca queria filhos, então precisava de um marido, e não havia nada que ele pudesse fazer. Teria sido ótimo se ela tivesse tomado essa decisão e cuidado do detestável assunto no ano anterior, poupando-lhe o desconforto de ter de assistir a todo o processo. Se ela tivesse se casado no ano passado, isso tudo já estaria encerrado.

Fim de história.

Mas agora ele teria de *assistir*. Talvez, até mesmo, aconselhar.

Maldição.

Estremeceu outra vez. Mas que diabo. Talvez não passasse de um resfriado. Afinal, era março, e um março frio, além de tudo, mesmo com a lareira sempre acesa.

Deu um puxão na gravata, que começava a lhe parecer inexplicavelmente apertada, e então arrancou-a de uma vez. Por Deus, estava sentindo calor e frio ao mesmo tempo, estranhamente descompensado.

Sentou-se. Aquilo lhe pareceu ser a melhor coisa a fazer.

Então desistiu de fingir que se sentia bem e tirou o resto das roupas para enfiar-se na cama.

Aquela seria uma longa noite.

CAPÍTULO 8

... ~~maravilhoso agradável ótimo~~ bom ter notícias suas. Fico contente por estar passando bem. John teria se orgulhado. ~~Sinto a sua falta.~~ Sinto a falta dele. ~~Sinto a sua falta.~~ Algumas flores ainda estão abertas. Não é ótimo que algumas flores ainda estejam abertas?

– da condessa de Kilmartin para o conde de Kilmartin, uma semana após o recebimento de sua segunda missiva para ela, primeiro esboço, jamais terminado, jamais enviado

– Michael não disse que jantaria conosco hoje?

Francesca ergueu o olhar para a mãe, que se encontrava diante dela com a fisionomia preocupada. Estivera pensando exatamente a mesma coisa, perguntando-se por que ele se atrasara.

Passara a maior parte do dia apreensiva com a chegada de Michael, embora ele não tivesse a menor ideia de que havia ficado tão aflita com aquele encontro no parque. Por Deus, era provável que ele nem tivesse se dado conta de que houvera um "momento".

Fora a primeira vez na vida que Francesca ficara satisfeita pela falta de sensibilidade dos homens.

– Sim, ele disse que viria – respondeu Violet, remexendo-se de leve na cadeira.

Francesca já esperava havia algum tempo na sala de visitas com a mãe e duas de suas irmãs, passando o tempo enquanto os convidados não chegavam.

– Nós não lhe informamos a hora? – indagou Violet.

Francesca fez que sim.

– Confirmei com ele quando me deixou aqui após nosso passeio no parque.

Estava bastante certa disso; lembrava-se com clareza de ter sentido um embrulho no estômago ao falarem a respeito. Não desejara vê-lo outra vez – pelo menos não tão cedo –, mas o que podia fazer? A mãe havia feito o convite.

– É provável que esteja só atrasado – sugeriu Hyacinth, a irmã mais nova de Francesca. – Não me surpreende. Esse tipo sempre se atrasa.

Francesca se virou para ela de modo brusco.

– Como assim, esse tipo?

– Eu já ouvi falar da reputação dele.

– E o que a reputação dele tem a ver com isso? – perguntou Francesca, irritada. – E, de qualquer maneira, o que você poderia saber? Ele deixou a Inglaterra antes de você debutar na sociedade.

Hyacinth deu de ombros, espetando a agulha com força num bordado extremamente malfeito.

– As pessoas ainda falam dele – retrucou ela, distraidamente. – As senhoras desfalecem como idiotas à mera menção de seu nome, se você quer saber.

– Não há outra forma de desfalecer – observou Eloise, que, embora fosse um ano mais velha do que Francesca, permanecia solteira.

– Bem, por mais devasso que seja – disse Francesca –, ele sempre foi bastante pontual.

Jamais conseguira tolerar que falassem mal de Michael. Ela podia suspirar, gemer e resmungar por causa dos defeitos dele, mas era inaceitável que Hyacinth, cujo conhecimento de Michael se baseava apenas em boatos e insinuações, fizesse tal julgamento.

– Acredite no que quiser – acrescentou Francesca de repente, pois simplesmente não podia permitir que Hyacinth tivesse a última palavra –, mas ele jamais se atrasaria para um jantar nesta casa. Ele tem a nossa mãe em altíssima estima.

– E o que diz da estima dele por você? – perguntou Hyacinth.

Francesca fulminou a irmã, que mostrava um sorriso afetado por trás do bordado.

– Ele...

Não, ela não faria aquilo. Não ficaria ali discutindo com a irmã mais nova, não quando algo podia estar errado. Michael era, apesar do comportamento libertino, impecavelmente educado e atencioso, ou, pelo menos, sempre o fora na presença dela. E jamais chegaria para o jantar – ela olhou para o relógio que ficava sobre o console da lareira – com mais de meia hora de atraso. Não sem avisar.

Ela se levantou e alisou a saia cinza energicamente.

– Vou até a Casa Kilmartin – anunciou.

– Sozinha? – indagou Violet.

– Sozinha – respondeu Francesca, com firmeza. – Afinal, trata-se da minha casa. Não creio que haja algum falatório se eu for até lá para uma breve visita.

– Sim, sim, é claro – disse a mãe. – Mas não fique muito tempo.

– Mãe, eu sou uma viúva. E não pretendo passar a noite lá. Apenas quero ter notícias de Michael. Vou ficar bem, posso lhe garantir.

Violet assentiu com a cabeça, mas sua expressão dizia bem mais, Francesca percebeu. Vinha sendo assim havia anos: Violet queria retomar o papel de mãe dedicada para com a filha viúva, mas se controlava, tentando respeitar sua independência.

Nem sempre conseguia resistir à interferência, mas tentava, e Francesca se sentia grata pelo esforço.

– Quer que a acompanhe? – perguntou Hyacinth, com os olhos iluminados.

– Não! – exclamou Francesca, a surpresa tornando o tom um pouco mais veemente do que pretendera. – Por que diabo você ia querer me acompanhar?

Hyacinth deu de ombros.

– Curiosidade. Eu gostaria de conhecer o Devasso Alegre.

– Você já o conhece – observou Eloise.

– Sim, mas já faz muito tempo – disse Hyacinth, com um suspiro dramático –, antes de eu entender o que era um devasso.

– Você ainda não sabe o que é um devasso – disse Violet bruscamente.

– Ah, mas eu...

– Não, você *não* sabe o que é um devasso – repetiu Violet.

– Muito bem, então. – Hyacinth se virou para a mãe com um sorriso enjoativo de tão doce. – Eu não sei o que é um devasso. Também não sei me vestir ou escovar os próprios dentes.

– De fato, vi Polly ajudá-la a pôr o vestido de baile ontem à noite – murmurou Eloise, do sofá.

– Ninguém consegue pôr um vestido de baile sozinha – devolveu Hyacinth.

– Estou indo – avisou Francesca, mesmo tendo quase certeza de que ninguém a ouvia.

– O que está fazendo? – perguntou Hyacinth.

Francesca parou onde estava até se dar conta de que a irmã não falava com ela.

– Apenas examinando os seus dentes – retrucou Eloise, com extrema doçura.

– Meninas! – exclamou Violet, embora Francesca imaginasse que Eloise não tinha gostado muito da generalização, considerando que tinha 27 anos.

E, de fato, não gostou. De qualquer forma, a irritação da irmã e a réplica que se seguiu serviram como a oportunidade perfeita para Francesca deixar o aposento e pedir a um lacaio que chamasse uma carruagem para ela.

As ruas não estavam cheias; ainda era cedo e a alta sociedade não tomaria o caminho das festas e dos bailes por pelo menos mais uma ou duas horas. A carruagem se deslocou rapidamente por Mayfair e em menos de quinze minutos Francesca subia os degraus de entrada da Casa Kilmartin, em St. James. Como sempre, um lacaio abriu a porta antes mesmo de ela erguer a aldrava e ela entrou, apressada.

– Kilmartin está em casa? – perguntou ela, dando-se conta, com surpresa, de que era a primeira vez que se referia a Michael assim.

Era estranha, refletiu, e boa, na verdade, a naturalidade com a qual o nome lhe viera aos lábios. Já estava mais do que na hora de todos se acostumarem à mudança. Ele era o conde agora, e nunca mais voltaria a ser apenas o Sr. Stirling.

– Creio que sim – respondeu o lacaio. – Chegou esta tarde e não fui informado de que tenha saído.

Francesca franziu a testa, então fez um aceno para dispensar o homem antes de subir as escadas. Se Michael de fato estivesse em casa, devia estar lá em cima; se estivesse no primeiro andar, em seu escritório, o criado teria notado a sua presença.

Ela chegou ao segundo andar, então seguiu pelo corredor em direção aos aposentos do conde.

– Michael? – chamou baixinho, aproximando-se do quarto. – Michael?

Não havendo resposta, aproximou-se mais da porta, que ela notou não estar completamente fechada.

– Michael? – chamou outra vez, um pouco mais alto.

Não seria apropriado sair gritando o nome dele pela casa. Além do mais, não desejava acordá-lo caso ele estivesse dormindo. Era provável que ainda estivesse cansado de sua longa viagem, sendo orgulhoso demais para indicá-lo quando Violet o convidara para jantar.

Nada, ainda; ela então empurrou a porta mais alguns centímetros.

– Michael?

Ouviu alguma coisa. Um farfalhar, talvez. Quem sabe um gemido.

– Michael?

– Frannie?

Com certeza era a voz dele, mas não se parecia nada com qualquer coisa que ela já tivesse ouvido sair de seus lábios.

– Michael?

Ela se aproximou correndo, e o encontrou encolhido na cama, com uma aparência tão doentia como jamais vira em qualquer ser humano. John, é claro, nunca ficara doente. Apenas fora se deitar um dia e morrera.

Por assim dizer.

– Michael! – arfou ela. – O que há de errado com você?

– Ah, nada de mais – gemeu ele. – Imagino que seja um resfriado.

Francesca olhou para ele, em dúvida. Os cabelos castanhos colavam-se à testa, a pele estava muito vermelha e manchada e a quentura que irradiava da cama a deixou sem fôlego.

Sem falar que ele recendia a doença. Era aquele cheiro desagradável, suarento e levemente pútrido – do tipo que, se tivesse cor, sem dúvida seria verde-vômito. Francesca estendeu a mão e tocou-lhe a testa, recolhendo-a imediatamente ao sentir sua temperatura.

– Isto não é só um resfriado – afirmou ela, de forma brusca.

Os lábios dele se esticaram num horrível remedo de sorriso.

– Um resfriado bem ruim, então?

– Michael Stuart Stirling!

– Meu Deus, você parece minha mãe.

Ela não se sentia nem um pouco como a mãe dele, sobretudo depois do que acontecera no parque, e era quase um alívio vê-lo tão fraco e pouco atraente. Abrandava o que quer que tivesse sentido mais cedo.

– Michael, o que há de errado com você?

Ele deu de ombros e se afundou ainda mais nas cobertas, o corpo inteiro tremendo com o esforço.

– Michael! – Ela estendeu o braço e agarrou o ombro dele sem se preocupar em ser gentil. – Não ouse tentar nenhum de seus truques comigo. Sei exatamente como você age. Sempre finge que nada tem importância, que nada o afeta...

– Mas é verdade – murmurou ele.

– Michael! – Ela teria lhe dado um tapa se ele não estivesse tão doente. – Não vai tentar minimizar isso, está me entendendo? Eu insisto que me diga, neste instante, o que há de errado com você!

– Eu estarei melhor amanhã – afirmou ele.

– Ah, *certo* – disse Francesca, de forma bastante sarcástica.

– Estarei, sim – insistiu ele, mudando de posição, cada movimento pontuado por um gemido. – Estarei bem amanhã.

Francesca achou a afirmação dele bastante estranha.

– E depois de amanhã? – perguntou, estreitando os olhos.

Uma risada áspera emergiu de algum lugar debaixo das cobertas.

– Ora, aí eu voltarei a ficar doente feito um cão, é claro.

– Michael – começou ela outra vez, o pavor forçando a voz a permanecer baixa –, o que há de errado com você?

– Ainda não entendeu? – Ele tirou a cabeça de debaixo das cobertas e lhe pareceu tão doente que ela teve vontade de chorar. – Estou com malária.

– Ah, mas que diabo – disse Francesca com um suspiro, chegando a dar um passo para trás. – Ah, maldição.

– É a primeira vez que a ouço blasfemar – observou ele. – Talvez eu deva me sentir lisonjeado que seja por minha causa.

Ela não tinha a menor ideia de como ele conseguia ser tão insolente num momento como aquele.

– Michael eu...

Ela ia estendendo a mão, então desistiu, sem saber o que fazer.

– Não se preocupe – disse ele, encolhendo-se ainda mais no momento em que o corpo era sacudido por outra onda de tremores. – Não é contagioso.

– Não? – Ela piscou. – Quer dizer, é claro que não.

E, mesmo que fosse, aquilo não a impediria de cuidar dele. Afinal, era Michael. Era... bem, era difícil definir com precisão o que ele era para ela, embora os dois tivessem um elo indestrutível que quatro anos e milhares de quilômetros de distância não haviam conseguido diminuir.

– É o ar – disse ele, com a voz cansada. – É preciso respirar o ar pútrido para pegar. É por isso que chamam de malária. Se fosse algo contagioso, a Inglaterra inteira já estaria infectada.

Ela assentiu diante da explicação.

– Você está... está...

Não conseguiu se obrigar a concluir a pergunta.

– Não – respondeu ele. – Pelo menos, acham que não.

Ela se sentiu desmoronar, tamanho o alívio que a invadiu, e precisou se sentar. Não podia imaginar o mundo sem ele. Mesmo enquanto estivera fora, Francesca sempre soubera que ele estava *presente*, vivendo no mesmo planeta que ela, caminhando sobre a mesma terra. E mesmo naqueles primeiros dias depois da morte de John, quando ela o odiara por tê-la deixado, quando sentira tanta raiva dele que quisera chorar, experimentara algum consolo em saber que estava vivo e bem, e que retornaria para ela em um instante se um dia lhe pedisse.

Ele estava ali. Estava vivo. E com John morto... Bem, ela não conseguia nem pensar na possibilidade de perder os dois.

Ele estremeceu outra vez, violentamente.

– Precisa de remédio? – perguntou ela, alerta. – Você *tem* algum remédio?

– Já tomei – respondeu ele, batendo o queixo.

Mas ela precisava fazer *alguma* coisa. Não se odiava a ponto de achar que houvera algo que pudesse ter feito para impedir a morte de John – mesmo no pior momento de sua dor, não havia encarado a situação daquela forma –, mas sempre detestara o fato de tudo ter acontecido em sua ausência. Na realidade, fora a única coisa relevante que John fizera sem a presença dela. E ainda que Michael estivesse apenas doente, e não à beira da morte, não iria permitir que sofresse sozinho.

– Deixe-me pegar outra manta para você – falou.

Sem esperar a resposta, passou correndo pela porta que ligava os aposentos que agora pertenciam a ele e arrancou a coberta de cima da cama. Era cor-de-rosa e provavelmente ofenderia a sensibilidade masculina de Michael assim que ele voltasse a ficar bem, mas isso, decidiu, era problema *dele*.

Ao retornar, Francesca o viu de tal forma imóvel que pensou que Michael tivesse adormecido, mas ele conseguiu voltar à consciência por tempo suficiente para lhe agradecer enquanto ela o cobria com a manta.

– O que mais posso fazer? – perguntou Francesca, puxando uma cadeira para o lado da cama e se sentando.

– Nada.

– Tem de haver alguma coisa – insistiu ela. – Não é possível que tenhamos que simplesmente esperar isso passar.

– É possível – disse ele, sem forças. – É só isso que podemos fazer.

– Não consigo acreditar que seja verdade.

Ele abriu um dos olhos.

– Pretende desafiar toda a classe médica?

Ela rangeu os dentes e curvou o corpo para a frente na cadeira.

– Tem certeza que não precisa de mais remédio?

Ele balançou a cabeça, então gemeu com o esforço.

– Não por mais algumas horas.

– Onde está? – perguntou ela.

Se a única coisa que podia fazer era localizar o remédio e estar pronta para ministrá-lo, então faria pelo menos isso.

Ele moveu a cabeça levemente para a esquerda. Francesca seguiu o movimento em direção a uma pequena mesa do outro lado do aposento, na qual um frasco de vidro repousava sobre um jornal dobrado. Ela se levantou e foi buscá-lo, lendo a etiqueta enquanto caminhava de volta para a cadeira.

– Quinino – murmurou. – Já ouvi falar disso.

– Medicamento miraculoso – disse Michael. – Pelo menos é o que dizem.

Francesca olhou para ele com uma expressão de dúvida.

– É só olhar para mim – acrescentou ele com um sorriso torto e débil. – Sou a prova viva disso.

Ela inspecionou o frasco outra vez, observando o pó se deslocar ao incliná-lo.

– Ainda não estou convencida.

Michael mexeu um dos ombros de leve.

– Não estou morto.

– Isso não tem graça.

– Não, é a *única* coisa que tem graça – corrigiu ele. – Precisamos achar graça onde for possível. Pense só: se eu morresse, o título iria para... como é mesmo que Janet sempre diz... para aquele...

– Tenebroso ramo Debenham da família – disseram os dois em uníssono e, embora não conseguisse acreditar, Francesca chegou a sorrir.

Ele sempre conseguia fazê-la sorrir.

Francesca estendeu a mão e tomou a dele.

– Vamos superar isso – falou.

Ele assentiu e fechou os olhos.

E quando achou que ele tivesse dormido, Michael sussurrou:

– É melhor com você aqui.

Na manhã seguinte, Michael estava se sentindo mais revigorado, e se ainda não tinha voltado ao normal, pelo menos estava com uma aparência muito melhor do que a da noite anterior. Francesca, ele ficou horrorizado em constatar, continuava na cadeira ao lado de sua cama, a cabeça inclinada como a de uma bêbada para o lado. Parecia bastante desconfortável.

Mas estava dormindo. Chegava até a roncar, o que ele achou muito cativante. Jamais a imaginara roncando e, era triste dizer, já a imaginara dormindo mais vezes do que gostaria de admitir.

Supunha que seria querer muito esconder a doença dela; Francesca era perceptiva e abelhuda demais para deixar que isso acontecesse. E, embora tivesse preferido que ela não se preocupasse com ele, a verdade era que havia ficado satisfeito com a sua presença na noite anterior. Não deveria ter se sentido assim, mas simplesmente não podia evitar.

Ouviu-a se mexer e virou de lado para olhá-la melhor. Nunca a vira despertar, pensou. Não sabia por que achava aquilo tão estranho, já que não testemunhara muitos momentos íntimos dela antes. Talvez fosse porque, em todos os seus devaneios, em todas as suas fantasias, Michael nunca houvesse imaginado aquilo exatamente – o ruído surdo escapando de sua boca enquanto ela mudava de posição, o pequeno suspiro quando ela bocejava ou mesmo o delicado balé de suas pálpebras enquanto adejavam para abrir.

Era linda.

Disso ele sabia, é claro, havia anos, mas jamais o sentira de forma tão profunda e completa.

Não era a maravilhosa cabeleira castanho-avermelhada que ele tão raramente tinha o privilégio de ver solta. Tampouco eram os olhos, de um azul tão radiante que tinham servido de inspiração para alguns poemas – para o profundo divertimento de John, recordava Michael. Também não era o formato do rosto; se fosse o caso, seria obcecado pela beleza de todas as Bridgertons, tão parecidas entre si.

Era algo na forma como ela se movia.

Algo na maneira de respirar.

Algo na sua forma de *existir*.

Ele achava que jamais superaria aquilo.

– Michael – murmurou ela, esfregando os olhos.

– Bom dia – cumprimentou ele, esperando que ela associasse a rouquidão de sua voz à exaustão.

– Você parece melhor.

– Estou me sentindo melhor.

Ela engoliu e fez uma pausa antes de dizer:

– Já está acostumado.

Ele fez que sim.

– Não chegaria a ponto de dizer que a doença não me incomoda, mas, sim, estou acostumado com ela. Sei o que fazer.

– Quanto tempo vai durar?

– É difícil dizer. Vou ter febres em dias alternados até... parar de ter. Uma semana ao todo, talvez duas. Três, se eu estiver com um azar terrível.

– E então?

Ele deu de ombros.

– Então eu torcerei para que nunca mais aconteça.

– E isso é possível? – Ela endireitou as costas na cadeira. – Simplesmente nunca mais voltar?

– É uma doença estranha e volúvel.

Ela estreitou os olhos.

– *Não* diga que é como uma mulher.

– Isso nem me ocorreu até você mencionar.

Ela franziu os lábios de leve, em seguida os relaxou e perguntou:

– Quanto tempo faz desde a sua última... Como as chama?

Ele deu de ombros.

– Chamo de crises. Faz seis meses.

– Bem, isso é bom! – Ela mordeu o lábio inferior. – Não é?

– Considerando que o intervalo anterior havia sido de três meses, eu acho que sim.

– Há quanto tempo isso vem acontecendo?

– Esta é a terceira vez. Comparado ao que já presenciei, não é tão ruim.

– Isso deveria ser um consolo?

– É a verdade – disse ele, muito francamente. – É assim que vejo a situação, modelo de virtude cristã que sou.

Ela estendeu o braço e tocou-lhe a testa.

– Está bem menos quente – observou.

– Sim, hoje a febre deve baixar. É uma doença notavelmente consistente. Bem, pelo menos quando se está no meio de uma crise. Seria ótimo se eu soubesse quando esperar o início de uma crise.

– E você realmente voltará a ter outra febre daqui a um dia?

– Isso – confirmou ele.

Ela pareceu pensar naquilo por um instante, depois disse:

– Não vai poder esconder isso da sua família, é claro.

Ele chegou a tentar se sentar na cama.

– Pelo amor de Deus, Francesca, *não* conte à minha mãe e...

– Elas vão chegar à Inglaterra a qualquer momento – interrompeu ela. – Quando deixei a Escócia, elas disseram que viriam apenas uma semana depois, e, conhecendo Janet, isso significa três dias, no máximo. Você acha mesmo que não notarão que você está convenientemente...

– Inconvenientemente... – interrompeu ele, mordaz.

– Que seja – disse ela bruscamente. – Acha mesmo que não notarão que você fica à beira da morte dia sim, dia não? Pelo amor de Deus, Michael, reconheça que as duas possuem alguma inteligência.

– Tudo bem – retrucou ele, afundando outra vez nos travesseiros. – Mas não quero que mais ninguém saiba. Não tenho o menor desejo de me transformar na aberração de Londres.

– Até parece que você é a primeira pessoa a ser acometida de malária.

– Não quero a piedade de ninguém – rosnou ele. – Especialmente a sua.

Ela se encolheu como se tivesse recebido um golpe e ele, é claro, se sentiu como um imbecil.

– Desculpe – disse ele. – Não me expressei bem.

Ela o fuzilou com os olhos.

– Eu não quero a sua piedade – recomeçou ele, em tom de arrependimento –, mas os seus cuidados são extremamente bem-vindos.

O olhar dela não cruzou com o dele, mas Michael percebeu que ela tentava decidir se acreditava nele.

– Estou sendo sincero – garantiu ele, sem energia para tentar disfarçar a exaustão na voz. – Fico contente por você estar aqui. Já passei por isso antes.

Ela o fitou com severidade, com indagação nos olhos.

– Já passei por isso antes – repetiu ele –, e desta vez foi... diferente. Melhor. Mais fácil. – Ele deixou o ar escapar longamente, aliviado por ter encontrado a palavra certa. – Fácil. Foi mais fácil.

– Ah. – Ela mudou de posição na cadeira. – Que... bom.

Ele olhou para as janelas. Estavam cobertas por pesadas cortinas, mas podia ver o brilho do sol penetrar pelas laterais.

– Será que sua mãe não está preocupada com você?

– Ah, *não*! – gritou Francesca, levantando-se com tal rapidez que a mão se chocou contra a mesa de cabeceira. – Ai, ai, *ai*.

– Está tudo bem? – indagou Michael por educação, uma vez que ficou bem claro que ela não se machucara de fato.

– Ah... – Ela balançava a mão, esperando que a dor do choque passasse. – Esqueci completamente da minha mãe. Ela esperava que eu voltasse para casa ontem à noite.

– Não lhe enviou um bilhete?

– Enviei – disse ela. – Falei que você estava doente, mas ela escreveu de volta e disse que passaria por aqui hoje manhã para ajudá-lo. Que horas são? Tem um relógio? É claro que tem um relógio. – Ela se virou, agitada, em direção ao relógio que ficava sobre a lareira.

Aquele tinha sido o quarto de John; ainda era o quarto de John, de certa maneira. É claro que ela sabia onde ficava o relógio.

– Ainda são oito horas – constatou Francesca com um suspiro aliviado. – Mamãe nunca se levanta antes das nove, a não ser que haja alguma emergência, e vamos torcer para que ela não considere isto uma. Tentei não demonstrar pânico em meu bilhete.

Conhecendo Francesca, o tal bilhete devia ter sido escrito com toda a calma pela qual ela era conhecida. Michael sorriu. Provavelmente mentira e dissera ter contratado uma enfermeira.

– Não há motivo para pânico – comentou ele.

Ela se virou para ele com aflição no olhar.

– Você disse que não queria que ninguém soubesse que está com malária.

Ele entreabriu os lábios. Jamais imaginara que ela levaria os desejos dele tão a sério.

– Esconderia isso de sua mãe? – perguntou ele, baixinho.

– É claro. A decisão de contar a ela cabe a você, não a mim.

Era bastante comovente. Enternecedor, na verdade...

– Eu o acho louco – acrescentou ela, em tom de repreensão.

Bem, talvez enternecedor não fosse a palavra exata.

– Mas respeitarei sua decisão. – Ela colocou as mãos nos quadris e o fitou com certa censura no olhar. – Como pode pensar que eu agiria de outra forma?

– Não tenho ideia – murmurou ele.

– Francamente, Michael – resmungou ela. – Não sei o que há de errado com você.

– O ar pantanoso? – disse ele, descontraidamente.

Ela lhe lançou Um Olhar. Com maiúsculas.

– Vou voltar à casa de minha mãe – declarou ela, calçando as botas cinza de cano curto. – Se eu não for rápida, você pode ter certeza de que ela aparecerá aqui com o corpo docente da Faculdade Real de Medicina inteiro a reboque.

Ele ergueu uma das sobrancelhas.

– Ela fez isso quando você adoeceu?

Francesca deixou escapar um pequeno som que era um misto de resfôlego com grunhido, mas que denotava grande irritação.

– Voltarei logo. Não saia daí.

Ele ergueu as mãos, fazendo um gesto de alguma forma sarcástico em direção ao seu leito de doente.

– Bem, eu não duvidaria que você seja capaz – resmungou ela.

– A sua fé na minha força sobre-humana é comovente.

Francesca fez uma pausa ao chegar à porta.

– Michael, posso garantir que você é o paciente à beira da morte mais irritante que eu já conheci.

– Mas eu vivo para diverti-la! – gritou ele quando Francesca já estava no corredor, certo de que se ela tivesse alguma coisa para atirar na porta, o teria feito. Com imenso vigor.

Ele se acomodou outra vez sobre os travesseiros e sorriu. Até podia ser um paciente irritante, mas ela era uma enfermeira rabugenta.

O que, a seu ver, estava ótimo.

CAPÍTULO 9

... é possível que nossas cartas tenham se cruzado no correio, embora me pareça mais provável que você, simplesmente, não deseje se corresponder comigo. Aceito isso e lhe desejo o melhor. Não voltarei a incomodá-la. Espero que saiba que estou à disposição para ouvi-la, caso algum dia mude de ideia.

– do conde de Kilmartin para a condessa de Kilmartin, oito meses após a sua chegada à Índia

Não foi fácil esconder a sua doença. Não por conta da sociedade – Michael simplesmente recusou todos os convites que recebeu e Francesca espalhou que ele desejava se acomodar em seu novo lar antes de começar a frequentar eventos sociais.

Já os criados representaram uma dificuldade maior. Conversavam entre si, é claro, e com frequência também com empregados de outras casas, então Francesca tivera de se certificar de que apenas os mais leais soubessem o que se passava no quarto de Michael. Era complicado, em especial por ela não estar morando oficialmente na Casa Kilmartin, pelo menos até a chegada de Janet e de Helen, o que Francesca esperava com fervor que acontecesse em breve.

Mas a parte mais difícil foi a família de Francesca: todos os Bridgertons ficaram curiosíssimos e foi quase impossível guardar segredo diante deles. Tentar esconder a situação foi simplesmente um pesadelo.

– Por que você vai lá todos os dias? – perguntou Hyacinth durante o desjejum.

– Eu moro lá – respondeu Francesca mordendo um *muffin*, o que qualquer pessoa sensata teria entendido como um sinal de que não desejava conversa.

Hyacinth, no entanto, jamais fora conhecida por sua sensatez.

– Você mora aqui – observou.

Francesca engoliu em seco, então tomou um gole de chá, a demora calculada para conseguir se manter impassível.

– Eu durmo aqui – disse, imperturbável.

– Não é a mesma coisa?

Francesca passou mais geleia no *muffin*.

– Estou comendo, Hyacinth.

A irmã mais nova deu de ombros.

– Eu também, mas isso não me impede de ter uma conversa inteligente.

– Eu vou matá-la – disse Francesca para ninguém em especial.

O que provavelmente era uma boa coisa, visto que não havia ninguém mais presente.

– Com quem está falando? – indagou Hyacinth.

– Com Deus – devolveu Francesca. – E acredito ter recebido permissão divina para assassiná-la.

– Humpf – foi a resposta de Hyacinth. – Se fosse fácil assim, eu teria pedido permissão para eliminar metade da alta sociedade há anos.

Francesca decidiu, então, que nem todos os comentários da irmã precisavam de réplica. Na verdade, poucos precisavam.

– Ah, Francesca! – exclamou Violet, chegando à sala e interrompendo a conversa. – Está aí.

Francesca ergueu a vista para ver a mãe entrando, mas antes que pudesse dizer qualquer coisa, Hyacinth exclamou:

– Francesca estava prestes a me matar!

– Cheguei na hora certa, então – disse Violet, tomando o seu lugar e virando-se para Francesca: – Está planejando ir até a Casa Kilmartin agora de manhã?

Francesca assentiu.

– Eu moro lá.

– Eu acho que ela mora aqui – rebateu Hyacinth, acrescentando uma boa dose de açúcar ao chá.

Violet a ignorou.

– Acho que vou junto.

Francesca quase deixou cair o garfo.

– Por quê?

– Eu gostaria de ver Michael – disse Violet, com um delicado dar de ombros. – Hyacinth, poderia me passar os *muffins*?

– Não sei quais são os planos dele para hoje – atalhou Francesca apressadamente.

Michael tivera uma crise na noite anterior, o quarto ataque de febre, e esperavam que fosse o último do ciclo. Mas, embora já devesse estar recuperado a essa altura, era bem possível que ainda estivesse com uma péssima aparência. A pele, com a graça de Deus, não estava amarelada, o que Michael lhe dissera ser, com frequência, sinal de que a doença progredia para o estágio final. Mas, ainda assim, ele exibia um ar doentio e Francesca sabia que se a mãe o olhasse, ainda que de relance, ficaria horrorizada. Além de furiosa.

Violet Bridgerton não gostava de não saber das coisas. Em especial quando o assunto estava ligado ao uso da expressão "vida e morte".

– Se ele não estiver disponível, eu simplesmente darei meia-volta e virei para casa – retrucou Violet. – A geleia, por favor, Hyacinth.

– Eu também vou – disse a caçula.

Ah, Deus. A faca de Francesca escorregou por cima do *muffin*. Teria de dopar a irmã. Era a única solução.

– Não se importa se eu for também, não é? – perguntou Hyacinth a Violet.

– Não tinha algo planejado com Eloise? – falou Francesca, rapidamente.

Hyacinth parou, pensou, piscou algumas vezes.

– Acho que não.

– Compras? No chapeleiro?

Hyacinth ficou pensativa por mais um instante.

– Não, na verdade tenho certeza que não marquei nada com ela. Comprei um chapéu novo na semana passada. É lindo. Verde, com detalhes em bege. – Ela baixou a vista para a torrada, olhou-a por um momento, então estendeu o braço em direção à geleia. – Estou cansada de fazer compras – acrescentou.

– Nenhuma mulher se cansa de fazer compras – atalhou Francesca, um tanto desesperadamente.

– Bem, eu me cansei. Além do mais, o conde... – Hyacinth se interrompeu, virando-se para a mãe: – Posso chamá-lo de Michael?

– Terá de perguntar a ele – respondeu Violet, levando uma garfada de ovos à boca.

Hyacinth virou-se outra vez para Francesca.

– Ele está de volta a Londres há uma semana e eu ainda nem o vi. Minhas amigas vêm me fazendo perguntas a respeito dele e eu não tenho nada a dizer.

– Não é cortês espalhar boatos, Hyacinth – observou Violet.

– Mas não são boatos – devolveu Hyacinth. – É uma franca disseminação de informações.

Francesca ficou boquiaberta.

– Mãe – começou, balançando a cabeça –, você realmente deveria ter parado em sete.

– Filhos, você quer dizer? – indagou Violet, bebericando o chá. – Às vezes eu penso a mesma coisa.

– Mãe! – exclamou Hyacinth.

Violet se limitou a sorrir para ela.

– Sal?

– Ela teve de tentar oito vezes até acertar – retrucou Hyacinth, estendendo o saleiro em direção à mãe com decidida ausência de modos.

– E por acaso isso quer dizer que você também espera ter oito filhos? – indagou Violet, com doçura.

– Por Deus, não – retrucou a menina de forma bastante veemente.

Nem ela nem Francesca conseguiram conter uma boa risada depois disso.

– Por que não damos uma passada por lá depois do meio-dia? – perguntou Violet a Francesca, assim que o momento de frivolidades passou.

Francesca olhou para o relógio. Isso mal lhe daria uma hora para deixar Michael apresentável. E a mãe dissera *nós*. Planejava mesmo levar Hyacinth, que possuía a capacidade de transformar qualquer situação desconfortável num pesadelo.

– Eu vou indo na frente – disse ela, levantando-se de súbito. – Para ver se ele está disponível.

Para a sua surpresa, a mãe também se levantou.

– Vou acompanhá-la até a porta – disse Violet, com firmeza.

– Vai?

– Vou.

Hyacinth começou a se levantar.

– Sozinha – acrescentou Violet, sem nem mesmo olhar para Hyacinth.

A menina voltou a se sentar. Até mesmo ela era sábia o bastante para compreender que não devia discutir com a mãe quando esta combinava um sorriso sereno com um tom de aço na voz.

Francesca deixou que a mãe passasse à sua frente e as duas caminharam em silêncio até o hall de entrada, onde ela esperou que um criado fosse buscar seu casaco.

– Há algo que gostaria de me contar? – perguntou Violet.

– Não sei do que está falando.

– Acho que sabe, sim.

– Posso lhe garantir que não sei – retrucou Francesca, olhando para a mãe com o máximo de inocência.

– Tem passado muito tempo na Casa Kilmartin.

– Eu moro lá – observou Francesca pelo que parecia ser a centésima vez.

– Neste momento, não, não mora, e eu temo que as pessoas comecem a comentar.

– Ninguém disse uma única palavra a respeito – devolveu Francesca. – Não li nada nas colunas de fofocas, e, se as pessoas estivessem comentando, uma de nós já teria ouvido alguma coisa.

– Só porque as pessoas estão sendo discretas hoje, não quer dizer que o serão amanhã – argumentou Violet.

Francesca deixou escapar um suspiro de irritação.

– Até parece que eu sou uma virgem que nunca se casou.

– Francesca!

Ela cruzou os braços.

– Perdoe por eu falar tão francamente, mãe, mas é verdade.

O criado surgiu nesse momento com o casaco de Francesca e lhe informou que a carruagem estaria na frente da casa em instantes. Violet esperou que ele saísse, então virou-se para Francesca e perguntou:

– Exatamente que tipo de relacionamento você tem com o conde?

Francesca deu um grito entrecortado.

– Mamãe!

– Não é uma pergunta tola – disse Violet.

– É a pergunta mais tola... não, é a pergunta mais estúpida que eu já ouvi. Michael é meu primo!

– Ele era primo do seu marido – corrigiu Violet.

– E meu, também – afirmou Francesca. – E meu amigo. Por Deus, de todas as pessoas... Não posso nem imaginar... Michael!

Mas a verdade é que podia, *sim*, imaginar. A doença de Michael mantivera tudo em suspenso; estivera tão ocupada em cuidar dele e em mantê-lo bem que conseguira evitar pensar no que sentira no parque quando olhara para ele e algo voltara à vida dentro dela.

Algo que achava que tivesse morrido quatro anos antes.

Mas ouvir a *mãe* dizer isso em voz alta... Por Deus, era ofensivo. Simplesmente não podia se sentir atraída por Michael. Era errado. Muito errado. Era... bem, era *errado* e pronto. Não havia outra palavra que descrevesse aquilo melhor.

– Mãe – começou Francesca, tentando manter a voz serena –, Michael não tem se sentido bem. Eu já lhe disse isso.

– Sete dias é muito tempo para um resfriado.

– Talvez seja algo que ele pegou na Índia – sugeriu Francesca. – Não sei. Acho que já está quase recuperado. Eu o tenho ajudado a se estabelecer aqui em Londres. Ele passou muito tempo fora e, como a senhora mesma observou, tem muitas responsabilidades como conde. Achei que era meu dever auxiliá-lo com tudo isso.

Ela olhou para a mãe com uma expressão decidida, bastante satisfeita com seu discurso. Violet, no entanto, limitou-se a dizer:

– Eu a verei daqui a uma hora.

E se afastou, deixando Francesca realmente em pânico.

Michael estava aproveitando alguns momentos de paz e de tranquilidade – não que estivesse adorando o silêncio, mas a malária era uma doença realmente cansativa – quando Francesca irrompeu pela porta de seu quarto com os olhos arregalados e sem fôlego.

– Você tem duas escolhas – disse ela; ou melhor, vomitou ela.

– Só duas? – murmurou ele, apensar de não ter a menor ideia do que ela estava falando.

– Não é hora para brincadeiras.

Ele foi erguendo o corpo devagar até se sentar.

– Francesca? – falou cuidadosamente, uma vez que, pela sua experiência, sempre se devia proceder com cautela quando uma senhora se encontrava em tal estado de agitação. – Você está um tanto...

– Minha mãe está vindo... – disse ela.

– Aqui?

Ela fez que sim.

Não se tratava de uma situação ideal, mas não era nada que merecesse tanto desespero da parte de Francesca.

– Por quê? – indagou ele, educadamente.

– Ela acha que... – Francesca fez uma pausa, tentando recuperar o fôlego. – Ela acha que... Ah, minha nossa, você não vai acreditar.

Ao perceber que ela não iria em frente na exposição do assunto, ele arregalou os olhos e estendeu as mãos num gesto de impaciência, como se dissesse: *Importa-se em explicar?*

– Ela acha – falou Francesca, estremecendo ao se virar para ele – que estamos tendo um caso amoroso.

– Depois de eu estar de volta a Londres há uma semana apenas – murmurou ele, pensativo. – Eu sou mais rápido do que imaginava.

– Como consegue fazer gracejo com um assunto desses? – disse Francesca.

– E como você não consegue? – devolveu ele.

Embora, é claro, ela jamais pudesse ser capaz de rir de tal coisa. Para ela era impensável. Para ele era...

Bem, outra coisa completamente diferente.

– Eu estou horrorizada – declarou ela.

Michael se limitou a lhe oferecer um sorriso e um dar de ombros, embora começasse a se sentir um pouco ofendido. Claro que ele não esperava que Francesca pensasse nele dessa forma, mas uma reação de horror não fazia um homem se sentir exatamente *bem* sobre a sua masculinidade.

– Quais são as minhas duas escolhas? – indagou ele, abruptamente.

Ela se limitou a fitá-lo.

– Você disse que eu tinha duas escolhas.

Francesca piscou e teria lhe parecido adorável em sua confusão se ele não estivesse tão irritado pela reação dela.

– Eu... não me lembro – admitiu Francesca, por fim. – Ah, meu Deus – gemeu ela –, o que vou fazer?

– Acalmar-se talvez seja um bom começo – disse ele, fazendo-a virar a cabeça em sua direção. – Pare e pense, Frannie. Estamos falando de *nós dois*. A sua mãe vai se dar conta da tolice que está pensando assim que parar para pensar um pouco.

– Foi o que eu disse a ela – retrucou Francesca, fervorosamente. – Quer dizer, pelo amor de Deus, você consegue imaginar?

Na verdade, ele conseguia, sim, o que sempre representara um pequeno problema.

– É a coisa mais impensável possível – murmurou Francesca, andando de um lado para outro do aposento. – Como se eu... – Ela se virou para ele, gesticulando com emoção exagerada. – Como se *você*... – Ela se deteve, plantou as mãos nos quadris, então desistiu de ficar parada e começou a caminhar de um lado para outro de novo. – Como ela pode imaginar tal coisa?

– Acho que jamais a vi tão ofendida – comentou Michael.

Ela parou onde estava e o fitou como se ele fosse um imbecil.

E como se tivesse dois chifres e um rabo.

– Você realmente deveria tentar se acalmar – disse ele, mesmo sabendo que suas palavras talvez tivessem o efeito contrário.

As mulheres odiavam que as mandassem se acalmar, sobretudo mulheres como Francesca.

– Me acalmar? – ecoou ela, virando-se para ele furiosa. – Me *acalmar*? Por Deus, Michael, você continua com febre?

– Nem um pouco – retrucou ele, impassível.

– Compreende o que estou lhe dizendo?

– Perfeitamente – respondeu, com toda a educação possível a um homem cuja masculinidade sofrera um golpe.

– É loucura – insistiu ela. – Loucura. Quer dizer, olhe só para você.

Por que ela simplesmente não pegava uma faca e a levava aos seus testículos de uma vez?

– Sabe, Francesca – começou ele, com brandura estudada –, há muitas mulheres em Londres que ficariam muito satisfeitas em, como foi que você disse?, terem um caso amoroso comigo.

Francesca, que ainda estava com a boca aberta após sua derradeira explosão, fechou-a rapidamente.

Ele ergueu as sobrancelhas e se recostou outra vez nos travesseiros.

– Algumas se sentiriam privilegiadas.

Ela o fuzilou com os olhos.

– *Algumas* mulheres – prosseguiu Michael, sabendo que jamais deveria provocá-la com relação àquele assunto – poderiam até mesmo brigar fisicamente pela mera oportunidade...

– Pare! – vociferou ela. – Meu Deus, Michael, ter uma visão tão inflada das próprias proezas não é nada atraente.

– Ouço dizerem que é merecida – disse ele, com um sorriso lânguido.

O rosto dela ardeu, ruborizado.

Ele bem que gostou do que viu. Podia amá-la, mas odiava o efeito que ela exercia sobre ele e não tinha o coração tão grande a ponto de não sentir a ocasional satisfação de vê-la tão incomodada.

Era apenas uma fração do que *ele* sentia no dia a dia, afinal.

– Não tenho o menor desejo de ouvi-lo falar sobre as suas conquistas amorosas – retrucou Francesca, seca.

– Mas que engraçado, você costumava querer saber sobre elas o tempo todo. – Ele fez uma pausa, observando-a estrebuchar. – Como era mesmo que você me pedia?

– Eu não...

– *Conte algo indecente* – disse ele, fingindo ter acabado de se lembrar quando, é claro, jamais se esquecera de qualquer coisa que ela já tivesse lhe dito. – Conte algo indecente – repetiu ele, mais devagar dessa vez. – Era isso. Você bem que gostava quando eu era indecente. Sempre se mostrou muito curiosa sobre as minhas conquistas.

– Isso foi antes...

– Antes de que, Francesca?

Fez-se uma estranha pausa antes que ela falasse:

– Antes disso. Antes de agora. Antes de tudo.

– Essa resposta deveria ser esclarecedora?

A resposta dela foi apenas mais um olhar fulminante.

– Muito bem – disse ele –, acho que devo me preparar para a visita de sua mãe. Não há de ser um problema tão grande assim.

Francesca o olhou com uma expressão de dúvida.

– Mas você está com uma aparência horrível.

– Eu sabia que havia um motivo para eu querer tão bem a você – disse ele, num tom seco. – Não há o menor perigo de se cometer o pecado da vaidade na sua presença.

– Michael, fale sério.

– Infelizmente, estou falando.

Ela fez uma careta horrível.

– Posso ficar de pé agora, expondo-a a partes do meu corpo que imagino que você prefira não ver, ou você pode sair e aguardar a minha gloriosa presença lá embaixo.

Ela saiu correndo.

O que o confundiu. A Francesca que ele conhecia não corria de nada.

Pensando bem, tampouco saía sem ao menos tentar ter a última palavra.

Mas, acima de tudo, Michael não conseguiu acreditar que ela saíra correndo sem contestar sua autodenominação de glorioso.

Por fim, Francesca não precisou ser submetida à visita da mãe. Menos de vinte minutos após deixar o quarto de Michael, um bilhete de Violet chegou informando-lhe que Colin, seu irmão – que estava viajando pelo Mediterrâneo havia meses –, acabava de retornar a Londres e que ela, portanto, teria de adiar a visita. E mais tarde, naquela mesma noite, como Francesca havia previsto no início da crise de Michael, Janet e Helen chegaram a Londres, aplacando a preocupação de Violet sobre Francesca e Michael e a ausência de um acompanhante para os dois.

As mães – que era como Francesca e Michael tinham passado a chamá-las – ficaram esfuziantes com a chegada inesperada de Michael, embora um único olhar para o seu rosto doente tenha lhes provocado tamanho acesso de preocupação maternal que ele teve que levar Francesca até um canto e lhe implorar que não o deixasse a sós com nenhuma das duas. Na realidade, elas chegaram num momento bastante fortuito, pois Michael tivera um dia bem saudável antes de ser assolado por mais um acesso de febre arrasador. Francesca conversou com elas em particular sobre a próxima crise esperada, explicando-lhes a natureza da doença, assim, quando vissem a malária se manifestar em toda a sua potência, já estariam preparadas.

E, ao contrário de Francesca, as duas concordaram com mais facilidade – na verdade, com avidez – em manter a enfermidade em segredo. Era difícil imaginar que um conde rico e bonito pudesse não ser considerado um excelente partido pelas moças solteiras de Londres, mas a malária nunca fora um ponto a favor de ninguém na busca de uma esposa.

E, se havia uma coisa que Janet e Helen estavam decididas a ver antes do final do ano, era Michael na frente de um altar, colocando uma aliança no dedo de uma nova condessa.

Na verdade, Francesca adorou ouvir as duas darem-lhe um sermão sobre a necessidade de ele se casar. Pelo menos aquilo tirava a atenção de cima *dela*. Não tinha a menor ideia de como haveriam de reagir a *seu* projeto de matrimônio – embora imaginasse que se alegrariam por ela –, mas a última coisa que queria eram mais duas mamães casamenteiras tentando uni-la a qualquer solteiro patético disponível no mercado.

Por Deus, já teria de lidar com a *própria* mãe, que, sem dúvida, não iria resistir à tentação de se meter, uma vez que Francesca deixara clara a intenção de encontrar um marido naquele ano.

Assim, Francesca se mudou de volta para a Casa Kilmartin e a família Stirling se recolheu a uma espécie de casulo, com Michael recusando todos os convites recebidos com a promessa de que estaria disponível tão logo estivesse estabelecido após a sua longa jornada. As três senhoras frequentavam a sociedade ocasionalmente e, embora Francesca esperasse as perguntas sobre o novo conde, não imaginava que seriam tantas, e tão frequentes.

Ao que parecia, todos eram loucos pelo Devasso Alegre, sobretudo agora que andava envolvido por uma aura de mistério.

Ah, e com um condado de herança. E com as 100 mil libras esterlinas que o acompanhavam.

Francesca balançou a cabeça em uma negativa enquanto pensava naquilo. Nem a Srta. Radcliffe poderia ter imaginado um herói mais perfeito. Ia ser um pandemônio quando ele estivesse recuperado.

Então, de repente, ele ficou bom.

Bem, não tão de repente assim: os acessos de febre foram diminuindo aos poucos. De qualquer forma, Francesca teve a impressão de que um dia ele ainda parecia abatido e pálido e no dia seguinte voltara ao normal, tornando-se outra vez robusto e vigoroso, vagando pela casa ávido pelo sol.

– Quinino – declarou Michael, com um preguiçoso dar de ombros quando Francesca comentou sobre a melhora em sua aparência durante o desjejum. – Eu tomaria esse troço seis vezes ao dia se o maldito sabor não fosse tão ruim.

– Olhe a língua, Michael, por favor – murmurou a mãe, espetando uma linguiça com o garfo.

– Já provou quinino, mãe? – indagou ele.

– É claro que não.

– Então prove e vamos ver como a *sua* língua se comportará.

Francesca riu por baixo do guardanapo.

– Eu já provei – anunciou Janet.

Todos os olhos se voltaram para ela.

– Provou? – indagou Francesca.

Nem mesmo ela tivera essa coragem. O cheiro ruim fora o bastante para que ela mantivesse distância do frasco.

– É claro – respondeu Janet. – Fiquei curiosa. – Ela se virou para Helen. – É realmente terrível.

– Pior do que aquela mistura horrorosa que a cozinheira nos fez tomar no ano passado para... hã...

Helen olhou para Janet com uma expressão que significava *você sabe o que quero dizer*.

– Muito pior.

– Você dissolveu? – indagou Francesca. O pó era para ser misturado com água purificada, mas ela supunha que Janet pudesse simplesmente ter colocado um pouco sobre a língua.

– É claro. Não é assim que se prepara?

– Tem gente que gosta de misturar com gim – comentou Michael.

Helen estremeceu.

– Não imagino que seja pior do que puro – comentou Janet.

– Ainda assim, se alguém pretende misturá-lo a uma bebida alcoólica, que pelo menos escolha um bom uísque – sugeriu Helen.

– Para estragar o uísque? – falou Michael, servindo-se de várias colheradas de ovos.

– Não pode ser tão ruim assim – insistiu Helen.

– É, sim – disseram Michael e Janet em uníssono.

– Tem razão, Michael – acrescentou Janet. – Não posso imaginar estragar um bom uísque dessa forma. Um gim seria um bom meio-termo.

– Já provou gim alguma vez? – perguntou Francesca.

Afinal, não era considerada uma bebida apropriada para as classes mais abastadas, em especial para as mulheres.

– Uma ou duas vezes – admitiu Janet.

– E eu pensava saber tudo a respeito de você... – murmurou Francesca.

– Tenho os meus segredos – retrucou ela, descontraída.

– Esta é uma conversa muito estranha para o desjejum – observou Helen.

– É verdade – concordou Janet. Virou-se para o sobrinho: – Michael, estou muito satisfeita em vê-lo de pé e com uma aparência tão saudável.

Ele inclinou a cabeça para o lado, agradecendo-lhe o elogio.

Janet limpou os cantos da boca com o guardanapo.

– Mas agora precisa cumprir com suas responsabilidades de conde.

Ele grunhiu.

– Não seja tão petulante – admoestou Janet. – Ninguém está ameaçando amarrá-lo pelas mãos e torturá-lo. Só quero dizer que precisa ir até o alfaiate para se certificar de ter roupas de noite suficientes.

– Tem certeza que não posso simplesmente doar as minhas mãos?

– São mãos adoráveis – retrucou Janet –, mas tenho certeza que servirão melhor à humanidade presas a seus pulsos.

Michael encarou-a placidamente.

– Vamos ver. Hoje, que é o primeiro dia que me levanto da cama desde que adoeci, tenho marcadas uma reunião com o primeiro-ministro para tratar da tomada de posse de meu assento no Parlamento, uma reunião com o advogado da família para tomar pé de nossa situação financeira e uma entrevista com o principal administrador das propriedades, que, segundo me consta, veio a Londres com o único objetivo de discutir o estado de todas as nove propriedades de nossa família. Em que momento, devo perguntar, a senhora deseja que eu encaixe uma visitinha ao alfaiate?

As três estavam sem fala.

– Talvez eu deva informar ao primeiro-ministro que preciso adiar nossos encontro para a quinta-feira – disse ele, com bastante delicadeza.

– Quando marcou todos esses compromissos? – perguntou Francesca, um pouco envergonhada por estar tão surpresa com o seu zelo.

– Pensou que eu havia passado as duas últimas semanas olhando para o teto?

– Bem, não – respondeu ela, embora a verdade fosse que não tinha a menor ideia do que ele andara fazendo.

Lendo, supunha. Era o que ela teria feito.

Quando ninguém disse mais nada, Michael empurrou a cadeira para trás.

– Se me dão licença, senhoras – falou, pousando o guardanapo sobre a mesa –, creio já ter deixado claro que tenho um dia cheio pela frente.

Ele não chegou sequer a levantar da cadeira antes de Janet falar, em voz baixa:

– Michael? O alfaiate.

Ele gelou.

Ela sorriu para ele, com doçura.

– Amanhã seria perfeitamente aceitável.

Francesca pensou ouvi-lo ranger os dentes.

Janet se limitou a inclinar a cabeça de leve para o lado.

– Você precisa de roupas novas para a noite. Certamente não está pensando em faltar ao baile de aniversário de Lady Bridgerton.

Francesca logo enfiou uma garfada de ovos na boca de forma que ele não a pegasse sorrindo. Janet era ardilosa ao extremo. A festa de aniversário de Violet era o único evento ao qual Michael definitivamente se sentiria obrigado a comparecer. Qualquer outra coisa ele poderia dispensar sem pensar duas vezes.

Mas Violet?

Francesca *achava* que não.

– Quando é? – perguntou ele.

– No dia onze de abril – respondeu Francesca, muito doce. – Todos estarão presentes.

– Todos? – ecoou ele.

– Todos os Bridgertons.

Ele se alegrou visivelmente.

– E todo o resto – acrescentou ela, dando de ombros.

Ele olhou para ela com severidade.

– Defina "todo o resto".

Francesca o encarou.

– Todo mundo.

Ele se deixou cair na cadeira.

– Não tenho direito a um adiamento?

– É claro que tem – disse Helen. – Na verdade, já teve um. Na semana passada. Chamamos de malária.

– E aqui estava eu, ansiando por ficar bom – resmungou ele.

– Não tem nada a temer – observou Janet. – Vai se divertir muito, tenho certeza.

– E, quem sabe, conhecer uma senhora encantadora – acrescentou Helen, muito prestativa.

– Ah, sim – murmurou Michael –, não nos esqueçamos do verdadeiro objetivo de minha vida.

– Não é um objetivo tão ruim assim – atalhou Francesca, incapaz de resistir a uma pequena chance de implicar com ele.

– É mesmo? – perguntou ele, virando a cabeça para encará-la. Seu olhar era tão intenso que Francesca teve a impressão extremamente desagradável de que talvez não devesse tê-lo provocado.

– É... de verdade – disse ela, já que não podia mais voltar atrás.

– E quais são os *seus* objetivos? – provocou ele, com toda a doçura.

Pelo canto do olho, Francesca viu Janet e Helen observarem a troca com ávida e indisfarçada curiosidade.

– Bem, nada muito grandioso – respondeu Francesca. – No momento, meu único objetivo é terminar meu desjejum. Está uma delícia, não concorda?

– Ovos quentes com uma porção de mães intrometidas?

– Não se esqueça de acrescentar sua prima – sugeriu ela, repreendendo-se assim que as palavras deixaram os seus lábios.

Todo o gestual dele alertava para que ela não o provocasse, mas Francesca simplesmente não conseguia resistir.

Havia poucas coisas no mundo das quais gostasse mais do que provocar Michael Stirling, e momentos como aquele eram deliciosos demais para serem ignorados.

– E como pretende passar a sua temporada? – insistiu Michael, inclinando a cabeça de leve e adotando uma expressão irritantemente paciente.

– Acho que vou começar comparecendo à festa de aniversário de minha mãe.

– E o que irá fazer lá?

– Darei a ele os meus parabéns.

– Só?

– Bem, não lhe perguntarei a sua idade, se é isso que está sugerindo – respondeu Francesca.

– Ah, não – concordou Janet.

– Não faça uma coisa dessas – proferiu Helen fervorosamente.

As três senhoras se viraram para Michael com o mesmo olhar de expectativa. Afinal, era a vez dele de falar.

– Tenho que ir – decretou ele, arrastando a cadeira para trás e se levantando.

Francesca ia abrindo a boca para dizer algo provocador, já que essa era sempre sua primeira reação quando o via sem palavras, mas desistiu.

Michael havia mudado.

Não que antes fosse irresponsável. Apenas não havia nada pelo que devesse ser responsável. E, na verdade, não ocorrera a ela a possibilidade de ele se adaptar bem às novas circunstâncias uma vez que retornasse à Inglaterra.

– Michael – chamou ela, a voz suave imediatamente chamando a atenção dele. – Boa sorte com o lorde Liverpool.

Os olhos dele encontraram os dela e algo ali luziu. Uma sugestão de apreço, talvez de gratidão.

Ou quem sabe tivesse sido apenas um momento de silencioso entendimento.

Do tipo que ela tinha com John.

Francesca engoliu em seco, subitamente desconfortável ao se dar conta daquilo. Estendeu a mão em direção ao chá com um movimento lento e deliberado, como se o controle sobre o corpo pudesse se estender também à mente.

O que acabara de acontecer?

Ele era apenas Michael, não era?

Apenas o seu amigo e confidente de longa data.

Não era só isso?

Não?

CAPÍTULO 10

...

– nada além de marcas feitas pela caneta da condessa de Kilmartin sobre o papel, duas semanas após o recebimento da terceira correspondência do conde de Kilmartin endereçada a ela

– Ele está aqui?

– Não.

– Tem certeza?

– Tenho.

– Mas ele vem?

– Disse que viria.

– Ah. Mas quando?

– Não sei.

– Não sabe?

– Não, não sei.

– Ah. Está certo. Bem... Ah, olhe! Lá está minha filha. Foi um prazer vê-la, Francesca.

Francesca revirou os olhos – o que não costumava fazer a não ser em circunstâncias extremas – enquanto observava a Sra. Featherington, uma das mais notórias mexeriqueiras da alta sociedade, caminhar com passos vacilantes em direção à filha, Felicity, que conversava animadamente com um rapaz simpático, embora sem qualquer título de nobreza, na extremidade do salão de baile.

A conversa poderia ter sido divertida se não houvesse sido a sétima vez – não, a oitava, não esquecendo a própria mãe – que fora submetida a ela. Era sempre o mesmo diálogo, palavra por palavra, a não ser pelo fato de que nem todo mundo a conhecia bem o bastante para tratá-la pelo primeiro nome.

Uma vez que Violet Bridgerton divulgara que o arredio conde de Kilmartin faria sua reaparição na alta sociedade em sua festa de aniversário, Francesca tivera certeza de que nunca mais estaria livre de interrogatórios, pelo menos não da parte de qualquer pessoa que tivesse algum elo com uma mulher solteira.

Michael era o bom partido da temporada e nem mesmo aparecera ainda.

– Lady Kilmartin!

Ela ergueu a vista. Lady Danbury caminhava em sua direção. Nunca uma senhora tão rabugenta e franca frequentara os salões de Londres, mas Francesca até que gostava dela, então sorriu enquanto a condessa se aproximava, notando que os convidados se afastavam à medida que ela passava entre eles.

– Lady Danbury – cumprimentou Francesca –, muito prazer em vê-la. Está se divertindo?

Lady D. bateu com a bengala no chão sem nenhum motivo aparente.

– Eu me divertiria bem mais se alguém me contasse quantos anos a sua mãe tem.

– Eu não ousaria.

– Pfff. Qual é o problema? Até parece que ela é tão velha quanto eu.

– E quantos anos a senhora tem? – perguntou Francesca, com a voz doce e um sorriso zombeteiro.

O rosto enrugado de Lady D. se abriu num sorriso.

– He, he, he, muito esperta. Não pense que vou lhe contar.

– Então, com certeza, entende por que devo exercer a mesma lealdade para com minha mãe.

– Humpf – resmungou a velha senhora, batendo a bengala no chão para dar ênfase. – Qual o objetivo de uma festa de aniversário se ninguém sabe o que se está comemorando?

– O milagre da vida e da longevidade?

Lady Danbury resfolegou ao ouvir isso, então perguntou:

– E por onde anda esse seu novo conde?

Por Deus, como ela era direta.

– Ele não é o *meu* conde – observou Francesca.

– Bem, é mais seu do que de qualquer outra pessoa.

Isso provavelmente era verdade, embora Francesca não fosse admiti-lo para Lady Danbury. Então limitou-se a dizer:

– Imagino que o senhor conde se oporia a ser rotulado como propriedade de qualquer pessoa a não ser de si mesmo.

– O senhor conde? Que coisa mais formal... Achei que vocês dois fossem amigos.

– E somos – confirmou Francesca. O que não queria dizer que ela saísse por aí chamando-o pelo nome de batismo. De fato, não havia motivo para dar margem a boatos. Não diante da necessidade de manter a reputação irrepreensível na busca de um marido para si. – Era o confidente mais próximo de meu marido – declarou, muito diretamente. – Eram como irmãos.

Lady Danbury mostrou-se desapontada com a caracterização sem graça de seu relacionamento com Michael, mas limitou-se a franzir os lábios e varrer a multidão com os olhos.

– Esta festa está precisando de um pouco de animação – murmurou, mais uma vez batendo com a bengala no chão.

– Tente não dizer isso à minha mãe – pediu Francesca.

Violet passara semanas cuidando dos detalhes e, francamente, ninguém poderia encontrar um só defeito. A iluminação era suave e romântica, a seleção musical era perfeita e até a comida estava ótima – o que não era pouca coisa num baile londrino. Francesca já se deleitara com dois doces deliciosos e desde então bolava um jeito de voltar à mesa do bufê sem parecer uma glutona.

A única coisa que não a agradava era ser continuamente abordada por matronas curiosas.

– Ah, a culpa não é da sua mãe – disse Lady D. – Ela não pode ser responsabilizada pela superpopulação de gente sem graça em nossa sociedade. Por Deus, ela fez oito de vocês e não há um único idiota no grupo. – Ela lançou um olhar carregado de significado para Francesca. – Aliás, pode considerar isso um elogio.

– Estou comovida.

Os lábios de Lady Danbury se estreitaram, dando a ela um ar assustadoramente sério.

– Vou ter de fazer alguma coisa – declarou.

– A respeito quê?

– A respeito da festa.

Uma péssima sensação tomou conta de Francesca. Jamais soubera de uma ocasião na qual Lady Danbury estragara a festa de alguém, mas a velha senhora era esperta o bastante para causar algum dano grave se assim decidisse.

– O que exatamente planeja fazer? – perguntou Francesca, tentando manter o pânico afastado da voz.

– Ah, não olhe para mim como se eu estivesse prestes a matar o seu gato.

– Eu não tenho um gato.

– Bem, *eu* tenho e posso lhe garantir que ficaria incrivelmente furiosa se alguém tentasse lhe fazer mal.

– Lady Danbury, do que está falando?

– Ora, e eu lá sei? – disse a velha senhora com um aceno da mão. – Pode estar certa de que se eu soubesse, já o teria feito. Mas certamente eu não causaria um escândalo na festa da sua mãe. – Ela levou o queixo à frente e brindou Francesca com uma fungada de desdém. – Até parece que eu faria alguma coisa para magoar a sua querida mãezinha.

Por algum motivo isso não diminuiu a apreensão de Francesca.

– Certo. Bem, o que quer que vá fazer, tenha cuidado, por favor.

– Francesca Stirling – começou Lady D., com um sorriso malicioso –, está preocupada com o meu bem-estar?

– Pela senhora eu não estou nem um pouco aflita – respondeu Francesca, com insolência. – É pelo resto de nós que eu temo.

Lady Danbury deu uma gargalhada.

– Muito bem, Lady Kilmartin. Creio que merece um descanso. De mim – acrescentou ela, caso Francesca não tivesse compreendido o que queria dizer.

– A senhora é o meu descanso – murmurou Francesca.

Mas Lady D. obviamente não a ouviu enquanto olhava por cima da multidão, pois soou bastante decidida ao declarar:

– Acho que vou importunar o seu irmão.

– Qual deles?

Não que todos eles não merecessem um pouco de tortura.

– Aquele ali. – Ela apontou na direção de Colin. – Ele não acaba de retornar da Grécia?

– De Chipre, na verdade.

– Grécia, Chipre, é tudo a mesma coisa para mim.

– Não para eles, imagino – murmurou Francesca.

– Para quem? Para os gregos?

– Ou os cipriotas.

– Pfff. Bem, se alguém de qualquer um dos dois povos aparecer esta noite, pode ficar à vontade para me explicar a diferença. Até então, continuarei com minha ignorância. – E, com isso, Lady D. bateu com a bengala outra vez no chão antes de se virar na direção de Colin e gritar: – Sr. Bridgerton!

Francesca observou, divertida, enquanto o irmão tentava desesperadamente fingir não tê-la ouvido. Ficou bastante satisfeita que Lady D. tivesse decidido torturar Colin um pouco – sem dúvida, ele merecia –, mas agora que estava outra vez sozinha se deu conta de que a velha senhora lhe proporcionara uma defesa bastante eficaz contra uma multidão de mães casamenteiras que a viam como o seu único elo com Michael.

Por Deus, já podia ver três delas se aproximando.

Hora de escapulir. Imediatamente. Francesca deu meia-volta e começou a caminhar em direção a Eloise, fácil de encontrar graças ao verde brilhante do vestido. Na verdade, teria preferido evitar a irmã e seguir direto para a porta de saída, mas realmente estava determinada a arrumar um marido e, assim, precisava circular e fazer com que soubessem que estava disponível.

Não que alguém houvesse de se importar com qualquer coisa até Michael enfim dar as caras. Ela poderia anunciar o seu plano de se mudar para a África e adotar a prática do canibalismo e a única coisa que lhe perguntariam seria: "E o conde a acompanhará?"

– Boa noite! – exclamou Francesca, juntando-se ao pequeno grupo em que estava a irmã.

Era todo composto de parentes: Eloise conversava animadamente com as duas cunhadas, Kate e Sophie.

– Ah, olá, Francesca – cumprimentou Eloise. – Onde está...

– Não comece *você* também.

– O que há de errado? – perguntou Sophie, os olhos cheios de preocupação.

– Se mais uma pessoa perguntar a respeito de Michael, eu juro que minha cabeça vai explodir.

– Isso certamente mudaria o teor da noite – observou Kate.

– Sem falar do trabalho que a equipe de limpeza teria – acrescentou Sophie.

Francesca chegou a resmungar.

– Bem, e onde ele está? – quis saber Eloise. – E não me olhe como se...

– Como se você estivesse prestes a matar o meu gato?

– Você não tem gato. De que diabo está falando?

Francesca se limitou a suspirar.

– Eu não sei. Ele disse que viria.

– Se for inteligente, deve estar escondido no corredor – comentou Sophie.

– Meu Deus, acho que você tem razão.

Francesca podia imaginá-lo evitando o salão de baile para se instalar comodamente no salão para fumantes.

Em outras palavras, longe de todas as senhoras.

– Ainda está cedo – acrescentou Kate, tentando ser útil.

– Nem tanto – resmungou Francesca. – Eu queria que ele chegasse logo para que as pessoas parassem de me perguntar sobre ele.

Eloise começou a rir, traidora diabólica que era.

– Ah, minha pobre e delirante Francesca – começou –, assim que ele chegar as perguntas irão se multiplicar. Simplesmente irão mudar de "onde está ele" para "conte-nos mais sobre ele".

– Temo que ela tenha razão – concordou Kate.

– Ah, maldição... – gemeu Francesca, procurando uma parede na qual se amparar.

– Você acabou de blasfemar? – perguntou Sophie, piscando, surpresa.

Francesca deixou escapar um suspiro.

– Parece que venho fazendo isso bastante nos últimos tempos.

Sophie a olhou com compaixão e subitamente exclamou:

– Você está usando azul!

Francesca baixou os olhos para o novo vestido de baile. Na verdade, estava muito satisfeita com ele, não que alguém além de Sophie o tivesse notado. Era um de seus tons de azul preferidos. O traje era elegantemente simples, com um decote adornado por uma faixa de seda azul-clara formando um drapeado. Sentia-se como uma princesa, ou pelo menos não tanto como uma viúva intocável.

– Deixou o luto, então? – perguntou Sophie.

– Bem, já deixei o luto há alguns anos – resmungou Francesca.

Agora que finalmente havia deixado de lado os tons cinza e lilás, sentia-se tola por ter se agarrado a eles por tanto tempo.

– Sabíamos que já estava de volta às atividades normais – comentou Sophie –, mas nunca trocou as vest... Bem, não importa. Fico muito contente em vê-la de azul!

– Isso quer dizer que está considerando se casar outra vez? – perguntou Kate. – Já se passaram *quatro anos.*

Francesca se sobressaltou. Só mesmo Kate para ir direto ao assunto. Mas não tinha como manter o seu projeto em segredo para sempre, não se quisesse ter algum sucesso, então se limitou a dizer:

– Sim.

Por um instante, ninguém se pronunciou. Então, é claro, todas falaram ao mesmo tempo, dando os parabéns, oferecendo conselhos e dizendo várias bobagens que Francesca não estava certa de que quisesse escutar. Mas foi tudo com as melhores e mais carinhosas intenções, então ela se limitou a sorrir, assentir e aceitar os bons votos.

Então Kate declarou:

– Precisamos colocar este projeto em curso, é claro.

Francesca ficou horrorizada.

– O que disse?

– O vestido azul é um ótimo indício das suas intenções – começou a explicar Kate –, mas acha mesmo que os homens de Londres sejam perceptivos o bastante para notar isso? É claro que não – concluiu ela, respondendo à própria pergunta antes que outra pessoa o fizesse. – Eu poderia pintar os cabelos de Sophie de preto e nenhum deles notaria a diferença.

– Bem, Benedict notaria – observou Sophie, lealmente.

– Sim, bem, ele é seu marido e, além do mais, é pintor. É treinado para notar as coisas. A maior parte dos homens... – Kate deixou a frase no ar, mostrando-se um tanto irritada com a mudança de rumo da conversa. – Mas percebe o que quero dizer, não?

– É claro – murmurou Francesca.

– O fato é que – continuou Kate – a maior parte da humanidade tem mais cabelos do que inteligência na cabeça. Se quer que as pessoas saibam que você está disponível para se casar de novo, precisa deixar isso bem claro. Ou, melhor, nós deixaremos claro por você.

Francesca teve visões horríveis de seus familiares perseguindo os homens até os pobres coitados saírem correndo aos berros em direção à saída.

– O que exatamente pretende fazer?

– Ora, por favor, não precisa colocar o jantar para fora por causa disso.

– Kate! – exclamou Sophie.

– Bem, é preciso admitir que ela estava com uma expressão de quem está prestes a vomitar.

Sophie revirou os olhos.

– Bem, estava, mas você não precisava ter mencionado.

– Eu achei o comentário divertido – observou Eloise, solícita.

Francesca lançou-lhe um olhar letal, já que sentia a necessidade de fuzilar *alguém* com os olhos e sempre era mais fácil fazê-lo com algum parente.

– Nós seremos mestres do tato e da discrição – garantiu Kate.

– Pode confiar – acrescentou Eloise.

– Bem, certamente eu não posso impedi-las – disse Francesca.

Ela notou que nem mesmo Sophie a contradisse.

– Muito bem, vou pegar um último doce de chocolate.

– Acho que acabaram – avisou Sophie, olhando para ela com uma expressão de solidariedade.

O coração de Francesca pareceu encolher dentro do peito.

– E os biscoitos de chocolate?

– Também acabaram.

– O que sobrou?

– O bolo de amêndoas.

– Aquele com gosto de poeira?

– Esse mesmo – disse Eloise. – Foi a única sobremesa que a mamãe não provou antes. Eu tentei avisar, é claro, mas ninguém nunca me dá ouvidos.

Francesca ficou abalada. Estava se sentindo péssima, e a promessa de um doce fora a única coisa que mantivera o seu ânimo naquele momento.

– Alegre-se, Frannie – falou Eloise, olhando por cima da multidão. – Estou vendo Michael.

De fato, lá estava ele, do outro lado do salão, pecaminosamente elegante com seu traje de noite negro. Encontrava-se cercado de mulheres, o que não surpreendeu Francesca nem um pouco. Metade era do tipo que o perseguia com o objetivo de conseguir um casamento, para si ou para as filhas.

A outra metade, observou Francesca, eram jovens casadas e corriam atrás dele claramente por um motivo diferente.

– Eu havia esquecido como ele é bonito – murmurou Kate.

Francesca a fuzilou com os olhos.

– Está muito bronzeado – acrescentou Sophie.

– Estava na Índia, é claro que está bronzeado – comentou Francesca.

– Você está um bocado sem paciência hoje – observou Eloise.

Francesca forçou-se a assumir uma expressão de completa indiferença.

– Estou cansada de ser inquirida a respeito dele, só isso. Michael não é o meu tópico de conversa preferido.

– Vocês brigaram? – quis saber Sophie.

– Não, é claro que não – respondeu Francesca, dando-se conta, tarde demais, de que passara a impressão errada. – Mas não fiz nada além de falar dele a noite toda. A esta altura, eu adoraria falar sobre qualquer outra coisa, até sobre o tempo.

– Hum.

– Sim.

– Certo. É claro.

Francesca não tinha a menor ideia de quem dissera o quê, só viu que as quatro estavam ali em pé olhando fixamente para Michael e seu bando de mulheres.

– Ele é *mesmo* bonito – suspirou Sophie. – Com toda essa cabeleira negra maravilhosa.

– Sophie! – exclamou Francesca.

– Bem, ele é – retrucou a outra, na defensiva. – E você não disse nada para Kate quando ela fez o mesmo comentário.

– Vocês duas são casadas – murmurou Francesca.

– Quer dizer então que *eu* posso comentar sobre a beleza dele, se quiser? – perguntou Eloise. – Já que sou solteira?

Francesca virou-se para a irmã, incrédula.

– Michael é o último homem com o qual você haveria de querer se casar.

– Por quê?

A pergunta veio de Sophie, mas Francesca notou que Eloise escutava atentamente, à espera de sua resposta.

– Por ele ser um libertino inveterado – respondeu Francesca.

– Que engraçado – murmurou Eloise. – Você ficou furiosa quando Hyacinth disse a mesma coisa há uns quinze dias.

Só mesmo Eloise para se lembrar de absolutamente *tudo*.

– Hyacinth não sabia do que estava falando – declarou Francesca. – Nunca sabe. Além do mais, estávamos conversando sobre sua pontualidade, não sobre sua... digamos... *desposabilidade*.

– E o que o torna tão *indesposável*? – indagou Eloise.

Francesca lançou um olhar carregado de seriedade para a irmã mais velha. Eloise estava louca se pensava que deveria perseguir a ideia de se casar com Michael.

– E então? – insistiu ela.

– Ele jamais conseguiria ser fiel a uma única mulher – concluiu Francesca –, e eu duvido que você conseguisse tolerar infidelidades.

– É verdade – murmurou Eloise –, a não ser que ele estivesse disposto a tolerar lesões corporais graves.

As quatro se calaram diante de tal comentário e passaram a se dedicar ao descarado escrutínio de Michael e suas interlocutoras. Ele se inclinou para a frente e murmurou alguma coisa no ouvido de uma delas, levando a senhora em questão a soltar uma risadinha abafada e a ruborizar, ocultando a boca com a mão.

– É mesmo um conquistador – disse Kate.

– Ele tem certo encanto – concordou Sophie. – Aquelas mulheres não têm a menor chance.

Naquele momento, Michael sorriu para uma das mulheres do séquito, um sorriso que levou até mesmo as Bridgertons a suspirar.

– Será que não temos nada melhor para fazer do que espionar Michael? – perguntou Francesca, contrariada.

Kate, Sophie e Eloise se entreolharam.

– Não.

– Não.

– Eu acho que não – concluiu Kate. – Pelo menos não neste momento.

– Você deveria ir até lá falar com ele – sugeriu Eloise, cutucando Francesca com o cotovelo.

– Posso saber por quê?

– Porque ele está *aqui*.

– Assim como uma centena de outros homens com os quais eu preferiria me casar – comentou Francesca.

– Só vejo três com os quais eu consideraria fazer isso – resmungou Eloise –, e mesmo sobre esses não tenho certeza absoluta.

– Ainda assim – disse Francesca, sem o menor desejo de concordar com Eloise –, o meu objetivo aqui é encontrar um marido, e não consigo ver como ficar cobrindo Michael de atenções poderia ajudar.

– E eu pensando que estivéssemos aqui para desejar à nossa mãe um feliz aniversário – murmurou Eloise.

Francesca a fuzilou com os olhos. Ela e Eloise tinham quase a mesma idade – apenas um ano de diferença. Francesca seria capaz de dar a vida pela irmã, é claro, e sem dúvida não existia outra pessoa que conhecesse melhor seus segredos e pensamentos mais íntimos, mas isso não a impedira de passar metade do tempo com vontade de estrangulá-la.

Este era um desses momentos. Especialmente agora.

– Eloise está certa – disse Sophie a Francesca. – Você deveria ir até lá cumprimentar Michael. É o mínimo de cortesia, considerando o tempo que passou fora.

– Estamos morando na mesma casa há mais de uma semana – resmungou Francesca. – Já cansamos de nos cumprimentar.

– Sim, mas não em público – observou Sophie. – E, se você não for até lá falar com ele, todos comentarão amanhã. Vão achar que existe alguma desavença entre vocês. Ou, pior, que você não o aceita como o novo conde.

– É claro que eu o aceito – contestou Francesca. – E, mesmo que não aceitasse, que importância teria isso? Nunca houve motivo para questionar a linha de sucessão.

– Você precisa mostrar a todos que o tem em grande estima – sugeriu Sophie. Em seguida, virou-se para Francesca com uma expressão de dúvida. – A não ser, é claro, que isso não seja verdade.

– É claro que é verdade – disse Francesca, com um suspiro.

Sophie estava certa. Estava sempre certa quando o assunto eram as convenções sociais. Francesca deveria ir cumprimentar Michael. Ele merecia uma saudação oficial e pública de boas-vindas a Londres, por mais ridículo que isso pudesse parecer, dado que ela passara as últimas semanas cuidando dele durante a crise de malária. Mas não sentia a menor satisfação em ter de lutar para passar por entre a multidão de admiradoras dele.

Sempre achara a reputação de Michael divertida. Provavelmente porque se sentira afastada de tudo aquilo, até mesmo superior. Sempre fora uma espécie de piada íntima entre os três – ela, John e Michael. Ele nunca levara nenhuma das mulheres a sério, então ela tampouco o fizera.

Mas agora não estava mais na posição de mulher casada e feliz. E Michael já não era só o Devasso Alegre, um irresponsável que mantinha a posição na sociedade com perspicácia e modos encantadores.

Era um conde e ela era uma viúva. De repente, sentia-se pequena e impotente.

A culpa não era dele, é claro. Ela sabia disso assim como sabia... Bem, assim como sabia que ele seria um péssimo marido para alguém algum dia. Mas, de alguma forma, não conseguia evitar por completo sua raiva, se não dele, então da turba de mulherzinhas risonhas à sua volta.

– Francesca? – chamou Sophie. – Quer que uma de nós vá com você?

– O quê? Não. Não, é claro que não. – Francesca se empertigou, envergonhada por ter sido flagrada pelas irmãs com o pensamento tão longe. – Eu posso lidar com Michael – acrescentou, com firmeza.

Deu dois passos na direção dele, então se virou de volta para Kate, Sophie e Eloise.

– Depois de cuidar de mim mesma – acrescentou.

E, com isso, se virou para ir até a sala de descanso feminina. Se tinha de sorrir e ser educada em meio ao séquito de Michael, pelo menos que o fizesse sem que os sapatos a estivessem matando.

Mas, ao partir, ouviu Eloise murmurar:

– Covarde.

Francesca precisou reunir toda a sua força para não se virar e desferir uma resposta mordaz à irmã.

E também para não acreditar que Eloise estivesse certa.

Porque era apavorante pensar que talvez tivesse se tornado covarde justamente por causa de Michael.

CAPÍTULO 11

... Tive notícias de Michael. Três vezes, na verdade. Ainda não lhe respondi. Estou certa de que você ficaria desapontado comigo. Mas eu...

– da condessa de Kilmartin para o falecido marido, dez meses após a partida de Michael para a Índia; o recado, com um "Isto é loucura", foi amassado e atirado no fogo

Michael avistou Francesca no instante em que entrou no salão. Ela estava de pé do outro lado do aposento conversando com as irmãs, em seu vestido azul e um novo penteado.

Também notou quando ela saiu por uma porta lateral, presumivelmente para ir ao cômodo reservado às senhoras, que ele sabia que ficava naquele corredor.

O pior de tudo é que sabia que também veria quando ela voltasse, embora estivesse conversando com uma dezena de mulheres que acreditavam que ele estava completamente absorto pela pequena reunião.

Para Michael, era como se fosse uma doença, um sexto sentido. Não conseguia estar num lugar em que Francesca também se encontrasse sem saber o ponto exato onde ela se achava. Fora assim desde o instante em que se conheceram e a única coisa que tornava aquilo suportável era que Francesca nem ao menos desconfiava.

Um dos aspectos que ele mais apreciara na Índia tinha sido o fato de ela não estar lá; ele nunca precisara estar ciente de sua presença. Mas ela o assombrara ainda assim. Às vezes vislumbrava cabelos castanho-avermelhados que refletiam a luz de uma vela como os dela, ou alguém ria e, por um centésimo de segundo, soava como ela. Ele prendia a respiração e a procurava, embora soubesse que não estava lá.

Era um inferno, em geral digno de uma boa bebida. Ou de uma noite ao lado da amante mais recente.

Ou ambos.

Mas isso ficara para trás. Agora estava de volta a Londres, surpreso com sua facilidade em retomar o papel de sedutor inconsequente. Pouca coisa mudara na cidade – alguns rostos eram novos, mas essencialmente a alta sociedade permanecia a mesma. A festa de aniversário de Lady Bridgerton estava sendo como ele imaginara, embora precisasse admitir certa surpresa com o grau de curiosidade em relação à sua volta a Londres. Pelo visto, o Devasso Alegre se transformara no Conde Arrojado, e em quinze minutos já tinha sido abordado por nada menos que oito – não, nove; não podia se esquecer da própria Lady Bridgerton – damas da sociedade, todas ansiosas por chamar a sua atenção e, é claro, apresentá-lo às encantadoras filhas solteiras.

Ele não sabia ao certo se aquilo era divertido ou infernal.

Divertido, decidiu, pelo menos por ora. Na semana seguinte já seria infernal, tinha certeza disso.

Após outros quinze minutos de apresentações, reapresentações e propostas mal disfarçadas (felizmente, feitas por uma viúva e não por uma das debutantes ou alguma das mães), ele anunciou que iria procurar a anfitriã, pediu licença e se afastou do grupo.

E lá estava ela. Francesca. Do outro lado do salão, o que significava que ele teria de abrir caminho por entre a multidão se desejasse falar com ela. Estava encantadora naquele vestido de baile de um azul profundo, e ele se deu conta de que mesmo depois de ouvi-la falar tantas vezes em mudar todo o guarda-roupa, era a primeira vez que a via usar algo diferente das cores do meio-luto.

Então Michael se deu conta de outra coisa. Ela finalmente deixara o luto. Iria se casar outra vez. Iria rir, flertar, usar vestidos azuis e encontrar um marido.

E era bem provável que aquilo tudo acontecesse no espaço de um mês. Assim que Francesca deixasse clara a intenção de se casar outra vez, os homens iriam pôr a sua porta abaixo. Como alguém poderia *não* querer se casar com ela? Podia não ser tão jovem quanto as outras mulheres também atrás de um marido, mas tinha algo que faltava às jovens debutantes: um brilho, uma vivacidade, um lampejo de inteligência nos olhos que davam algo mais à sua beleza.

Continuava sozinha, de pé, no vão da porta. Era impressionante, mas ninguém mais parecia ter notado a sua entrada, assim Michael resolveu enfrentar a multidão e abrir caminho até ela.

Então ela o viu e, embora não tenha sorrido exatamente, seus lábios se curvaram e os olhos brilharam, demonstrando satisfação. Quando ela começou a caminhar na direção dele, Michael perdeu o fôlego.

Não deveria ter se surpreendido. E, no entanto, se surpreendeu. Cada vez que acreditava saber tudo a respeito dela, que memorizava, mesmo sem querer, cada novo detalhe a respeito de Francesca, algo nela tremeluzia e mudava, e ele se pegava apaixonando-se outra vez.

Jamais escaparia daquela mulher. E jamais poderia tê-la. Mesmo com John morto, era impossível. Era errado. Muita coisa havia acontecido e ele jamais seria capaz de se livrar da sensação de tê-la roubado.

Ou, pior, de ter desejado aquilo. De ter desejado John fora do caminho; de ter desejado o título, Francesca e todo o resto.

Diminuiu a distância entre os dois, encontrando-a na metade do caminho.

– Francesca – falou, com a voz suave e amigável –, é um prazer vê-la.

– Igualmente – disse ela.

Sorriu, então, mas de forma divertida, e ele teve a inesperada impressão que zombava dele. De qualquer modo, achou que não fazia sentido apontá-lo; apenas serviria para demonstrar como estava em sintonia com cada uma das expressões dela. Assim, limitou-se a falar:

– Está se divertindo?

– É claro. E você?

– É claro.

Ela arqueou uma das sobrancelhas.

– Até mesmo em seu atual estado de solidão?

– Como?

Ela deu de ombros.

– Da última vez que o vi, estava cercado de mulheres.

– Se me viu, por que não foi me salvar?

– Salvá-lo? – ecoou ela, com uma risada. – Qualquer um podia ver que estava se deleitando.

– É mesmo?

– Ora, por favor, Michael – disse ela, encarando-o. – Você vive para cortejar e seduzir.

– Nessa ordem?

Ela deu de ombros.

– Não ficou conhecido como Devasso Alegre a troco de nada.

Ele sentiu o maxilar se contrair. O comentário o incomodou e depois Michael ficou mais incomodado ainda por ter se incomodado.

Francesca estudou o rosto dele detidamente o bastante para fazê-lo se contorcer de desconforto, então ela abriu um sorriso.

– Você não gosta – declarou ela, lentamente, quase sem fôlego diante da constatação. – Ah, meu Deus, você não gosta.

Ela estava com uma expressão de quem acabava de ter uma epifania de proporções bíblicas, mas como tinha sido às custas dele, Michael se limitou a lhe lançar um olhar mal-humorado.

Então ela riu, o que só fez piorar as coisas.

– Ah, céus – disse Francesca, chegando a levar a mão à barriga, tamanho o seu divertimento. – Está se sentindo como a presa numa caçada, e não está gostando nem um pouco. Ah, isso é simplesmente sensacional. Depois de todas as mulheres que você já perseguiu...

Ela estava enganada, é claro. Ele não estava nem um pouco interessado se as matronas da sociedade haviam decidido que ele era o grande partido da temporada e não paravam de correr atrás dele. Esse era o tipo de coisa sobre o qual se podia facilmente manter o senso de humor.

Não se importava que o chamassem de Devasso Alegre. Não se importava que pensassem nele como um sedutor inconsequente.

Mas quando as palavras saíam da boca de Francesca...

Era como ácido.

E o pior de tudo era que ele não podia culpar ninguém a não ser a si mesmo. Cultivara aquela reputação durante anos, passara horas a fio provocando, flertando e se certificando de que Francesca assistisse a tudo a fim de que jamais descobrisse a verdade.

E talvez tivesse agido daquela forma por si mesmo também, pois se era o Devasso Alegre, pelo menos era *alguma* coisa. A alternativa era ser um tolo perdidamente apaixonado pela mulher de outro. E, diabo, ele era *bom* em ser o homem que conseguia seduzir com um sorriso. Por que, então, se furtar a algo que sabia fazer tão bem?

– Você não pode dizer que eu não lhe avisei – disse Francesca, parecendo muito satisfeita consigo mesma.

– Não é tão ruim assim estar cercado de belas mulheres – declarou ele, em grande parte para irritá-la. – Melhor ainda quando isso ocorre sem que eu precise fazer o menor esforço.

Funcionou, pois ela contraiu os lábios, ainda que de forma quase imperceptível.

– Tenho certeza que é maravilhoso, mas precisa ter cuidado – disse ela com dureza. – Não se trata das suas mulheres de costume.

– Eu não sabia que tinha mulheres de costume.

– Sabe exatamente a que estou me referindo, Michael. Outras pessoas podem considerá-lo um completo moleque, mas eu o conheço melhor do que isso.

– É mesmo?

Ele quase riu. Ela pensava conhecê-lo tão bem, mas não sabia de nada. Jamais conheceria a verdade.

– Você tinha limites há quatro anos – continuou ela. – Jamais seduzia uma mulher que pudesse ser irreparavelmente magoada pelos seus atos.

– E o que a faz pensar que eu faria diferente agora?

– Ah, não acho que faria algo assim de propósito – atalhou ela –, mas antes você não chegava nem perto de jovens que sonham em se casar. Não havia a mais remota possibilidade de você dar um passo em falso e, sem querer, arruinar a reputação de uma delas.

A vaga e ardente sensação de irritação que vinha aflorando nele começou a crescer.

– Quem você acha que sou, Francesca? – perguntou Michael, o corpo todo rijo de algo que não conseguia identificar.

Detestava o fato de ela pensar aquilo dele, *detestava*.

– Michael...

– Você me acha mesmo cretino a ponto de arruinar *acidentalmente* a reputação de alguma jovem?

Os lábios dela se entreabriram, então estremeceram de leve antes que ela respondesse:

– Cretino, não, Michael, é claro que não. Mas...

– Descuidado, então – acusou ele, conciso.

– Não, isso também não. Eu apenas acho...

– O quê, Francesca? – perguntou ele, sem recuar. – O que você pensa de mim?

– Eu o considero um dos melhores homens que conheço – disse ela, baixinho.

Maldição. Só mesmo ela para emasculá-lo com uma única frase. Ele a fitou, simplesmente a fitou, tentando descobrir o que *diabo* ela quisera dizer com aquilo.

– Considero mesmo – insistiu ela, dando de ombros. – Mas o acho igualmente tolo, e acredito que pode ser volúvel e partir mais corações nesta primavera do que eu serei capaz de contar.

– Não é sua função contá-los – retrucou ele, a voz baixa e dura.

– Não, não é, não é mesmo? – Ela olhou para ele e sorriu ironicamente. – Mas acabarei por fazê-lo de qualquer forma, não é?

– E por quê?

Ela não parecia ter uma resposta para aquilo, e então, quando ele achou que ela não diria mais nada, Francesca sussurrou:

– Porque eu não conseguirei evitar.

Vários segundos se passaram. Ficaram ali, encostados na parede, dando a impressão ao resto do mundo que apenas observavam a festa. Por fim, Francesca rompeu o silêncio e disse:

– Você deveria dançar.

Ele se virou para ela.

– Com você?

– Sim. Ao menos uma vez. Mas também deveria dançar com alguém disponível, alguém com quem talvez pudesse se casar.

Alguém com quem pudesse se casar. Qualquer uma que não ela.

– Sinalizará para a sociedade que está, pelo menos, aberto à possibilidade do matrimônio – acrescentou Francesca. Quando ele não fez nenhum comentário, ela perguntou: – Não está?

– Aberto à possibilidade do matrimônio?

– Sim.

– Se você o diz... – retrucou ele, num tom bastante petulante.

Precisava agir de maneira desdenhosa. Era a única forma de mascarar a amargura que o dominava.

– Felicity Featherington – sugeriu Francesca, mostrando-lhe uma linda jovem que se encontrava a uns 10 metros de distância. – Seria uma ótima escolha. Muito sensata. Não se apaixonaria por você.

Ele olhou para ela, desdenhoso.

– Que Deus me proteja de um dia encontrar o amor.

Os lábios de Francesca se entreabriram e ela arregalou os olhos.

– É o que você deseja? – perguntou. – Encontrar o amor?

Ela lhe pareceu maravilhada com tal perspectiva. Maravilhada com a perspectiva de que ele pudesse encontrar a mulher perfeita.

E lá estava. A reafirmação de sua fé num poder supremo. De fato, momentos de tão perfeita ironia não podiam acontecer por acidente.

– Michael? – chamou Francesca.

Os olhos dela brilhavam: ela claramente desejava algo maravilhoso para ele.

E tudo o que ele queria era gritar.

– Mas que diabo, não tenho a menor ideia – declarou ele, num tom cáustico.

– Michael...

Ela lhe pareceu magoada, mas dessa vez ele não se importou.

– Se me dá licença – disse ele, com a voz dura –, creio que haja uma Srta. Featherington com a qual devo dançar.

– Michael, o que há de errado? – indagou ela. – O que foi que eu disse?

– Nada. Nada mesmo.

– Não seja assim.

Ao se virar para ela, sentiu-se tomado por um entorpecimento que, de alguma forma, fez com que uma máscara cobrisse outra vez seu semblante, permitindo que ele sorrisse com facilidade e a encarasse com o lendário olhar travesso. Era, outra vez, o devasso, talvez não tão alegre, mas, sem dúvida, o sofisticado sedutor.

– Assim como? – perguntou ele, os lábios se retorcendo num misto perfeito de inocência e condescendência. – Estou fazendo exatamente o que me pediu. Dance com uma Featherington, não foi isso? Estou seguindo as suas instruções à risca.

– Está zangado comigo – sussurrou ela.

– É claro que não – assegurou ele, embora os dois soubessem que a voz dele estava branda demais, suave demais. – Apenas aceitei que você, Francesca, sabe o que é bom para mim melhor do que eu mesmo. E pensar que esse tempo todo eu estive escutando a voz da minha mente e da minha consciência, mas para quê? Deus sabe onde eu estaria se a tivesse ouvido por todos esses anos.

A respiração ficou entrecortada e ela deu um passo para trás.

– Eu tenho de ir.

– Então vá – retrucou ele.

Ela ergueu o queixo levemente.

– Há muitos homens aqui.

– Muitos mesmo.

– Preciso encontrar um marido.

– E deve fazer isso – concordou ele.

Ela estreitou os lábios e acrescentou:

– Talvez eu encontre um hoje mesmo.

Ele quase lhe lançou um sorriso zombeteiro. Sempre tinha de ter a última palavra.

– É possível – falou, no exato instante em que soube que ela dera a conversa por encerrada.

Àquela altura Francesca já se afastara o suficiente para não poder gritar uma última réplica. Mas ele percebeu, pela forma como ela fez uma pausa e enrijeceu os ombros, que o ouvira.

Ele se recostou na parede e sorriu. Era preciso gozar dos pequenos prazeres da vida sempre que possível.

No dia seguinte, Francesca estava se sentindo péssima. E, pior, não podia calar um irritante sentimento de culpa, embora tivesse sido Michael quem lhe falara de forma tão insultante na noite anterior.

Francamente, o que ela dissera para provocar uma reação tão rude da parte dele? E que direito ele tinha de agir daquela forma com ela? A única coisa que fizera fora expressar um pouco de alegria pela possibilidade de ele desejar ter um matrimônio verdadeiro e amoroso em vez de passar o resto da vida em meio à devassidão.

Mas, pelo visto, ela se enganara. Michael passara a noite toda – tanto antes quanto depois da conversa – dedicando os seus encantos a todas as mulheres na festa. Francesca quase chegara a ficar enjoada.

Mas o pior de tudo tinha sido a incapacidade dela em parar de contar as conquistas dele, exatamente da forma como previra na noite anterior. *Um, dois, três*, murmurara Francesca ao observá-lo encantar um trio de irmãs com seu sorriso. *Quatro, cinco, seis* – e lá se foram duas viúvas e uma condessa. Era repugnante, e Francesca estava contrariada por ter ficado tão hipnotizada pelo comportamento dele.

E, de vez em quando, ele olhava para ela. Simplesmente a encarava com aquele olhar zombeteiro e Francesca não conseguia evitar o pensamento de que Michael sabia o que ela estava fazendo e passava de uma mulher a outra apenas para que ela pudesse arredondar as contas para a próxima dezena, mais ou menos.

Por que ela dissera aquilo? Em que estava pensando?

Ou será que simplesmente não estava pensando? Essa parecia ser a única explicação. Certamente, ela não tivera a intenção de lhe dizer que não seria capaz de evitar contar os corações que ele partiria. As palavras haviam saído de seus lábios antes mesmo que ela se desse conta de as haver pensado.

E, mesmo agora, não tinha a menor ideia do que pretendera dizer.

Por que se importava? Por que diabo haveria de se importar com o número de mulheres enfeitiçadas por ele? Nunca havia se incomodado antes...

Além do mais, aquilo só havia de piorar. As mulheres eram loucas por Michael. Se as regras da sociedade fossem invertidas, pensou Francesca, sarcasticamente, a sala de visitas da Casa Kilmartin estaria transbordando de flores, todas elas endereçadas ao Conde Arrojado.

Ainda assim, o dia seria pavoroso. Ela seria inundada por visitas, tinha certeza. Todas as mulheres de Londres a procurariam na esperança de que Michael adentrasse a sala de estar. Francesca teria de aturar inúmeras perguntas, uma ocasional insinuação e...

– Meu Deus! – Ela parou de súbito, espiando desconfiada para dentro da sala de visitas. – O que vem a ser isto tudo?

Flores. Por todos os lados.

Era o seu pesadelo tornado realidade. Será que alguém mudara as regras da sociedade e se esquecera de lhe avisar?

Violetas, íris e margaridas. Tulipas importadas. Orquídeas de estufa. E rosas. Rosas por todos os lados. De todas as cores. O perfume era quase sufocante.

– Priestley! – gritou Francesca, avistando o mordomo do outro lado do aposento, pousando um longo vaso de boca-de-leão sobre uma mesa. – O que significam todas essas flores?

Ele fez um último ajuste no vaso, torcendo um talo de maneira a afastá-lo da parede, então se virou e caminhou em direção a ela.

– São para a senhora, milady.

Ela piscou.

– Para mim?

– Sim, senhora. Gostaria de ler os cartões? Eu os deixei nos arranjos para que possa identificar quem enviou cada um.

– Ah.

Pareceu-lhe a única coisa a dizer. Sentiu-se uma boba, com a mão aberta sobre a boca, olhando de um lado para outro, para as flores.

– Se preferir – continuou Priestley –, eu posso retirar cada cartão e anotar o arranjo do qual o tirei. Dessa forma a senhora poderia lê-los todos de uma vez. – Quando Francesca não respondeu, ele sugeriu: – Gostaria de ir se sentar à sua escrivaninha? Eu adoraria lhe levar os cartões.

– Não, não – disse ela, sentindo-se completamente perturbada com aquilo tudo.

Por Deus, era uma viúva. Não era apropriado os homens lhe mandarem flores. Era?

– Milady?

– Eu... eu... – Ela se virou para Priestley, endireitando as costas enquanto se forçava a pensar com clareza. Ou tentava. – Eu só... hã... vou dar uma olhadinha...

Ela se virou para o buquê mais próximo, um encantador e delicado arranjo de jacintos e jasmins. "Estas flores empalidecem se comparadas aos seus olhos", dizia o cartão. Estava assinado pelo conde de Chester.

– Ah! – exclamou Francesca, contendo um pequeno grito.

A esposa do lorde Chester morrera dois anos antes. Todos sabiam que ele estava em busca de uma noiva.

Mal conseguindo conter a estranha sensação de hilaridade que começava a invadi-la, ela se aproximou de um buquê de rosas e pegou o cartão, fazendo um enorme esforço para não se mostrar ávida demais diante do mordomo.

– Eu me pergunto de quem será este daqui – comentou ela, com estudada descontração.

Um soneto. De Shakespeare, se recordava corretamente. Assinado pelo visconde Trevelstam.

Trevelstam? Haviam se visto uma única vez. Era jovem, muito bonito e, segundo boatos, o pai gastara quase toda a fortuna da família. O novo visconde teria de se casar com uma mulher rica. Ou, pelo menos, era o que todos diziam.

– Meu Deus!

Francesca se virou e deparou com Janet às suas costas.

– O que é isto?

– Creio que foram as minhas palavras exatas ao entrar nesta sala – murmurou Francesca.

Passou os dois cartões para a sogra e ficou observando com atenção enquanto ela lia as linhas meticulosamente escritas.

Janet havia perdido o único filho quando John morrera. Como reagiria a Francesca ser cortejada por outros homens?

– Minha nossa – disse Janet, erguendo os olhos. – Pelo visto, você é a mais desejada da temporada.

– Ora, não seja tola – retrucou Francesca, ruborizando. Ruborizando? Meu Deus, o que havia de errado com ela? Francesca não ruborizava. Não ruborizara nem mesmo na sua primeira temporada, quando de fato fora uma das jovens mais desejadas. – Estou velha demais para isso.

– Pelo visto, não – comentou Janet.

– Há outros no corredor – avisou Priestley.

Janet se virou para Francesca.

– Já leu todos os cartões?

– Ainda não. Mas imagino...

– Que dizem mais ou menos a mesma coisa?

Francesca fez que sim.

– Isso a incomoda?

Janet deu um sorriso triste, mas seus olhos revelavam gentileza e sabedoria.

– Se você me perguntar se eu gostaria que você ainda fosse casada com o meu filho, a resposta é: claro que sim. Se me perguntar se eu desejo que você passe o resto da vida casada com a memória dele, é claro que não. – Ela pegou a mão da nora. – Você é uma filha para mim, Francesca. Quero que seja feliz.

– Eu jamais desonraria a memória de John.

– É claro que não. Se fosse do tipo que o faria, ele jamais teria se casado com você, para início de conversa. Ou eu jamais o teria permitido.

– Eu quero ter filhos – disse Francesca.

De alguma forma, sentia necessidade de explicar aquilo, de se certificar de que Janet compreendesse que o que ela desejava, de fato, era ser mãe, não necessariamente esposa.

Janet fez que sim, virando-se enquanto secava os olhos com as pontas dos dedos.

– Devíamos ler o resto desses cartões – declarou, o tom ríspido sinalizando que desejava encerrar o assunto – e talvez nos prepararmos para a chuva de visitas desta tarde.

Francesca a seguiu em direção a um enorme arranjo de tulipas e pegou o cartão.

– Acredito que as visitas serão de mulheres querendo saber de Michael – comentou.

– Talvez tenha razão – disse Janet. Ela ergueu o cartão. – Posso?

– É claro.

Janet leu o que estava escrito, então ergueu os olhos e disse:

– Cheshire.

Francesca deu um gritinho entrecortado e perguntou:

– O duque?

– O próprio.

Francesca chegou a levar a mão ao peito.

– Minha nossa. O duque de Cheshire.

– Você, minha cara, é claramente o bom partido da temporada.

– Mas eu...

– Que diabo é isto?

Era Michael, apanhando um vaso que ele quase virara e se mostrando bastante contrariado e desconcertado.

– Bom dia, Michael – disse Janet, alegremente.

Ele fez um aceno com a cabeça, então se virou para Francesca e resmungou:

– Está numa pose de quem se encontra prestes a jurar fidelidade a seu senhor soberano.

– E este seria você, imagino? – devolveu ela, abaixando a mão. Não se dera conta de que ainda estava com ela sobre o peito.

– Se você for sortuda o suficiente – murmurou ele.

Francesca se limitou a olhá-lo.

Ele retribuiu com um sorriso afetado.

– Por acaso vamos abrir uma floricultura? – perguntou.

– Não, mas poderíamos – respondeu Janet. – São para Francesca – acrescentou.

– É claro que são – retrucou ele –, embora eu não saiba quem seria idiota o suficiente para enviar rosas.

– Eu gosto de rosas – disse Francesca.

– Todo mundo manda rosas – observou ele, com desdém. – São comuns e... – Fez um aceno em direção às amarelas, enviadas por Trevelstam. – Quem mandou essas?

– Trevelstam – respondeu Janet.

Michael deixou escapar um resfôlego e de súbito se virou para encarar Francesca.

– Não vai se casar com *ele*, vai?

– Provavelmente não, mas não vejo o que...

– Ele não tem nem duas moedas para esfregar uma na outra – afirmou ele.

– E como haveria você de saber? – perguntou Francesca. – Não faz nem um mês que voltou de viagem...

Michael deu de ombros.

– Tenho frequentado o clube.

– Bem, pode até ser verdade, mas a culpa não chega a ser dele – comentou Francesca, sentindo-se na obrigação de defender o homem.

Não que sentisse qualquer grande lealdade com relação a ele, mas gostava de ser justa e era sabido por todos que o jovem visconde passara o último ano tentando reparar o estrago que o extravagante pai fizera na fortuna da família.

– Não vai se casar com ele e ponto final – anunciou Michael.

Ela *deveria* ter ficado irritada com a arrogância dele, mas na verdade sentiu-se bastante divertida.

– Muito bem, então – começou, com os lábios querendo se abrir num sorriso. – Vou escolher outro.

– Ótimo – grunhiu ele.

– Ela tem várias opções – acrescentou Janet.

– De fato – concordou Michael, cáustico.

– Preciso chamar Helen – disse Janet. – Ela não vai querer perder isto.

– Imagino que as flores não vão sair voando pela janela antes de ela acordar – observou Michael.

– É claro que não – respondeu Janet, com grande doçura, dando-lhe um tapinha maternal no braço.

Francesca se apressou em engolir uma risada. Michael odiava esse tipo de gesto e Janet sabia disso.

– Mas ela adora flores – comentou a mais velha. – Posso levar um dos arranjos para ela ver?

– É claro – disse Francesca.

Janet estendeu os braços em direção ao de Trevelstam, então se deteve.

– Ah, não, é melhor que não seja este – falou, virando-se para encarar Michael e Francesca. – É possível que ele passe por aqui e não vamos querer que pense que escondemos as flores em algum canto oculto da casa.

– Ah, certo – murmurou Francesca –, é claro.

Michael se limitou a grunhir.

– De qualquer forma, é melhor eu ir lhe contar a respeito disso – disse Janet, então se virou e subiu as escadas correndo.

Michael espirrou, então olhou com malevolência para um arranjo particularmente inócuo de gladíolos.

– Vamos ter de abrir uma janela – resmungou.

– Para morrermos congelados?

– Eu visto um casaco – disse ele, de má vontade.

Francesca se limitou a dar um pequeno sorriso, mas queria mesmo era rir.

– Está com ciúme? – perguntou, travessa.

Ele se virou de forma bastante brusca e a olhou com uma expressão apatetada.

– Não de *mim* – esclareceu ela depressa, quase ruborizando diante da ideia. – Meu Deus, não isso.

– Então de quê? – perguntou ele em voz baixa.

– É só que... Quero dizer... – Ela fez um sinal em direção às flores, uma clara demonstração de sua súbita popularidade. – Bem, nós dois temos basicamente o mesmo objetivo nesta temporada, não temos?

Ele olhou para ela de forma inexpressiva.

– *Casamento* – esclareceu ela.

Céus, ele estava especialmente estúpido esta manhã.

– Aonde está querendo chegar?

Ela deixou escapar um suspiro impaciente.

– Não sei se você chegou a pensar nisso, mas eu havia imaginado que seria você a ser perseguido de forma implacável. Jamais sonhei que eu... Bem...

– Acabaria se transformando em um prêmio a ser conquistado?

Aquela não era a forma mais simpática de colocar as coisas, mas tampouco era inexata, então ela se limitou a dizer:

– Bem, sim, eu acho.

Por um instante ele nada disse, mas ficou a observá-la de maneira estranha, quase irônica, e então falou, mantendo a voz baixa:

– Qualquer homem teria de ser um tolo para não querer se casar com você.

Francesca sentiu a boca formar um "oh" de surpresa.

– Ah – soltou, completamente sem saber o que dizer. – Isso... isso... é a coisa mais simpática que você poderia me dizer agora.

Ele deixou escapar um suspiro e passou a mão pelos cabelos. Ela decidiu não lhe avisar que acabava de depositar uma camada de pólen amarelo em meio aos fios negros.

– Francesca – começou Michael, com uma expressão cansada, aborrecida e alguma outra coisa.

Arrependimento?

Não, isso era impossível. Michael não era do tipo que se arrependia do que quer que fosse.

– Eu jamais desejaria qualquer outra coisa a você. Você... – Ele pigarreou. – Você merece ser feliz.

– Eu... – Aquele estava sendo um momento muito esquisito, em especial após as palavras tensas da noite anterior. Ela não tinha a menor ideia de como responder ao que ele dissera, então simplesmente falou: – A sua vez vai chegar.

Ele olhou para ela, confuso.

– Na verdade, já chegou – continuou Francesca. – Ontem à noite fui assediada por muito mais admiradoras suas do que pretendentes meus. Se as mulheres pudessem enviar flores, estaríamos agora soterrados por elas.

Ele sorriu, mas o sorriso não chegou aos seus olhos. Não parecia zangado, apenas... vazio.

– Hã... sobre ontem à noite... – começou ele, erguendo a mão para ajeitar a gravata. – Se eu disse qualquer coisa que a aborreceu...

Ela observou o rosto dele. Era-lhe tão caro, e ela conhecia cada detalhe... Quatro anos, ao que parecia, não eram capazes de apagar uma lembrança. Mas havia algo diferente agora. Ele estava mudado, embora ela não soubesse exatamente como.

E não soubesse ao certo por quê.

– Está tudo bem – assegurou-lhe.

– Ainda assim – insistiu ele, um tanto rispidamente. – Eu sinto muito.

Mas, pelo resto do dia, Francesca se perguntou se ele sabia por que tinha se desculpado. E tampouco conseguiu se livrar da sensação de que nem ela própria sabia.

CAPÍTULO 12

... um tanto ridículo lhe escrevendo, mas suponho que depois de tantos meses no Oriente minha perspectiva sobre a morte e a vida após a morte

tenha se transformado em algo capaz de fazer o vigário MacLeish sair correndo, gritando. Estando longe assim da Inglaterra, é quase possível, para mim, fingir que você continua vivo e que vai receber este bilhete, da mesma forma que recebeu os muitos que enviei da França. Mas então alguém chama o meu nome e sou lembrado de que sou Kilmartin, e de que você se encontra num local onde não pode ser encontrado pelo Correio Real.

– do conde de Kilmartin para o primo falecido, o conde anterior, um ano e dois meses após sua partida para a Índia, escrita por completo e, em seguida, queimada na chama de uma vela

Não que *gostasse* de se sentir um asno, refletiu Michael no clube enquanto girava um copo de brandy na mão. No entanto, parecia-lhe que nos últimos tempos, pelo menos perto de Francesca, não conseguia evitar agir como tal.

Lá estivera ela, na festa de aniversário da mãe, tão *feliz* por ele, tão encantada por ele ter usado a palavra *amor* em sua presença, que ele simplesmente perdera o juízo.

Porque sabia como a cabeça dela funcionava e estava convencido de que já estava pensando adiante, tentando escolher a mulher perfeita para ele, e a verdade era...

Bem, a verdade era patética demais para ser posta em palavras.

Mas ele pedira desculpas e, embora pudesse jurar que não agiria como um idiota outra vez, provavelmente ainda precisaria se desculpar muitas vezes no futuro, e quase com certeza Francesca consideraria tudo parte de sua natureza rabugenta, apesar de ele ter sido a própria imagem do bom humor enquanto John era vivo.

Bebeu o resto do brandy. Para o inferno com aquilo tudo.

Bem, ele logo daria um fim àquela bobagem toda. Ela encontraria alguém, se casaria com o sujeito e deixaria a casa. Continuariam amigos, é claro – Francesca não permitiria que fosse diferente –, mas não a veria todos os dias à mesa do café da manhã. Tampouco a veria com a mesma frequência que antes da morte de John. O novo marido não a deixaria passar tanto tempo em sua companhia, primos ou não.

– Stirling! – ouviu alguém chamar, seguido da costumeira e discreta tosse que precedia: – Kilmartin, eu quero dizer. Sinto muito.

Michael ergueu os olhos e deu com Sir Geoffrey Fowler, um conhecido dos tempos de Cambridge.

– Não há necessidade de se desculpar – disse, indicando a cadeira à sua frente.

– Que maravilha encontrá-lo – falou Sir Geoffrey, sentando-se. – Imagino que sua viagem de retorno tenha transcorrido sem maiores surpresas.

Os dois conversaram sobre amenidades até Sir Geoffrey chegar ao assunto:

– Soube que Lady Kilmartin está à procura de um marido.

Michael se sentiu como se tivesse levado um soco. Muito pior do que a tenebrosa vitrine de arranjos florais na sala de sua casa era ouvir aquelas palavras saindo dos lábios de outra pessoa.

Alguém jovem, razoavelmente bem-apessoado e claramente em busca de uma esposa.

– Sim – respondeu ele, por fim. – Creio que esteja, sim.

– Ótimo.

Sir Geoffrey esfregou as mãos uma na outra, mostrando-se ansioso e despertando em Michael o desejo de lhe virar a mão no rosto.

– Ela será bastante seletiva – retrucou ele, irritado.

Sir Geoffrey não pareceu se importar.

– Vai lhe proporcionar um dote?

– Como? – indagou Michael, com a voz áspera.

Por Deus... Agora era ele o parente homem mais próximo de Francesca, não era? Provavelmente teria de conduzi-la ao altar na cerimônia.

Maldição.

– Vai? – insistiu Sir Geoffrey.

– É claro – grunhiu Michael.

Sir Geoffrey sorveu o ar em sinal de satisfação.

– O irmão dela também se ofereceu para isso.

– Os Stirlings cuidarão dela – disse Michael, secamente.

Sir Geoffrey deu de ombros.

– Ao que parece, os Bridgertons farão o mesmo.

Michael teve a sensação de que os dentes rangiam tanto que em breve iriam se transformar em pó.

– Alegre-se – incitou Sir Geoffrey. – Com um dote duplo, ela logo estará fora de suas mãos. Deve estar ansioso para se livrar dela.

Michael inclinou a cabeça para o lado, tentando decidir que parte do nariz de Sir Geoffrey se prestaria melhor a um soco.

– Deve ser um fardo para você – continuou Sir Geoffrey, com animação. – As roupas, por si só, devem custar uma fortuna.

Michael se perguntou quais seriam as implicações legais de se estrangular um cavalheiro da Coroa. Certamente nada que não valesse a pena enfrentar.

– Além do mais, quando *você* se casar – prosseguiu Sir Geoffrey, obviamente ignorando o fato de que Michael dobrava e desdobrava os dedos enquanto avaliava o seu pescoço com o olhar –, a nova condessa não vai querer que ela permaneça em sua casa. Não é possível ter duas mulheres no comando de uma única casa, certo?

– Certo – concordou Michael, a contragosto.

– Muito bem, então – disse Sir Geoffrey, levantando-se. – Foi bom falar com você, Kilmartin. Tenho de ir. Preciso dar a notícia a Shively. Não que eu queira a concorrência, é claro, mas não é provável que uma informação como essa permaneça em segredo por muito tempo, de qualquer forma. Assim, que caiba a mim revelá-lo.

Michael lhe lançou um olhar glacial, mas Sir Geoffrey estava animado demais com o mexerico para notá-lo. Michael baixou os olhos para o copo. Estava vazio. Maldição.

Fez sinal a um garçom para que lhe trouxesse mais um, então se recostou na poltrona com a intenção de ler o jornal que apanhara ao entrar, mas, antes mesmo de ler a primeira manchete, ouviu seu nome outra vez. Fez um esforço para ocultar a irritação e ergueu o olhar.

Trevelstam. O das rosas amarelas. Michael começou a espremer o jornal entre as mãos.

– Kilmartin – cumprimentou o visconde.

Michael assentiu.

– Trevelstam. – Os dois se conheciam, não intimamente, mas bem o suficiente para travar uma conversa cordial. – Sente-se – disse, indicando a poltrona à sua frente.

Trevelstam se acomodou e pousou a bebida, que se encontrava pela metade, sobre a mesa.

– Como tem passado? – perguntou. – Não o tenho visto com muita frequência desde o seu retorno.

– Bem – grunhiu Michael.

Considerando que estava sendo forçado a interagir com um tolo que desejava se casar com o dote de Francesca, pensou. Não, na verdade, com o seu dote duplo. Do jeito que os boatos se espalhavam, Trevelstam já devia ter ouvido a notícia por meio de Sir Geoffrey.

Trevelstam era ligeiramente mas sofisticado do que Sir Geoffrey – conseguiu conduzir uma conversa leve durante três minutos inteiros, indagando sobre a viagem de Michael à Índia, a viagem de retorno, etc. Mas então, é claro, chegou a seu verdadeiro objetivo:

– Passei para visitar Lady Kilmartin esta tarde.

– É mesmo? – murmurou Michael.

Não voltara a sua casa desde que saíra pela manhã. A última coisa que desejava era estar presente para o desfile de pretendentes de Francesca.

– Sim. É uma mulher encantadora.

– Tem razão – concordou Michael, satisfeito por ter chegado a bebida.

Mas sua satisfação durou pouco: dois minutos depois ele constatou que já a consumira.

Trevelstam pigarreou.

– Certamente já sabe de que tenho a intenção de cortejá-la.

– Agora não tenho mais nenhuma dúvida.

Michael olhou para o copo tentando ver se ainda restavam algumas gotas de brandy.

– Eu não sabia ao certo se deveria informar a você ou ao irmão dela sobre minhas intenções.

Michael tinha certeza de que Anthony Bridgerton, irmão mais velho de Francesca, era perfeitamente capaz de se livrar dos pretendentes inadequados, mas ainda assim disse:

– Basta falar comigo.

– Ótimo, ótimo – murmurou Trevelstam, tomando outro gole da bebida. – Eu...

– Trevelstam! – exclamou uma ribombante voz. – E Kilmartin!

Era o grandalhão e corpulento lorde Hardwick, a meio caminho da embriaguez.

– Hardwick – cumprimentaram os dois homens sentados.

Hardwick agarrou uma cadeira e a arrastou pelo chão até a mesa deles.

– Que bom encontrá-los aqui – disse. – Excelente noite, não acham? Excelente. Realmente excelente.

Michael não tinha a menor ideia do que ele queria dizer, mas assentiu mesmo assim. Melhor do que lhe perguntar por que a noite estava tão excelente. Sabia que não estava com paciência para ouvir a explicação.

– Thistleswaite está ali apostando nos cães da rainha e... Ah, ouvi falar de Lady Kilmartin também. Um ótimo tema para conversa – disse ele, assentindo com a cabeça. – Um ótimo assunto, realmente. Detesto quando as coisas ficam calmas demais por aqui.

– E como vão os cães da rainha? – indagou Michael.

– Terminou o luto, pelo que soube.

– Dos cães?

– Não, de Lady Kilmartin! – exclamou Hardwick, rindo. – He, he, he. Muito boa esta, Kilmartin.

Michael fez um gesto para que lhe trouxessem outro drinque. Ia precisar.

– Ela estava vestindo azul na outra noite – comentou Hardwick. – Todo mundo viu.

– Estava encantadora – acrescentou Travelstam.

– Ora, realmente, realmente – concordou Hardwick. – É uma ótima mulher. Eu mesmo a cortejaria se já não estivesse acorrentado a Lady Hardwick.

Sorte de Francesca, pensou Michael.

– Por quanto tempo ela ficou de luto pelo velho conde? – perguntou Hardwick. – Seis anos?

Considerando que o "velho conde" tinha apenas 28 anos à época de sua morte, Michael achou o comentário um tanto ofensivo, mas parecia inútil tentar mudar o mau comportamento do lorde Hardwick num estágio tão avançado de sua vida – e considerando o tamanho e a robustez dele, iria cair duro a qualquer momento. Agora mesmo, na verdade, se Michael estivesse com sorte.

Olhou para o outro lado da mesa. O homenzarrão continuava vivo.

Droga.

– Quatro anos – retrucou. – Meu primo morreu há quatro anos.

– Quatro, seis, não importa – disse Hardwick, dando de ombros. – É muito tempo para manter as janelas cobertas de preto.

– Acho que ela passou algum tempo em meio-luto também – observou Trevelstam.

– Ah, é mesmo? – Hardwick tomou um gole de sua bebida, então limpou a boca de forma um tanto desleixada com um lenço. – Se parar para pensar, dá no mesmo. Ela não estava procurando um marido até agora.

– Não – concordou Michael, em grande parte porque Hardwick parara de falar por alguns segundos.

– Os homens vão persegui-la como abelhas atrás de mel – previu Hardwick. – Abelhas atrás de mel, podem acreditar. Todos sabem como era dedicada ao velho conde. Todos.

O drinque de Michael chegou. Com a graça de Deus.

– E nunca houve a menor sugestão de escândalo com relação ao nome dela desde que ele morreu – acrescentou Hardwick.

– Eu diria que não – concordou Travelstam.

– Ao contrário de outras viúvas que há por aí – continuou Hardwick, tomando outro gole da bebida. Riu obscenamente e deu uma cotovelada em Michael. – Se sabe o que quero dizer.

Michael se limitou a beber.

– É como... – Hardwick chegou o corpo para a frente, a papada balançando enquanto a expressão em seu rosto se tornava lasciva. – É como...

– Ora, por Deus, homem, fale logo – murmurou Michael, encarando-o de cara feia.

– Eu vou lhe dizer como é – continuou Hardwick com um olhar de pura malícia. – É como ter uma virgem que sabe o que fazer.

Michael o fitou.

– O que foi que disse? – indagou, num tom muito baixo.

– Eu disse...

– Eu não repetiria o que disse, se fosse você – interveio Trevelstam, olhando apreensivo para a expressão sombria que se formava no rosto de Michael.

– O quê? Não é um insulto – grunhiu Hardwick, engolindo o resto da bebida. – É que ela já foi casada, então sabemos que não é intocada, mas não é como se tivesse saído por aí e...

– Pare, *agora* – exigiu Michael, por entre os dentes.

– O que foi? É o que todo mundo está dizendo.

– Não na minha presença – vociferou Michael. – Não se dão valor à própria vida.

– Bem, é melhor do que dizerem que ela não é como uma virgem – atalhou Hardwick, rindo. – Se sabe o que quero dizer.

Michael saltou para a frente.

– Meu Deus, homem! – ganiu Hardwick, caindo no chão. – Qual é o problema?

Michael não sabia ao certo como as mãos tinham ido parar em volta do pescoço de Hardwick, mas constatou que gostava delas ali.

– Nunca mais se atreva a pronunciar o nome dela – sibilou. – Está me entendendo?

Hardwick assentiu freneticamente, mas o movimento cortou-lhe o ar ainda mais e suas faces começaram a arroxear.

Michael o soltou e se levantou, esfregando as mãos uma na outra como se tentasse limpá-las.

– Não vou tolerar que se fale de Lady Kilmartin de maneira tão desrespeitosa – disse por entre os dentes. – Está claro?

Hardwick fez que sim. Assim como alguns dos espectadores.

– Ótimo – grunhiu Michael, decidindo que aquele era um bom momento para deixar o local.

Com alguma sorte, Francesca já teria se recolhido quando ele chegasse em casa. Ou isso ou estaria fora. Qualquer coisa, contanto que não tivesse de vê-la.

Encaminhou-se para a saída, mas, ao deixar o salão em direção ao corredor, ouviu seu nome ser chamado mais uma vez. Virou-se, perguntando-se que homem seria imbecil o suficiente para incomodá-lo no estado em que se encontrava.

Colin Bridgerton. Irmão de Francesca. Maldição.

– Kilmartin – disse Colin, o belo rosto decorado com o costumeiro meio sorriso.

– Bridgerton.

Colin fez um sinal discreto em direção à mesa que, agora, se encontrava virada.

– Belo espetáculo lá dentro.

Michael não respondeu. Colin Bridgerton sempre o enervara. Compartilhavam o mesmo tipo de reputação – a de moleques inconsequentes. No entanto, enquanto Colin era o queridinho das mamães da sociedade, que arrulhavam diante de seu comportamento encantador, Michael sempre fora (ou pelo menos até herdar o título) tratado com um pouco mais de reserva.

Mas havia muito tempo que Michael suspeitava existir bastante conteúdo por trás da superfície sempre jovial de Colin, e talvez isso se devesse ao fato de serem parecidos de tantas maneiras. De forma que Michael sempre temera que se alguém fosse desconfiar de seus verdadeiros sentimentos por Francesca, esse alguém seria ele.

– Eu estava tomando um drinque calmamente quando ouvi a confusão – contou Colin, indicando um salão privativo. – Junte-se a mim.

Tudo o que Michael queria era ir embora, mas Colin era irmão de Francesca, o que os tornava, de certa forma, parentes. Isso exigia ao menos uma afetação de educação. Assim, rangeu os dentes e entrou no salão privativo com a intenção de tomar apenas um drinque e partir em menos de dez minutos.

– Uma noite agradável, não acha? – comentou Colin enquanto Michael se sentava. – Apesar de Hardwick e aquilo tudo. – Acomodou-se de volta em sua poltrona com uma elegância inata. – É um idiota.

Michael fez que sim rigidamente, tentando ignorar que, como sempre, o irmão de Francesca o observava com a sagacidade do olhar disfarçada por um ar de encantadora inocência. Colin inclinou a cabeça de leve para o lado, como se – pensou Michael, azedo – procurasse um bom ângulo para estudar melhor a sua alma.

– Para o diabo com tudo isso – murmurou Michael, baixinho, chamando um garçom.

– O que disse? – indagou Colin.

Michael se voltou lentamente para olhá-lo.

– Quer outro drinque? – perguntou, tentando pronunciar as palavras o mais claramente possível por entre os dentes cerrados.

– Acho que sim – respondeu Colin, a própria imagem da amabilidade e da alegria.

Michael não acreditou naquela fachada nem por um instante.

– Tem planos para hoje? – quis saber Colin.

– Nenhum.

– Por acaso, nem eu – murmurou Colin.

Maldição. Era realmente pedir demais ter uma hora só para si?

– Obrigado por defender a honra de Francesca – falou Colin em voz baixa.

O primeiro impulso de Michael foi dizer que não era preciso que lhe agradecessem; era papel dele, assim como de qualquer Bridgerton, defender a honra de Francesca. Mas os olhos verdes de Colin pareciam excepcionalmente argutos naquela noite, então Michael se limitou a assentir.

– Sua irmã merece ser tratada com respeito – retrucou, por fim, certificando-se de que a voz saísse suave e serena.

– É claro – concordou Colin, inclinando a cabeça.

As bebidas chegaram. Michael lutou contra o ímpeto de virar a sua de uma vez só, embora tenha tomado um gole grande o bastante para sentir a garganta queimar.

Colin, por outro lado, deixou escapar um suspiro de satisfação e se recostou na poltrona.

– Excelente uísque – comentou, com grande prazer. – É a melhor coisa da Inglaterra. Ou, pelo menos, uma delas. Simplesmente não há nada parecido no Chipre.

Michael se limitou a grunhir. Pareceu-lhe a única resposta necessária.

Colin tomou outro gole, claramente saboreando a bebida.

– Ahhh – gemeu, pousando o copo sobre a mesa. – Quase tão bom quanto uma mulher.

Michael voltou a grunhir, levando o copo aos lábios.

Então Colin disse:

– Você deveria simplesmente se casar com ela, sabe?

Michael quase engasgou.

– O que disse?

– Case-se com ela – repetiu Colin, dando de ombros. – Isso me parece bem simples.

Provavelmente era querer muito supor que Colin estivesse falando de qualquer uma que não fosse Francesca, mas Michael fez uma tentativa desesperada ainda assim, com o tom de voz mais frio que conseguiu:

– De quem está falando?

Colin ergueu as sobrancelhas.

– Precisamos mesmo fazer este jogo?

– Não posso me casar com Francesca – declarou Michael atabalhoadamente.

– Por que não?

– Porque... – Ele se interrompeu. Havia cem razões pelas quais não podia se casar com ela, mas não podia dizer nenhuma em voz alta. Assim, limitou-se a responder: – Porque ela foi casada com meu primo.

– Da última vez que verifiquei, isso não era ilegal.

Não, mas era imoral. Ele desejara e amara Francesca por tanto tempo... Mesmo enquanto John era vivo. Enganara o primo da forma mais vil possível; não podia aumentar a traição roubando-lhe a mulher.

Isso completaria o círculo sombrio que o levara a se tornar conde de Kilmartin, um título que nunca deveria ter sido seu. *Nada* daquilo deveria ser seu. E, a não ser por aquelas malditas botas que ele forçara Reivers a enfiar dentro de algum armário, Francesca era a única coisa que sobrara de John da qual ele *não* se apossara.

A morte do primo lhe proporcionara uma fortuna fabulosa, lhe dera poder, prestígio e o título de conde.

Se além de tudo também lhe desse Francesca, como Michael poderia se agarrar a um filete de esperança que fosse de que ele, de alguma forma, mesmo que apenas em seus sonhos, não desejara que aquilo acontecesse?

Como poderia viver consigo mesmo?

– Ela tem de se casar com alguém – prosseguiu Colin.

Michael ergueu os olhos, ciente de que ficara pensativo por algum tempo e de que Colin o estivera observando atentamente enquanto isso. Deu de ombros, tentando manter uma postura desinteressada, ainda que suspeitasse que isso não enganaria o homem do outro lado da mesa.

– Ela fará o que quiser – disse. – Sempre faz.

– Talvez ela aja movida pela pressa – murmurou Colin. – Quer ter filhos antes de ser velha demais.

– Mas ela não é velha.

– Não, mas talvez pense que seja. E talvez se preocupe com que os outros achem o mesmo. Ela não conseguiu conceber com o seu primo, afinal.

Michael teve de agarrar os cantos da mesa para não se levantar. Não conseguia entender por que a observação de Colin o tinha enfurecido tanto.

– Se ela agir com muita pressa – acrescentou o irmão de Francesca, quase sem pensar –, é possível que escolha alguém que seja cruel com ela.

– Francesca? – indagou Michael, descartando a pergunta.

Talvez outra mulher pudesse ser tola a tal ponto, mas não a sua Francesca.

Colin deu de ombros.

– É possível.

– Ainda que isso acontecesse – falou Michael –, ela nunca permaneceria num casamento assim.

– E que escolha ela teria?

– Estamos falando de *Francesca* – insistiu Michael.

O que realmente deveria ter sido o bastante para explicar tudo.

– Talvez tenha razão – retrucou Colin, bebericando seu drinque. – Sempre terá os Bridgertons como refúgio. Certamente nós jamais a forçaríamos a viver com um cônjuge cruel. – Ele pousou o copo sobre a mesa e se recostou na poltrona. – Além do mais, esta é uma discussão inútil, não é mesmo?

Havia algo estranho no tom de Colin, algo oculto e provocador. Michael ergueu os olhos de súbito, incapaz de resistir ao impulso de estudar o rosto do outro em busca de pistas das suas intenções.

– Por que diz isso? – perguntou.

Colin tomou mais um gole da bebida. Michael notou que o volume do líquido no copo jamais parecia diminuir.

Colin brincou com o copo por vários segundos antes de erguer o olhar para encarar Michael. Qualquer outra pessoa poderia ter visto aquela expressão como vazia, mas havia algo nos olhos de Colin que fez Michael querer se contorcer na cadeira. Eram argutos, penetrantes e, apesar de diferentes na cor, idênticos aos de Francesca no formato.

Aquilo era sinistro.

– Porque esta discussão é inútil? – murmurou Colin, pensativo. – Bem, porque você claramente não quer se casar com ela.

Michael abriu a boca para lhe dar uma resposta rápida, mas logo a fechou ao se dar conta – com um choque considerável – de que estivera prestes a dizer: "É claro que quero."

E queria.

Queria se casar com ela.

Apenas não achava que conseguiria viver com a própria consciência se o fizesse.

– Você está bem? – perguntou Colin.

Michael piscou.

– Perfeitamente. Por quê?

Colin inclinou um pouco a cabeça para o lado.

– Por um instante você pareceu... – Ele balançou a cabeça de leve. – Deixe para lá.

– O quê, Bridgerton? – exigiu Michael, quase gritando.

– Surpreso – completou Colin. – Você pareceu um tanto surpreso. Um pouco estranho, eu achei.

Meu Deus, mais um instante com Colin e o filho da mãe saberia todos os segredos de Michael. Ele empurrou a cadeira para trás.

– Tenho de ir – disse abruptamente.

– É claro – retrucou Colin com simpatia, como se a conversa inteira tivesse girado em torno de cavalos e do tempo.

Michael se levantou e fez um breve aceno com a cabeça. Não foi uma despedida muito calorosa, considerando que eram praticamente parentes, mas era o melhor que podia fazer diante das circunstâncias.

– Pense no que eu disse – disse Colin assim que Michael chegou à porta.

Michael deixou escapar uma risada estridente enquanto empurrava a porta e saía para o corredor. Como se fosse conseguir pensar em qualquer outra coisa.

Pelo resto da vida.

CAPÍTULO 13

... está tudo bem em casa, e Kilmartin vem prosperando sob a cuidadosa administração de Francesca. Ela continua de luto por John, mas todos nós continuamos, assim como você, tenho certeza. Você deveria pensar em escrever para ela. Sei que sente a sua falta. Conto a ela todas as suas histórias, mas, sem dúvida, você as narraria de uma forma diferente da que faz com a sua mãe.

– de Helen Stirling para o filho, o conde de Kilmartin, dois anos após a partida dele para a Índia

O resto da semana passou voando em meio a uma enervante sucessão de flores, doces e declamação de poesia, recordou Michael com um tremor nas escadas diante de sua casa.

Ao que parecia, Francesca estava deixando para trás todas as debutantes de rostinhos frescos e jovens. O número de homens que competiam pela sua mão podia não estar dobrando a cada dia, mas Michael certamente tinha essa sensação cada vez que tropeçava em algum pretendente apaixonado no saguão.

Era o bastante para fazer um homem querer vomitar. De preferência, em cima do pretendente apaixonado.

É claro que ele mesmo tinha as suas admiradoras, mas como não era apropriado para uma mulher visitar um homem, Michael só precisava lidar com elas quando queria, e não quando elas decidiam passar pela sua casa sem serem convidadas e sem qualquer outro motivo aparente a não ser comparar os olhos dele a...

Bem, ao que quer que fosse possível comparar um par de olhos comum. De qualquer forma, aquela era uma analogia idiota, embora Michael tivesse sido forçado a escutar mais de um homem recitando poemas sobre os olhos de Francesca.

Meu bom Deus, será que nenhum deles conseguia ter uma ideia original? Nem precisavam deixar de falar dos olhos dela, mas pelo menos um deles poderia ter criatividade suficiente para compará-los a algo que não fosse a água do mar ou o céu.

Michael resfolegou, contrariado. Qualquer um que observasse com atenção os olhos de Francesca se daria conta de que possuíam uma cor única.

Uma cor da qual o céu não chegava nem perto.

Além do mais, o enfadonho desfile dos pretendentes de Francesca estava tornando ainda mais difícil para Michael parar de pensar na conversa que tivera com o irmão dela.

Casar-se com Francesca? Jamais se permitira sequer pensar em tal ideia.

A não ser pelo fato de que agora essa ideia o tomara com uma intensidade que o deixava zonzo.

Casar-se com Francesca. Meu Deus. Tudo naquilo estava errado.

Exceto pelo fato de que o desejava tão ardentemente.

Era terrível observá-la, conversar com ela, viverem na mesma casa. Antes ele já achava difícil amar uma mulher que não podia ser sua, mas aquilo...

Aquilo era mil vezes pior.

Colin sabia.

Sem dúvida, ele sabia. Por que haveria de sugerir aquilo se não soubesse?

Michael se mantivera são por todos aqueles anos por um único motivo: ninguém sabia que ele era apaixonado por Francesca.

Mas agora, pelo jeito, lhe seria negado até mesmo esse último frangalho de dignidade.

Agora Colin sabia, ou, no mínimo, suspeitava, e Michael não conseguia controlar a sensação de pânico que crescia em seu peito.

Colin sabia, e Michael teria de fazer alguma coisa a respeito.

Por Deus, e se ele contasse a Francesca?

Essa era a pergunta que vinha em primeiro lugar em sua mente, mesmo agora que se encontrava levemente afastado do burburinho generalizado no baile dos Burwicks, quase uma semana após o fatídico encontro com Colin.

– Ela está linda hoje, não é mesmo?

Era a voz da mãe em seu ouvido; ele se esquecera de fingir que não observava Francesca. Virou-se para Helen e fez uma pequena reverência.

– Mamãe – murmurou.

– Não está? – insistiu Helen.

– É claro que sim – concordou ele, rápido o bastante para que ela achasse que estava apenas sendo gentil.

– Ela fica bem de verde.

Tudo ficava bem em Francesca, mas ele não iria dizer isso à mãe, então se limitou a assentir e murmurar sua concordância.

– Você deveria dançar com ela.

– Farei isso – disse ele, tomando um gole de seu champanhe. O que queria *mesmo* era atravessar o salão de baile e arrancá-la do meio de sua irritante multidãozinha de admiradores, mas não podia confessar tal desejo à mãe. Assim, concluiu com: – *Depois* de terminar a minha bebida.

Helen franziu os lábios.

– Até lá, Francesca já não terá tempo para você. Vá agora.

Ele se virou para Helen e sorriu, exatamente o tipo de sorriso diabólico planejado para desviar a atenção da mãe do que quer que a estivesse mantendo tão concentrada.

– Ora, e por que eu haveria de fazer isso quando posso dançar com você? – perguntou ele, pousando a taça de champanhe sobre uma mesa próxima.

– Seu patife – disse Helen.

Mas deixou que ele a conduzisse até a pista de dança.

Michael sabia que pagaria por isso no dia seguinte; as matronas da alta sociedade já nadavam ao seu redor prontas para o ataque, e não havia nada que as agradasse mais do que um libertino que sabia ser atencioso com a mãe.

Tratava-se de uma música alegre, o que não permitia muita conversa. E enquanto ele rodopiava e girava, se abaixava e fazia reverências, não parava de vislumbrar Francesca, radiante em seu vestido esmeralda. Ninguém parecia notar que ele a observava, o que lhe convinha perfeitamente. O único problema foi que, quando a música atingiu o seu penúltimo crescendo, Michael foi forçado a dar um giro para longe dela.

E quando se virou de novo em sua direção Francesca havia sumido.

Ele franziu a testa. Aquilo não lhe pareceu certo. Achou que ela poderia ter ido ao toalete, mas, tolo patético que era, vinha olhando para ela com atenção suficiente para saber que o fizera vinte minutos antes.

Terminou de dançar com a mãe, despediu-se dela e foi caminhando de forma lenta e descompromissada até o extremo norte do salão, onde vira Francesca pela última vez. Precisava ser rápido, caso alguém tentasse interceptá-lo. Manteve os ouvidos bem abertos enquanto avançava pela multidão, mas ninguém parecia estar falando sobre ela.

Ao chegar ao local onde ela estivera antes, notou portas duplas que deviam dar para um jardim nos fundos da casa. Estavam fechadas e cobertas por cortinas. Estavam em abril, mês em que não fazia calor suficiente para que se deixasse entrar o ar noturno, mesmo com uma multidão de trezentas pessoas aquecendo o salão. No mesmo instante Michael ficou desconfiado; ele próprio já atraíra muitas mulheres até jardins como aquele para não saber o que podia acontecer na escuridão.

Abriu a porta e deslizou para fora da forma mais discreta possível. Se Francesca estivesse mesmo no jardim dos fundos com um cavalheiro, a última coisa que queria era uma multidão a segui-lo.

O ribombar da festa parecia pulsar nas portas de vidro, mas ainda assim a noite estava silenciosa.

Então ouviu a voz dela.

E sentiu as entranhas se contorcerem.

Ela lhe pareceu feliz, constatou, mais do que satisfeita em estar na companhia do homem que a atraíra para fora, quem quer que ele fosse. Michael não conseguia distinguir as palavras, mas não tinha dúvida de que ela estava rindo. Era um som leve, musical, e terminou num murmúrio namorador, de incendiar a alma.

Michael colocou a mão de volta na maçaneta. Devia partir. Ela não haveria de querer encontrá-lo ali.

Mas parecia ter criado raízes naquele local.

Ele nunca – nunca – a espionara quando estava com John. Jamais escutara uma conversa que não tivesse o intuito de incluí-lo. Caso se encontrasse próximo o bastante para ouvi-los, sempre se afastara imediatamente. Mas agora era diferente. Não conseguia explicar, mas era diferente, e não conseguia se forçar a sair dali.

Só mais um minuto, jurou para si mesmo. Só isso. Um minuto para se certificar de que ela não se encontrava numa situação de perigo e...

– Não, não.

Era a voz de Francesca.

Esticou as orelhas e deu alguns passos em direção à voz. Ela não parecia zangada, mas dizia *não*. É claro que podia estar rindo de alguma piada ou, quem sabe, de algum mexerico sem importância.

– Eu realmente preciso... *Não!*

Foi o suficiente para fazer Michael se mexer.

Francesca sabia que não deveria ter saído com Sir Geoffrey Fowler, mas ele fora educado e encantador, e ela estava se sentindo um pouco abafada no salão de baile atulhado de gente. Era o tipo de coisa que jamais havia feito quando solteira, mas viúvas não precisavam seguir os mesmos padrões e, além do mais, Sir Geoffrey tinha dito que deixaria a porta entreaberta.

Tudo fora perfeitamente agradável durante os primeiros minutos. Sir Geoffrey a fizera rir e sentir-se encantadora, e era quase de partir o coração constatar quanto sentira falta daquilo. Assim, ela se permitira divertir-se e viver o momento. Queria se sentir como uma mulher outra vez – talvez não no sentido pleno da palavra, mas seria mesmo tão errado desfrutar da inebriante sensação de saber que era desejada?

Talvez todos estivessem atrás do que agora se tornara o seu infame dote duplo. Talvez quisessem se ligar a duas das mais notáveis famílias britânicas – afinal, Francesca era uma Bridgerton e uma Stirling. Mas, por uma encantadora noite, iria se permitir acreditar que era tudo por causa *dela*.

Então Sir Geoffrey se aproximara mais um pouco. Francesca chegara para trás discretamente, mas ele dera outro passo em sua direção, então outro, e antes que ela se desse conta estava encostada numa árvore com as mãos de Sir Geoffrey plantadas no tronco, cada qual de um lado de sua cabeça.

– Sir Geoffrey – começou Francesca, fazendo o possível para manter a educação enquanto lhe fosse possível. – Acho que houve um mal-entendido. Eu gostaria de voltar para a festa.

Manteve a voz leve e simpática, sem querer correr o risco de incitá-lo a fazer algo de que se arrependesse.

Ele aproximou a cabeça alguns centímetros da dela.

– Ora, e por que haveria de querer isso? – murmurou.

– Não, não – disse ela, virando a cabeça para o lado quando ele se aproximou ainda mais. – Vão sentir a minha falta. – Maldição, ia ter de pisar no pé dele ou, pior, emasculá-lo da maneira que os irmãos haviam lhe ensinado quando era jovem e inocente. – Sir Geoffrey – continuou, tentando ser cortês pela última vez. – Eu realmente tenho de...

Então aquela boca molhada demais, mole e completamente importuna, aterrissou sobre a sua.

– ... Não! – conseguiu guinchar.

Mas Sir Geoffrey estava decidido a beijá-la. Francesca começou a se contorcer, mas ele era mais forte do que ela imaginara e claramente não tinha a menor intenção de deixá-la escapar. Ainda lutando, Francesca conseguiu deslocar a perna de maneira a talvez conseguir enfiar o joelho na virilha dele, mas, antes que pudesse fazê-lo, Sir Geoffrey pareceu... simplesmente... desaparecer.

– Ah! – exclamou ela, involuntariamente.

Ouviu uma breve agitação, um som parecido com nós de dedos se chocando contra carne e outro com um sincero grito de dor. Até Francesca ter alguma ideia do que estava acontecendo, Sir Geoffrey já estava estatelado de bruços no chão, praguejando, tendo um homem muito forte inclinado sobre ele com a bota plantada firmemente em suas costas.

– Michael? – disse Francesca, sem conseguir acreditar nos próprios olhos.

– É só pedir – começou Michael, numa voz que ela jamais tinha ouvido dele antes – e eu esmago as costelas dele.

– Não! – exclamou Francesca rapidamente.

Não teria se sentido nem um pouco culpada por dar um joelhada no meio das pernas de Sir Geoffrey, mas não queria que Michael *matasse* o homem.

E pela expressão no rosto dele, Francesca tinha certeza que ele faria isso com grande satisfação.

– Não é preciso – continuou ela, correndo para o lado de Michael e em seguida dando um passo para trás ao perceber o brilho feroz em seus olhos. – Talvez possamos pedir-lhe, apenas, que se vá?

Por um instante Michael nada fez além de fitá-la com um olhar duro e uma intensidade que a deixou sem fôlego. Então ele pressionou a bota nas costas de Sir Geoffrey. Não fez muita força, só o suficiente para levar o homem a grunhir de desconforto.

– Tem certeza? – rosnou Michael.

– Tenho, por favor, não há necessidade de machucá-lo – pediu Francesca. Minha nossa, seria um pesadelo se alguém os pegasse naquela situação. A reputação dela ficaria arruinada e só Deus sabe o que diriam sobre Michael, atacando um respeitado baronete. – Eu não devia ter vindo até aqui com ele – acrescentou ela.

– Não, não devia – concordou Michael, de forma brusca. – Mas isso não dá a ele o direito de se impor a você.

Retirou a bota de cima de Sir Geoffrey e colocou o homem trêmulo de pé. Em seguida agarrou-o pelas lapelas, encostou-o contra a árvore e aproximou o próprio corpo do dele até os dois estarem praticamente cara a cara.

– Não é muito agradável se sentir preso, é? – escarneceu Michael.

Sir Geoffrey não respondeu, limitando-se a fitá-lo, apavorado.

– Tem alguma coisa para dizer à senhora?

Sir Geoffrey balançou a cabeça freneticamente.

Michael chocou a cabeça dele contra a árvore.

– Pense melhor! – rosnou.

– Sinto muito! – guinchou Sir Geoffrey.

Parecia uma moça, pensou Francesca, impassível. Sabia que ele não daria um bom marido, mas aquilo encerrava qualquer possível discussão.

Mas Michael ainda não terminara com ele.

– Se algum dia chegar perto de Lady Kilmartin de novo, eu o estriparei com minhas próprias mãos.

Até mesmo Francesca se encolheu.

– Fui claro? – disse Michael, por entre os dentes.

Outro ganido e, dessa vez, Sir Geoffrey pareceu que ia chorar.

– Saia daqui – grunhiu Michael, empurrando o homem apavorado para longe. – E aproveite para passar um mês longe da cidade.

Sir Geoffrey o olhou, em estado de choque.

Michael permaneceu imóvel, perigosamente imóvel, para então dar de ombros de maneira insolente.

– Ninguém vai sentir a sua falta – acrescentou em voz baixa.

Francesca então se deu conta de que estava prendendo a respiração. Michael era apavorante, mas também era magnífico, e ela ficou perplexa por jamais tê-lo enxergado daquela maneira.

Por jamais ter sonhado que ele pudesse ser assim.

Sir Geoffrey saiu correndo, atravessando o gramado em direção ao portão dos fundos, e deixou Francesca sozinha com Michael, sem palavras pela primeira vez desde que o conhecera.

Ela só conseguiu dizer:

– Desculpe.

Michael se virou para ela com uma ferocidade que quase a fez cair para trás.

– Não tem do que se desculpar – falou, sucintamente.

– Não, é claro que não – disse ela. – Mas eu deveria ter sido mais esperta e...

– *Ele* deveria ter sido mais esperto – interrompeu ele, duro.

Ele tinha razão e, certamente, Francesca não iria se culpar pelo ataque, mas ao mesmo tempo achou melhor não alimentar ainda mais a raiva de Michael, ao menos não por ora. Nunca o vira assim. Nunca vira *ninguém* assim, tão tomado pela fúria. Achou que ele estivesse descontrolado, mas enquanto o observava, de tal forma imóvel que ela teve medo de respirar, ela se deu conta de que, na verdade, ele estava totalmente sob controle.

Do contrário, Sir Geoffrey estaria encolhido no chão em uma poça de sangue.

Francesca abriu a boca para dizer alguma coisa, algo leve ou até mesmo engraçado, mas se viu sem palavras, sem condições de fazer qualquer coisa além de observá-lo, aquele homem que ela pensava conhecer tão bem.

Havia algo hipnotizante naquele momento, e ela não conseguia desviar os olhos dele. Michael estava ofegante, claramente lutando para controlar a raiva, e ela percebeu que ele não estava inteiramente *presente*. Fitava algum ponto do horizonte, os olhos desfocados, de certa forma parecendo...

Sentir dor.

– Michael? – sussurrou.

Nenhuma reação.

– Michael?

Dessa vez estendeu a mão para tocá-lo e ele se sobressaltou, virando-se com tal rapidez que Francesca se desequilibrou, precisando dar um passo para trás.

– O que é? – perguntou ele, rispidamente.

– N-nada – gaguejou ela, sem saber ao certo o que deveria dizer, sem nem mesmo saber se *tinha* algo a dizer.

Ele fechou os olhos por um instante, então os abriu, claramente esperando que ela falasse mais alguma coisa.

– Acho que vou para casa – comentou ela.

A festa já perdera a graça; Francesca queria apenas se recolher para um lugar seguro e familiar.

E Michael, subitamente, não era nenhuma das duas coisas.

– Pode deixar que eu apresento suas desculpas lá dentro – disse ele, com a voz seca.

– Vou mandar a carruagem de volta para você e para as mães – acrescentou Francesca.

Da última vez que ela as vira, Janet e Helen estavam se divertindo muito. Não queria estragar a noite das duas.

– Quer que eu a acompanhe até o portão dos fundos ou prefere passar pelo meio do baile?

– Acho melhor ir pelo portão dos fundos.

Então ele a acompanhou até a carruagem, a mão queimando nas costas dela o tempo todo. Quando enfim chegaram, em vez de aceitar a ajuda de Michael para subir, Francesca virou-se para ele com uma pergunta que lhe veio subitamente à cabeça:

– Como sabia que eu estava no jardim? – perguntou.

Ele não disse nada.

– Estava me observando? – perguntou ela.

Os lábios dele se curvaram no que não era exatamente um sorriso, nem mesmo o esboço de um sorriso.

– Eu estou sempre observando você – respondeu ele, com uma expressão soturna.

E assim ela ficou com *aquilo* para refletir pelo resto da noite.

CAPÍTULO 14

... foi Francesca quem disse que sente a minha falta? Ou a senhora simplesmente deduziu?

– do conde de Kilmartin para a mãe, Helen Stirling, dois anos e dois meses após a sua partida para a Índia

Três horas depois, Francesca estava sentada em seu quarto na Casa Kilmartin quando ouviu Michael retornar. Janet e Helen haviam chegado em casa bem mais cedo, e quando Francesca as encontrou no corredor (um tanto propositadamente), as duas lhe informaram que Michael decidira terminar a noite com uma visita ao clube.

Muito provavelmente para evitá-la, decidiu Francesca, embora não houvesse motivo algum para ele achar que a encontraria em um horário tão avançado. De qualquer forma, ela deixara o baile naquela noite com a nítida impressão de que Michael não desejava a sua companhia. Defendera a sua honra com a coragem e o empenho de um verdadeiro herói, mas ela não conseguia evitar a sensação de que o fizera quase com relutância, como se fosse algo que *tivesse* de fazer, não algo que *quisesse* fazer.

E, pior, como se ela fosse alguém cuja companhia ele precisasse tolerar, em vez de ser a amiga querida que sempre acreditara ser.

Isso, ela percebeu, doía.

Francesca dissera a si mesma que quando ele voltasse para casa ela deixaria o assunto de lado, não faria nada além de escutar à porta enquanto ele atravessasse o corredor até o quarto. (Era honesta o suficiente para admitir ser capaz de – na verdade, incapaz de resistir a – escutar atrás da porta.) Em seguida, iria até a pesada porta de carvalho que ligava seu quarto ao dele (trancada dos dois lados desde que voltara da casa da mãe; obviamente ela não temia Michael, mas convenções eram convenções) e, de lá, escutaria por mais algum tempo.

Não tinha a menor ideia do que esperava ouvir, ou mesmo por que sentia necessidade de escutar os passos dele, mas simplesmente precisava fazê-lo. Algo mudara naquela noite. Ou talvez nada tivesse mudado, o que podia ser ainda pior. Seria possível que Michael jamais houvesse sido o homem que ela achava que fosse? Seria possível que ela tivesse sido próxima dele por tanto tempo, considerando-o um de seus amigos mais queridos mesmo quando estavam longe e, ainda assim, não *conhecê-lo*?

Jamais sonhara que Michael pudesse guardar segredos dela. *Dela!* De todo o resto do mundo, talvez, mas não dela.

Esse pensamento a fazia sentir-se desestabilizada, desequilibrada. Quase como se alguém tivesse virado seu mundo de cabeça para baixo. Independentemente do que ela fizesse, independentemente do que pensasse, ainda assim tinha a sensação de estar caindo. Para onde, não sabia dizer, e também não ousava arriscar um palpite.

Só sabia que o chão definitivamente não se encontrava mais firme sob seus pés.

Seu quarto dava para a frente da Casa Kilmartin, então, quando tudo se encontrava em silêncio, ela podia ouvir a porta da rua se fechar, contanto que a pessoa o fizesse com alguma força. Não era preciso que a batesse, mas...

Bem, qualquer que fosse a firmeza necessária, Michael sem dúvida a estava exercitando, pois Francesca ouviu o revelador baque sob os pés, seguido de um grave ribombar de vozes, presumivelmente Priestley conversando com ele, enquanto tirava o seu casaco.

Michael estava em casa, o que significava que ela enfim podia se deitar e fingir que dormia. Deveria deixar aquilo tudo para trás, ir em frente, talvez fingir que nada tinha acontecido...

Mas, ao ouvir os passos dele subindo as escadas, fez a única coisa que jamais esperaria fazer...

Abriu a porta do quarto e saiu para o corredor.

Não tinha a menor ideia do que estava fazendo. Quando os pés descalços pisaram a passadeira, ficou tão perplexa com a própria ação que se viu paralisada e sem fôlego.

Michael lhe pareceu exausto. E surpreso. E lindo, com a gravata afrouxada e os cabelos caindo em ondas sobre a testa. O que a fez se perguntar desde quando começara a notar quão bonito ele era. A beleza dele sempre fora algo que existira, algo que ela soubera, mas jamais notara de fato.

Só que agora...

A respiração ficou presa no peito. Agora a beleza de Michael parecia impregnar o ar à sua volta, deixando-a trêmula e quente, tudo ao mesmo tempo.

– Francesca – disse ele, com a voz cansada.

Ela, é claro, nada tinha a dizer. Fazer algo como dar um passo impetuoso não fazia parte de seu comportamento, mas Francesca não se sentia como ela mesma naquela noite. Estava tão inquieta, tão desestabilizada, que a única coisa que passara pela sua cabeça (se é que alguma coisa havia passado) antes de sair do quarto era que precisava *vê-lo*. E, quem sabe, ouvir a sua voz. Se conseguisse se convencer de que ele realmente era a pessoa que ela achava conhecer, então talvez ela também ainda fosse a mesma.

Porque não se sentia a mesma.

E aquilo a abalava até o âmago.

– Michael – disse ela, por fim encontrando a voz. – Eu... Boa noite.

Ele apenas olhou para ela, erguendo a sobrancelha diante da frase sem sentido.

Ela pigarreou.

– Eu queria me certificar de que você estava... bem.

O final da frase soou um pouco fraco até mesmo aos próprios ouvidos, mas foi o melhor adjetivo que conseguiu encontrar, tão de última hora.

– Estou bem – disse ele, bruscamente. – Só cansado.

– É claro. É claro, é claro.

Ele sorriu, mas foi um gesto desprovido de humor.

– É claro.

Ela engoliu em seco, então tentou sorrir, mas lhe pareceu forçado.

– Não lhe agradeci mais cedo – falou.

– Agradecer o quê?

– Você ter ido em meu socorro – respondeu ela, achando que devia ser óbvio. – Eu teria... Bem, eu teria me defendido. – Diante do olhar irônico dele, ela acrescentou, um tanto na defensiva: – Os meus irmãos me ensinaram.

Ele cruzou os braços e a encarou de forma um tanto condescendente.

– Nesse caso, estou certo de que teria acabado com ele sem a menor dificuldade.

Ela franziu os lábios.

– Não importa – falou, decidida a não tecer comentários sobre o seu sarcasmo. – Fico muito agradecida por não ter precisado... hã...

Ela ruborizou. Ah, Deus, detestava ficar ruborizada.

– Aplicar-lhe uma joelhada nos testículos? – finalizou Michael, prestativo, um dos lados da boca se curvando num sorriso divertido.

– Exato – concordou ela, com alguma dificuldade, convencida de que as faces haviam passado do rosa para o carmim.

– Não há de quê – retrucou ele, abruptamente, fazendo um aceno com a cabeça que tinha o intuito de indicar que a conversa chegara ao fim. – Agora, se me dá licença...

Ele ia se dirigindo à porta do quarto, mas Francesca ainda não estava pronta (e tinha certeza de que apenas o diabo em pessoa saberia o motivo) para terminar a conversa.

– Espere! – gritou, engolindo em seco ao se dar conta de que agora iria ter de dizer alguma coisa.

Ele se virou devagar e com um estranho ar de decisão.

– Sim?

– Eu... Eu só...

Ele esperou enquanto ela tentava decidir o que dizer, então, por fim, falou:

– Isso pode esperar até amanhã de manhã?

– Não! Espere! – E, dessa vez, Francesca estendeu a mão e segurou-lhe o braço.

Ele ficou paralisado.

– Por que está tão bravo comigo? – sussurrou ela.

Michael apenas balançou a cabeça, como se não conseguisse acreditar na pergunta. Mas não tirou os olhos da mão dela sobre o seu braço.

– Do que está falando? – perguntou.

– Por que está tão bravo comigo? – repetiu ela, então se deu conta de que não lhe ocorrera que se sentia assim até as palavras deixarem os seus lábios. Mas algo não estava bem entre os dois e ela precisava saber por quê.

– Não seja ridícula – murmurou ele. – Não estou bravo com você. Só estou cansado e quero ir dormir.

– Está, sim. Tenho certeza.

A convicção a fez erguer a voz. Agora que o colocara em palavras, sabia que era verdade. Ele tentava esconder e aperfeiçoara a capacidade de se desculpar quando o sentimento ficava evidente, mas estava com raiva, e era dela.

Michael colocou a mão por cima da dela. Francesca teve de conter a ânsia de gritar ante o calor do contato, mas ele se limitou a tirar a mão dela de seu braço.

– Vou me deitar – falou.

Então, lhe deu as costas e começou a se afastar.

– Não! Você não pode ir!

Ela saiu atrás dele, sem pensar, sem se dar conta...

Direto para dentro do quarto dele.

Se ele não estava bravo antes, ficara agora.

– O que está fazendo aqui? – perguntou ele.

– Você não pode simplesmente me dispensar – protestou ela.

Ele a encarou. Severo.

– Você está no meu quarto – falou, em voz baixa. – Sugiro que saia.

– Não até você explicar o que está acontecendo.

Michael se manteve perfeitamente imóvel. Cada um de seus músculos estava paralisado, o que era uma bênção, na verdade, pois se ele se permitisse se mexer – se ao menos se sentisse capaz de se mexer –, teria saltado em cima dela. E o que faria uma vez que colocasse as mãos nela, era impossível saber.

Havia sido levado a seu limite. Primeiro pelo irmão dela, depois por Sir Geoffrey, agora pela própria Francesca, de pé à sua frente.

Seu mundo havia sido virado de cabeça para baixo por uma simples sugestão.

Por que, simplesmente, não se casa com ela?

A pergunta pendia diante dele como uma maçã madura, uma perversa possibilidade que não devia lhe pertencer.

John, pulsava a sua consciência. *John. Lembre-se de John.*

– Francesca – disse ele, a voz áspera e controlada –, já passa da meia-noite e você está no quarto de um homem com o qual não é casada. Eu sugiro que saia.

Mas ela não saiu. Nem mesmo se mexeu. Limitou-se a ficar ali, a pouco menos de um metro da porta ainda aberta, olhando para ele como se nunca o tivesse visto.

Ele tentou ignorar que os cabelos dela estavam soltos. Tentou não notar que ela usava roupas de dormir. Sim, eram discretas, mas ainda assim um convite para serem removidas, e o olhar dele não parava de ir até a barra sedosa que roçava o topo dos pés dela, permitindo-lhe um vislumbre atormentador de seus dedinhos.

Meu Deus, ele estava olhando para os dedos dos pés dela. *Dos pés*. A que ponto chegara?

– Por que está tão bravo comigo? – insistiu ela.

– Eu não estou bravo – vociferou ele. – Eu só quero que... mas que diab... – Ele se interrompeu no último instante. – Quero que você saia do meu quarto.

– É porque eu desejo me casar outra vez? – indagou ela, a emoção embargando a voz. – É isso?

Ele não sabia o que responder, então apenas a fitou.

– Você acha que estou traindo John – sugeriu ela. – Acha que eu deveria passar os meus dias chorando a morte do seu primo.

Michael fechou os olhos.

– Não, Francesca – disse, cansado –, eu jamais...

Mas ela não estava escutando.

– Acha que eu não choro a perda dele? – continuou ela. – Acha que não penso nele todos os dias? Acha que eu me sinto *bem* em saber que, quando eu me casar, estarei escarnecendo do sacramento?

Ele olhou para ela. Ela respirava com dificuldade, tomada pela raiva e, possivelmente, também pela dor que sentia.

– O que eu tive com John – prosseguiu Francesca, o corpo trêmulo – não hei de encontrar com nenhum desses homens que têm me mandado flores. E me dá a sensação de profanação... de estar cometendo uma egoísta profanação só em pensar em me casar outra vez. Se eu não quisesse tanto um bebê... tanto... ah, maldição...

Ela se interrompeu, talvez pelo excesso de emoção, ou pelo choque de ter blasfemado em voz alta. Ficou ali, piscando, os lábios entreabertos e trêmulos, dando a impressão de que poderiam se partir com um mero toque.

Talvez ele devesse ter sido mais solidário. Talvez devesse tê-la consolado. E teria feito isso se estivessem em qualquer outro aposento que não o seu quarto. Mas, na situação em que se encontravam, o melhor que podia fazer era controlar a respiração.

E a si próprio.

Ela lhe devolveu o olhar, os olhos enormes de um azul de tirar o fôlego até mesmo à luz da vela.

– Você não sabe – disse Francesca, virando-se. Caminhou até uma cômoda longa e baixa. Inclinou-se pesadamente contra ela, os dedos cravados na madeira. – Você simplesmente não entende – sussurrou ela, ainda de costas para ele.

E, de alguma forma, aquilo foi mais do que ele pôde tolerar. Ela entrara em seu espaço sem pedir licença, exigindo respostas quando nem ao menos compreendia as perguntas. Invadira o seu quarto, levara-o a seu limite e agora esperava *dispensá-lo*? Dar-lhe as costas e lhe dizer que *ele* não entendia?

– Não entendo o quê? – exigiu ele, um pouco antes de atravessar o quarto em direção a ela.

Com os pés silenciosos, mas rápidos, antes de se dar conta ele se encontrava logo atrás dela, perto o bastante para tocá-la, para tomar para si o que desejava e...

Francesca se virou, de súbito.

– Você...

Então ela se deteve. Não emitiu mais um único som. Não fez mais nada além de permitir que os olhos se perdessem nos dele.

– Michael? – sussurrou.

E ele ficou sem saber o que ela queria dizer. Seria uma pergunta? Uma súplica?

Permaneceu ali imóvel, o único som audível era a respiração que lhe passava pelos lábios. E seus olhos jamais deixaram o rosto dele.

Os dedos de Michael formigavam. O corpo ardia. Ela estava tão próxima... O mais perto que já estivera dele. E se fosse qualquer outra mulher, ele teria jurado que desejava ser beijada.

Os lábios estavam entreabertos, os olhos não tinham foco. E o queixo parecia inclinar-se para cima, como se ela estivesse esperando, desejando, imaginando quando ele finalmente se abaixaria e selaria o seu destino.

Ele sentiu que dizia alguma coisa. O nome dela, talvez. Sentiu um aperto no peito, o coração começou a bater mais forte e, de repente, o impossível se tornou inevitável. Michael se deu conta de que, dessa vez, não havia como parar. Dessa vez o que contava não era o seu controle, o seu sacrifício ou a sua culpa.

Dessa vez o que contava era ele.

E ele ia beijá-la.

Quando Francesca pensou a respeito mais tarde, a única desculpa que conseguiu inventar foi que não sabia que ele se encontrava imediatamente atrás dela. O tapete era macio e espesso e ela não ouvira os seus passos devido à pulsação em seus ouvidos. Não sabia, não *podia* saber, do contrário jamais teria se virado tão de repente com a intenção de calá-lo com uma reposta mordaz. Estava prestes a dizer algo terrível e cortante com o objetivo de fazê-lo sentir-se culpado e péssimo, mas ao se virar...

Lá estava ele.

Perto, muito perto. A meros centímetros de distância.

De repente Francesca tornou-se incapaz de falar, de pensar, de fazer alguma coisa além de respirar enquanto fitava o rosto dele, dando-se conta, com uma intensidade terrível, de que queria que ele a beijasse.

Michael.

Por Deus, ela desejava Michael.

Era como uma faca a cortá-la. Não deveria se sentir assim. Não deveria desejar *quem quer que fosse*. Mas Michael...

Devia ter se afastado. Diabo, devia ter saído correndo. Mas algo a fez criar raízes naquele lugar. Não conseguiu afastar os olhos dos dele, não conseguiu se impedir de umedecer os lábios, e quando as mãos dele pousaram em seus ombros, ela não protestou.

Nem mesmo se mexeu.

E talvez até tenha inclinado o rosto levemente para a frente, algo dentro dela reconhecendo aquele momento, aquela dança sutil entre homem e mulher.

Fazia muito tempo que ela não era beijada, mas parecia haver coisas que o corpo não esquecia.

Michael tocou o seu queixo, ergueu o seu rosto apenas um pouco.

E, ainda assim, ela não disse não.

Fitou-o, passou a língua pelos lábios e aguardou...

Aguardou o momento, o primeiro toque, porque, por mais apavorante que fosse, ela sabia que seria perfeito.

E foi.

Os lábios dele tocaram os seus de leve. Era o tipo de beijo que seduzia com a sutileza, que fazia o corpo formigar e que deixava a pessoa desesperada, querendo mais. Em algum lugar, nos recantos mais nebulosos de sua mente, Francesca sabia que aquilo era errado, que era mais do que errado: era insano. Mas não conseguiria ter se movido nem se as labaredas do inferno estivessem lambendo os seus pés.

Estava hipnotizada, atônita com o toque dele. Não conseguia reunir forças para tomar qualquer outra atitude, para encorajá-lo de qualquer outra forma que não com a suave inclinação do corpo, mas tampouco fez qualquer tentativa de se afastar.

Apenas esperou, com a respiração suspensa, que ele fizesse o próximo movimento.

E ele fez. Pousou a mão na base de suas costas, os dedos incendiando-a com o seu calor inebriante. Não a puxou para si exatamente, mas a pressão se fez clara e o espaço entre os dois foi desaparecendo até ela sentir o suave roçar dos trajes de noite dele na seda de sua camisola.

E o calor começou a aumentar, e ela se sentiu derreter.

Os lábios de Michael tornaram-se exigentes e os dela se abriram para ele, dando-lhe total acesso. Ele aproveitou a oportunidade ao máximo, a língua investindo numa perigosa dança, provocando e seduzindo, atiçando-lhe o desejo até as pernas ficarem bambas e ela não ter escolha senão se agarrar aos braços dele, segurá-lo, tocá-lo por iniciativa própria, admitir que também estava presente naquele beijo, que participava dele.

Que queria aquilo.

Ele murmurou o nome dela, a voz rouca de desejo, necessidade e algo mais, algo dolorido, mas a única coisa que ela conseguia fazer era segurá-lo, permitir que ele a beijasse e, que Deus a perdoasse, beijá-lo de volta.

Francesca deslocou a mão para o pescoço dele, deleitando-se com o calor macio de sua pele. Os cabelos dele estavam mais longos do que de costume e se enroscaram em seus dedos, grossos e ondulados e... Ah, Deus, ela só queria afundar neles.

A mão dele foi deslizando pelas costas dela, deixando um rastro de fogo pelo caminho. Os dedos acariciaram os seus ombros, desceram-lhe pelo braço e passaram ao seu seio.

Francesca ficou paralisada.

Mas Michael estava envolvido demais para notar; tomou o seio na mão, gemendo audivelmente ao apertá-lo.

– Não – sussurrou ela.

Aquilo era demais, íntimo demais.

– Francesca – murmurou ele, os lábios percorrendo o caminho da face até a orelha.

– Não – disse ela, retorcendo-se até se desvencilhar. – Eu não posso.

Não quis olhar para ele, mas não podia *não* fazê-lo. E quando olhou, preferiria não tê-lo feito.

O rosto estava abaixado, levemente inclinado, mas ainda a fitava, os olhos abrasadores, intensos.

E ela se sentiu queimar.

– Não posso fazer isso – sussurrou.

Ele não disse nada.

– Não posso – repetiu ela. – Não posso. Não posso. Eu... Eu...

– Então vá – vociferou ele. – Agora.

Ela correu.

Correu para o quarto e, no dia seguinte, correu para a casa da mãe.

E no outro, correu para a Escócia.

CAPÍTULO 15

... Fico satisfeita que esteja prosperando na Índia, mas gostaria que pensasse em voltar para casa. Todos sentimos a sua falta e você tem responsabilidades que não podem ser cumpridas do exterior.

– de Helen Stirling para o filho, o conde de Kilmartin, dois anos e quatro meses após a sua partida para a Índia

Francesca sempre fora uma boa mentirosa e – refletiu Michael enquanto relia a breve carta que ela deixara para Helen e Janet – era ainda melhor quando podia evitar um contato cara a cara e fazê-lo por escrito.

Uma emergência surgira em Kilmartin, explicara ela, descrevendo com admirável riqueza de detalhes um surto de febre maculosa entre as ovelhas, o que exigia sua atenção imediata. Não precisavam se preocupar, garantia ela: estaria de volta em breve e prometia lhes trazer a extraordinária geleia de framboesa da cozinheira, a melhor de Londres.

Não importava que Michael jamais tivesse ouvido falar de uma ovelha – ou qualquer outro animal de criação, na verdade – que houvesse contraído febre maculosa.

Era tudo muito organizado, muito fácil, e Michael se perguntava se Francesca chegara a providenciar para que Janet e Helen estivessem fora no fim de semana de maneira a executar sua fuga sem ter de se despedir cara a cara.

E era, *sim*, uma fuga. Não havia como duvidar disso. Michael não acreditava, nem por um minuto, que houvesse alguma emergência em Kilmartin. Se fosse o caso, Francesca teria se sentido no dever de lhe comunicar. Podia estar administrando as propriedades havia anos, mas ele era o conde e ela não era do tipo que usurparia ou minaria a autoridade dele agora que estava de volta.

Além do mais, ele a havia beijado e, mais do que isso, havia visto o rosto dela quando a beijara.

Se ela pudesse fugir para a lua, teria feito isso.

Janet e Helen não pareceram muito preocupadas com a partida dela, embora tivessem comentado sem parar (realmente, sem parar) sobre como sentiriam falta de sua companhia.

Michael se limitou a ficar em seu escritório, ponderando métodos de autoflagelação.

Ele a havia beijado. *Beijado.*

Não fora, refletiu, a melhor conduta para um homem que tentava esconder os verdadeiros sentimentos.

Fazia seis anos que a conhecia. Durante seis anos mantivera tudo sob controle, desempenhando seu papel à perfeição. Seis anos e conseguira estragar tudo com um simples beijo.

Só que não houvera nada de simples com relação ao beijo.

Como era possível que um beijo pudesse superar cada uma de suas fantasias? E com seis anos para fantasiar, ele havia imaginado um beijo de tirar o fôlego.

Mas aquilo... aquilo tinha sido mais. Tinha sido melhor. Era...

Era Francesca.

Engraçado como aquilo mudara tudo. Era possível pensar numa mulher todos os dias durante anos, imaginar como seria tê-la nos braços, mas os pensamentos nunca, nunca correspondiam à realidade.

E agora ele se encontrava numa situação pior do que antes. Sim, ele a beijara; sim, provavelmente fora o beijo mais espetacular de sua vida.

Mas, sim, também tinha sido sua ruína.

Agora que enfim acontecera, agora que ele saboreara a perfeição, sua agonia era maior do que antes. Agora sabia exatamente o que não tinha; compreendia, com dolorosa clareza, o que jamais seria seu.

E nada nunca mais seria igual.

Eles nunca mais voltariam a ser amigos. Francesca não era o tipo de mulher a tratar a intimidade com leviandade. E como detestava constrangimentos de qualquer tipo, faria tudo para evitar a presença dele.

Maldição, fora até a Escócia só para se afastar dele. Nenhuma mulher seria capaz de deixar os sentimentos mais claros do que isso.

E o bilhete que escrevera para ele... Bem, tinha sido bem mais sucinto do que o que deixara para Janet e Helen.

Foi errado. Me perdoe.

Por que diabo ela achava que precisava ser perdoada, ele não tinha a menor ideia. *Ele* a havia beijado. Talvez ela tivesse adentrado o quarto dele contra a sua vontade, mas Michael era homem o suficiente para saber que ela não o fizera na expectativa de que ele pudesse atacá-la. Estava apenas preocupada achando que ele estivesse bravo com ela, pelo amor de Deus.

Ela agira de maneira impensada, mas apenas porque se importava com ele e dava valor à amizade que tinham.

E agora ele conseguira arruinar *isso*.

Ainda não sabia muito bem como acontecera. Lembrava que estava olhando para ela; não conseguia tirar os olhos dela. O momento estava gravado a fogo em sua mente: o robe de seda cor-de-rosa, a maneira como os dedos haviam se fechado enquanto falava com ele. Os cabelos soltos caíam sobre um ombro, os olhos enormes e úmidos de emoção.

E então ela havia se virado.

Fora então que acontecera. Fora ali que tudo mudara. Algo se libertara dentro dele, algo que ele não tinha como identificar e que fizera seus pés se deslocarem. De alguma forma ele se vira do outro lado do quarto, a centímetros de distância dela, próximo o bastante para tocá-la, próximo o bastante para possuí-la.

E nesse momento ela se voltara para ele.

E ele se sentira perdido.

Àquela altura não havia como se controlar, não havia nenhuma forma de ouvir a razão. Todo o controle que ele havia mantido sobre seu desejo durante anos simplesmente evaporara e ele tivera de beijá-la.

Fora simples assim. Ele simplesmente não tivera escolha. Talvez houvesse conseguido evitar se ela tivesse dito não, se tivesse dado um passo para trás e se afastado. Mas Francesca não fizera nada disso; ficara ali esperando, a respiração o único som no quarto dele.

Será que ela havia esperado o beijo? Ou esperara que ele caísse em si e se afastasse?

Não importava, pensou Michael, amassando um pedaço de papel entre os dedos. O chão ao redor de sua escrivaninha encontrava-se agora coberto de pedaços de papel amassados. Ele estava com o temperamento irascível e as folhas eram um alvo fácil. Pegou um cartão cor de creme sobre o mata-borrão e o olhou antes de posicionar os dedos para a execução. Era um convite.

Parou e olhou com mais atenção. Era para aquela noite e ele provavelmente confirmara presença. Tinha quase certeza de que Francesca planejara comparecer; a anfitriã era sua amiga de longa data.

Talvez devesse arrastar o seu corpo patético escada acima e se arrumar. Talvez devesse sair e encontrar uma mulher para ser sua esposa. Isso não curaria o que o afligia, mas teria de ser feito mais cedo ou mais tarde. E era melhor para a alma do que ficar sem fazer nada, sentado à escrivaninha bebendo.

Levantou-se, olhando o convite outra vez. Deixou escapar um suspiro. Realmente não desejava passar a noite cercado por pessoas que não parariam de lhe perguntar sobre Francesca. Do jeito que andava a sua sorte, todos os Bridgertons estariam na festa, ou, pior, todas as mulheres da família Bridgerton, que se pareciam umas com as outras, com o cabelo castanho-avermelhado e o sorriso largo. Nenhuma chegava aos pés de Francesca, é claro – as irmãs eram simpáticas e animadas demais. Faltava-lhes o mistério de Frannie, o brilho irônico que lhe coloria os olhos.

Não, ele não queria passar a noite tendo de ser cortês.

Assim, resolveu cuidar dos problemas como fizera tantas vezes.

Encontrando uma mulher.

Três horas mais tarde, Michael estava na porta da frente do clube, com o humor péssimo.

Fora ao La Belle Maison, que era, para ser franco, nada mais que um prostíbulo, embora fosse fino, discreto e oferecesse a garantia de que as mulheres eram limpas e estavam ali por vontade própria. Michael frequentara o local ocasionalmente nos anos em que vivera em Londres; a maioria dos homens que conhecia já visitara em algum momento o La Belle, como gostavam de chamá-lo. Até mesmo John fora lá, antes de se casar com Francesca.

Michael foi recebido com grande carinho pela dona do lugar, tratado como um filho pródigo. Ele tinha uma reputação, explicou ela, e haviam sentindo sua falta. As mulheres sempre o adoraram, observando com frequência que era um dos poucos que parecia se importar tanto com o prazer delas quanto com o próprio.

Por algum motivo a bajulação deixou um gosto azedo em sua boca. Não se sentia um amante lendário naquele momento; tinha se cansado da reputação de devasso e não estava muito preocupado se iria satisfazer alguém naquela noite. Só queria uma mulher que talvez o fizesse esquecer tudo, mesmo que só por alguns minutos.

Tinham a garota certa para ele, afirmou a dona. Era nova e vinha sendo muito solicitada – ele a adoraria. Michael apenas deu de ombros e se deixou ser conduzido até uma bela loura de tipo mignon que, segundo lhe garantiram, era "o que havia de melhor".

Quando ia fazer menção de tocá-la, desistiu. Não era adequada. Era loura demais. Não queria uma loura.

Não havia o menor problema, lhe disseram, e então lhe apresentaram uma encantadora morena.

Exótica demais.

Uma ruiva?

Completamente errada.

E assim começou um desfile de mulheres, mas eram jovens demais, ou velhas demais, ou rechonchudas demais, ou frágeis demais, e então, por fim, escolhera uma a esmo, decidido a simplesmente fechar os olhos e terminar logo com aquilo.

Durara dois minutos.

A porta se fechara às suas costas e ele ficara enjoado, quase em pânico, ao dar-se conta de que não conseguiria.

Não conseguia fazer amor com uma mulher. Era estarrecedor. Castrador. Mas que inferno, daria no mesmo pegar uma faca e se transformar num eunuco.

Antes ele procurara o prazer com várias mulheres para apagar a lembrança de *uma* mulher. Agora que sentira o seu sabor, ainda que com um beijo rápido, estava arruinado.

Assim, saiu do prostíbulo e tomou o caminho do clube, onde não teria de se preocupar em ver ninguém do sexo feminino. O objetivo, é claro, era apagar o rosto de Francesca da mente, e esperava que o álcool funcionasse melhor que as lindas meninas do La Belle Maison.

– Kilmartin.

Michael ergueu a vista. Colin Bridgerton.

Maldição.

– Bridgerton – grunhiu.

Droga, droga, droga. Colin Bridgerton era a última pessoa que queria ver naquele momento. Até o fantasma de Napoleão se materializando para atravessar sua goela com uma espada teria sido preferível.

– Sente-se – disse Colin, indicando a poltrona à sua frente.

Não havia como sair daquela situação; podia ter mentido e dito que iria se encontrar com alguém, mas ainda assim não teria nenhuma desculpa para não se sentar com Colin e tomar um drinque rápido enquanto esperava. Assim, Michael rangeu os dentes e obedeceu, na esperança de que o irmão de Francesca tivesse outro compromisso que exigisse a sua presença durante... bem, mais ou menos três minutos.

Colin pegou o copo, olhou-o com curiosa dedicação, então girou o líquido cor de âmbar diversas vezes antes de tomar um pequeno gole.

– Soube que Francesca voltou para a Escócia.

Michael soltou um grunhido e assentiu com a cabeça.

– Surpreendente, não acha? Com a temporada tão no começo...

– Não vou fingir que entendo o que se passa na cabeça dela.

– Não, não, é claro que não – retrucou Colin, baixinho. – Nenhum homem com algum grau de inteligência fingiria compreender a mente de uma mulher.

Michael ficou em silêncio.

– Ainda assim, faz apenas... o que... quinze dias desde que ela chegou?

– Um pouco mais – respondeu Michael.

Francesca chegara a Londres exatamente no mesmo dia que ele.

– Certo, claro. Você deve saber melhor que eu, não é mesmo?

Michael olhou para Colin com severidade. Aonde ele estava querendo chegar?

– Ah, bem – retrucou Colin, erguendo um ombro num gesto descontraído. – Tenho certeza que ela voltará em breve. Afinal, não é provável que encontre um marido na Escócia, e é esse o seu objetivo nesta primavera, não?

Michael assentiu de leve com a cabeça, olhando para uma mesa do outro lado do salão. Estava vazia. Tão abençoadamente vazia...

Podia se ver como um homem muito satisfeito naquela mesa.

– Não estamos muito falantes hoje, não é mesmo? – perguntou Colin, invadindo as suas (inofensivas, era verdade) fantasias.

– Não – respondeu Michael, não gostando nada da sugestão de condescendência na voz dele –, não *estamos.*

Colin deu uma risada suave, então tomou o último gole de sua bebida.

– Só o estava testando – falou em seguida, se recostando na poltrona.

– Para ver se eu me dividi em dois seres distintos? – resmungou Michael.

– Não, é claro que não – disse Colin, com um sorriso. – Estava apenas testando o seu estado de espírito.

Michael arqueou uma das sobrancelhas de forma ameaçadora.

– E decidiu que está...?

– Da mesma forma que sempre – respondeu Colin, sem se deixar intimidar.

Michael nada fez além de olhá-lo com o semblante fechado enquanto o garçom chegava com as bebidas.

– À felicidade – disse Colin, erguendo o copo no ar.

Eu vou estrangulá-lo, decidiu Michael naquele instante. *Vou estender os braços por cima desta mesa e envolver o pescoço dele até esses olhos verdes irritantes saltarem de dentro das órbitas.*

– Não vai brindar à felicidade? – perguntou Colin.

Michael deixou escapar um grunhido ininteligível e virou o copo num único gole.

– O que está bebendo? – perguntou Colin, puxando conversa. Inclinou o corpo para a frente e espiou dentro do copo de Michael. – Deve ser excelente.

Michael lutou contra o desejo incontrolável de atingi-lo na cabeça com o copo, agora vazio.

– Muito bem – falou Colin, dando de ombros –, então eu brindarei à minha felicidade.

Tomou um gole, recostou-se e levou o copo mais uma vez aos lábios.

Michael olhou para o relógio.

– Não é bom não ter nenhum compromisso? – refletiu Colin.

Michael pousou o copo sobre a mesa com um baque bem alto.

– Esta conversa tem algum objetivo? – perguntou.

Por um instante pareceu que Colin, que segundo diziam era mais falante do que qualquer um quando assim desejava, permaneceria em silêncio. Mas então, exatamente quando Michael estava pronto para desistir do menor sinal de educação para se levantar e ir embora, ele indagou:

– Já decidiu o que vai fazer?

Michael ficou paralisado.

– Sobre o quê?

Colin sorriu com a dose exata de condescendência para que Michael desejasse lhe dar um soco.

– Sobre Francesca, é claro.

– Não acabamos de comentar que ela deixou o país? – disse Michael, com todo o cuidado.

Colin deu de ombros.

– A Escócia não fica muito longe.

– Ainda assim, é longe – murmurou Michael.

Sem dúvida, longe o bastante para deixar perfeitamente claro que Francesca não queria contato nenhum com ele.

– Ela está completamente sozinha... – observou Colin, com um suspiro.

Michael apenas apertou os olhos e o fitou com intensidade.

– Eu acho que você deveria... – Colin se interrompeu. – Bem, você sabe o que eu acho – disse ele por fim, tomando em seguida um longo gole de sua bebida.

Nesse momento Michael desistiu de ser educado.

– Você não sabe de nada, Colin Bridgerton.

O rapaz ergueu as sobrancelhas diante do tom ríspido de Michael.

– Engraçado – murmurou. – Costumo ouvir isso o dia todo. Normalmente vindo de minhas irmãs.

Michael conhecia bem essa tática. O elegante subterfúgio de Colin era o tipo de manobra que ele mesmo utilizava com imensa facilidade. E foi provavelmente devido a essa constatação que sua mão direita se fechou em punho embaixo da mesa. Nada tinha o poder de irritar tanto quanto o reflexo do nosso próprio comportamento em outra pessoa.

Mas, por Deus, como o rosto de Colin estava próximo...

– Mais um uísque? – perguntou ele, estragando por completo a encantadora fantasia de Michael de deixar seu olho roxo.

Michael tinha o estado de espírito perfeito para beber até cair, mas *não* na companhia de Colin Bridgerton, então respondeu com apenas um conciso:

– Não.

E arrastou a cadeira para trás.

– Você se dá conta, Kilmartin – disse Colin, com uma voz tão suave que chegava a ser sinistra –, que não há nada que o impeça de se casar com ela? Nada mesmo. A não ser, é claro – e acrescentou quase como se a ideia tivesse acabado de lhe ocorrer –, as razões que você próprio cria.

Michael sentiu algo se rasgar dentro do peito. O coração, provavelmente, mas vinha se acostumando de tal maneira à sensação que era impressionante que ainda notasse.

E Colin simplesmente não calava a boca.

– Se não quer se casar com ela – prosseguiu ele, pensativo –, então tudo bem. Mas...

– Ela pode dizer não – interrompeu Michael.

Sua voz lhe soou áspera, estrangulada, estranha aos próprios ouvidos.

Por Deus, se tivesse saltado sobre a mesa e declarado seu amor por Francesca, não poderia ter sido mais transparente.

Colin inclinou a cabeça para o lado de forma quase imperceptível, apenas o bastante para deixar claro que entendera as entrelinhas do que Michael dissera.

– É possível – murmurou. – Na verdade, é provável que o faça. As mulheres costumam agir assim na primeira vez em que as pedimos em casamento.

– E quantas vezes já pediu alguém em casamento?

Colin abriu um sorriso lento.

– Só uma, na verdade. Esta tarde, aliás.

Era a única coisa – a *única* – que Colin poderia ter dito para dissipar por completo as agitadas emoções de Michael.

– O quê? – perguntou Michael, boquiaberto com o choque.

Aquele era Colin Bridgerton, o mais velho dos irmãos solteiros da família. Praticamente inventara o ofício de evitar o casamento.

– É verdade – disse ele de forma amena. – Achei que era chegada a hora, embora eu deva ser franco com você e admitir que ela não me forçou a lhe pedir em casamento duas vezes. Mas, se isto o faz se sentir melhor, demorei vários minutos para arrancar um *sim* dela.

Michael apenas o fitou.

– A primeira reação dela à minha pergunta foi cair no chão, tamanha a sua surpresa – continuou Colin.

Michael lutou contra a impulso de olhar à sua volta para ver se de alguma forma fora parar no meio de uma farsa teatral sem saber.

– Hã... ela está bem? – perguntou.

– Ah, sim, muito bem – respondeu Colin, pegando o drinque.

Michael pigarreou.

– Importa-se de me dizer a identidade dessa senhora de sorte?

– Penelope Featherington.

A que não fala?, Michael quase deixou escapulir. Ali estava uma combinação estranha.

– Agora você *realmente* está com expressão de surpresa – disse Colin, bem-humorado.

– Eu não sabia que você estava querendo deixar a vida de solteiro – improvisou Michael com agilidade.

– Nem eu – disse Colin, com um sorriso. – Engraçado como as coisas acontecem.

Michael abriu a boca para parabenizá-lo, mas, em vez disso, ouviu-se perguntar:

– Alguém já contou a Francesca?

– Eu fiquei noivo *esta tarde* – lembrou-lhe Colin, um tanto divertido.

– Ela vai querer saber.

– Imagino que sim. Eu certamente a atormentei bastante quando éramos pequenos. Sem dúvida, ela vai querer bolar algum tipo de tortura para mim, relacionada às núpcias.

– Alguém precisa contar a ela – insistiu Michael, ignorando as memórias de infância de Colin.

Colin se recostou na poltrona com um suspiro imperturbável.

– Imagino que minha mãe lhe escreverá um bilhete.

– Sua mãe estará muito ocupada. Não será o primeiro item de sua lista.

– Não tenho como discordar.

Michael franziu a testa.

– Alguém devia lhe dar a notícia.

– Sim – concordou Colin, com um sorriso –, tem razão. Eu mesmo o faria. Faz séculos desde que fui à Escócia pela última vez. Mas é claro que estarei um pouco ocupado aqui em Londres, considerando que vou me casar. O que nos traz, na verdade, ao motivo principal desta discussão, não é mesmo?

Michael lhe lançou um olhar irritado. Detestava o fato de Colin Bridgerton achar que o estava manipulando de forma tão astuta, embora não soubesse como livrá-lo dessa impressão sem admitir que desejava desesperadamente ir até a Escócia para ver Francesca.

– Quando será o casamento? – perguntou.

– Ainda não sei bem – disse Colin. – Logo, eu espero.

Michael assentiu.

– Então Francesca deve ser informada imediatamente.

Colin abriu lentamente um sorriso.

– Deve, não é mesmo?

Michael franziu as sobrancelhas.

– Não precisa se casar com ela enquanto estiver por lá – acrescentou Colin. – Só tem de informá-la sobre as minhas núpcias iminentes.

Michael reviveu a fantasia anterior sobre estrangular Colin e achou a imagem ainda mais sedutora.

– Até breve – disse Colin enquanto Michael se dirigia para a porta. – Talvez daqui a um mês, mais ou menos?

Isso queria dizer que esperava que Michael *não* estivesse em Londres num futuro próximo.

Michael praguejou baixinho, mas nada fez para contradizê-lo. Talvez viesse a se odiar por isso, mas agora que tinha uma desculpa para ir atrás de Francesca, não conseguiria resistir à viagem.

A pergunta era: será que conseguiria resistir a *ela*?

E, de uma forma mais direta: será que *queria*?

Vários dias depois, Michael se encontrava diante da porta de Kilmartin, o lar em que havia passado a infância. Fazia mais de quatro anos desde a última vez que estivera ali, e não conseguia conter a emoção ao constatar que tudo aquilo – a casa, as terras, o legado – lhe pertencia. De alguma forma, ainda não tinha se dado conta disso por completo – talvez racionalmente sim, mas não com o coração.

A primavera parecia ainda não ter chegado aos condados fronteiriços da Escócia e o ar, embora não estivesse cortante, estava frio o suficiente para fazê-lo esfregar as mãos enluvadas uma na outra. O céu estava enevoado e cinzento, mas algo no ambiente lhe agradava, lembrando à sua alma cansada que *aquela*, e não Londres ou qualquer lugar na Índia, era a sua casa.

Mas a sensação de estar no lugar certo não era tão reconfortante enquanto se preparava para o que tinha pela frente. Era chegada a hora de enfrentar Francesca.

Ensaiara o momento mil vezes desde a conversa com Colin, em Londres. O que lhe diria, como apresentaria o seu lado da questão. Achava que chegara a uma conclusão. Antes de convencer Francesca, precisou convencer a si mesmo.

Iria se casar com ela.

Ela teria de concordar, é claro; não poderia forçá-la a aceitá-lo como marido. Ela provavelmente arranjaria inúmeros motivos para provar que aquela era uma ideia maluca, mas, no final, ele a convenceria.

Eles se casariam.

Se casariam.

Era o único sonho que ele nunca se permitira considerar.

No entanto, quanto mais pensava a respeito, mais fazia sentido. Deixaria de lado o fato de que a amava havia anos. Ela não precisava saber disso; contar-lhe apenas faria com que ela se sentisse desconfortável, e ele, tolo.

Mas se conseguisse lhe apresentar a ideia em termos práticos, explicar-lhe por que fazia *sentido* eles se casarem, tinha certeza que ela aceitaria a ideia. Talvez não compreendesse as emoções, não quando ela própria não as tinha, mas era uma mulher racional e de bom senso.

E agora que ele enfim se permitira imaginar uma vida com ela, não conseguia afastar a ideia. *Tinha* de fazer aquilo acontecer.

E seria bom. Talvez não a tivesse por completo – seu coração, ele sabia, jamais seria seu –, mas se contentaria com o que ela pudesse oferecer.

Certamente seria mais do que tinha agora.

E até mesmo metade de Francesca... Bem, até isso seria maravilhoso.

Não seria?

CAPÍTULO 16

... Mas como a senhora mesma escreveu, Francesca está administrando Kilmartin com admirável habilidade. Não é a minha intenção esquivar-me de meus deveres e eu posso lhe garantir que se não tivesse uma substituta tão capaz, retornaria imediatamente.

– do conde de Kilmartin para a mãe, Helen Stirling, dois anos e seis meses após a sua partida para a Índia, escrito com um murmurado: "Ela jamais respondeu à minha pergunta."

Francesca não gostava de achar que era covarde, mas entre ser covarde e tola, escolhia a primeira opção. De bom grado.

Pois somente uma tola teria permanecido em Londres – na mesma casa, inclusive – com Michael Stirling após passar pela experiência de um beijo seu.

Sem contar...

Não, Francesca não ia pensar nisso. Quando pensava a respeito, acabava por se sentir culpada e envergonhada, porque não deveria se sentir dessa forma com relação a Michael.

Não por ser Michael.

Não planejara desejar *quem quer que fosse*. Na verdade, o máximo que esperara de um marido fora uma sensação suave e agradável – um beijo que lhe desse algum prazer, mas só.

Isso teria sido o bastante.

Mas agora... aquilo...

Michael a beijara. E o pior, ela retribuíra o beijo e desde então não parava de imaginar os lábios dele sobre os dela para, então, imaginá-los em todas as outras partes de seu corpo. À noite, sozinha em sua cama enorme, os sonhos haviam se tornado mais intensos: a mão dele ia descendo pelo seu corpo, apenas para se deter antes do destino final.

Ela não ia... Não, não podia ter fantasias a respeito de Michael. Era errado. Teria se sentido péssima por desejar quem quer que fosse, mas Michael...

Era primo de John. Seu melhor amigo. O melhor amigo dela, também. E não deveria tê-lo beijado.

No entanto, pensou com um suspiro, fora magnífico.

E por isso escolhera ser covarde em vez de tola e fugira para a Escócia. Porque não tinha a menor fé na sua capacidade de resistir de novo.

Estava em Kilmartin fazia quase uma semana tentando se ocupar com a vida cotidiana da vivenda da família. Sempre havia muita coisa a fazer – contas para revisar, inquilinos para visitar –, mas Francesca não estava conseguindo sentir a mesma satisfação que encontrava em tais tarefas. A regularidade das incumbências deveria ter tido um efeito calmante, mas, em vez disso, apenas a deixava inquieta, sem conseguir se concentrar.

Andava ansiosa e distraída, e passava metade do tempo sem saber o que faria da própria vida. Não era capaz de ficar parada, então saía para caminhar pelo campo com suas botas mais confortáveis até ficar exausta.

Isso não a fazia dormir melhor à noite, mas ainda assim estava tentando.

E, naquele momento, estava tentando com bastante vigor: tinha acabado de subir o maior morro da propriedade. Respirando com dificuldade devido ao esforço, Francesca ergueu a vista em direção ao céu que escurecia, tentando calcular a hora e a possibilidade de chuva.

Era tarde e provavelmente choveria.

Ela franziu a testa. Devia voltar para casa.

Não estava muito longe: só precisava descer um morro e atravessar um campo relvado. Ao atingir o imponente pórtico à frente de Kilmartin, começou a chuviscar e seu rosto ficou salpicado de gotas. Tirou a touca da cabeça e a sacudiu, grata por tê-la colocado antes de sair – não era sempre tão zelosa –, e estava se dirigindo a seu quarto no segundo andar, onde pensava em se entregar aos prazeres de um chocolate quente com biscoitos, quando Davies, o mordomo, surgiu à sua frente.

– Milady?

– Sim?

– A senhora tem uma visita.

– Visita? – disse Francesca, sentindo a testa franzir.

Quase todos que costumavam visitá-la em Kilmartin já haviam partido para Edimburgo ou para Londres para passar a temporada.

– Não exatamente uma visita, milady.

Michael. Só podia ser. E não podia dizer que estava surpresa. Havia achado que ele poderia segui-la, embora tivesse suposto que ou o faria de imediato ou não o faria em momento algum. Agora, depois de uma semana, ela imaginara estar a salvo.

– Onde ele está? – perguntou ela.

– À sua espera na sala de visitas rosada.

– Faz muito tempo que ele chegou?

– Não, milady.

Francesca dispensou o mordomo com um movimento da cabeça, então se forçou a ir até a sala de visitas. Não deveria estar tão apreensiva. Por Deus, era só Michael...

O problema era que tinha a estranha sensação de que ele nunca mais voltaria a ser *só Michael.*

Ainda assim, ela havia repassado um milhão de vezes o que diria. Mas todos os lugares-comuns e todas as explicações lhe soavam inadequados agora que se via diante da perspectiva de realmente ter de pronunciá-los em voz alta.

Que prazer em vê-lo, Michael, poderia dizer, fingindo que nada tinha acontecido.

Ou *Você precisa compreender que nada mudará entre nós* – embora, é claro, tudo já tivesse mudado.

Ou ela poderia lançar mão do bom humor e começar com algo como: *Consegue acreditar na tolice daquilo tudo?*

Só que duvidava muito que qualquer um dos dois tivesse achado aquilo tolice.

Assim, simplesmente aceitou que teria de improvisar no momento em que chegou à sala de visitas rosada.

Ele estava de pé próximo à janela – à sua procura, talvez? – e não se virou quando ela entrou. Parecia cansado da viagem, as roupas um pouco amarrotadas e os cabelos em desalinho. Não devia ter cavalgado até a Escócia – só um tolo faria isso. Entretanto, viajara com Michael vezes suficientes para saber que ele provavelmente se sentara ao lado do condutor por grande parte do trajeto. Sempre detestara carruagens fechadas para viagens longas e mais de uma vez se sentara na frente debaixo de chuva em vez de ficar confinado com o restante dos passageiros.

Ela não o chamou. Deveria tê-lo feito: não estava ganhando tanto tempo assim, porque ele logo se viraria. Mas, por ora, ficou ali em silêncio, acostumando-se à presença dele, certificando-se de que a respiração estivesse sob controle, de que não iria fazer algo ridículo como cair no choro ou, mais ridículo ainda, explodir em uma gargalhada nervosa.

– Francesca – disse ele, sem nem ao menos se virar.

Sentira a presença dela, então. Francesca arregalou os olhos, embora não devesse ter se surpreendido. Desde que deixara o Exército, ele havia desenvolvido uma capacidade quase felina de sentir o ambiente à sua volta. Fora provavelmente o que o mantivera vivo durante a guerra. Ao que constava, ninguém conseguia atacá-lo pelas costas.

– Sim – respondeu ela. Então, achando que deveria falar mais alguma coisa, acrescentou: – Espero que tenha feito boa viagem.

Ele se virou.

– Foi muito boa.

Ela engoliu em seco, tentando ignorar a beleza dele. Sem dúvida, ele a deixara sem fôlego em Londres, mas ali, na Escócia, parecia mudado. Tinha um ar mais selvagem, talvez.

Bem mais perigoso.

– Algum problema em Londres? – indagou ela, esperando que houvesse um objetivo prático para a visita dele.

Porque, se não houvesse, ele fora até ali apenas por *ela*, e isso a aterrorizava.

– Nada de ruim – respondeu ele –, embora eu tenha novidades para contar.

Ela inclinou a cabeça, esperando que ele continuasse.

– Seu irmão ficou noivo.

– Colin? – perguntou ela, surpresa.

O irmão se dedicara de tal maneira à vida de solteiro que ela não estranharia se Michael lhe dissesse que o rapaz de sorte era, na verdade, o caçula, Gregory, embora ele fosse dez anos mais novo que Colin.

Michael fez que sim.

– De Penelope Featherington.

– De Penel... Minha nossa, isso *é* surpreendente. Mas encantador, devo acrescentar. Acho que os dois combinam muitíssimo bem.

Michael deu um passo em sua direção, as mãos ainda para trás.

– Achei que iria querer saber.

E não podia ter escrito uma carta?

– Obrigada – disse ela. – Fico-lhe grata por tanta atenção. Há muito tempo não temos um casamento na família. Desde...

O meu, ambos se deram conta de que ela estivera prestes a dizer.

O silêncio pairou no aposento como um convidado indesejado até ela enfim rompê-lo:

– Bem, já faz muito tempo. Minha mãe deve estar radiante.

– Está mesmo – confirmou Michael. – Pelo menos foi o que me disse o seu irmão. Não tive a oportunidade de conversar com ela pessoalmente.

Francesca pigarreou, então tentou fingir que estava à vontade fazendo um pequeno aceno com a mão ao perguntar:

– Vai ficar muito tempo?

– Ainda não decidi – disse ele, dando outro passo em sua direção. – Depende.

Ela engoliu em seco.

– De quê?

Ele reduziu à metade a distância entre os dois.

– De você – falou baixinho.

Ela sabia o que ele queria dizer com aquilo, ou achava saber, mas a última coisa que queria, naquele momento, era admitir o que acontecera em Londres, então deu um passo para trás – que era o máximo que podia fazer sem sair correndo da sala – e se fez de desentendida:

– Não seja tolo – falou. – Kilmartin pertence a você. Pode ir e vir quando bem entender. Não tenho o menor controle sobre as suas ações.

Os lábios dele se curvaram num sorriso irônico.

– É nisso que está pensando? – murmurou.

Ela se deu conta de que ele diminuíra ainda mais o espaço entre eles.

– Vou mandar preparar um quarto para você – disse ela, apressada. – Qual deles vai querer?

– Não importa.

– O quarto de dormir do conde, então – falou Francesca, ciente de que tagarelava a essa altura. – Não faria sentido ser qualquer outro aposento.

Eu passarei para outro, mais para o final do corredor. Ou... hã... para outra ala – acrescentou ela, quase gaguejando.

Michael deu outro passo em sua direção.

– Talvez não seja necessário.

Ela o encarou. O que ele estaria sugerindo? Certamente não achava que um único beijo em Londres lhe dava o direito de se aproveitar das portas de comunicação entre os quartos do conde e da condessa.

– Feche a porta – disse ele, fazendo um sinal com a cabeça em direção à porta que se encontrava aberta atrás dela.

Francesca olhou para trás, embora soubesse exatamente o que veria ali.

– Não estou bem certa de que...

– Eu estou. – Então, com uma voz ao mesmo tempo suave e exigente, ele disse: – Feche-a.

E ela obedeceu. Estava bastante certa de que era uma má ideia, mas o fez ainda assim. O que quer que ele estivesse planejando lhe dizer, ela não queria que os empregados ouvissem.

Assim que tirou a mão da maçaneta, ela passou por ele devagar e continuou o caminho de modo a estabelecer uma distância mais confortável – e todo um conjunto de sofás e poltronas – entre eles.

Ele pareceu divertir-se com isso, mas não zombou dela. Em vez disso, disse apenas:

– Tenho pensado muito desde que você deixou Londres.

Assim como ela, embora Francesca achasse que não fazia sentido dizê-lo.

– Não foi minha intenção beijá-la – disse ele.

– Não! – exclamou ela, alto demais. – Quer dizer, não, é claro que não.

– Mas agora que o fiz... agora que *nós* o fizemos...

Ela se encolheu diante do plural. Ele não permitiria que ela fingisse que não havia participado de bom grado do ato.

– Agora que aconteceu – prosseguiu ele –, tenho certeza que compreende que tudo mudou.

Nesse momento, ela ergueu a vista para olhá-lo; até então, mantivera-se concentrada na estampa de flores rosa e creme do sofá.

– É claro – concordou, esforçando-se para ignorar o bolo que começava a se formar em sua garganta.

Michael fechou os dedos em torno da beirada da cadeira de mogno. Francesca olhou para as mãos dele: os nós dos dedos estavam brancos.

Estava nervoso, constatou ela, surpresa. Não esperara isso. Achava que jamais o vira nervoso. Sempre fora um modelo de sofisticação e elegância, de modos fáceis e suaves, com uma gracinha na ponta da língua.

Mas agora ele lhe pareceu diferente. Desprovido de tudo aquilo. Apreensivo. Isso a fez sentir-se... não melhor, exatamente, mas talvez como se não fosse a única tola na sala.

– Andei pensando muito no assunto – continuou ele.

Agora ele estava se repetindo. Aquilo era muito estranho.

– E cheguei a uma conclusão que surpreendeu até mesmo a mim, embora, agora que pensei nisso, esteja convencido de que seja o melhor a ser feito.

A cada palavra que Michael dizia, ela se sentia mais no controle, menos desconfortável com tudo. Não que *quisesse* que ele se sentisse mal – bem, talvez quisesse; era o mais justo, considerando o modo como *ela* se sentira na última semana. Mas estava bastante aliviada em saber que o desconforto não era apenas seu, que ele estivera tão perturbado e abalado quanto ela.

Ou, ao menos, que não havia passado incólume.

Ele pigarreou, então moveu o queixo levemente, esticando o pescoço.

– Eu creio – falou, o olhar pousando sobre o dela com impressionante clareza – que devemos nos casar.

O quê?

Ela entreabriu os lábios.

O quê?

Então, por fim, ela disse:

– *O quê?*

Não *Eu não entendi, poderia repetir?*. Nem *Como disse?*. Apenas *O quê?*.

– Se ouvir os meus argumentos – continuou ele –, verá que faz sentido.

– Você enlouqueceu?

Ele se encolheu discretamente.

– De forma nenhuma.

– Não posso me casar com você, Michael.

– Por que não?

Por que não? Porque... Porque...

– Porque não posso! – exclamou ela. – Pelo amor de Deus, você, mais do que qualquer pessoa, deveria compreender a insanidade de tal sugestão.

– Concordo que, num primeiro momento, pareça bastante inadequado, mas, se me ouvir, verá que faz sentido.

Ela o fitou, boquiaberta.

– E como pode fazer sentido? Não consigo pensar em nada que faça *menos* sentido!

– Você não precisará se mudar, e manterá o título e a posição – começou ele, enumerando os itens nos dedos.

Sim, duas coisas convenientes, mas de forma alguma motivos fortes o bastante para se casar com *Michael*, que... bem... *Michael.*

– Vai se casar sabendo que será tratada com cuidado e respeito – acrescentou ele. – Poderá levar meses para chegar à mesma conclusão sobre outro homem e, mesmo então, não poderá realmente ter certeza. Afinal, primeiras impressões podem ser equivocadas.

Ela perscrutou o rosto dele, tentando ver se havia qualquer coisa, *qualquer coisa*, por trás de suas palavras. Tinha de haver algum motivo para aquilo, pois ela não conseguia conceber que ele a estivesse pedindo em casamento. Era loucura. Era...

Por Deus, ela não sabia ao certo o que era. Haveria alguma palavra para descrever com exatidão algo que simplesmente tirasse o chão de debaixo dos pés de alguém?

– Eu lhe darei filhos – disse ele, baixinho. – Ou, pelo menos, tentarei.

Ela ruborizou. Sentiu no mesmo instante as faces se tornando vermelhas. Não queria se imaginar na cama com ele. Passara a última semana tentando desesperadamente não fazê-lo.

– O que você ganhará com isso? – sussurrou ela.

Por um instante ele pareceu sobressaltado com a pergunta dela, mas logo recuperou a compostura e respondeu:

– Terei uma esposa que já vem administrando minhas propriedades há anos. Não sou orgulhoso a ponto de não admitir seu conhecimento.

Ela assentiu. Uma vez, apenas, mas foi o bastante para indicar que ele fosse em frente.

– Eu já a conheço e confio em você . E estou seguro de que não será infiel.

– Não posso pensar nisso agora – disse ela, levando as mãos ao rosto.

Sua mente rodava com tudo aquilo e Francesca tinha a terrível sensação de que talvez jamais se recuperasse.

– Faz sentido – retrucou Michael. – Você só precisa considerar...

– Não – declarou ela, tentando soar resoluta. – Jamais funcionaria. Você sabe disso. – Ela desviou o olhar, não querendo encará-lo. – Não acredito que você sequer consideraria uma coisa dessas.

– Nem eu – admitiu ele –, quando a ideia me ocorreu de início. Mas uma vez que o pensamento surgiu, não consegui mais deixá-lo de lado e logo me dei conta de que fazia todo o sentido.

Ela pressionou os dedos contra as têmporas. Pelo amor de Deus, por que ele ficava insistindo nessa coisa de sentido? Se repetisse a palavra mais uma vez, ela achava que gritaria.

E como ele podia estar tão calmo? Francesca não sabia ao certo como *devia* agir; certamente jamais imaginara aquele momento. Mas algo naquele discurso sem graça que ele fizera sobre os dois se casarem a incomodava. Fora tão impassível, tão controlado... Um pouco nervoso, talvez, mas sereno, distante.

Enquanto ela fora tomada pela sensação de que o mundo tinha saído do eixo.

Não era justo.

E, por um instante, ela o odiou por fazê-la se sentir assim.

– Vou subir – falou, abruptamente. – Conversarei com você sobre isso pela manhã.

Ela quase conseguiu. Já tinha passado da metade do caminho até a porta quando sentiu a mão dele em seu braço, o toque suave mas firme.

– Espere – pediu Michael, e ela não conseguiu se mexer.

– O que quer? – sussurrou Francesca.

Não o olhava, mas podia ver o rosto dele em sua mente, a forma como os cabelos escuros lhe caíam sobre a testa, os olhos emoldurados por cílios tão longos que poderiam levar um anjo às lágrimas.

E os lábios. Acima de tudo, podia ver os lábios perfeitos, elegantemente moldados, sempre curvados naquela expressão de quem *sabia* das coisas, como se ele compreendesse o mundo de uma forma que os mortais mais inocentes jamais compreenderiam.

A mão dele subiu pelo seu braço até chegar ao ombro, então um dos dedos percorreu uma linha, leve como uma pluma, até a lateral do seu pescoço.

A voz, quando saiu, soou grave e rouca, e ela a sentiu bem no centro de seu ser.

– Não vai querer outro beijo?

CAPÍTULO 17

... sim, é claro. Francesca é um prodígio. Mas você já sabia disso, não é mesmo?

– de Helen Stirling para o filho, o conde de Kilmartin, dois anos e nove meses após a sua partida para a Índia

Michael não sabia ao certo quando ficara claro para ele que teria de seduzi-la. Tentara apelar para a sua mente, para o seu senso inato do que era prático e sábio, e isso não estava funcionando.

E não podia se concentrar em emoções, porque sabia que elas eram só de sua parte.

Então teria de apelar para a paixão.

Ele a desejava – ah, Deus, sim. Desejava-a com uma intensidade que nem imaginara antes de beijá-la na semana anterior, em Londres. Mas mesmo enquanto o sangue corria por suas veias com desejo, necessidade e, sim, com amor, a mente continuava aguçada e calculista, e ele sabia que se desejava tê-la, teria de fazê-lo dessa forma. Teria de falar de modo que ela não pudesse rejeitá-lo. Não bastaria apenas tentar convencê-la com palavras, pensamentos e ideias. Ela poderia tentar usar de ardis para se esquivar, fingir que os sentimentos não existiam.

Mas se ele a tornasse sua, deixasse sua marca sobre ela da forma mais física possível, estaria sempre com ela.

E Francesca seria sua.

Ela se esquivou do toque dele, chegando lentamente para trás até conseguir colocar alguma distância entre os dois.

– Não quer outro beijo, Francesca? – murmurou ele, aproximando-se dela com a elegância de um predador.

– Foi um erro – disse ela, com a voz trêmula.

Afastou-se mais alguns centímetros, parando apenas quando se chocou contra a beirada da mesa.

Ele chegou para a frente.

– Não se nos casarmos.

– Não posso me casar com você, sabe disso.

Michael tomou a mão dela e esfregou a pele com o polegar, preguiçosamente.

– E por que diz isso?

– Porque eu... você... você é você.

– É verdade – disse ele, levando a mão dela à boca e beijando-lhe a palma. Em seguida, passou a língua pelo punho. – E, pela primeira vez em muito tempo – afirmou, olhando-a por entre os cílios –, não há ninguém que eu preferiria ser.

– Michael... – sussurrou ela, arqueando as costas.

Mas ela o desejava. Ele podia sentir isso em sua respiração.

– "Michael, não" ou "Michael, sim"? – murmurou ele, beijando-lhe a parte interna do cotovelo.

– Eu não sei – gemeu ela.

– Muito bem.

Ele subiu um pouco a cabeça, tocando-lhe o queixo até ela não ter escolha senão atirar a cabeça para trás.

E ele não ter escolha senão explorar o pescoço dela.

Beijou-a lenta e meticulosamente, sem deixar nenhum centímetro de pele de fora de seu ataque sensual. Passou para o queixo, em seguida para o lóbulo da orelha, então para a beirada do corpete, agarrando-o com os dentes. Ouviu Francesca sufocar um grito, embora não o tenha mandado parar, então ele puxou o corpete para baixo com os dentes até um dos seios se libertar.

Deus, como ele adorava a atual moda feminina.

– Michael? – sussurrou ela.

– Shhh.

Ele não queria ter de responder a nenhuma pergunta. Não a queria pensando o suficiente para fazer uma.

Correu a língua pela parte inferior do seio, saboreando a essência de sua pele, então estendeu a mão e o tomou. Ele a tocara por cima do vestido na primeira vez em que se beijaram e pensara estar no paraíso, mas aquilo não tinha sido nada comparado à sensação dela, quente e nua, em sua mão.

– Ah, Meu Deus... – gemeu Francesca. – Ah...

Ele soprou o mamilo com leveza.

– Devo beijá-la? – perguntou ele, erguendo a vista.

Sabia que estava se arriscando ao esperar uma resposta. Talvez não devesse nem mesmo ter feito a pergunta, mas, embora a intenção fosse seduzir, precisava ouvir ao menos uma palavra afirmativa.

– Devo? – repetiu Michael, adoçando a proposta com um leve e rápido movimento da língua por cima do mamilo.

– Deve! – explodiu ela. – Sim, pelo amor de Deus, deve!

Ele sorriu lenta e languidamente, saboreando o momento. Então, depois de deixá-la estremecer de ansiedade por um segundo mais, chegou o rosto para a frente e a tomou na boca, libertando anos e anos de desejo sobre um único seio, concentrando-os diabolicamente sobre um inocente mamilo.

Ela não teria a menor chance.

– Ah, meu Deus! – arfou ela, agarrando a beirada da mesa em busca de apoio enquanto o corpo todo se arqueava para trás. – Ah, meu Deus. Ah, Michael. Ah, meu Deus.

Aproveitou-se da paixão que ela exprimia para deslizar as mãos em torno de seus quadris e erguê-la até estar sentada na mesa, as pernas se abrindo para ele enquanto Michael se posicionava entre elas.

A satisfação corria pelas veias dele mesmo enquanto o corpo clamava pelo próprio prazer. Adorava poder fazer aquilo com ela, poder fazê-la gritar, gemer e bradar de desejo. Ela era tão forte, sempre tão impassível e contida, e, no entanto, naquele momento, era sua, escrava das próprias necessidades, prisioneira de seu toque de especialista.

Ele beijou, lambeu, mordiscou e puxou. Ele a torturou até achar que ela poderia explodir. A respiração saía alta e entrecortada e seus gemidos haviam se tornado mais e mais incoerentes.

E, o tempo todo, deslocava as mãos pernas acima, primeiro segurando-lhe os tornozelos, depois as panturrilhas, então levantando o vestido cada vez mais até formar um amarfanhado acima de seus joelhos.

Foi só então que ele se afastou um pouco e deu a ela algum sinal de alento.

Francesca o fitou, os olhos vidrados, os lábios rosados e entreabertos. Não disse nada; Michael achava que ela não *conseguiria* dizer nada. Mas ele percebeu que havia perguntas em seus olhos. Ela podia estar além da capacidade da fala, mas estava longe da insanidade completa.

– Achei que seria cruel torturá-la por muito mais tempo – disse ele, tomando-lhe o mamilo, suavemente, entre o polegar e o indicador.

Ela gemeu.

– Você gosta disso. – Era uma afirmação, e não das mais sofisticadas, mas aquela era Francesca, não uma mulher desconhecida com a qual se deitava de olhos fechados enquanto imaginava o rosto dela. E cada vez que ela gemia de prazer, o coração dele batia mais rápido, satisfeito. – Você gosta disso – repetiu Michael, sorrindo.

– Gosto – sussurrou ela. – Gosto.

Ele inclinou o corpo para a frente até os lábios roçarem sua orelha.

– Vai gostar disso também.

– De quê? – indagou ela, surpreendendo-o com a pergunta.

Ele achara que ela estivesse arrebatada demais para questioná-lo em voz alta.

Puxou a saia do vestido dela um pouco mais para cima, apenas o suficiente para que não despencasse sobre o seu colo.

– Você quer ouvir, não quer? – murmurou ele, deslizando as mãos até estarem logo acima dos joelhos dela. Apertou-lhe as coxas de leve, fazendo círculos em sua pele com os polegares. – Você quer saber.

Ela fez que sim com a cabeça.

Deslocou-se em sua direção mais uma vez, dando-lhe um beijo rápido e depois se afastando apenas o suficiente para poder falar:

– Você sempre foi tão curiosa... Sempre me fez tantas perguntas...

Escorregou os lábios pelas suas faces até chegar às orelhas, sussurrando o tempo todo.

– "Michael" – disse ele, suavizando a voz para imitar a dela –, "conte algo indecente. Conte algo devasso."

Ela ruborizou. Ele não podia ver, mas conseguia sentir.

– Mas eu nunca lhe disse o que você queria ouvir, não é? – perguntou ele, mordiscando-lhe de leve o lóbulo da orelha. – Eu sempre a deixei do lado de fora do quarto.

Ele fez uma pausa, não porque esperasse uma resposta, mas apenas por querer ouvi-la respirar.

– Você se perguntava? – sussurrou. – Ficava imaginando o que eu não lhe contara? – Ele inclinou o corpo para a frente só para que ela pudesse sentir os seus lábios se mexerem em sua orelha enquanto falava. – Você queria saber o que eu fazia quando era lascivo?

Não a faria responder; não era justo. Mas não conseguia fazer a mente parar de voltar no tempo, recordando as inúmeras vezes que a provocara com insinuações de suas conquistas.

Nunca fora ele quem as mencionara, no entanto; era sempre ela que lhe perguntava.

– Quer que eu lhe conte? – murmurou. Sentiu-a dar um pequeno salto, surpresa, e riu. – Não sobre elas, Francesca. Sobre você. Só você.

Ela se virou, fazendo os lábios dele se arrastarem contra a sua face. Ele se afastou, de forma a poder ver o seu rosto, e a pergunta se mostrou clara nos olhos dela:

O que quer dizer com isso?

Ele afastou as coxas dela apenas dois centímetros mais.

– Vai querer que eu lhe conte o que vou fazer agora? – Chegou para a frente e correu a língua pelo seu mamilo, que se tornara duro e retesado ao ar frio do final de tarde. – Quer que eu lhe mostre?

Ela engolia em seco freneticamente. Ele decidiu interpretar aquilo como um sim.

– Há tantas escolhas... – falou, com a voz rouca, deslizando a mão perna acima só mais alguns centímetros. – Eu nem sei por onde começar.

Parou para olhá-la por um instante. Ela respirava com dificuldade, os lábios entreabertos e inchados após tantos beijos. E estava hipnotizada, completamente enfeitiçada por ele.

Lançou-se à outra orelha de Francesca para se certificar de que as suas palavras se imprimiriam, quentes e úmidas, em sua alma.

– Mas eu acho que teria de começar por onde você mais precisa de mim. Primeiro eu a beijaria... – Ele pressionou os polegares de encontro à carne macia da parte interna de suas coxas. – ... Aqui.

Permaneceu em silêncio, por um segundo apenas, só o suficiente para ela estremecer de prazer.

– Gostaria disso? – murmurou ele, provocando-a. – Sim, estou vendo que sim. Mas isso não seria suficiente. Para nenhum dos dois. Então eu teria de beijá-la *aqui*. – Os polegares dele foram subindo devagar até chegarem à fenda quente entre as pernas, então Michael pressionou de leve, de maneira que ela soubesse exatamente do que ele estava falando. – Acho que você adoraria um beijo bem aqui – acrescentou – quase tanto quanto – e ele foi deslizando pelo vinco, descendo, descendo, cada vez mais próximo à verdadeira essência dela, mas não exatamente até o fim – eu gostaria de beijá-la.

Ela começou a respirar um pouco mais rápido.

– Eu teria de me demorar ali – sussurrou ele – e usar a língua. Corrê-la por aquela beirada ali. – Usou um dedo para lhe mostrar o que queria dizer. – E, o tempo todo, eu a estaria abrindo mais e mais. Assim, talvez?

Ele se afastou, como se para examinar sua obra. Vê-la daquela forma era impressionantemente erótico. Estava sentada na beirada da mesa, as pernas abertas para ele, embora não o suficiente para o que ele desejava fazer. A saia do vestido continuava pendurada em meio às coxas, protegendo-a de seus olhos, mas de alguma forma aquilo a tornava ainda mais tentadora. Ele se deu conta de que não precisava vê-la, pelo menos não ainda. A pose dela era sensual o suficiente, tornada ainda mais libidinosa devido ao seio nu, o mamilo rosa e ereto lhe implorando mais carícias.

Mas nada poderia lhe dar um desejo maior do que o rosto. Lábios entreabertos, olhos obscurecidos tamanha a intensidade da paixão. A cada respiração, ela parecia pedir:

Me possua.

Isso quase o fazia abandonar o seu obsceno ato de sedução e mergulhar dentro dela naquele momento, bem ali.

Mas não, precisava fazer aquilo devagar. Precisava provocá-la, torturá-la, levá-la ao ápice do êxtase e mantê-la ali pelo máximo de tempo possível. Precisava fazê-la compreender que aquilo era algo sem o qual nenhum dos dois jamais, *jamais*, conseguiria viver.

Ainda assim, era duro – não, *ele* estava duro e era extremamente difícil exercitar qualquer controle.

– O que acha, Francesca? – sussurrou, apertando as coxas mais uma vez. – Acho que ainda não estão abertas o suficiente, concorda?

Ela emitiu um som. Ele jamais saberia descrevê-lo, mas o incendiou por inteiro.

– Quem sabe um pouco mais assim – disse Michael baixinho. E então ele afastou as pernas dela por completo. A barra do vestido tinha caído por cima das coxas e ele fez um pequeno som de desaprovação, murmurando: – Isso não pode estar confortável. Permita-me que a ajude.

Ergueu a bainha até formar um bolo em torno da cintura dela.

Agora ela estava completamente exposta.

Ele ainda não podia vê-la, atento que estava a seu rosto. Mas a compreensão da posição na qual ela se encontrava fez com que os dois estremecessem, ele de desejo, ela de ansiedade, e Michael teve de se esforçar para manter o controle. Ainda não chegara a vez dele. Chegaria em breve, sem dúvida; tinha quase certeza de que morreria se não a possuísse naquela noite.

Mas, por ora, precisava se concentrar em Francesca. E no que poderia fazê-la sentir.

Aproximou os lábios do ouvido dela.

– Não está com frio, está?

A única resposta foi sua respiração trêmula.

Ele levou um dedo ao cerne da feminilidade dela e se pôs a massageá-lo.

– Eu jamais permitiria que sentisse frio – sussurrou. – Seria muito pouco cavalheirismo de minha parte.

Passou a traçar círculos lentos e quentes sobre a sua pele.

– Se estivéssemos ao ar livre – refletiu –, eu lhe ofereceria o meu casaco. Mas aqui – enfiou um dedo dentro dela, apenas o bastante para fazê-la ofegar – só posso lhe oferecer a minha boca.

Ela emitiu mais um som incoerente, um pouco mais que um grito estrangulado.

– Isso – gemeu ele. – é o que eu faria com você. Eu a beijaria bem aqui, bem onde mais lhe daria prazer.

Ela não podia fazer nada mais além de ofegar.

– Começaria com os lábios, beijando – murmurou –, mas logo usaria a língua para poder explorá-la mais profundamente. – Foi demonstrando com os dedos o que planejava fazer com a boca. – Acho que faria assim, só que seria bem mais quente. – Passou a língua por dentro da sua orelha. – E molhado.

– Michael – gemeu ela.

Ela dissera o seu nome. E nada mais. Estava chegando ao limite.

– Eu saborearia tudo – sussurrou ele. – Cada última gota sua. Depois, assim que tivesse certeza de que a explorara por completo, a abriria ainda mais. – Ele a apartou com os dedos, abrindo-a da forma mais indecorosa possível. Então massageou. – Caso tivesse esquecido algum canto secreto.

– Michael – gemeu ela de novo.

– Quem sabe por quanto tempo eu a beijaria? – murmurou ele. – Talvez eu não conseguisse parar. – Desceu o rosto um pouco, chegando ao pescoço. – Talvez você não queira que eu pare. – Fez uma pausa e deslizou mais um dedo para dentro dela, então sussurrou: – Quer que eu pare?

Brincava com fogo cada vez que lhe fazia uma pergunta, cada vez que lhe dava a oportunidade de dizer não. Se fosse mais frio, mais calculista, apenas iria em frente e a arrebataria antes mesmo que ela pudesse se dar conta das próprias ações. Ela estaria perdida em meio à sua onda de paixão e quando menos esperasse ele estaria dentro dela e ela seria, final e indelevelmente, dele.

Mas algo dentro dele jamais conseguiria ser tão impiedoso assim, pelo menos com Francesca. Precisava de sua aprovação, mesmo que fosse apenas um aceno com a cabeça ou um gemido. Era provável que ela se arrependesse mais tarde, mas ainda assim ele não queria que ela pudesse dizer, nem para si mesma, que não estava pensando direito, que não tinha concordado.

E *ele* precisava do sim. Amara aquela mulher durante anos, sonhara em tocá-la por tanto tempo... E agora que esse momento enfim chegara, não sabia se toleraria se ela realmente não o desejasse. Havia um limite de vezes em que o coração de um homem podia se partir e Michael tinha a sensação de que o dele não sobreviveria a mais uma desilusão.

– Quer que eu pare? – sussurrou ele outra vez, e agora parou, de fato.

Não afastou as mãos, mas interrompeu o movimento e permitiu a ela um momento de silêncio para lhe dar uma resposta. Afastou a cabeça para trás apenas o suficiente para que ela pudesse olhá-lo.

– Não – murmurou Francesca, sem encará-lo.

O coração dele deu um salto.

– Então é melhor eu começar a fazer tudo aquilo que falei – sussurrou ele.

E fez. Pôs-se de joelhos e a beijou. Beijou-a enquanto ela estremecia, beijou-a enquanto ela gemia. Beijou-a enquanto ela agarrava seus cabelos e os puxava e beijou-a quando ela os soltou, as mãos tateando, desesperadas, em busca de apoio.

Beijou-a de todas as formas que prometera e beijou-a até ela quase atingir o orgasmo.

Quase.

Devia tê-lo feito, devia ter ido até o fim, mas simplesmente não conseguiu. Tinha de possuí-la. Desejara aquilo por tanto tempo, desejara fazê-la gritar seu nome, estremecer em seus braços. Mas quando acontecesse, pela primeira vez ao menos, queria estar dentro dela. Queria senti-la à sua volta e queria...

Ora, apenas queria que fosse assim e se isso significava que estava fora de controle, que fosse.

Com as mãos tremendo, abriu as calças com um puxão, finalmente expondo o membro.

– Michael? – sussurrou ela.

Ela estava com os olhos fechados, mas quando ele se afastou dela, ela os abriu. Fitou-o e arregalou os olhos. Não havia como se equivocar em relação ao que estava prestes a acontecer.

– Eu preciso de você – disse ele, com a voz rouca. E quando ela nada fez além de olhá-lo fixamente, ele repetiu: – Preciso de você agora.

Mas não sobre a mesa. Nem mesmo ele era tão talentoso, então a tomou nos braços, estremecendo de ansiedade quando ela o enlaçou com as pernas, e deitou-a sobre o suntuoso tapete. Não era uma cama, mas não havia a menor condição de ele conseguir chegar até uma cama e, para dizer a verdade, não achava que nenhum dos dois se importaria. Ergueu a saia do vestido dela mais uma vez até a cintura e se deitou sobre ela.

E a penetrou.

Pensou em ir devagar, mas ela estava tão molhada e pronta para recebê--lo que ele simplesmente deslizou para dentro dela mesmo enquanto ela arfava ante a intrusão.

– Eu a machuquei? – grunhiu ele.

Ela fez que não com a cabeça.

– Não pare – gemeu. – Por favor.

– Nunca – jurou ele. – Nunca.

Michael começou a se mover dentro dela e ela se contorceu por baixo dele, e ambos já estavam num tal ponto de excitação que demorou apenas um instante até explodirem.

E ele, que dormira com tantas mulheres, subitamente se deu conta de que nada fora até então além de um menino imaturo.

Porque *nunca* tinha sido daquela maneira.

Antes tinha sido o seu corpo. *Aquilo* era a sua alma.

CAPÍTULO 18

... sem dúvida.

– de Michael Stirling para a mãe, Helen,
três anos após a sua partida para a Índia

A manhã seguinte foi, até onde Francesca recordava, possivelmente a pior de sua memória recente.

Tudo o que queria fazer era chorar, mas até mesmo isso parecia demais para ela. As lágrimas eram para os inocentes, e esse era um adjetivo que ela jamais poderia voltar a usar em relação a si mesma.

Odiava-se, e odiava o fato de ter traído o próprio coração, cada um de seus princípios, tudo por alguns instantes de paixão lasciva.

Odiava o fato de ter sentido desejo por um homem que não era John e *realmente* odiava o fato de o desejo ter ido além de qualquer coisa que experimentara com o marido. Seu leito conjugal tinha sido repleto de alegria e de paixão, mas nada, *nada* poderia tê-la preparado para a emoção libidinosa que sentira quando Michael levara os lábios à sua orelha e lhe contara todas as indecências que queria fazer com ela.

Ou para a explosão que se seguira quando ele cumprira todas as suas promessas.

Odiava o fato de que tudo aquilo acontecera e de que acontecera com Michael, pois de alguma forma fazia a situação parecer triplamente errada.

E, acima de tudo, odiava-o por ter lhe pedido permissão, porque até mesmo enquanto os dedos dele a provocavam sem trégua, ele se certificara de que ela estava ali de bom grado; não poderia dizer que fora arrebatada, que tinha ficado impotente diante da força do desejo dele.

Agora, na manhã seguinte, Francesca se dava conta de que já não sabia a diferença entre ser covarde e ser tola.

Ela sem dúvida era as duas coisas, e possivelmente também imatura.

Porque a única coisa que desejava fazer era sair correndo.

Claro que poderia assumir as consequências de seus atos.

Na verdade, era o que *deveria* fazer.

Mas, em vez disso, exatamente como da vez anterior, fugiu.

Não podia ir embora de Kilmartin; só fazia uma semana que chegara, afinal, e, a não ser que continuasse a fuga em direção ao norte, passando pelas ilhas Órcades até a Noruega, estava presa ali.

Mas podia, sim, deixar a casa, o que fez tão logo os primeiros raios da manhã surgiram no céu. Isso após sua patética atitude na noite anterior, quando saíra aos tropeços da sala rosada dez minutos depois da troca de intimidades com Michael, resmungando incoerências e desculpas e indo se esconder no quarto pelo resto da noite.

Não queria enfrentá-lo ainda.

Por Deus, não sabia se *conseguiria*.

Ela, que sempre se orgulhara da cabeça fria e do equilíbrio, fora reduzida a uma idiota balbuciante, gaguejando para si mesma como uma louca, apavorada por ter de enfrentar o único homem que ela obviamente não poderia evitar para sempre.

Mas se pudesse evitá-lo por um dia, pensou, já era alguma coisa. E quanto ao dia seguinte... Bem, se preocuparia com isso em algum outro momento. Por ora, a única coisa que desejava fazer era fugir de seus problemas.

A coragem, ela agora tinha certeza, era uma virtude superestimada.

Não sabia bem para onde queria ir; podia ser qualquer lugar onde não corresse o risco de se encontrar com Michael.

E assim, como se já não estivesse bastante convencida de que nenhuma força do além jamais voltaria a lhe demonstrar qualquer benevolência, começou a chover uma hora após o início de sua caminhada, primeiro uma leve garoa, que logo se transformou num verdadeiro temporal. Francesca se encolheu debaixo de uma árvore em busca de abrigo, resignada a esperar que a chuva passasse, então, por fim, depois de vinte minutos transferindo o peso do corpo de um pé para o outro, simplesmente se sentou na terra úmida, mandando às favas a limpeza.

Iria ficar ali por algum tempo, portanto era bom estar confortável, já que não estaria nem aquecida nem seca.

E, é claro, foi assim que Michael a encontrou, um pouco menos de duas horas depois.

Por Deus, é claro que ele sairia à sua procura. Não se podia contar com um homem para se comportar como um cafajeste quando realmente importava?

– Tem espaço para mim aí embaixo? – gritou ele, para se sobrepor ao barulho da chuva.

– Não para você *e* o cavalo – resmungou ela.

– O que disse?

– Não! – gritou ela.

Ele não lhe deu ouvidos, é claro, e acomodou o cavalo debaixo da árvore, amarrando-o num galho baixo depois de saltar.

– Meu Deus, Francesca. Que diabo está fazendo aqui fora?

– Bom dia para você também – murmurou ela.

– Tem alguma ideia de quanto tempo já faz desde que saí à sua procura?

– Mais ou menos o tempo que estou encolhida debaixo desta árvore, imagino – respondeu ela.

Achava que no fundo estava satisfeita por ele ter ido resgatá-la, e seus membros trêmulos só queriam saltar sobre o cavalo dele e sair dali. Mas continuava de mau humor e querendo ser do contra só por ser... bem... do contra.

E de qualquer forma, pensou ela um tanto irritada, *ele* certamente não era inocente do desastre que fora a noite anterior. E se achava que o festival de *Sinto muito* cheio de pânico que se seguiu ao fato significava que ela o absolvia da culpa, estava bastante enganado.

– Bem, então vamos embora – disse ele, fazendo um sinal com a cabeça em direção ao cavalo.

Ela manteve o olhar fixo por cima do ombro dele.

– A chuva está diminuindo.

– Só se for na China.

– Eu estou bem – mentiu ela.

– Ora, pelo amor de Deus, Francesca – disse ele, perdendo a paciência –, pode me odiar quanto quiser, mas não seja idiota.

– É tarde demais para isso – retrucou ela baixinho.

– Pode ser – concordou ele, demonstrando que possuía uma ótima audição. – Mas estou morrendo de frio e quero ir para casa. Pode não acreditar, mas neste instante desejo uma xícara de chá mais do que desejo você.

Isso deveria tê-la tranquilizado, mas a única coisa que ela sentiu vontade de fazer foi atirar uma pedra na cabeça dele.

Mas então, talvez só para provar que a alma dela não estava irreversivelmente condenada a ir para o inferno, a chuva de fato diminuiu o suficiente para dar um vislumbre de verdade à sua mentira.

– O sol logo sairá – observou ela. – Estou bem.

– E está planejando ficar no meio do campo até seu vestido secar? – perguntou ele. – Ou só prefere mesmo correr o risco de cair doente e ficar de cama por várias semanas?

Ela o encarou pela primeira vez.

– Você é um homem horrível – falou.

Ele riu.

– Ora, esta foi a primeira coisa sincera que você disse hoje.

– Será que você não entende que eu quero ficar sozinha? – devolveu ela.

– Será que você não entende que eu não quero que você fique doente? Suba no cavalo, Francesca – ordenou ele, no mesmo tom que ela o imaginava usando com suas tropas na França. – Quando chegarmos em casa você poderá se sentir à vontade para se trancar no quarto durante duas semanas inteiras, se quiser, mas agora será que podemos sair da chuva, pelo amor de Deus?

Era tentador, é claro, mas, acima disso, era terrivelmente irritante, porque o que Michael dizia fazia todo o sentido, e a última coisa que ela queria naquele momento era que ele estivesse *certo* sobre qualquer coisa. Sobretudo por ter a péssima sensação de que precisaria de mais do que duas semanas para se recuperar do que acontecera na noite anterior.

Precisaria de uma vida inteira.

– Michael – sussurrou ela, esperando apelar para alguma parte dele que se apiedasse de mulheres patéticas e trêmulas. – Não posso ficar perto de você neste momento.

– Nem para um percurso de vinte minutos? – vociferou ele.

Então, antes mesmo que ela conseguisse emitir um som de irritação, ele se levantou, ergueu-a no colo e a colocou sobre o cavalo.

– Michael! – exclamou Francesca.

– Que pena que não disse meu nome no mesmo tom sussurrado de ontem à noite – retrucou ele numa voz seca.

Ela lhe deu um tapa.

– Eu mereci isso – observou ele, subindo no cavalo por trás dela para, então, começar a se remexer diabolicamente até ela ser forçada, devido ao formato da sela, a se acomodar em parte sobre o seu colo –, mas não tanto quanto você merece levar umas chicotadas pela sua tolice.

Ela arfou.

– Se queria que eu me ajoelhasse aos seus pés, implorando o seu perdão – disse ele, os lábios escandalosamente próximos de seu ouvido –, não deveria ter se portado como uma idiota e fugido na chuva.

– Não estava chovendo quando saí – retrucou ela, de modo infantil, deixando escapar um pequeno "Oh!" de surpresa quando ele esporeou o cavalo para que andasse.

Então, é claro, desejou ter alguma outra coisa além das coxas dele em que se segurar para se equilibrar.

Ou que o braço dele não a estivesse envolvendo com tanta força ou tão próximo a seus seios. Por Deus, eles estavam praticamente repousando sobre o braço dele.

Sem contar que ela se encontrava firmemente aninhada em meio às suas pernas, com o traseiro posicionado bem de encontro a seu...

Bem, ela supunha que a chuva havia sido boa para uma coisa. Ele só podia estar murcho e gelado, o que ajudaria muito a manter o seu corpo traidor sob controle.

Exceto pelo fato de que o vira na noite anterior, vira-o de uma forma que jamais pensara, em toda a sua esplêndida glória masculina.

E essa era a pior parte. Uma expressão como "esplêndida glória masculina" deveria ser uma piada pronunciada com sarcasmo e um sorriso depravado e malicioso.

Mas, no caso de Michael, cabia com perfeição.

Ele coubera perfeitamente.

E ela havia perdido qualquer vestígio de sanidade que ainda possuísse.

Percorreram todo o caminho em silêncio. Isto é, não *falaram* nada, mas havia outros sons, bem mais perigosos e enervantes que palavras. Francesca tinha plena consciência de cada vez que ele inspirava, o som grave e sussurrante próximo ao seu ouvido, e podia jurar que conseguia ouvir o coração dele batendo nas suas costas. Então...

– Maldição.

– O que foi? – perguntou ela, tentando se virar para olhar o seu rosto.

– Felix está mancando – murmurou ele, fazendo o cavalo parar e em seguida saltando da sela.

– Ele está bem? – indagou ela, aceitando a oferta silenciosa dele para ajudá-la a descer.

– Vai ficar – afirmou Michael, ajoelhando-se para inspecionar a pata dianteira esquerda do animal. Seus joelhos imediatamente afundaram na terra lamacenta, arruinando as calças de montaria. – Mas não pode carregar nós dois. Acho que não consegue nem levar só você. – Ele se levantou e vasculhou o horizonte, tentando chegar a uma conclusão do ponto exato em que estavam na propriedade. – Vamos ter de ir até a casa do jardineiro – falou, impaciente, afastando os cabelos encharcados da testa. No mesmo instante, as mechas caíram de volta sobre os olhos.

– A casa do jardineiro? – ecoou Francesca, embora soubesse muito bem ao que ele se referia. Era uma construção pequena, de um cômodo só, vazia desde que o homem e a esposa, que recentemente dera à luz gêmeos, se mudaram para um lugar maior, do outro lado de Kilmartin. – Não podemos ir para casa? – perguntou ela, um pouco desesperada.

Não queria ficar a sós com ele, presa num aconchegante chalé com, se ela se lembrava bem, uma cama bastante grande.

– Vamos levar mais de uma hora a pé – lembrou ele –, e a chuva parece estar piorando.

Droga, ele estava certo. O céu adquirira um sinistro tom de cinza e as nuvens tinham aquela estranha luz que precedia os temporais violentos.

– Muito bem – concordou ela, tentando controlar a apreensão.

Não sabia o que a assustava mais: a ideia de enfrentar uma tempestade ou ficar presa dentro de um casebre com Michael.

– Se corrermos, conseguiremos chegar lá em poucos minutos – disse ele. – Ou, melhor, você pode correr. Eu terei de conduzir Felix. Não sei quanto tempo ele levará para fazer o percurso.

Francesca estreitou os olhos ao se virar para ele.

– Não fez isso de propósito, fez?

Ele a fitou com uma expressão ameaçadora ao mesmo tempo que um relâmpago assustador rasgou o céu.

– Desculpe – disse ela, imediatamente arrependida do que dissera. Havia acusações que jamais se deveria fazer a um cavalheiro inglês, e a primeira delas era a de ter machucado de propósito um animal, por *qualquer* que fosse o motivo. – Sinto muito – acrescentou, no mesmo instante em que o estampido de um trovão chocalhou a terra. – Sinto muito mesmo.

– Sabe chegar lá? – gritou ele, para ser ouvido por cima do temporal.

Ela fez que sim.

– Pode acender a lareira enquanto me espera?

– Posso tentar.

– Então vá – disse ele, lacônico. – Corra e se aqueça. Eu logo chegarei.

E ela correu, embora não soubesse ao certo se corria para o casebre ou dele.

E, considerando que ele chegaria lá alguns minutos depois dela, isso tinha alguma importância?

De qualquer forma, enquanto ela corria, com as pernas queimando e os pulmões ardendo, parou de pensar nisso. A dor causada pelo esforço tomou conta dela, sendo igualada apenas pelas ferroadas da chuva caindo em seu rosto. Mas tudo lhe pareceu estranhamente apropriado, como se ela merecesse passar por aquilo.

E, pensou ela, infeliz, provavelmente merecia mesmo.

Quando Michael abriu a porta da casa do jardineiro, estava encharcado e tremendo. Levara mais tempo do que previra para conduzir Felix até lá, e então, é claro, precisara encontrar um local decente para amarrar o cavalo ferido. Finalmente, conseguiu criar um estábulo improvisado no que um dia fora um galinheiro, mas até conseguir chegar ao casebre as mãos sangravam e as botas estavam salpicadas de uma substância imunda que a chuva, por algum motivo inexplicável, não conseguira limpar.

Francesca estava ajoelhada ao lado da lareira tentando acendê-la. A julgar por seus resmungos, não estava tendo muito sucesso.

– Meu Deus! – exclamou ela. – O que aconteceu com você?

– Tive dificuldade em encontrar um lugar para amarrar Felix – explicou ele, mal-humorado. – Precisei construir um abrigo para ele.

– Com as próprias mãos?

– Não tinha outras ferramentas – disse ele, dando de ombros.

Ela olhou nervosamente pela janela.

– Ele vai ficar bem?

– Espero que sim – respondeu Michael, sentando-se num banquinho de três pernas para tirar as botas. – Não podia lhe dar um tapa no traseiro e mandá-lo para casa com aquela pata machucada.

– Não, é claro que não – concordou ela. Então assumiu uma expressão horrorizada e se levantou de um salto. – E você, vai ficar bem?

Normalmente ele teria ficado satisfeito com a preocupação dela, mas teria sido bem mais fácil desfrutar da atenção se tivesse alguma ideia do que ela estava falando.

– Como assim? – perguntou, com delicadeza.

– A malária – disse ela, com um toque de urgência. – Está encharcado e teve uma crise há pouco tempo. Não quero que você... – Ela se deteve, pigarreando e se empertigando. – Minha preocupação não significa que eu esteja mais inclinada do que há uma hora a ser caridosa com você, mas não quero que tenha uma recaída.

Por um instante ele pensou em mentir para despertar a compaixão dela, mas, em vez disso, apenas falou:

– Não é assim que funciona.

– Tem certeza?

– Absoluta. A friagem não desperta a doença.

– Ah. – Ela demorou um pouco para digerir a informação. – Bem, nesse caso... – As palavras dela ficaram em suspenso e os lábios se franziram numa expressão não muito compassiva. – Continue o que estava fazendo, então – disse, por fim.

Michael bateu continência para ela de maneira insolente e voltou às botas, dando um bom puxão na segunda antes de pegar as duas pela borda, com cuidado, e colocá-las perto da porta.

– Não toque nelas – avisou, indo até a lareira. – Estão imundas.

– Não consegui acender o fogo – disse Francesca, ainda postada desconfortavelmente perto da lareira. – Sinto muito. Creio que não tenho muita experiência nessa área. Mas encontrei um pouco de lenha seca no canto.

Ela fez um sinal em direção à grade, onde colocara duas toras.

Ele se pôs a acender a chama, as mãos ainda ardendo dos arranhões que sofrera ao tirar o mato de dentro do galinheiro para acomodar Felix. Na verdade, sentiu-se grato pela dor. Por menor que fosse, lhe dava algo em que pensar além da mulher que estava atrás dele.

Ela estava irritada.

Ele devia ter esperado isso. Na verdade, *tinha* esperado, mas não contava que a reação dela fosse ferir tanto o seu orgulho e, para ser franco, o seu coração. Tinha consciência, é claro, de que ela não declararia amor eterno por ele após um único episódio de avassaladora paixão, mas fora tolo o bastante para que um pedacinho minúsculo de si desejasse isso, ainda assim.

Quem teria imaginado que, depois de tantos anos de mau comportamento, ele se revelaria um romântico inveterado?

Mas Francesca daria o braço a torcer, ele tinha quase certeza. Teria de dar. Ela se entregara – de forma bem completa, pensou ele, com alguma satisfação. E embora obviamente já não fosse virgem, isso ainda queria dizer alguma coisa para uma mulher de princípios como ela.

Agora ele tinha uma decisão a tomar: deveria esperar que a raiva dela passasse ou pressioná-la até ela aceitar a inevitabilidade da situação? A última opção provavelmente seria a mais desgastante, mas ele acreditava que era a que apresentava maior chance de sucesso.

Se a deixasse em paz, talvez ela começasse a refletir e possivelmente encontraria alguma forma de fingir que nada jamais acontecera.

– Conseguiu acender? – ele a ouviu perguntar do outro lado do aposento.

Michael abanou a fagulha por mais alguns segundos e deixou escapar um suspiro satisfeito quando as minúsculas chamas alaranjadas começaram a bruxulear e a se espalhar.

– Vou ter de ficar aqui um pouco mais – avisou ele, virando-se para olhá-la. – Mas, sim, logo o fogo deverá estar bastante forte.

– Ótimo – disse ela, sucintamente. Deu alguns passos para trás até estar encostada na cama. – Ficarei bem aqui.

Ele não pôde deixar de dar um sorriso irônico ao ouvir isso. A casa só tinha um cômodo. Aonde mais ela achava que iria?

– E você – acrescentou Francesca, com a expressão de uma governanta antipática – pode ficar bem aí.

Ele seguiu a linha de seu dedo em riste.

– É mesmo?

– Acho melhor.

Ele deu de ombros.

– Está bem.

Então se levantou e começou a tirar as roupas.

– O que está fazendo? – perguntou ela, sufocando um grito.

Ele sorriu para si mesmo, permanecendo de costas para ela.

– Me mantendo no meu canto – respondeu, descontraído, por cima do ombro.

– Está tirando as roupas – observou ela, conseguindo, de alguma forma, soar chocada e altiva ao mesmo tempo.

– E sugiro que você faça o mesmo – retrucou ele, franzindo a testa ao notar uma mancha de sangue na manga.

Droga, suas mãos estavam mesmo em péssimo estado.

– Com toda a certeza eu não farei uma coisa dessas – afirmou Francesca.

– Segure isto, sim? – disse ele, atirando-lhe a camisa.

Ela gritou quando a peça a atingiu no peito, o que deu a ele uma boa dose de satisfação.

– Michael! – exclamou, atirando o traje de volta para ele.

– Desculpe – respondeu ele, da maneira mais flagrantemente falsa que conseguiu. – Achei que talvez quisesse usar para se secar.

– Vista essa camisa.

– Para congelar? – perguntou ele, erguendo uma sobrancelha de forma arrogante. – Com malária ou sem malária, não tenho o menor desejo de pegar um resfriado. Além do mais, não é nada que você ainda não tenha visto. – Depois do grito abafado dela, ele acrescentou: – Não, espere. Desculpe. Você não viu. Eu não consegui despir nada além das calças ontem à noite, não foi?

– Saia – ordenou ela, a voz grave e furiosa.

Ele se limitou a rir e inclinou a cabeça em direção à janela, que tamborilava com o som da chuva se chocando contra o vidro.

– Não, Francesca. Sinto dizer que está presa aqui comigo enquanto a chuva durar.

Como para provar que o que ele dizia era verdade, o pequeno casebre estremeceu até os alicerces com a força do trovão.

– Talvez seja melhor se virar – disse Michael, em tom descontraído. Ela fez uma expressão de quem não havia compreendido o que ele dizia, então ele acrescentou: – Estou prestes a tirar as calças.

Francesca deixou escapar um pequeno grunhido de ultraje, mas se virou.

– Ah, e saia de cima do cobertor – ordenou ele, despindo as roupas ensopadas. – Está ficando encharcado.

Por um segundo Francesca pensou em plantar o traseiro ainda mais sobre a cama só para desafiá-lo, mas o bom senso acabou falando mais alto, pois ela se levantou e arrancou a coberta de cima da cama, sacudindo qualquer gota que pudesse ter deixado sobre ela.

Michael se aproximou rapidamente e pegou a outra coberta para si. Não era tão grossa quanto a que ela segurava, mas seria suficiente.

– Pode se virar – avisou quando já estava no seu canto.

Ela se virou. Lentamente e com apenas um olho aberto.

Michael lutou contra o impulso de balançar a cabeça para ela. Todo aquele pudor lhe parecia desnecessário, considerando o que acontecera na noite anterior. Mas se ela se sentia melhor se agarrando aos fiapos de sua virtude virginal, ele lhe concederia esse direito... ao menos pelo restante da manhã.

– Você está tremendo – observou ele.

– Estou com frio.

– É claro que está. Seu vestido está encharcado.

Ela não respondeu, apenas o fuzilou com um olhar que deixava claro que não pretendia tirar a roupa.

– Faça o que quiser, então – disse ele –, mas pelo menos venha se sentar perto do fogo.

Ela hesitou.

– Pelo amor de Deus, Francesca – falou Michael, a paciência se esgotando. – Prometo que não vou devorá-la. Pelo menos não agora, e não sem a sua permissão.

Por algum motivo, aquilo fez com que as faces dela queimassem ainda mais, mas ela deve ter dado algum crédito à palavra dele, pois atravessou o aposento e se sentou perto do fogo.

– Aquecida? – perguntou ele, apenas para provocá-la.

– Bastante.

Ele atiçou o fogo pelos minutos que se seguiram, ficando por perto para se certificar de que as chamas não se apagariam, e vislumbrava Francesca de perfil de vez em quando. Após algum tempo, depois que a expressão dela se abrandou um pouco, decidiu testar a própria sorte e disse, baixinho:

– Você acabou não respondendo à minha pergunta ontem à noite.

Ela não se virou.

– Que pergunta?

– Creio que a pedi em casamento.

– Não, não pediu – retrucou ela, com a voz bastante calma –, você disse que acreditava que deveríamos nos casar e, então, explicou por quê.

– Foi mesmo? – murmurou ele. – Que descuido o meu.

– *Não* ache que isso foi um convite para fazer o pedido agora – avisou ela de forma brusca.

– Prefere que eu desperdice este momento fabulosamente romântico? – indagou ele.

Michael não pôde ter certeza, mas achou que os lábios dela se retesaram com uma discreta sugestão de humor contido.

– Muito bem – falou em seu tom mais magnânimo –, não a pedirei em casamento. Esqueça que um cavalheiro insistiria nisso depois do que aconteceu...

– Se você fosse um cavalheiro – interrompeu ela –, não teria acontecido.

– Havia dois de nós presentes, Francesca – lembrou-lhe ele, com delicadeza.

– Eu sei – disse ela, e seu tom de voz era tão amargo que ele se arrependeu de a ter provocado.

Infelizmente, assim que tomou a decisão de não a atormentar mais, se viu sem mais nada para falar. O que não dizia nada de bom a respeito dele, mas era verdade. Assim, permaneceu em silêncio, enrolando mais a coberta em torno do corpo quase nu, olhando-a de vez em quando discretamente, tentando ver se ela estaria ficando resfriada.

Ele não falaria mais nada, mesmo que estivesse cheio de veneno a destilar, para lhe poupar os sentimentos, mas se a saúde dela estivesse em risco... bem, então ele não poderia garantir que ficaria calado.

Mas ela não tremia nem mostrava sinais de estar sentindo frio demais, a não ser pelo modo como segurava várias partes da saia em direção ao fogo, tentando, em vão, secar o tecido. De vez em quando, parecia prestes a dizer alguma coisa, mas logo voltava a fechar a boca, umedecendo os lábios com a língua e deixando escapar pequenos suspiros.

Então, sem nem mesmo olhá-lo, ela disse:

– Eu pensarei a respeito.

Ele arqueou uma das sobrancelhas, esperando que ela fosse em frente.

– Sobre me casar com você – esclareceu ela, ainda olhando para o fogo. – Mas não lhe darei uma resposta agora.

– É possível que já esteja grávida de um filho meu – disse ele baixinho.

– Estou perfeitamente ciente disso. – Ela passou os braços ao redor dos joelhos dobrados. – Eu lhe darei uma resposta assim que estiver pronta para isso.

Michael enterrou as unhas nas palmas das mãos. Fizera amor com ela, em parte, para forçar-lhe uma decisão a seu favor – não tinha como negar esse fato moralmente ofensivo –, mas não como tentativa de engravidá-la. Achou que a prenderia por paixão, não devido a uma gravidez inesperada.

E agora ela estava lhe dizendo, em resumo, que a única coisa que a faria se casar com ele seria o bem de um possível bebê.

– Compreendo – retrucou ele, achando que a voz saíra impressionantemente calma, considerando o ímpeto de fúria que corria em suas veias.

Fúria esta que provavelmente ele não tinha o menor direito de sentir, mas que ainda assim era uma realidade, e ele não era cavalheiro o suficiente para ignorá-la.

– É uma pena, então, eu ter prometido não devorá-la esta manhã – falou ameaçadoramente, incapaz de evitar o sorriso de predador.

Ela virou a cabeça para encará-lo.

– Eu poderia... como é mesmo que dizem? – refletiu ele, dando uma coçadinha no queixo. – Concluir o negócio. Ou, pelo menos, me divertir bastante no processo.

– Michael...

– Mas, felizmente, segundo o meu relógio... – interrompeu ele. Estava próximo o suficiente do paletó, sobre a mesa, para sacar o relógio de bolso. – Segundo o meu relógio, só faltam cinco minutos para o meio-dia.

– Você não faria uma coisa dessas – murmurou ela.

Mesmo sem achar muita graça de tudo aquilo, ele sorriu.

– Você não me dá muita escolha.

– Por quê? – disse ela.

Embora ele não soubesse o que de fato ela lhe perguntava, respondeu com a única verdade da qual não conseguia escapar:

– Porque é o que tenho de fazer.

Ela arregalou os olhos.

– Quer me beijar, Francesca? – perguntou ele.

Ela fez que não.

Estava a cerca de 1,5 metro de distância dele, ambos sentados no chão. Ele se aproximou mais, de quatro, com o coração disparando quando ela não se afastou.

– Vai me deixar beijá-la? – sussurrou.

Ela não se mexeu.

Ele inclinou o corpo em sua direção.

– Eu lhe disse que não a seduziria sem a sua permissão – lembrou ele, a voz rouca, a boca chegando a poucos centímetros dos lábios dela.

Mesmo assim, ela não se mexeu.

– Quer me beijar, Francesca? – repetiu ele.

Ela vacilou.

E ele soube que ela era sua.

CAPÍTULO 19

... acredito que Michael esteja pensando em voltar para casa. Não o diz diretamente, em suas cartas, mas não posso ignorar minha intuição de mãe. Eu sei que não deveria afastá-lo de todos os seus sucessos na Índia, mas acho que ele sente a nossa falta também. Não seria maravilhoso tê-lo em casa?

– de Helen Stirling para a condessa de Kilmartin, nove meses antes de o conde de Kilmartin retornar da Índia

Ao sentir os lábios dele tocarem os seus, Francesca só pôde se perguntar se perdera a sanidade. Mais uma vez, Michael pedira a sua permissão. Mais uma vez, ele lhe dera a oportunidade de se esquivar, de rejeitá-lo e de se manter a uma distância segura.

E, mais uma vez, a mente dela fora completamente escravizada pelo corpo e ela não fora forte o suficiente para negar a aceleração da respiração ou o ribombar do coração.

Ou o formigar lento e quente de ansiedade que sentiu quando aquelas mãos grandes e fortes foram deslizando pelo seu corpo, chegando cada vez mais perto da essência de sua feminilidade.

– Michael – sussurrou, mas ambos sabiam que seu apelo não era de rejeição.

Ela não o pedia para parar, e sim implorava que continuasse, que alimentasse sua alma como fizera na noite anterior, que lhe lembrasse de todos os motivos pelos quais amava ser mulher e que lhe ensinasse a estonteante bênção de sua própria sensualidade.

A única resposta dele foi um gemido.

Os dedos se mantiveram ocupados com os botões do vestido e, embora o tecido ainda estivesse úmido e meio colado ao corpo dela, ele conseguiu tirá-lo em tempo recorde, deixando-a apenas com um fino chemise de algodão que a chuva tornara quase transparente.

– Você é tão linda... – murmurou ele, baixando os olhos para o contorno de seus seios, claramente definidos sob o algodão branco. – Não posso... Não consigo...

Ele não disse mais nada, o que ela achou intrigante, e olhou para o seu rosto. Aquelas não eram palavras fáceis para ele, constatou ela, surpresa. Michael lutava com alguma emoção que Francesca achava nunca ter visto nele antes.

– Michael? – sussurrou ela.

Pronunciou o nome dele como uma pergunta, embora não estivesse bem certa do que perguntava.

E ele não sabia como responder, ela percebeu. Pelo menos não com palavras. Tomou-a nos braços e a carregou até a cama, detendo-se na beirada do colchão para despi-la do chemise.

Era naquele instante que ela poderia parar, Francesca constatou. Poderia interromper aquilo. Michael a queria – desesperadamente, pelo que podia perceber, pois era bastante visível. Mas ele pararia se ela lhe pedisse.

Mas não podia. Por mais que sua mente tentasse ser racional e manter a clareza, os lábios não conseguiam deixar de se deslocar em direção aos dele, aproximando-se para um beijo desesperado.

Ela queria aquilo. Ela o desejava. E, embora soubesse que era errado, estava excitada demais para parar.

Ele a tornara uma devassa.

E ela queria se refestelar naquilo.

– Não – disse ela.

As mãos dele pararam onde estavam.

– Eu o farei – falou Francesca.

Os olhos dele encontraram os dela e ela se afogou em suas profundezas. Havia um milhão de perguntas ali, nenhuma das quais estava preparada para responder. Mas havia uma coisa que sabia, embora jamais fosse pronunciar as palavras em voz alta. Se era para fazer aquilo, se era incapaz de negar o próprio desejo, então, por Deus, iria fazer aquilo de todas as formas possíveis. Iria tomar o que quisesse, agarrar o que lhe fosse necessário e, ao final de tudo, se conseguisse cair em si e colocar um fim àquela loucura toda, teria tido uma tarde erótica, um interlúdio espetacular durante o qual tudo estivera sob o seu controle.

Ele despertara a libertina que existia dentro dela, e ela queria vingança.

Com uma das mãos sobre o peito dele, ela o empurrou para cima da cama e ele a encarou com os olhos cheios de fogo, os lábios entreabertos de desejo enquanto a olhava, incrédulo.

Ela deu um passo para trás, então baixou a mão e segurou a bainha do chemise com leveza.

– Quer que eu tire? – sussurrou.

Ele fez que sim com a cabeça.

– Fale – exigiu ela.

Queria saber se ele perdera a capacidade de falar. Queria saber se conseguiria levá-lo à loucura, deixá-lo à mercê das próprias necessidades como ele fizera com ela.

– Quero – ofegou Michael, a palavra saindo rouca e rasgada.

Francesca não era nenhuma inocente; fora casada por dois anos com um homem que possuía desejos saudáveis e ativos, um homem que a ensinara a celebrar o próprio corpo. Ela sabia ser atrevida, compreendia como aquilo tinha o poder de incitar o próprio senso de urgência, mas nada poderia tê-la preparado para aquele momento eletrizante, para a delícia decadente que era se despir para Michael.

Ou para o estonteante e súbito calor que sentiu ao erguer os olhos para observá-lo e constatar que ele a encarava.

Aquilo era poder.

E ela o amava.

Com lentidão deliberada, foi subindo a barra do chemise, começando logo acima do joelho e deslizando-a coxa acima até quase chegar aos quadris.

– Já chega? – provocou, lambendo os lábios num sensual meio sorriso.

Ele fez que não.

– Mais – exigiu.

Exigiu? Ela não gostou daquilo.

– Implore – sussurrou ela.

– Mais – pediu ele, com mais humildade.

Ela assentiu para ele em aprovação, mas antes de lhe permitir ver os pelos que cobriam a sua feminilidade, Francesca se virou, esvoaçando o chemise e passando-o por cima do traseiro, das costas e, por fim, pela cabeça.

A respiração dele escapava quente e pesada pelos lábios; ela conseguia ouvir cada sussurro. Ainda assim, não se virou. Em vez disso, deixou escapar um gemido lento e sedutor e deslizou as mãos pela lateral do corpo, curvando-se levemente para trás enquanto as passava por cima das nádegas e passando-as para a frente até chegar aos seios. Então, mesmo sabendo que ele não podia vê-la, apertou-os.

Ele sabia o que ela estava fazendo.

E aquilo o levaria à loucura.

Ouviu um farfalhar na cama, ouviu a estrutura de madeira ranger e ordenou:

– Não se mexa.

– Francesca – gemeu ele, e sua voz estava mais próxima.

Devia ter se sentado, devia estar prestes a estender a mão para tocá-la.

– Deite-se – disse ela suavemente, mas com um aviso contido.

– Francesca – repetiu ele, embora agora houvesse uma sugestão de desespero em sua voz.

Isso a fez sorrir.

– Deite-se – repetiu ela, ainda sem olhar para ele.

Ouviu-o ofegar. Sabia que ele não se mexera, que ainda tentava decidir o que fazer.

– Deite-se – disse ela, pela última vez. – Se me quiser.

Por um segundo ele ficou em silêncio, então ela o ouviu se acomodar na cama. Mas também o escutou respirar, agora de uma forma perigosamente irregular.

– Isso mesmo – murmurou ela.

Ela o torturou um pouco mais, passando as mãos com leveza pela pele, as unhas roçando a superfície e eriçando os pelos por onde passavam.

Ela gemeu em provocação.

– Francesca – implorou ele.

Ela passou as mãos pela barriga, então as escorregou para baixo, mas não tão profundamente a ponto de se acariciar – não estava certa de ser devassa o bastante para fazê-lo –, mas apenas o suficiente para cobrir o sexo, para deixar Michael às escuras, perguntando-se o que os dedos dela estariam fazendo.

Ela gemeu outra vez:

– Ohhhh.

Ele emitiu um som gutural, primitivo e completamente incompreensível. Estava se aproximando do limite; ela não seria capaz de contê-lo por muito mais tempo.

Olhou por cima do ombro, lambendo os lábios enquanto o fitava.

– Por que não tira isso? – disse ela, olhando para a virilha dele, ainda coberta. Ele não se despira por completo quando removera as vestes molhadas e seu membro forçava o tecido furiosamente. – Não está parecendo muito confortável – acrescentou, imprimindo à voz uma sutil insinuação de inocência.

Ele grunhiu alguma coisa e praticamente rasgou as roupas de baixo.

– Minha nossa! – exclamou Francesca, e embora tivesse planejado as palavras como parte de seu torturante ato de sedução, percebeu que estava sendo sincera ao pronunciá-las.

Ele se mostrou enorme e poderoso, e ela sabia que estava jogando um jogo perigoso ao levá-lo a seu limite.

Mas não conseguia parar. Sentia-se gloriosa com o poder que tinha sobre ele.

– Que lindo – ronronou, deixando os olhos percorrerem o corpo dele de cima a baixo e parando em seu membro.

– Frannie – implorou ele –, já chega.

Ela olhou dentro dos olhos dele.

– Você obedece a *mim*, Michael – avisou ela, com uma doce autoridade. – Se me quiser, pode me ter. Mas sou eu quem manda.

– Fr...

– Essas são as minhas condições.

Ele permaneceu imóvel, então aquiesceu. Não se deitou. Apenas permaneceu sentado, com o tronco levemente inclinado para trás, as mãos apoiadas no colchão. Cada um de seus músculos estava retesado e os olhos tinham uma expressão felina, como se estivesse pronto para saltar sobre a presa.

Ele era, ela se deu conta, estremecendo de desejo, simplesmente magnífico.

E era dela.

– O que devo fazer agora? – perguntou a si mesma em voz alta.

– Venha aqui – respondeu ele, asperamente.

– Ainda não – sussurrou Francesca, virando-se até estar de perfil para ele.

Viu o olhar de Michael se dirigir para seus mamilos eretos, viu os olhos escurecerem enquanto ele lambia os lábios. Sentiu os seios enrijecerem ainda mais quando a imagem mental da língua dele sobre ela fez com que uma nova onda de calor percorresse o seu corpo.

Levou uma das mãos ao seio, segurou-o por baixo e ergueu-o como se fosse uma deliciosa oferenda.

– É isto que você quer? – sussurrou.

A voz dele não passava de um rosnado:

– Você sabe o que eu quero.

– Hum, sei... – murmurou ela. – E enquanto isso? As coisas não são melhores quando somos forçados a esperar por elas?

– Você não tem ideia – disse ele, rudemente.

Ela baixou os olhos para os seios.

– Eu me pergunto o que aconteceria se eu fizesse... isto – disse ela, então levou os dedos aos mamilos e acariciou-os, o corpo se contorcendo enquanto o movimento enviava calafrios até o centro de seu ser.

– Frannie – gemeu Michael.

Ela ergueu os olhos para ele. Seus lábios estavam entreabertos e os olhos, vidrados de desejo.

– Hum, que delícia – comentou Francesca, quase maravilhada. Nunca se tocara daquela forma, nem mesmo pensara em fazê-lo até aquele momento, com Michael assistindo. – Que delícia – repetiu, levando a mão livre ao outro seio e acariciando os dois ao mesmo tempo. Ergueu-os e os uniu, as mãos formando um sedutor corpete.

– Ah, meu Deus – gemeu Michael.

– Não tinha ideia de que podia fazer isto – disse ela, arqueando as costas.

– Eu sei fazer melhor – arfou ele.

– Hum, provavelmente sim – disse ela. – Tem muita experiência, não é?

E ela lhe lançou um olhar de sofisticada elegância, como se estivesse à vontade com o fato de ele ter seduzido inúmeras mulheres. E a estranha verdade era que, até aquele exato momento, estava mesmo à vontade com isso.

Mas agora...

Agora ele lhe pertencia. Era seu e ela podia deleitar-se com ele à vontade. Contanto que o tivesse exatamente onde queria, ele não pensaria nessas outras mulheres. Elas não estavam naquele quarto. Ali eram apenas ela, Michael e o calor abrasador que só fazia aumentar entre os dois.

Francesca chegou mais perto da cama e repeliu a mão de Michael quando ele a estendeu em sua direção.

– Se eu o deixar me tocar, você me promete uma coisa? – sussurrou ela.

– Qualquer coisa.

– Você só pode fazer o que eu lhe permitir e nada mais – disse ela, num tom quase oficial.

Ele assentiu com a cabeça.

– Recoste-se – ordenou ela.

Michael obedeceu.

Ela subiu na cama sem deixar que seus corpos se tocassem. Ficou de quatro por cima dele e então disse suavemente:

– Uma das mãos, Michael. Pode usar uma das mãos.

Com um gemido que pareceu vir das profundezas de seu ser, ele estendeu o braço em direção a ela, a mão grande o bastante para agarrar o seio inteiro.

– Ah, meu Deus – ofegou, o corpo se contraindo com movimentos involuntários enquanto o apertava. – As duas mãos, por favor – implorou.

Ela não conseguiu resistir. Aquele simples toque a estava incendiando e, mesmo enquanto desejava exercitar seu poder sobre ele, não podia dizer não. Assentindo com a cabeça porque mal conseguira falar, arqueou as costas e, subitamente, as duas mãos estavam nela, amassando, acariciando, num frenesi maravilhoso.

– O bico – sussurrou ela. – Faça o que eu fiz.

Ele sorriu discretamente, dando a ela a impressão de que já não tinha a situação tão sob controle assim, mas fez o que ela mandou.

E, conforme prometera, era melhor naquilo do que ela.

O corpo dela estremeceu por inteiro e ela quase perdeu a força para se manter naquela posição.

– Coloque na boca – ordenou Francesca, embora a voz já não estivesse tão autoritária.

Ela estava implorando e ambos sabiam disso.

Mas ela queria aquilo. Demais. John, apesar de todo o seu entusiasmo na cama, jamais se deleitara com os seus seios como Michael fizera na noite anterior. Nunca os chupara, jamais lhe mostrara como lábios e língua podiam fazer o seu corpo todo se contorcer. Francesca nem mesmo sabia que um homem e uma mulher podiam fazer uma coisa assim.

Mas, agora que sabia, não conseguia parar de fantasiar a respeito.

– Abaixe-se mais – pediu Michael –, se quiser que eu continue deitado.

Ainda de quatro, ela desceu o corpo, permitindo que um dos seios balançasse próximo à boca dele.

A princípio ele nada fez, forçando-a a se abaixar mais e mais, até o mamilo roçar de leve em seus lábios.

– O que quer, Francesca? – perguntou ele, o hálito quente e úmido na pele dela.

– Você sabe – sussurrou ela.

– Fale outra vez.

Ela já não mandava mais em nada. Sabia disso, mas não se importava. A voz dele trazia uma leve sugestão de autoridade, mas ela estava envolvida demais para fazer qualquer coisa senão obedecer.

– Coloque na boca – repetiu.

Ele ergueu a cabeça e os lábios abocanharam o seio dela, puxando-a para baixo até ela se encontrar na posição adequada para que ele se deleitasse com toda a calma. Fazia cócegas e provocava, e ela se sentia mergulhar cada vez mais profundamente em seu encanto, perdendo a vontade própria e a força, não desejando mais do que se deitar e permitir que ele fizesse dela o que quisesse.

– E agora? – perguntou ele, sem soltá-la. – Quer mais? Ou... – Ele fez círculos com a língua de uma maneira especialmente perversa – ... alguma outra coisa?

– Outra coisa – arfou ela, desesperada.

– Você é quem manda – disse ele, a voz contendo uma sutil insinuação de zombaria. – Estou sob seu inteiro comando.

– Eu quero... Eu quero... – Estava ofegante demais para terminar a frase.

Ou talvez não soubesse o que queria.

– Quer que eu lhe ofereça algumas escolhas?

Ela fez que sim.

Ele foi descendo o dedo pela barriga dela até chegar ao sexo.

– Eu poderia tocá-la aqui – disse ele, com um sussurro diabólico –, ou, se preferir, poderia beijá-la.

O corpo dela ficou rijo diante da ideia.

– Mas isso apresenta outras perguntas, ainda – continuou ele. – Quer se recostar e permitir que eu me ajoelhe entre as suas pernas ou ficar em cima de mim e se abaixar sobre a minha boca?

– Ah, meu Deus!

Ela não sabia. Simplesmente não conseguia decidir.

– Ou – prosseguiu ele, pensativo – poderia me levar à sua boca. Eu, com certeza, adoraria.

Francesca sentiu os lábios se entreabrirem diante do choque e não pôde se furtar de olhar para o membro dele, intumescido e pronto para ela. Beijara John ali uma ou duas vezes, quando se sentira especialmente ousada, mas colocá-lo dentro da boca?

Era escandaloso demais. Até mesmo em seu atual estado de devassidão.

– Não – disse Michael, com um sorriso divertido. – Em outra ocasião, talvez. Percebo que será uma aluna de grande habilidade.

Francesca assentiu com a cabeça, incapaz de acreditar no que estava prometendo.

– Então, por ora – disse ele –, estas são as nossas opções, ou...

– Ou o quê? – perguntou ela, a voz pouco mais do que um sussurro áspero.

As mãos dele pararam sobre os seus quadris.

– Ou poderíamos ir direto ao prato principal – respondeu ele em tom de comando, exercendo uma pressão suave mas constante sobre ela, conduzindo-a em direção à prova de seu desejo. – Poderia montar em mim. Já fez isso antes?

Ela balançou a cabeça em negativa.

– Quer fazer?

Ela assentiu.

Uma das mãos deixou os quadris dela e encontrou a sua nuca, puxando-a para baixo até estarem nariz com nariz.

– Eu não sou um pônei dócil – avisou ele, suavemente. – Preciso lhe avisar que terá de se esforçar para se manter na sela.

– Eu quero – sussurrou ela.

– Está pronta para mim?

Ela fez que sim.

– Tem certeza? – sussurrou ele, os lábios se curvando apenas o bastante para provocá-la.

Ela não sabia ao certo o que ele estava lhe perguntando e Michael sabia disso.

Francesca se limitou a fitá-lo, abrindo mais os olhos em sinal de pergunta.

– Você está molhada? – murmurou ele.

As faces dela ficaram mais quentes ainda, e ela fez que sim.

– Tem certeza? – questionou ele. – Acho que eu deveria verificar, só para me certificar.

Francesca ficou sem fôlego enquanto observava a mão dele percorrer o caminho de sua coxa até o seu sexo. Michael se moveu lenta e deliberadamente, estendendo a tortura da ansiedade. Então, quando ela achou que iria gritar, ele a tocou, um dos dedos fazendo círculos preguiçosos sobre a carne macia.

– Muito bom – ronronou ele.

– Michael.

Mas ele estava se divertindo demais na posição em que se encontrava para permitir que ela apressasse as coisas.

– Não estou bem certo – disse ele. – Aqui você está pronta, mas e... aqui?

Francesca quase gritou quando o dedo dele deslizou para dentro dela.

– Ah, sim – murmurou ele. – E você gosta disto.

– Michael... Michael... – Era só o que ela conseguia dizer.

Ele introduziu mais um dedo.

– Tão quente... – sussurrou. – Sua verdadeira essência.

– Michael...

Os olhos dele encontraram os dela.

– Você me quer? – perguntou ele, a voz firme e direta.

Ela fez que sim.

– Agora?

Ela assentiu de novo, dessa vez com mais vigor.

Os dedos escorregaram para fora e as mãos encontraram os quadris dela outra vez, guiando-a para baixo... e para baixo... até ela sentir a ponta do membro dele em sua abertura. Ela tentou descer o corpo de maneira a se abaixar até ele, mas ele a segurou no lugar.

– Não tão rápido – sussurrou ele.

– Por favor...

– Deixe-me movê-la – disse ele, e as mãos empurraram os quadris dela suavemente, movendo-a para baixo até ela se sentir ser aberta por ele.

Francesca teve a sensação de que ele era enorme e que tudo era diferente naquela posição.

– Está bom? – perguntou ele.

Ela assentiu.

– Mais?

Francesca fez que sim mais uma vez.

Ele continuou a tortura, mantendo-se imóvel mas movimentando o corpo dela sobre o dele, cada centímetro seu deslizando para dentro dela, roubando-lhe o fôlego, a voz, a capacidade de pensar.

– Deslize para cima e para baixo – ordenou ele.

Ela o encarou de olhos arregalados.

– Você consegue – disse ele, baixinho.

E ela obedeceu, testando o movimento, gemendo diante do prazer daquela fricção, ofegando ao se dar conta de que descia cada vez mais sobre ele, que ele ainda não estava completamente dentro de seu corpo.

– Me envolva por completo – mandou ele.

– Não consigo.

E não conseguia mesmo. Não havia como. Ela sabia que o fizera na noite anterior, mas aquilo era diferente. Ele simplesmente não cabia.

Ele apertou os quadris dela e arqueou os seus com um solavanco entorpecedor, e ela se viu completamente sentada sobre ele, pele com pele.

E mal conseguia respirar.

– Ah, meu Deus – gemeu ele.

Então ela ficou sentada ali, embalando o corpo para a frente e para trás, sem saber ao certo o que fazer.

Ele respirava com dificuldade, e começou a contorcer o corpo sob o dela. Francesca o agarrou pelos ombros numa tentativa de se firmar, de se manter sentada, e, ao fazê-lo, pôs-se a se movimentar para cima e para baixo para assumir o controle, buscando o prazer para si.

– Michael, Michael – gemia, o corpo começando a se agitar, incapaz de se manter ereto, incapaz de se manter forte contra o desejo que o varria.

Ele apenas grunhia, o corpo saltando por baixo dela. Conforme prometera, não era dócil nem manso. Forçou-a a se empenhar pelo próprio prazer, a se segurar com força, a se mover ao mesmo tempo que ele, de encontro a ele e então...

Um grito saiu, como se arrancado, da garganta dela.

E o mundo simplesmente desmoronou.

Ela não sabia o que fazer, não sabia o que dizer. Soltou os ombros dele enquanto o corpo se esticava e arqueava, cada músculo se retesando de maneira impossível.

E, por baixo dela, ele explodiu. O rosto se contorceu, seus quadris levantaram os dois da cama e ela sabia que ele se despejava para dentro dela. O nome de Francesca veio aos lábios dele e ali ficou, sendo repetido e repetido, de modo mais e mais suave até se tornar o mais leve sussurro. E quando ele terminou, disse apenas:

– Deite-se comigo.

E ela se deitou. E dormiu.

Pela primeira vez em dias, dormiu profundamente.

E jamais soube que ele permaneceu acordado o tempo todo, com os lábios encostados em sua têmpora e a mão em seus cabelos.

Sussurrando o seu nome.

E sussurrando também outras palavras.

CAPÍTULO 20

... Michael fará o que quer. É o que sempre faz.

– da condessa de Kilmartin para Helen Stirling, três dias após a carta de Helen

Os dias que se seguiram não trouxeram nenhuma paz para Francesca. Quando conseguia pensar racionalmente, tinha a impressão de que deveria ter achado algumas respostas, de que deveria ter encontrado alguma lógica, algo que lhe dissesse o que fazer, como agir, que tipo de escolha devia fazer.

Mas não. Nada.

Fizera amor com ele duas vezes.

Duas vezes.

Com Michael.

Isso, por si só, deveria ter ditado suas decisões, convencido Francesca a aceitar o pedido dele. Deveria ter tornado as coisas claras. Ela dormira a seu lado. Era possível que estivesse grávida, embora lhe parecesse uma possibilidade remota, visto que demorara dois anos inteiros para engravidar de John.

Mas, mesmo sem considerar a gravidez, sua decisão deveria ter sido óbvia. No seu mundo, na sua sociedade, os tipos de intimidades com os quais se ocupara queriam dizer uma única coisa.

Deveria se casar com ele.

E, no entanto, não conseguia dizer *sim*. Cada vez que achava ter se convencido de que era o que tinha de fazer, uma voz dentro dela pedia cautela e ela então parava, incapaz de ir em frente, temerosa demais para mergulhar nos próprios sentimentos, para tentar compreender por que estava tão paralisada.

Michael não entendia, é claro. Como poderia, quando ela própria não conseguia compreender?

– Visitarei o vigário amanhã pela manhã – murmurou ele em seu ouvido, enquanto a ajudava a montar outro cavalo do lado de fora do casebre do jardineiro.

Ela acordara sozinha, em algum momento do final da tarde, com um bilhete dele sobre o travesseiro a seu lado, explicando que levara Felix de volta a Kilmartin e que retornaria em breve com outro cavalo.

Um cavalo só, forçando-a mais uma vez a dividir a sela, dessa vez empoleirada atrás dele.

– Não estou pronta – dissera ela com uma súbita onda de pânico. – Não vá vê-lo. Ainda não.

Uma sombra descera sobre o rosto dele, mas Michael não permitira que o mau humor aflorasse.

– Discutiremos isso mais tarde – retrucou.

E seguiram para casa em silêncio.

Ela tentou escapar para o quarto assim que chegaram a Kilmartin, resmungando que precisava de um banho, mas ele lhe agarrou a mão com firmeza e ela se viu a sós com ele mais uma vez – e, de todos os lugares, na sala rosada, com a porta firmemente fechada.

– Que história é essa? – perguntou Michael.

– Sobre o que está falando? – disse ela, tentando ganhar tempo.

Tentando, desesperadamente, não olhar para a mesa atrás dele, sobre a qual ele a posicionara na noite anterior para fazer com ela coisas impronunciáveis.

A lembrança, por si só, era o bastante para fazê-la estremecer.

– Você sabe do que estou falando – retrucou ele, impaciente.

– Michael, eu...

– Vai se casar comigo?

Deus, como ela queria que ele não tivesse sido tão direto... Era tudo tão mais fácil de evitar quando as palavras não eram pronunciadas em voz alta...

– Eu... eu...

– Vai se casar comigo? – repetiu ele, e dessa vez as palavras saíram duras.

– Eu não sei. Preciso de mais tempo.

– Tempo para quê? – vociferou ele. – Para eu me empenhar um pouco mais em engravidá-la?

Ela se encolheu como se tivesse levado um golpe.

Ele avançou em sua direção.

– Porque eu posso fazê-lo. Posso possuí-la neste instante, voltar a fazê-lo esta noite e, depois, três vezes amanhã se for preciso.

– Michael, pare... – sussurrou ela.

– Nós fizemos amor – disse ele, as palavras saindo de sua boca com uma estranha urgência. – Duas vezes. Você não é nenhuma inocente. Sabe o que isso significa.

Justamente por não ser nenhuma inocente – e ninguém jamais esperaria que ela fosse – ela foi capaz de dizer:

– Eu sei. Mas isso não importa. Não se eu não conceber.

Michael sibilou uma palavra que ela jamais sonhara que ele fosse capaz de dizer em sua presença.

– Preciso de tempo – repetiu ela, abraçando o próprio corpo.

– Por quê?

– Não sei. Para pensar. Colocar as ideias em ordem. Não sei.

– Mas que diabo ainda há para pensar? – vociferou ele.

Bem, em primeiro lugar, se você daria ou não um bom marido – devolveu ela, com a ira finalmente despertada.

Ele recuou.

– Que diabo quer dizer com isso?

– Para início de conversa, temos o modo como você sempre se comportou em relação às mulheres – respondeu ela, estreitando os olhos. – Não foi nenhum modelo de retidão cristã.

– Isto vindo da mulher que me mandou tirar a roupa hoje à tarde? – provocou ele.

– Não seja baixo – disse ela, diminuindo a voz.

– Não me provoque.

A cabeça de Francesca começou a latejar e ela pressionou os dedos de encontro às têmporas.

– Pelo amor de Deus, Michael, não pode me deixar pensar? Não pode me dar algum tempo?

Mas a verdade era que estava apavorada com a possibilidade de pensar. O que haveria de descobrir? Que era uma depravada? Que sentira uma emoção primitiva com aquele homem, uma sensação explosiva e escandalosa que nunca estivera presente com o marido, a quem ela amara com cada fibra de seu ser?

Ela sentira prazer com John, mas nada como aquilo.

Nem ao menos sonhara que *aquilo* existia.

E, no entanto, o encontrara com Michael.

Seu amigo também. Seu confidente.

Seu amante.

Meu Deus, no que aquilo a transformava?

– Por favor – sussurrou ela, por fim. – Por favor. Eu preciso ficar sozinha.

Michael a fitou por um longo tempo, o suficiente para ela querer sair correndo, mas finalmente se limitou a praguejar baixinho e saiu da sala pisando duro.

Ela se atirou no sofá e deixou a cabeça pender nas mãos. Mas não chorou.

Não derramou uma única lágrima. E, por mais que tentasse, não compreendia por quê.

Ele jamais entenderia as mulheres.

Praguejou furiosamente enquanto arrancava as botas, depois atirou-as de encontro à porta do armário.

– Milorde? – chamou o hesitante camareiro através da porta aberta do quarto de vestir.

– Agora não, Reivers – vociferou Michael.

– Certo – disse o camareiro depressa, correndo até o outro lado do aposento para pegar as botas. – Vou só pegar isto para limpar.

Michael praguejou outra vez.

– Hã... talvez seja melhor queimá-las – falou Reivers, em seguida engoliu em seco.

Michael se limitou a fitá-lo e a grunhir.

Reivers fugiu dali, mas esqueceu-se de encostar a porta ao passar.

Michael a chutou para fechá-la, praguejando outra vez por não ter ficado satisfeito o suficiente com o estrondo da batida.

Ao que parecia, até as pequenas satisfações da vida lhe estavam sendo negadas.

Caminhou, inquieto, de um lado para outro, sobre o grosso tapete cor de vinho, parando apenas ocasionalmente à janela.

Era impossível compreender as mulheres. Jamais fingira possuir tal capacidade. Mas pensara entender Francesca. Pelo menos o suficiente para acreditar que ela se casaria com qualquer homem com o qual dormira duas vezes.

Uma vez ela podia atribuir a um erro. Mas duas...

Jamais permitiria que um homem a possuísse duas vezes a não ser que tivesse alguma estima por ele.

Mas, pensou Michael com um careta, talvez as coisas não fossem assim.

Pelo visto, estava disposta a usá-lo apenas para o próprio prazer. Meu Deus, fora isso que ela fizera. Tomara o controle da situação, fizera o que desejava, abrindo mão desse controle apenas quando as chamas entre os dois chegaram a um ponto insuportável.

Ela o usara.

E ele jamais a teria imaginado capaz disso.

Teria ela sido daquela forma com John? Teria assumido o controle? Teria...

Ele parou.

John.

Esquecera-se de John.

Como era possível?

Por anos, a cada vez que vira Francesca, a cada vez que inclinara o corpo para a frente e inspirara o seu inebriante aroma, John estivera presente.

Mas, desde o momento em que ela entrara na sala de visitas rosada na noite anterior, quando ele escutara seus passos às suas costas e dissera que eles deveriam se casar, esquecera-se de John.

Sua memória jamais desapareceria. Era querido demais, importante demais para ambos. Mas em algum momento, em algum ponto durante o percurso até a Escócia, Michael finalmente se permitira pensar...

Eu poderia me casar com ela. Poderia pedi-la em casamento.

E ao se dar tal permissão, cada vez menos tinha a sensação de estar roubando-a da memória do primo.

Michael não havia pedido para ser colocado na posição em que estava. Nunca desejara o condado. Nem mesmo desejara Francesca de verdade, sempre aceitara que ela jamais lhe pertenceria.

Mas John havia morrido. *Morrido.*

E a culpa não era de ninguém.

John estava morto e a vida de Michael mudara de todas as formas imagináveis exceto uma.

Ainda amava Francesca.

Deus, como a amava.

Não havia motivo pelo qual não poderiam se casar. Não havia leis, costumes, nada além da própria consciência, que, de forma um tanto súbita, se calara a respeito.

Então Michael finalmente se permitiu pensar, pela primeira vez, na única pergunta que jamais se fizera.

O que John acharia daquilo tudo?

E ele se deu conta de que o primo teria dado a sua bênção. O coração de John era grande a esse ponto, seu amor por Francesca – e por Michael –, verdadeiro assim. Ele teria desejado que Francesca fosse amada da maneira que Michael a amava e a queria.

Teria desejado que Michael fosse feliz.

O único sentimento que Michael nunca achara ser possível aplicar a si mesmo.

A felicidade.

Francesca esperara que Michael fosse bater à sua porta, mas quando ouviu a batida saltou, surpresa, mesmo assim.

Seu choque foi muito maior quando abriu a porta e descobriu que precisava baixar o olhar consideravelmente para ver quem era. Não era Michael. Era só uma das criadas levando-lhe uma bandeja.

Estreitando os olhos, desconfiada, Francesca olhou de um lado para outro no corredor, convencida de que Michael estaria à espreita em algum canto escuro, apenas esperando o momento ideal para saltar sobre ela.

Mas ele não estava em lugar algum.

– O conde achou que a senhora poderia estar com fome – disse a criada, pousando a bandeja sobre a escrivaninha de Francesca.

Francesca buscou dentre os itens algum bilhete, uma flor, algo que indicasse as intenções de Michael, mas não havia nada.

E não houve nada pelo resto da noite, tampouco na manhã seguinte.

Nada além de uma bandeja com o desjejum e outra reverência por parte da criada, com mais um "O conde achou que a senhora poderia estar com fome".

Francesca havia pedido tempo para pensar e isso parecia ser exatamente o que estava recebendo.

E estava sendo horrível.

É claro que teria sido pior se ele tivesse ignorado sua vontade, não lhe permitindo ficar só. Ela claramente não podia confiar em si mesma na presença dele. E tampouco confiava nele, com aquela aparência sedutora e as perguntas sussurradas.

Quer me beijar, Francesca? Permite que eu a beije?

Ela não conseguia lhe dizer não, não quando estava tão próximo, com aqueles olhos profundos a observá-la com uma intensidade tão ardente.

Ele a hipnotizava. Só podia ser essa a explicação.

Colocou um vestido diurno que lhe cairia bem ao ar livre. Não desejava permanecer presa no quarto, mas tampouco pretendia perambular pelos corredores de Kilmartin prendendo a respiração ao dobrar cada esquina, esperando que Michael surgisse à sua frente.

Supunha que ele poderia encontrá-la ao ar livre se quisesse, mas para isso teria de fazer algum esforço.

Tomou café da manhã, surpresa por ter apetite sob tais circunstâncias, então deixou o quarto, balançando a cabeça para si mesma enquanto espiava sorrateiramente o corredor, agindo quase como uma ladra ansiosa por escapar sem ser vista.

Tinha sido reduzida àquilo, pensou de mau humor.

Mas não o viu enquanto percorria o corredor e tampouco o viu nas escadas.

Não estava em nenhuma das salas de visitas ou nenhum dos salões, e, quando ela chegou à porta da frente, franziu a testa.

Onde estaria Michael?

Não desejava vê-lo, é claro, mas aquilo lhe pareceu um tanto anticlimático após tanta preocupação.

Colocou a mão na maçaneta.

Devia sair depressa. Devia sair agora, enquanto não houvesse perigo à vista e ela pudesse escapulir.

Mas se deteve.

– Michael?

Falou tão baixo que mal foi um som compreensível, o que não devia ter servido para nada. Mas não pôde evitar a sensação de que ele estava ali, a observá-la.

– Michael? – sussurrou, olhando de um lado para outro.

Nada.

Balançou a cabeça. Meu bom Deus, em que havia se transformado? Estava ficando muito fantasiosa. Até mesmo paranoica.

Com uma última olhada para trás, deixou a casa.

Não viu que ele a espiava de debaixo da escada em caracol, o rosto esboçando um sorriso discreto e verdadeiro.

Francesca permaneceu fora o máximo de tempo que lhe foi possível, finalmente cedendo a uma mistura de cansaço e de frio. Passou seis ou sete horas perambulando pela propriedade e ficara cansada, faminta e ansiosa por uma xícara de chá.

Além do mais, não havia como evitar a própria casa para sempre.

Assim, entrou tão silenciosamente quanto havia saído, planejando subir para o quarto, onde jantaria sozinha. Mas, antes que conseguisse chegar ao pé da escada, ouviu seu nome.

– Francesca!

Michael. É claro que era Michael. Não podia esperar que a deixasse em paz para sempre.

Mas o estranho era que não sabia muito bem se estava irritada ou aliviada.

– Francesca – repetiu ele, aproximando-se da porta da biblioteca –, junte-se a mim.

Ele lhe soou amável – amável demais, se é que era possível – e, além disso, Francesca desconfiou da sua escolha de aposento. Não teria desejado atraí-la para a sala rosada, onde seria assaltada por lembranças de seu tórrido encontro? Não teria, pelo menos, escolhido o salão verde, que havia sido decorado num estilo opulento e romântico, cheio de divãs acolchoados e almofadas rechonchudas?

O que estaria fazendo na biblioteca, que era o lugar menos indicado em Kilmartin para se encenar uma sedução?

– Francesca? – chamou ele pela terceira vez, já demonstrando divertir-se com a sua indecisão.

– O que está fazendo aí? – perguntou ela, tentando não despertar suspeita.

– Tomando chá.

– Chá?

– Folhas fervidas em água – murmurou ele. – É possível que já tenha provado.

Ela franziu os lábios.

– Na biblioteca?

Ele deu de ombros.

– Me pareceu um lugar tão adequado quanto qualquer outro. – Deu um passo para o lado e fez um gesto largo com os braços indicando que ela entrasse. – Um lugar tão *inocente* quanto qualquer outro – acrescentou.

Ela tentou não ruborizar.

– Fez uma caminhada agradável? – indagou ele com uma voz perfeitamente normal.

– Hã... fiz.

– Está um dia encantador.

Ela concordou com a cabeça.

– Mas imagino que o terreno ainda esteja úmido em determinados lugares.

O que ele estaria aprontando?

– Chá? – perguntou.

Ela fez que sim, arregalando os olhos enquanto ele lhe servia. Homens *jamais* faziam isso.

– Eu tinha de me servir sozinho na Índia de vez em quando – explicou ele, lendo os pensamentos dela com perfeição. – Tome.

Ela aceitou a delicada xícara de porcelana e se sentou, permitindo que o calor do chá penetrasse através da porcelana e passasse para as suas mãos. Soprou o líquido de leve e provou um pouco, testando a temperatura.

– Biscoitos? – ofereceu Michael, estendendo-lhe um prato repleto de delícias confeitadas.

A barriga dela roncou e ela pegou um sem dizer nada.

– Estão gostosos – disse ele. – Comi quatro enquanto a esperava.

– Esperou por muito tempo? – perguntou ela, quase surpresa com o som da própria voz.

– Uma hora e pouco.

Ela bebericou o chá.

– Ainda está bem quente.

– Mandei encher o bule de novo a cada dez minutos – disse ele.

– Ah.

Tanta atenção era, se não exatamente surpreendente, ainda assim inesperada.

Michael levantou de leve uma das sobrancelhas, e ela não estava bem certa se o fizera de propósito. Sempre tinha tanto controle sobre as próprias expressões... Teria sido um apostador de primeira linha, se quisesse. Mas a sobrancelha esquerda era diferente; Francesca notara, havia anos, que ela às vezes se movimentava de forma involuntária. Sempre pensara naquilo como o seu segredinho, a sua janela particular para as engrenagens que faziam a mente dele funcionar.

Só que agora ela já não sabia se desejava abrir tal janela. Implicava uma proximidade com a qual já não se sentia tão confortável.

Sem contar que claramente permitira-se deixar enganar pela ideia de que talvez pudesse, algum dia, compreender as engrenagens que faziam a mente dele funcionar.

Ele pegou um biscoito da bandeja, lançou um olhar preguiçoso para uma gota de geleia de framboesa em seu miolo e o enfiou na boca.

– O que significa tudo isto? – perguntou ela, incapaz de conter a curiosidade por mais tempo.

Sentia-se como uma presa sendo engordada para o abate.

– O chá? – disse ele, assim que engoliu o biscoito. – É só um chá.

– *Michael.*

– Pensei que talvez estivesse com frio – explicou ele, dando de ombros. – Passou bastante tempo fora.

– Sabe quando saí?

Ele lançou-lhe um olhar sarcástico.

– Mas é claro.

Ela não se espantou. O fato de não ter se surpreendido foi a única coisa que a deixou surpresa, na verdade.

– Tenho algo para você – disse ele.

Ela estreitou os olhos.

– É mesmo?

– É tão surpreendente assim? – murmurou ele, estendendo o braço em direção ao assento ao seu lado.

Ela prendeu a respiração. *Não uma aliança. Por favor, uma aliança não. Ainda não.*

Não estava pronta para aceitar o pedido.

Tampouco estava pronta para não aceitá-lo.

Em vez disso, no entanto, ele colocou sobre a mesa um pequeno arranjo, cada flor mais delicada do que a outra. Ela nunca fora boa com flores, jamais se dera o trabalho de aprender seus nomes, mas havia uma branca de caule mais grosso, algumas avermelhadas e outras azuis. Todas elas tinham sido unidas de maneira bastante elegante com uma fita prateada.

Francesca se limitou a olhá-lo, incapaz de decidir como interpretar tal gesto.

– Pode tocá-lo – disse ele, insinuando algum divertimento na voz. – Não vai lhe transmitir nenhuma doença.

– Não – retrucou ela rapidamente, estendendo a mão em direção ao buquê –, é claro que não. Eu só... – Levou as flores ao rosto e inspirou, depois as abaixou, as mãos voltando ao colo.

– Você só o quê? – perguntou ele com cuidado.

– Não sei exatamente – respondeu ela. E era verdade. Não tinha a menor ideia de como completar aquela frase, se é que tivera a intenção de fazê-lo. Baixou os olhos para o pequeno arranjo e piscou diversas vezes antes de perguntar: – O que é isto?

– Costuma-se chamá-las de flores.

Ela ergueu os olhos, encontrando os dele de maneira completa e profunda.

– Não. *O que é isto?*

– O gesto, você quer dizer? – Ele sorriu. – Ora, eu a estou cortejando.

Ela entreabriu os lábios.

Michael tomou um gole do chá.

– É tão surpreendente assim?

Depois de tudo o que acontecera entre eles?

Era.

– Você não merece menos – disse ele.

– Pensei que sua intenção fosse...

Ela se interrompeu, ruborizando furiosamente. Ele tinha dito que sua intenção era possuí-la até engravidá-la.

Aliás, dissera que a possuiria três vezes hoje. Três vezes, prometera ele, e ainda estavam no zero e...

Suas faces queimavam e ela não pôde evitar a lembrança dele entre as suas pernas.

Meu Deus.

Mas – com a graça de Deus – a expressão dele permaneceu inocente e a única coisa que disse foi:

– Andei repensando as minhas estratégias.

Ela deu uma mordida frenética no biscoito. Qualquer desculpa para levar a mão ao rosto e esconder parte da vergonha que sentia.

– É claro que ainda planejo fazer o que disse antes – continuou ele, chegando o corpo para a frente com um olhar sedutor. – Afinal, sou um homem. E você, como acredito que já tenha ficado bem claro, é uma mulher.

Ela enfiou o resto do biscoito na boca.

– Mas eu achei que merecia mais – acrescentou ele, recostando-se com uma expressão amena, como se não tivesse acabado de provocá-la com uma insinuação. – Não acha?

Não, ela não achava. Não mais, pelo menos. Era um pouco problemático isso.

Porque, sentada ali, enfiando comida na boca furiosamente, não conseguia desviar os olhos da boca dele. Daqueles lábios magníficos que sorriam para ela de forma lânguida.

Ouviu-se suspirar. Aqueles lábios haviam feito coisas tão maravilhosas com ela...

Com ela por inteiro. Com cada centímetro de seu corpo.

Por Deus, praticamente conseguia sentir tudo de novo naquele instante.

E o pensamento a fez se contorcer na cadeira.

– Você está bem? – perguntou ele, muito solícito.

– Ótima – disse ela, conseguindo de alguma maneira responder antes de engolir o chá.

– A cadeira está desconfortável?

Ela fez que não.

– Há algo que eu possa providenciar para você?

– Por que está fazendo isto? – perguntou ela, finalmente explodindo.

– Fazendo o quê?

– Sendo tão amável comigo.

Ele ergueu as sobrancelhas.

– E não deveria?

– Não!

– Eu não deveria ser amável.

Não era uma pergunta. Na verdade, era uma declaração divertida.

– Não foi isso que eu quis dizer – corrigiu ela, balançando a cabeça em uma negativa.

Ele a confundia e ela detestava aquilo. Não havia nada que valorizasse mais do que uma mente clara, e Michael conseguira lhe roubar isso com um único beijo.

E, em seguida, conseguira ainda mais.

Tanto mais...

Ela nunca mais seria a mesma.

Nunca mais seria sã.

– Você parece aflita – comentou ele.

Ela quis estrangulá-lo.

Ele inclinou a cabeça para o lado e sorriu.

Francesca quis beijá-lo.

Ele ergueu o bule de chá.

– Quer mais?

Por Deus, sim, e esse era o problema.

– Francesca?

Queria saltar por cima da mesa e se sentar em seu colo.

– Você está bem?

Estava ficando difícil respirar.

– Frannie?

Cada vez que ele falava, cada vez que movia a boca, cada vez que *respirava*, os olhos dela iam parar nos lábios dele.

Ela sentiu o impulso de lamber os próprios lábios.

E soube que ele sabia – com toda a experiência que possuía, com todo o seu prodigioso poder de sedução – exatamente como ela estava se sentindo.

Poderia tocá-la naquele momento e ela não o recusaria.

Poderia tocá-la e ela arderia em chamas.

– Eu tenho de ir – disse ela, mas as palavras saíram bruscas e sem convicção.

Tampouco ajudava o fato de ela não conseguir desviar os olhos dos dele.

– Há assuntos importantes à sua espera no quarto? – murmurou ele, quase sorrindo.

Ela fez que sim, mesmo sabendo que ele zombava dela.

– Vá, então – falou Michael, mas a voz era amena, pouco mais do que um ronronar sedutor.

De alguma forma ela conseguiu levar as mãos até a beirada da mesa. Agarrou a madeira dizendo a si mesma para tomar impulso e se afastar, para fazer alguma coisa, para se mexer.

Mas estava paralisada.

– Prefere ficar? – murmurou ele.

Ela fez que não. Ou, pelo menos, pensou fazê-lo.

Ele se levantou e se postou por trás da cadeira dela, inclinando-se para a frente para sussurrar em seu ouvido:

– Gostaria que eu a ajudasse a se levantar?

Ela mais uma vez fez que não e levantou praticamente de um pulo, a proximidade dele paradoxalmente rompendo o encanto que lançara sobre ela. Seu ombro se chocou contra o peito dele e ela cambaleou, apavorada com a possibilidade de que qualquer outro tipo de contato físico a levasse a fazer algo de que se arrependeria.

Como se já não tivesse feito o suficiente.

– Preciso subir – deixou escapar.

– Percebe-se – disse ele baixinho.

– Sozinha.

– Eu não sonharia em forçá-la a ter de suportar minha companhia por nem mais um minuto.

Ela estreitou os olhos. O que ele estaria aprontando? E por que diabo estava tão desapontada?

– Mas, quem sabe... – murmurou ele.

O coração dela deu um salto.

– ... quem sabe eu deva lhe oferecer um beijo de despedida – concluiu ele. – Na mão, é claro. Seria o mais apropriado.

Como se já não tivessem descartado todo o decoro.

Ele tomou os dedos dela com toda a suavidade entre os seus.

– Afinal, estamos fazendo a corte – disse ele. – Não estamos?

Ela olhou para ele, incapaz de desviar o olhar enquanto ele se curvava sobre a sua mão. Seus lábios roçaram sobre os seus dedos uma... duas vezes... então ele parou.

– Sonhe comigo – falou, suavemente.

Os lábios dela se entreabriram. Não conseguia parar de fitá-lo. Ele a hipnotizara, tornara a sua alma prisioneira. E ela não conseguia se mexer.

– A não ser que queira mais do que um sonho – sugeriu ele.

Ela queria.

– Quer ficar? – murmurou ele. – Ou deseja ir?

Ela ficou. Que Deus a ajudasse.

E Michael lhe mostrou quanto uma biblioteca podia ser romântica.

CAPÍTULO 21

... apenas um breve bilhete para que saiba que cheguei em segurança à Escócia. Devo dizer que estou satisfeita por estar aqui. Londres foi estimulante, como sempre, mas creio que precisava de um pouco de tranquilidade. Sinto-me mais focada e mais em paz aqui no interior.

– da condessa de Kilmartin para a mãe, a viscondessa viúva Bridgerton, um dia após a sua chegada à Escócia.

Três semanas depois, Francesca continuava sem saber o que faria.

Michael mencionara a questão do casamento mais duas vezes e, a cada uma delas, ela conseguira evitar o assunto. Se considerasse o pedido, teria de pensar de verdade. Seria obrigada a pensar nele, em John e, pior de tudo, em si mesma.

E teria de descobrir exatamente o que estava fazendo. Ficava dizendo a si mesma que se casaria com ele apenas se estivesse grávida, e continuava voltando à sua cama e deixando que ele a seduzisse.

Bem, não era bem assim. Estava delirando se achava que precisava ser seduzida para ir para a cama com ele. Francesca é que se transformara na devassa da história, por mais que tentasse ignorar o fato dizendo a si mesma que perambulava pela casa à noite com roupas de dormir porque se sentia inquieta e não porque buscava a companhia dele.

Mas sempre o encontrava. Ou então sempre se colocava em alguma situação em que ele pudesse encontrá-la.

E nunca dizia não.

Michael estava ficando impaciente. Escondia-o bem, mas ela o conhecia melhor do que qualquer pessoa, e, embora ele insistisse que a estava cortejando, galanteando-a com frases e gestos românticos, Francesca percebia a impaciência surgindo em seu rosto. Ele dava início a conversas que, ela sabia, levariam ao tema casamento e ela sempre se esquivava antes que Michael pudesse mencionar a palavra.

Ele, por sua vez, permitia que ela mudasse de assunto, mas a expressão dos olhos se transformava e o maxilar ficava tenso. Então, quando a possuía – o que sempre fazia em momentos como aqueles –, era com urgência renovada e até mesmo um toque de raiva.

Mas, ainda assim, não o bastante para incitá-la a tomar uma atitude.

Ela não conseguia dizer sim. Não sabia por quê. Simplesmente não conseguia.

Tampouco conseguia dizer não. Talvez fosse uma devassa, uma libertina, mas não queria que aquilo acabasse. Nem a paixão nem, precisava admitir, a companhia dele.

Não era só o sexo, mas também os momentos que se seguiam, quando ela se aninhava nos braços dele e Michael acariciava os seus cabelos suavemente. Às vezes ficavam em silêncio, mas às vezes conversavam, sobre qualquer coisa ou sobre tudo. Ele lhe contava sobre a Índia e ela lhe contava sobre sua infância. Ela lhe dava sua opinião sobre assuntos políticos e ele a ouvia. E ele lhe contava piadas diabólicas que homens jamais deveriam contar às mulheres e das quais as mulheres, sem dúvida, não deveriam gostar.

Então, uma vez que a cama parava de sacudir com as risadas dela, a boca de Michael encontrava a sua com um sorriso cravado nos lábios.

– Adoro sua risada – murmurava ele, e a puxava para si.

Ela suspirava, ainda rindo, e eles renovavam sua paixão.

E Francesca, mais uma vez, conseguia manter o resto do mundo a distância.

E então, um dia, ela sangrou.

Começou como sempre: apenas algumas gotas em sua roupa. Não deveria ter se surpreendido; seus ciclos podiam não ser regulares, mas sempre chegavam e ela já sabia que não era especialmente fértil.

Mas, ainda assim, de alguma forma, ela não estava esperando.

Aquilo a fez chorar.

Não foi nada muito dramático – seu corpo não foi sacudido pelos soluços e sua alma não foi consumida pelas lágrimas –, mas ela prendeu a respiração ao ver as minúsculas gotas de sangue e, antes de se dar conta, estava chorando.

Não sabia ao certo por quê.

Seria porque não haveria bebê ou – que Deus a perdoasse – porque não haveria casamento?

Michael entrou em seu quarto naquela noite, mas ela mandou que saísse explicando que não era o momento certo. Os lábios dele encontraram o seu ouvido e ele lembrou-a de todas as coisas perversas que poderiam fazer com ou sem sangue, mas ela se recusou e lhe pediu que se fosse.

Ele se mostrou desapontado, mas pareceu compreender. As mulheres podiam ser melindrosas com relação a tais coisas.

Mas quando Francesca acordou no meio da noite, desejou que ele a estivesse abraçando.

As regras não duraram muito tempo. E quando Michael lhe perguntou, discretamente, se o período já passara, ela não mentiu. Ele teria sabido de qualquer forma; sempre sabia.

– Que bom – disse ele, com um sorriso discreto. – Tenho sentido sua falta.

Francesca abriu a boca para lhe dizer que também sentira a falta dele, mas por algum motivo sentiu medo de pronunciar as palavras.

Ele começou a levá-la em direção à cama e eles foram tropeçando, seus corpos um nó de braços e pernas.

– Sonhei com você – disse ele com a voz rouca, as mãos erguendo-lhe o vestido até a cintura. – Todas as noites você vinha me ver em sonho. – O dedo dele encontrou a sua essência e mergulhou dentro dela. – Foram sonhos muito, muito bons – concluiu ele, a voz quente e despudorada.

Ela mordeu o lábio inferior, respirando em pequenos arquejos enquanto o dedo dele deslizava para fora e ele a acariciava bem onde sabia que a faria enternecer.

– Nos meus sonhos – murmurou Michael, os lábios quentes na orelha dela –, você fazia coisas indizíveis.

Ela gemeu diante da sensação. Ele conseguia fazer com que seu corpo despertasse com um simples toque, e Francesca ardia em chamas quando ele falava daquele jeito.

– Coisas novas – murmurou ele, afastando ainda mais as pernas dela –, coisas que vou ter de lhe ensinar... hoje.

– Ah, Deus – arfou ela.

Ele deslocara os lábios até as coxas dela e ela sabia o que estava por vir.

– Mas, antes, um pouco do já provado e aprovado – continuou ele, os lábios lhe fazendo cócegas enquanto chegavam ao destino. – Temos a noite toda para explorar.

Então ele a beijou no centro de sua feminilidade, exatamente como sabia que ela gostava, imobilizando-a com as poderosas mãos enquanto os lábios a levavam mais e mais em direção ao ápice da paixão.

Mas, antes que ela chegasse ao máximo do prazer, ele se afastou e começou a puxar as presilhas das calças. Praguejou quando os dedos tremeram, quando o botão não abriu na primeira tentativa.

O que deu a Francesca tempo suficiente para parar e pensar.

A única coisa que realmente não queria fazer.

Mas sua mente era implacável e, antes de se dar conta do que estava fazendo, ela se levantara da cama gritando "Pare!" enquanto quase voava para o outro lado do quarto.

– O quê? – arquejou ele.

– Não posso fazer isso.

– Você não... – Ele se deteve, incapaz de finalizar a pergunta sem respirar fundo. – Como?

Michael enfim se entendera com as calças e agora elas estavam caídas no chão, deixando-a com uma visão impressionante de sua ereção.

Francesca desviou o olhar. Não podia olhá-lo. Não para o seu rosto e não para o seu...

– Não posso... – repetiu, a voz trêmula. – Não devo. Eu não sei.

– *Eu* sei – rosnou ele, dando um passo em sua direção.

– Não! – gritou ela, precipitando-se em direção à porta.

Brincara com fogo durante semanas, apostando com o destino e ganhando. Se havia um momento para fugir, era aquele. E, por mais difícil que fosse partir, sabia que precisava fazê-lo. Não era aquele tipo de mulher. Não podia ser.

– Não posso fazer isso – disse ela, agora encostada na dura madeira da porta. – Não posso. Eu... Eu...

Eu quero, pensou ela. Mesmo sabendo que não devia, não conseguia escapar do fato de que, ainda assim, queria. Mas se ela lhe dissesse isso, será que ele a faria mudar de ideia? Ele saberia fazê-lo. Ela sabia que sim. Um beijo, um toque e toda a determinação dela estaria perdida.

Michael praguejou e voltou a vestir as calças.

– Não sei mais quem sou – falou Francesca. – Não sou esse tipo de mulher.

– Que *tipo* de mulher? – indagou ele, asperamente.

– Uma libertina – sussurrou ela. – Uma devassa.

– Então case-se comigo – devolveu ele. – Quis torná-la respeitável desde o início, mas *você* recusou.

Ele estava certo e ela sabia. Mas a lógica não parecia ter lugar em sua mente e a única coisa em que ela conseguia pensar era: como poderia se casar com ele? Como poderia se casar com *Michael*?

– Não era para eu sentir *isso* por outro homem – disse ela, mal conseguindo acreditar que pronunciara aquelas palavras em voz alta.

– Sentir *o quê*? – perguntou ele, com urgência.

Ela engoliu, forçando-se a encará-lo.

– Paixão – admitiu.

O rosto dele assumiu uma expressão estranha, quase de nojo.

– Certo – disse, devagar. – É claro. Que bom que você me tem aqui para estar a seu serviço.

– Não! – gritou ela, horrorizada com o escárnio na voz dele. – Não é isso.

– Não?

– Não.

Mas ela não sabia o que era.

Ele respirou com dificuldade e se virou para longe dela, o corpo rijo de tensão. Francesca observou as costas dele com uma terrível fascinação, incapaz de desviar os olhos. A camisa estava solta e, apesar de não conseguir ver seu rosto, conhecia seu corpo, cada uma de suas curvas. Ele lhe pareceu desconsolado.

Exausto.

– Por que você fica? – perguntou ele em voz baixa, inclinando o corpo sobre a beirada do colchão.

– Co... como?

– Por que fica? – repetiu ele, as palavras ganhando volume sem que ele perdesse o controle. – Se me odeia tanto, por que fica?

– Eu não o odeio – disse ela. – Você sabe que eu...

– Eu não sei de nada, Francesca – vociferou ele. – Não a conheço mais.

Os ombros ficaram tensos enquanto os dedos penetravam o colchão. Os nós dos dedos estavam brancos.

– Eu não o odeio – repetiu ela, como se dizê-lo duas vezes pudesse tornar as palavras sólidas, palpáveis e reais, forçando-o a entender. – Não. Eu não o odeio.

Ele ficou em silêncio.

– Não é você, sou eu – continuou ela, agora com uma súplica na voz.

O que estava suplicando, não sabia dizer. Talvez que ele não *a* odiasse. Isso era algo que achava que não conseguiria tolerar.

Mas a única coisa que ele fez foi rir. Foi um som horrível, amargo e grave.

– Ora, Francesca – retrucou com condescendência. – Conheço essa fala. Já a disse um milhão de vezes às mulheres que eu não queria mais...

Os lábios dela formaram uma linha implacável e cruel. Não gostava de ser lembrada de todas as mulheres que a haviam precedido. Não queria saber sobre elas; não queria nem mesmo recordar sua existência.

– Por que você fica? – perguntou ele outra vez, finalmente encarando-a.

Ela quase caiu para trás diante do fogo que ardia em seus olhos.

– Michael, eu...

– Por quê? – exigiu ele, com uma fúria cortante.

O rosto estava raivoso e a mão dela instintivamente procurou a maçaneta.

– Por que você fica, Francesca? – perguntou ele mais uma vez, indo na direção dela com a graça predatória de um tigre. – Não há nada para você aqui em Kilmartin, nada além *disto*.

Ela sufocou um grito de surpresa quando Michael agarrou os seus ombros e os lábios dele encontraram os seus. Era um beijo de ira, de desespero brutal, mas, ainda assim, seu corpo traidor não queria nada além de fundir-se naqueles braços, de deixar que ele fizesse o que desejasse, dedicando toda a sua diabólica atenção a ela.

Ela o queria. Por Deus, até mesmo naquela situação ela o queria.

E temia que jamais aprenderia a dizer não.

Mas ele se afastou dela. *Ele* o fez. Não ela.

– É isso que você quer? – perguntou ele, a voz entrecortada e rouca. – Só isso?

Ela não respondeu. Nem mesmo se mexeu. Apenas o fitou com olhos confusos.

– *Por que você fica?* – insistiu ele, e ela soube que era a última vez que ele perguntaria.

Não tinha resposta.

Michael esperou vários segundos. Esperou que ela falasse até o silêncio se tornar cada vez mais pesado. Cada vez que Francesca abria a boca, nenhum som saía e ela não conseguia fazer nada além de ficar ali, de pé, tremendo enquanto olhava o seu rosto.

Praguejando ferozmente, ele lhe deu as costas.

– Saia – ordenou. – Já. Eu a quero longe desta casa.

– Co... Como?

Não podia acreditar que ele chegaria ao ponto de expulsá-la.

Ele não a olhou enquanto dizia:

– Se não consegue estar comigo, se não pode se doar para mim por completo, então a quero fora daqui.

– Michael?

Foi apenas um sussurro, se é que chegou a tanto.

– Não consigo tolerar uma relação pela metade – declarou ele, falando tão baixo que ela não estava certa de ter ouvido corretamente.

– Por quê? – Foi a única coisa que Francesca conseguiu dizer.

A princípio achou que ele não fosse responder. Sua postura se tornara incrivelmente tensa, então ele se pôs a tremer.

Ela levantou a mão para cobrir a boca. Estaria ele chorando? Poderia estar...

Rindo?

– Ah, Francesca... – disse ele, com uma risada amarga. – Eis aí uma boa pergunta. Por quê? Por quê? *Por quê?*

Ele pronunciou a mesma pergunta cada vez de uma forma diferente, como se estivesse testando as palavras, dirigindo-a a diversas pessoas.

– Por quê? – falou outra vez, aumentando o volume ao se virar para encará-la. – *Por quê?* Porque eu te amo, droga. Porque sempre te amei. Porque eu te amava quando estava com John e amava quando eu estava na Índia, e Deus sabe que não te mereço, mas te amo ainda assim.

Francesca deixou o corpo desabar, ainda de encontro à porta.

– Não é engraçado? – disse ele. – Eu amo *você*. *Você*, a esposa do meu primo. *Você*, a única mulher que não posso ter. *Você*, Francesca Bridgerton Stirling, que...

– Pare – pediu ela, engasgando.

– Agora? Agora que eu enfim consegui começar? Ora, não vou parar agora – retrucou ele acenando os braços no ar de forma grandiosa, como um ator no palco. Aproximou-se dolorosa e penosamente até estar bem perto dela. E seu sorriso foi apavorante quando perguntou: – Já está horrorizada?

– Michael...

– Porque eu mal comecei – interrompeu ele, a voz abafando a dela. – Quer saber em que eu pensava enquanto você estava casada com John?

– Não – respondeu ela, desesperada, balançando a cabeça.

Ele abriu a boca para continuar, os olhos ainda brilhando, mas então algo aconteceu. Algo mudou. Estava em seus olhos. Continham tanta ira, tanto fogo, e de repente só...

Se apagaram.

Tornaram-se frios. Cansados.

Então ele os fechou. Parecia exausto.

– Vá – falou. – Agora.

Ela sussurrou o seu nome.

– Vá – repetiu ele, ignorando a súplica. – Se você não é minha, eu não a quero mais.

– Mas eu...

Ele caminhou até a janela e se encostou pesadamente no peitoril.

– Se é para isto terminar, você terá de fazê-lo. Terá de ir, Francesca. Porque agora... depois de tudo... Eu não sou forte o bastante para dizer adeus.

Ela permaneceu vários segundos imóvel, então, quando estava certa de que a tensão entre os dois aumentaria até chegar a um ponto insuportável, de alguma forma conseguiu se mover e saiu correndo do quarto.

Começou a correr.

E correu.

E correu.

Correu cegamente, sem pensar.

Correu para fora de casa, noite adentro, no meio da chuva.

Correu até os pulmões arderem. Até perder o equilíbrio, até tropeçar e escorregar na lama.

Correu até não conseguir mais, então se sentou, encontrando alento e abrigo no coreto que John construíra para ela anos antes, depois de atirar os braços para cima e anunciar que desistira de tentar controlar suas longas caminhadas e que, pelo menos daquela forma, ela teria um local ao ar livre para chamar de seu.

Ficou sentada ali durante horas, tremendo de frio, mas sem sentir nada. E a única coisa que fazia era se perguntar...

De que exatamente estava correndo?

Michael não tinha lembrança dos momentos que se seguiram à partida dela. Poderia ter sido um minuto, poderiam ter sido dez. Só pareceu despertar quando lembrou que quase destruíra a parede com um soco.

E, ainda assim, mal notou a dor.

– Milorde?

Era Reivers, enfiando a cabeça pela porta para perguntar o que tinha acontecido.

– Saia – rosnou Michael.

Não queria ver ninguém, não queria nem mesmo ouvir outra pessoa respirar.

– Mas quem sabe não seria melhor trazer um pouco de gelo para...

– Saia! – gritou Michael, com a sensação de que o corpo se tornava imenso e monstruoso ao se virar.

Queria machucar alguém.

Reivers saiu dali depressa.

Michael enterrou as unhas nas palmas das mãos, e continuou enterrando mesmo enquanto o punho direito começava a inchar. O movimento parecia ser a única forma de manter o demônio que o habitava a distância, de impedi-lo de destruir o quarto com as próprias mãos.

Seis anos.

Ficou ali de pé, imóvel como uma rocha, com um único pensamento em mente.

Seis malditos anos.

Guardara aquilo para si durante seis anos; mantivera os sentimentos escondidos enquanto convivia com ela, sem jamais revelá-los a ninguém.

Por seis anos ele a amara, para que tudo terminasse *naquilo.*

Havia exposto o coração. Praticamente dera a Francesca uma faca e lhe pedira que o partisse.

Ah, não, Francesca, você pode fazer melhor do que isso. Pode estraçalhá-lo facilmente, em vez de só parti-lo em pedaços. Por que não faz isso de uma vez?

Quem quer que tivesse falado que era sempre melhor dizer a verdade era um idiota. Michael teria dado qualquer coisa para voltar no tempo e fazer aquilo tudo desaparecer.

Mas esse era o problema com as palavras.

Ele riu, amargo.

Não se podia tomá-las de volta.

Agora coloque os pedaços no chão. Isso mesmo, pisoteie. Não, com vontade. Mais forte do que isso, Frannie. Você consegue.

Seis anos.

Seis malditos anos, todos perdidos num único momento. Tudo porque ele achara que talvez tivesse o direito de ser feliz.

Deveria ter sido mais esperto.

E, para o gran finale, *ateie fogo no que sobrou. Isso, Francesca!*

Lá se foi o seu coração.

Baixou a vista para as mãos. As unhas haviam esculpido meias-luas nas palmas. Uma delas havia até rompido a pele.

O que iria fazer? Que *diabo* iria fazer agora?

Não sabia se poderia viver com Francesca agora que ela conhecia a verdade. Durante seis anos, cada um de seus pensamentos e atos havia girado em torno de se certificar de que ela não descobrisse. Todo homem possuía algum princípio para guiar sua vida, e esse fora o seu.

Certifique-se de que Francesca jamais descubra.

Sentou-se em sua poltrona, tendo dificuldade para conter a própria risada histérica.

Ah, Michael, pensou, a poltrona sacudindo sob o seu peso enquanto ele enterrava a cabeça nas mãos. *Bem-vindo ao resto de sua vida.*

Por acaso, o seu segundo ato teve início muito antes do que esperava, com uma suave batida à porta, cerca de três horas mais tarde.

Michael ainda estava sentado na poltrona, agora com a cabeça apoiada no encosto. Estava nessa posição já havia algum tempo, o pescoço desconfortável mas imóvel, os olhos fitando, sem ver, um ponto qualquer da seda crua que forrava a parede.

Sentia-se alheio a tudo, distante, e, ao ouvir a batida, a princípio não reconheceu o som.

Então bateram outra vez, com insistência.

Quem quer que fosse, não iria embora.

– Entre! – gritou.

Era ela.

Francesca.

Deveria ter se levantado. Quis fazer isso. Mesmo depois do que acontecera, não a odiava, não desejava desrespeitá-la. Mas ela lhe arrancara tudo, até o último vestígio de força, e tudo o que conseguiu fazer foi erguer as sobrancelhas e dizer:

– O quê?

Ela entreabriu os lábios, mas nada disse. Estava molhada, ele constatou. Devia ter saído. Tolice sua, porque fazia frio.

– O que é, Francesca?

– Eu me caso com você – disse ela, tão baixinho que ele leu as palavras em seus lábios mais do que as ouviu. – Se ainda me quiser.

Seria de esperar que ele saltasse daquela poltrona. Que pelo menos se levantasse, incapaz de conter a alegria que o invadia. Seria de esperar que atravessasse o quarto, decidido, para erguê-la do chão e cobri-la de beijos, e quem sabe deitá-la sobre a cama para selar o "sim" da forma mais primitiva possível.

Mas, em vez disso, permaneceu ali sentado, cansado demais para fazer mais do que perguntar:

– Por quê?

Ela se encolheu diante da suspeita que se revelou na voz dele, mas Michael não estava se sentindo especialmente caridoso naquele momento. Depois do que ela lhe fizera, podia sentir um pouco de desconforto também.

– Não sei – admitiu Francesca.

Estava muito quieta, imóvel, com os braços estendidos ao longo do corpo. Michael pôde ver que ela fazia um grande esforço para não se mexer. Se o fizesse, ele suspeitou, sairia correndo dali.

– Vai ter de se empenhar um pouco mais – disse ele.

Ela mordeu o lábio inferior.

– Não sei – repetiu. – Não me faça tentar compreender.

Ele ergueu uma das sobrancelhas sarcasticamente.

– Não por ora, pelo menos – acrescentou ela.

– Não pode voltar atrás – declarou ele, baixinho.

Ela assentiu com a cabeça.

Ele se levantou, bem devagar.

– Não haverá como voltar atrás. Perder a coragem. Mudar de ideia.

– Não – disse ela. – Eu prometo.

E foi então que ele enfim se permitiu acreditar nela. Francesca não fazia promessas em vão. Jamais quebrava um juramento.

Ele atravessou o aposento em um instante, enlaçou-a com os braços e começou a beijar o rosto dela desesperadamente.

– Você será minha – disse. – Minha. Está entendendo?

Ela vez que sim, arqueando o pescoço enquanto os lábios dele desciam até chegar a seu pescoço.

– Se eu quiser amarrá-la à cama e mantê-la ali, eu o farei – jurou ele.

– Sim – arquejou ela.

– E você não se queixará.

Ela fez que não.

Michael puxou a camisola dela com os dedos, e o traje fino caiu no chão com impressionante rapidez.

– E você gostará disso – disse ele, com a voz rouca.

– Sim. Ah, *sim*.

Ele a deitou na cama. Não foi cuidadoso nem dócil, mas ela não pareceu querer isso, então Michael se atirou sobre ela como um homem faminto.

– Você será minha – repetiu ele, agarrando-lhe o traseiro e puxando-a para si. – Minha.

E ela foi. Por aquela noite, pelo menos, ela foi.

CAPÍTULO 22

... Estou certa de que tem tudo sob controle. Sempre tem.

– de Violet Bridgerton para a filha, a condessa de Kilmartin, imediatamente após o recebimento da carta da filha

A parte mais difícil em planejar um casamento com Michael, Francesca logo se deu conta, era descobrir o que dizer às pessoas.

Por mais difícil que tivesse sido para ela aceitar a ideia, não conseguia imaginar como os outros receberiam a notícia. Meu Deus, o que diria Janet? Ela havia sido totalmente a favor da decisão de Francesca de voltar a se casar, mas, com certeza, não pensara em Michael como candidato.

Ainda assim, mesmo enquanto estava sentada à escrivaninha havia horas, a caneta pairando sobre o papel, tentando encontrar as palavras exatas, algo dentro dela sabia que estava fazendo a coisa certa.

Ainda não sabia ao certo *por que* decidira se casar com ele. E também não sabia como deveria se sentir em relação à impressionante revelação de que ele a amava, mas de alguma forma sabia que desejava ser sua esposa.

Mas isso não tornava mais fácil contar a todos.

Francesca se encontrava sentada em seu escritório, escrevendo para a família – ou, melhor, amassando as folhas de papel após cometer algum erro e atirando-as no chão –, quando Michael entrou com a correspondência.

– Isto chegou da sua mãe – disse ele, entregando-lhe um elegante envelope cor de creme.

Francesca enfiou o abridor de cartas por baixo da aba e removeu a carta que tinha a impressionante extensão de quatro páginas inteiras.

– Minha nossa – murmurou.

Normalmente a mãe conseguia dizer o que precisava em apenas uma folha, duas, no máximo.

– Há algo errado? – indagou Michael, empoleirando-se na beirada da escrivaninha.

– Não, não – disse Francesca, distraidamente. – Eu só... Meu Deus!

Ele se esticou um pouco, tentando ver o que estava escrito.

– O que é?

Francesca se limitou a abanar a mão em sua direção para que se calasse.

– Frannie?

Ela passou à página seguinte.

– Meu Deus!

– Me dê isso aqui – disse ele, estendendo a mão para lhe tomar o papel.

Ela se virou de lado rapidamente, recusando-se a lhe dar a folha.

– Ah, meu Deus – arfou.

– Francesca Stirling, se você não...

– Penelope e Colin se casaram.

Michael revirou os olhos.

– Nós já sabíamos...

– Não, estou querendo dizer que adiantaram a data em... bem, acho que em mais de um mês.

Michael se limitou a dar de ombros.

– Que bom para eles.

Francesca ergueu a vista para fitá-lo com um olhar irritado.

– Alguém poderia ter me contado.

– Imagino que não tenha dado tempo.

– Mas isso não é o pior de tudo – prosseguiu ela, irritada.

– Não posso imaginar...

– *Eloise* também vai se casar.

– Eloise? – ecoou Michael, com alguma surpresa. – Mas ela estava sendo cortejada por alguém?

– Não – disse Francesca, passando depressa à terceira página da carta. – É um homem que ela nunca conheceu pessoalmente.

– Bem, imagino que a esta altura já o conheça – comentou Michael secamente.

– Não acredito que ninguém tenha me contado.

– Você está na Escócia há algum tempo...

– Ainda assim.

Michael se limitou a rir de sua contrariedade.

– É como se eu não existisse – comentou ela, irritada a ponto de lhe lançar seu olhar mais feroz.

– Ora, eu não diria...

– Ninguém sequer se lembrou de mim! – disse ela, com grande afetação.

– Frannie... – A esta altura, ele parecia estar se divertindo.

– "Alguém contou a Francesca?" – prosseguiu ela, criando uma ótima representação de sua família. – "Lembra-se dela? A sexta irmã? A dos olhos azuis?"

– Frannie, não seja boba.

– Não estou sendo boba, apenas ignorada.

– Eu sempre achei que gostasse de se manter um pouco distante da família.

– Bem, sim – resmungou ela –, mas isso não vem ao caso.

– É claro – murmurou ele, sarcástico.

Ela o fuzilou com os olhos.

– Devemos preparar nossa partida para o casamento? – perguntou ele.

– Como se fosse possível. É daqui a três dias.

– Minhas felicitações – disse Michael, admirado.

Ela estreitou os olhos, desconfiada.

– O que quer dizer com isso?

– Deve-se respeitar qualquer homem que consiga realizar tal façanha com tanta rapidez – retrucou ele, dando de ombros.

– Michael!

Ele olhou para ela com malícia.

– Eu consegui.

– Eu ainda não me casei com você – observou ela.

Ele sorriu.

– Não era a essa façanha que eu estava me referindo.

Ela sentiu o rosto ficar vermelho.

– Pare.

Michael começou a fazer cócegas com os dedos na mão dela.

– Ah, eu acho que não.

– Michael, este não é o momento – disse ela, puxando a mão.

Ele deixou escapar um suspiro.

– Pronto, começou.

– Começou o quê?

– Ora, nada – disse ele, atirando-se numa poltrona próxima. – A não ser pelo fato de que ainda nem nos casamos e já somos um casal antigo.

Ela lhe lançou um olhar irônico e voltou à carta da mãe. Realmente pareciam um casal antigo, mas ela não lhe daria a satisfação de concordar com ele. Afinal, pensou, ao contrário da maior parte dos casais recém-noivados, eles já se conheciam havia anos. Ele era, apesar das impressionantes mudanças nas últimas semanas, seu melhor amigo.

Ela parou.

– Algum problema? – perguntou Michael.

– Não – respondeu ela, balançando a cabeça de leve.

De alguma forma, em meio a toda sua confusão, ela se esquecera disso. Michael podia ser a última pessoa com a qual imaginara se casar, mas havia um bom motivo para isso, não?

Quem teria imaginado que se casaria com seu melhor amigo?

Isso, sem dúvida, era um bom presságio para a união.

– Vamos nos casar – disse ele, subitamente.

Ela ergueu a vista, confusa.

– Isso já não estava decidido?

– Não – falou Michael, tomando-lhe a mão. – Vamos nos casar hoje.

– *Hoje?* Você enlouqueceu?

– De forma nenhuma. Estamos na Escócia. Não precisamos fazer correr os proclamas.

– Bem, é verdade, mas...

Ele se ajoelhou diante dela, os olhos brilhando.

– Vamos, Frannie. Sejamos loucos e impetuosos.

– Ninguém vai acreditar que fizemos isso.

– Ninguém vai acreditar de qualquer forma.

Quanto a isso ele tinha razão.

– Mas a minha família... – acrescentou ela.

– Você acabou de dizer que a excluíram de suas festividades.

– Sim, mas não foi proposital!

Ele deu de ombros.

– E isso tem alguma importância?

– Bem, sim, se pararmos para pensar...

Ele a puxou e a colocou de pé.

– Vamos.

– Michael...

Ela não sabia por que estava hesitante, a não ser pelo fato de achar que era o que se esperaria dela. Afinal, tratava-se de um casamento, e tanta pressa lhe pareceu um pouco inapropriada.

Ele arqueou uma das sobrancelhas.

– Você realmente quer um casamento pomposo?

– Não – respondeu ela, e estava sendo sincera.

Já tivera um assim. Não lhe parecia apropriado ter uma segunda vez.

Ele chegou para a frente e encostou os lábios em sua orelha.

– Está disposta a arriscar um bebê de oito meses?

– É óbvio que eu já me *dispus* – devolveu ela, insolente.

– Vamos dar a nosso filho respeitáveis nove meses de gestação – disse ele, atrevido.

Ela engoliu em seco, desconfortável.

– Michael, é preciso que você compreenda que eu talvez não possa conceber. Com John, foi preciso...

– Eu não me importo – interrompeu ele.

– Eu acho que se importa, sim – disse ela, baixinho, preocupada com a resposta que ele lhe daria, mas sem querer começar um casamento sem a consciência limpa. – Você já falou nisso várias vezes e...

– Para fazê-la se casar comigo – emendou ele. Então, com impressionante rapidez, imprensou-a contra a parede, o corpo colado ao dela com assustadora intimidade. – Eu não me importo se você for estéril – afirmou Michael, a voz quente em seu ouvido. – Não me importo nem se der à luz uma ninhada de cachorrinhos.

A mão foi subindo lentamente pelo vestido, deslizando coxa acima.

– A única coisa que me importa – disse ele, a voz cada vez mais rouca e um dedo se tornando mais e mais travesso – é que você seja *minha*.

– Ah! – gemeu Francesca, sentindo as pernas perderem a firmeza. – Ah, sim.

– Sim para isto aqui? – perguntou ele diabolicamente, remexendo o dedo apenas o bastante para levá-la à loucura. – Ou sim para se casar hoje?

– Para isto aqui – arfou ela. – Não pare.

– E quanto ao casamento?

Francesca se agarrou aos ombros dele em busca de apoio.

– E quanto ao casamento? – repetiu ele, retirando o dedo.

– Michael! – implorou ela.

Os lábios dele foram se abrindo num sorriso lento e feroz.

– E quanto ao casamento?

– Sim! – exclamou ela. – Sim! O que você quiser.

– Qualquer coisa?

– Qualquer coisa – arfou Francesca.

– Ótimo – disse ele, então se afastou abruptamente.

Deixando-a boquiaberta e um tanto amarrotada.

– Quer que eu pegue o seu casaco? – perguntou Michael, ajustando os punhos da camisa.

Era a própria imagem da elegância masculina, sem um único fio de cabelo fora do lugar, totalmente calmo e composto.

Ela, por outro lado, tinha certeza de estar muito longe do apresentável.

– Michael? – conseguiu dizer, tentando ignorar a sensação extremamente desconfortável que ele havia deixado em sua região íntima.

– Se quiser terminar – começou ele, usando o mesmo tom que talvez usasse para falar de negócios –, terá de fazê-lo como condessa de Kilmartin.

– Eu *sou* a condessa de Kilmartin – resmungou ela.

Ele assentiu.

– Sim, mas terá de fazê-lo como a *minha* condessa de Kilmartin – corrigiu-se. Deu a ela um instante para reagir e, quando não o fez, perguntou outra vez: – Quer que eu pegue o seu casaco?

Ela fez que sim.

– Ótimo – murmurou ele. – Espera aqui ou me acompanha até o saguão?

Francesca abriu a boca apenas o bastante para dizer:

– Irei até o saguão.

Ele lhe tomou o braço e a guiou até a porta, abaixando-se para murmurar em seu ouvido:

– Como estamos ansiosos, não é mesmo?

– Vá pegar o meu casaco – disse ela, de má vontade.

Ele riu, mas era um som afetuoso e sincero, e ela já sentia a irritação desaparecer. Michael era um moleque, um sem-vergonha e provavelmente muitas outras coisas, mas era o *seu* moleque, o *seu* sem-vergonha, e ela sabia que ele tinha um coração tão bom e tão verdadeiro quanto ela poderia esperar encontrar em um homem. A não ser por...

Ela parou de repente e enfiou um dedo em seu peito.

– Não haverá outras mulheres – falou, asperamente.

Ele se limitou a olhá-la com uma sobrancelha arqueada.

– Estou falando sério – prosseguiu ela. – Nada de amantes, nada de flertes, nada...

– Meu Deus, Francesca – interrompeu Michael –, acha mesmo que eu poderia fazer uma coisa dessas? Não. Acha mesmo que eu *gostaria*?

Ela estava tão absorta nos próprios pensamentos que não olhara para o rosto dele, e quando fez isso ficou perplexa com a expressão que viu. Michael estava com raiva, constatou ela, aborrecido por ela ter sequer sugerido aquilo. Mas Francesca não podia simplesmente ignorar uma década de mau comportamento e achava que ele não tinha o direito de esperar que ela o fizesse, então respondeu, baixando a voz:

– Você não tem a melhor das reputações.

– Pelo amor de Deus – grunhiu ele, puxando-a sem muita cerimônia até o saguão. – Eram todas para tirar você da minha cabeça.

Francesca ficou tão perplexa que não disse nada enquanto era praticamente arrastada até a porta da frente.

– Mais alguma pergunta? – falou ele, virando-se para ela com uma expressão tão insolente que seria de supor que houvesse nascido conde em vez de o condado ter caído em seu colo por puro acaso.

– Não, nenhuma.

– Ótimo. Então vamos. Temos um casamento ao qual comparecer.

Mais tarde, naquela noite, Michael não pôde deixar de se sentir satisfeito com a virada dos acontecimentos do dia.

– Muito obrigado, Colin – disse jovialmente para si mesmo enquanto trocava de roupa para se deitar –, e obrigado também a quem quer que seja você que se casou com Eloise de uma hora para a outra.

Michael duvidava muito que Francesca teria concordado com uma cerimônia de última hora se dois de seus irmãos não tivessem se casado sem a sua presença.

E, agora, era sua esposa.

Sua esposa.

Era quase impossível acreditar.

Fora seu objetivo durante semanas, e ela finalmente concordara na noite anterior, mas Michael só conseguira acreditar ao colocar a antiquíssima aliança de ouro no dedo dela.

Ela era sua.

Até que a morte os separasse.

– Obrigado, John – acrescentou, agora com a voz não tão leve.

Agradeceu ao primo não por ele ter morrido, é claro. Mas por tê-lo libertado da culpa. Michael não sabia ao certo como aquilo havia acontecido, mas desde aquela noite fatídica, depois de ele e Francesca fazerem amor no casebre do jardineiro, Michael soubera, no fundo do coração, que John teria aprovado.

Ele teria dado a sua bênção e, em seus momentos mais fantasiosos, Michael gostava de pensar que se o primo pudesse ter escolhido um novo marido para Francesca, teria sido ele.

Vestido num roupão cor de vinho, Michael atravessou a porta de comunicação entre o seu quarto e o de Francesca. Embora fossem íntimos desde a sua chegada a Kilmartin, ele só havia se mudado para o quarto do conde hoje. Era estranho: em Londres, não se importara tanto com as aparências. Haviam ocupado os quartos oficiais do conde e da condessa e simplesmente se certificado de que a casa inteira soubesse que a porta de comunicação estava trancada dos dois lados.

Mas ali, na Escócia, onde vinham se comportando de uma forma que poderia mesmo gerar boatos, tivera o cuidado de desfazer as malas no quarto mais distante possível do de Francesca. Não importava que ele ou ela tivesse ido e voltado sorrateiramente pelo corredor o tempo todo; pelo menos haviam mantido uma aparência de decoro.

Os criados não eram idiotas; Michael tinha certeza que todos sabiam o que estava acontecendo, mas adoravam Francesca e queriam que ela fosse feliz, portanto jamais diriam qualquer coisa a respeito dela a quem quer que fosse.

Ainda assim, era muito bom poder deixar aquilo tudo para trás.

Estendeu a mão em direção à maçaneta, mas não a tocou imediatamente, parando para ouvir os sons lá dentro. Não escutou grande coisa. Afinal, a porta era sólida e antiga, construída de forma a não revelar segredos. Ainda assim, sentiu a necessidade de parar um instante para saborear o momento.

Estava prestes a entrar no quarto de Francesca.

E tinha todo o direito de estar ali.

A única coisa que poderia ter tornado a situação ainda melhor seria ela dizer que o amava.

A ausência da declaração dava uma pequena e persistente pontada em seu coração, embora fosse totalmente eclipsada por sua recém-descoberta alegria. Não queria que ela dissesse algo que não sentia, e, mesmo que nunca viesse a amá-lo, Michael sabia que os sentimentos de Francesca por ele eram mais fortes e mais nobres do que os da maioria das esposas por seus maridos.

Ele sabia que ela se importava com ele, que o amava profundamente como amigo. E se algo acontecesse com ele, ela choraria sua perda com cada fibra de seu ser.

De fato, Michael não podia pedir mais nada.

Talvez *quisesse* mais, mas já tinha muito mais do que ousara esperar. Não deveria ser ganancioso. Não quando, além de tudo, ainda tinha paixão.

E havia paixão entre eles.

Era quase engraçado quão surpresa Francesca ficara com esse fato, e como isso continuava a surpreendê-la a cada dia. Ele usara isso a seu favor; sabia disso e não se envergonhava. Usara naquela tarde fatídica para convencê-la de se casar com ele naquele instante.

E funcionara.

Graças a Deus funcionara.

Ele sentira uma alegria atordoante e infantil, como a de um menino inocente. Quando a ideia lhe ocorrera – a de se casar naquele mesmo dia –, fora como uma estranha onda de eletricidade correndo por suas veias e ele mal conseguira se conter. Fora um desses momentos em que soubera que precisava vencer, e teria feito qualquer coisa para convencê-la.

De pé à porta do quarto dela, não pôde deixar de imaginar se a relação deles seria diferente. Será que a sensação de tê-la em seus braços seria diferente agora que era sua esposa e não mais sua amante? Quando olhasse para o rosto de Francesca pela manhã, será que algo teria mudado? Quando a visse do outro lado de um salão cheio de gente, será que...

Balançou a cabeça de leve. Estava se transformando num tolo sentimental. Seu coração sempre dera um salto quando a via em um salão cheio de gente. Se sentisse mais do que aquilo, o coração não aguentaria o esforço.

Empurrou a porta.

– Francesca? – chamou, a voz suave e rouca no ar da noite.

Ela estava próxima à janela, com uma camisola azul. O corte era discreto, mas o tecido se colava ao corpo e, por um instante, Michael não conseguiu respirar.

Então, naquele momento, soube que sempre seria assim.

– Frannie? – sussurrou, caminhando devagar em sua direção.

Ela se virou e havia hesitação em seu rosto. Não exatamente nervoso, mas um cativante ar de apreensão, como se ela também se desse conta de que tudo havia mudado.

– Nós conseguimos – disse ele, incapaz de tirar o sorriso bobo do rosto.

– Ainda não consigo acreditar – retrucou ela.

– Eu também não – admitiu Michael, estendendo a mão para lhe tocar o rosto –, mas é verdade.

– Eu... – Ela balançou a cabeça. – Não importa.

– O que ia dizer?

– Não é importante.

Ele pegou as mãos dela e a puxou para si.

– Claro que é importante – murmurou. – Quando se trata de nós dois, tudo é importante.

Ela engoliu em seco, as sombras do quarto dançando nas delicadas linhas de seu pescoço, e falou, por fim:

– Eu só... Eu queria dizer...

Michael apertou de leve suas mãos, encorajando-a. Queria que ela falasse. Não achara que precisasse de palavras, ao menos não por ora, mas, por Deus, como desejava ouvi-las...

– Estou muito satisfeita por ter me casado com você – concluiu ela, a voz refletindo uma timidez atípica em seu rosto. – Foi a coisa certa a fazer.

Michael sentiu os dedos dos pés se encolherem levemente, agarrando o tapete, enquanto tentava controlar sua decepção. Era mais do que ele jamais imaginara ouvir dela e, no entanto, muito menos do que esperara.

Mas, mesmo assim, ela continuava em seus braços, e era sua esposa, e isso, ele jurou para si mesmo, tinha de valer alguma coisa.

– Eu também estou satisfeito – falou baixinho, trazendo-a para perto.

Tocou os lábios dela com os seus e foi, *sim*, diferente quando a beijou. Havia uma nova sensação de pertencimento e de falta de clandestinidade e de desespero.

Michael a beijou lenta e suavemente, demorando-se ao explorar sua boca, aproveitando cada momento. As mãos deslizaram pela seda da camisola e ela gemeu enquanto o tecido ia sendo deslocado por ele.

– Eu te amo – sussurrou ele, decidindo que já não havia motivo para guardar as palavras para si, mesmo que ela não fosse dizer o mesmo.

Seus lábios se deslocaram do rosto à orelha e ele mordiscou o lóbulo com delicadeza antes de descer pelo pescoço até o colo.

– Michael – sussurrou ela, pressionando o corpo contra o dele. – Ah, Michael...

Ele segurou o traseiro dela e a puxou ainda mais para si, deixando escapar um gemido ao senti-la firme e cálida de encontro a sua ereção.

Ele pensara que a havia desejado antes, mas aquilo... era diferente.

– Eu preciso de você – disse ele com a voz rouca caindo de joelhos enquanto os lábios deslizavam até a essência dela, por cima da seda. – Eu preciso tanto de você...

Ela sussurrou o nome dele e pareceu confusa enquanto olhava para baixo, para ele, para a sua posição de súplica.

– Francesca – murmurou Michael, o nome dela sendo a coisa mais importante do mundo naquele momento. O nome, o corpo e a beleza de sua alma. – Francesca – repetiu, enterrando o rosto no ventre dela.

Francesca pousou as mãos sobre a cabeça dele, os dedos se emaranhando em seus cabelos. Ele poderia ter ficado assim durante horas, de joelhos diante dela, então ela também se abaixou e começou a beijá-lo.

– Eu quero você – disse. – Por favor.

Michael gemeu, então levantou-se junto com ela e puxou-a até a cama. Em instantes estavam sobre o colchão, a penugem macia os envolvendo enquanto se abraçavam.

– Frannie – sussurrou ele, os dedos trêmulos subindo a camisola de seda pelo corpo dela.

Francesca agarrou-o pela nuca e o puxou para si para lhe dar outro beijo, profundo e ardente.

– Eu preciso de você – repetiu ela, quase implorando. – Preciso tanto de você...

– Eu quero vê-la por inteiro – disse ele, praticamente rasgando a seda de seu corpo. – Preciso *senti-la* por inteiro.

Francesca estava tão ávida quanto Michael, e levou as mãos até a faixa do roupão dele, desamarrando o nó frouxo antes de abri-lo para revelar o peito largo. Tocou os pelos ralos, maravilhada, enquanto o acariciava.

Jamais imaginara estar naquele lugar, daquele jeito. Não era a primeira vez que o via assim, que o tocava daquela forma, mas de certo modo agora era diferente.

Ele era seu marido.

Era tão difícil de acreditar e, no entanto, a sensação era tão perfeita e tão certa...

– Michael? – chamou ela, tirando o roupão dele.

– Hum? – murmurou ele.

Estava ocupado fazendo algo delicioso com as mãos no corpo dela.

Francesca se recostou nos travesseiros, esquecendo-se por completo do que estava prestes a dizer, se é que desejara dizer alguma coisa.

As mãos dele deslizavam pelas suas coxas, então subiram para o seu quadril, seguiram até a cintura e, finalmente, até os seios. Francesca queria participar, queria se aventurar a tocá-lo da mesma forma que ele fazia com ela, mas as carícias de Michael a deixavam lânguida e preguiçosa, e a única coisa que podia fazer era se recostar e se deleitar, esticando as mãos de vez em quando para percorrer qualquer parte da pele dele que acaso alcançasse.

Sentiu-se querida.

Adorada.

Amada.

Isso a fazia sentir-se humilde.

Era maravilhoso.

Era sagrado e sedutor, e lhe tirava o fôlego.

Os lábios dele seguiram a trilha que as mãos já tinham percorrido, fazendo com que ondas de desejo se espalhassem pelo ventre dela até o vale entre os seus seios.

– Francesca – murmurou Michael, abrindo caminho até o mamilo com beijos.

Primeiro o estimulou com a língua, depois o tomou na boca, mordiscando-o suavemente.

A sensação foi intensa. Ela se contorceu e se agarrou aos lençóis numa busca desesperada de apoio.

– Michael – arfou, arqueando as costas.

Os dedos dele estavam agora no meio de suas pernas, como se ela precisasse de qualquer coisa para prepará-la para o momento da penetração. Ela queria aquilo ardentemente, e o queria para sempre.

– Você é deliciosa – disse ele com a voz rouca, o hálito quente sobre a pele dela.

Então deslocou o corpo, posicionando-se à entrada de sua feminilidade. Estava frente a frente com ela, os olhos brilhando, quentes e intensos.

Francesca ajeitou o corpo por baixo do dele, inclinando o quadril de maneira a acomodá-lo mais profundamente.

– Agora – disse ela em um misto de ordem e súplica.

Ele se movimentou bem devagar; avançou pouco a pouco, deliciosamente. Ela se abriu cada vez mais para ele, até sentir que ele a penetrara por completo.

– Ah, meu Deus – grunhiu ele, o rosto retesado de paixão. – Não posso... Preciso...

Ela respondeu arqueando os quadris, pressionando o corpo ainda mais firmemente contra o dele.

Ele começou a se mexer dentro dela, cada movimento trazendo uma nova onda de prazer que se espalhava e incendiava o corpo de Francesca. Ela disse o seu nome, então não conseguiu mais falar, não conseguiu fazer mais nada senão arquejar, buscando o ar, enquanto seus movimentos se tornavam mais frenéticos e desesperados.

Então aquilo tudo culminou num forte jorro de prazer. Seu corpo explodiu e ela gritou, incapaz de conter a intensidade da experiência. Michael a penetrou com ainda mais força, e mais outra vez, e outra. Gritou ao atingir o clímax, o nome dela uma prece e uma bênção em seus lábios, então deixou-se cair sobre ela.

– Eu sou pesado demais – disse ele em seguida, numa tentativa não muito convincente de sair de cima dela.

– Não – pediu Francesca, detendo-o.

Não queria que ele se mexesse, não por enquanto. Logo ficaria difícil de respirar e ele teria de ajustar a posição, mas por ora havia algo fundamental na posição em que se encontravam, algo do qual não queria abrir mão.

– Não – disse ele, e ela ouviu o sorriso em sua voz. – Vou amassá-la. – Ele deslizou de cima dela, mas não se afastou, e Francesca se enroscou ao lado dele como uma concha, as costas aquecidas pelo calor da pele dele, o corpo imobilizado pelo braço dele sob os seus seios.

Michael murmurou algo de encontro ao pescoço dela e, embora ela não pudesse compreender as palavras, na verdade não tinha importância: sabia o que ele dissera.

Ele adormeceu logo, a respiração uma lenta e constante canção de ninar em seu ouvido. Mas Francesca não dormiu. Estava cansada, sonolenta e satisfeita, mas não dormiu.

Havia sido diferente naquela noite.

E ela ficou se perguntando por quê.

CAPÍTULO 23

... Tenho certeza que Michael também lhe enviará uma carta, mas como a considero uma amiga muito, muito querida, queria lhe escrever pessoalmente para contar que nos casamos. Está surpresa? Eu preciso confessar que fiquei.

– da condessa de Kilmartin para Helen Stirling, três dias após o seu casamento com o conde de Kilmartin

– Está com uma aparência horrível.

Michael se virou para Francesca com uma expressão um tanto seca.

– Bom dia para você também – falou, voltando a atenção para os ovos e torradas que comia.

Francesca se sentou à frente dele à mesa do café. Já estavam na segunda semana de casamento. Michael se levantara cedo naquela manhã, e quando ela acordara o lado dele da cama já estava frio.

– Não estou brincando – insistiu ela, franzindo a testa. – Está pálido e sua postura está terrível. Devia voltar para a cama e descansar.

Ele começou a tossir, o corpo se sacudindo.

– Estou bem – falou, embora as palavras tenham saído mais como um arfar.

– Você não está bem.

Ele revirou os olhos.

– Casados há duas semanas e já...

– Se não queria uma mulher controladora, não devia ter se casado comigo – disse Francesca, medindo a largura da mesa e decidindo que não conseguiria estender a mão até a testa dele para ver se estava com febre.

– Estou bem – repetiu Michael, agora com firmeza.

Em seguida pegou um exemplar do jornal *The London Times* de vários dias antes, mas tão atual quanto se podia esperar nos condados fronteiriços da Escócia, e continuou a ignorá-la.

Francesca decidiu ignorá-lo também e começou a se dedicar à tarefa sempre desafiadora de espalhar geleia sobre o *muffin*.

Então ele tossiu de novo.

Ela se remexeu na cadeira, esforçando-se para não dizer nada.

Ele voltou a tossir, dessa vez se afastando da mesa e dobrando um pouco o corpo.

– M...

Ele a olhou com tal ferocidade que ela se calou.

Francesca estreitou os olhos.

Michael inclinou a cabeça de maneira irritantemente condescendente, até que o gesto foi estragado pelo espasmo que fez o corpo dele convulsionar mais uma vez.

– Já chega – anunciou Francesca, pondo-se de pé. – Vai voltar para a cama. Já.

– Eu estou bem – grunhiu ele.

– Você não está bem.

– Eu estou...

– Doente – interrompeu ela. – Você está doente, Michael. Enfermo, adoentado, acometido pela peste. Está doente. Não há maneira mais clara de dizer isso.

– Eu não estou acometido pela peste – murmurou ele.

– Não – concordou ela, dando a volta na mesa para segurar o braço dele –, mas tem malária e...

– Não é a malária – interrompeu ele, batendo no peito enquanto voltava a tossir.

Ela o fez se levantar, tarefa que não teria conseguido concluir sem alguma ajuda da parte dele.

– E como sabe disso? – perguntou.

– Apenas sei.

Ela franziu os lábios.

– E fala com o conhecimento médico proveniente de...

– De ter a doença há quase um ano – disse ele. – Não é a malária.

Ela o guiou em direção à porta.

– Além disso, é cedo demais – protestou ele.

– Cedo demais para quê?

– Para outra crise. A última foi aquela em Londres, e quanto tempo faz mesmo? Dois meses? É cedo demais.

– Por que é cedo demais? – indagou ela, a voz estranhamente baixa.

– Apenas é – murmurou ele, embora, em seu íntimo, soubesse que não era; conhecera muitas pessoas que tiveram crises de malária com intervalos de dois meses.

E várias haviam morrido.

Se as crises estavam se aproximando, será que isso queria dizer que a doença estava vencendo?

Que ironia. Finalmente se casara com Francesca e, agora, talvez estivesse morrendo.

– Não é a malária – repetiu, dessa vez com convicção suficiente para fazê-la interromper o passo e olhar para ele.

– Não é – repetiu.

Ela apenas assentiu.

– Provavelmente é só um resfriado – falou ele.

Francesca assentiu outra vez, mas ele teve a impressão de que o fazia apenas para apaziguá-lo.

– Vou colocá-lo na cama.

E ele deixou.

Dez horas depois, Francesca estava apavorada. A febre de Michael subira e, embora ele não estivesse delirando ou dizendo coisas desconexas, estava claro que seu estado era muito, muito ruim. Ficava dizendo que não era malária, que a sensação não era de malária, mas cada vez que ela o pressionava a lhe dar mais detalhes, ele não conseguia explicar por quê – ou pelo menos não de maneira que ela considerasse satisfatória.

Francesca não sabia muita coisa sobre a doença; as elegantes livrarias para senhoras de Londres se recusavam a vender livros de medicina. Havia desejado perguntar ao próprio médico ou mesmo a um especialista da Faculdade Real de Medicina, mas prometera a Michael manter a doença em segredo. Se saísse por aí indagando sobre a malária, alguém ia querer saber por quê. Assim, quase tudo o que sabia aprendera com Michael desde que ele voltara da Índia, poucos meses antes.

Mas não lhe parecia certo que as crises estivessem se tornando mais frequentes. Embora ela tivesse de admitir que não possuía qualquer conhecimento médico no qual basear tal suposição. Quando ele adoecera em Londres, dissera que seis meses haviam se passado desde a última crise, e três entre essa e a penúltima.

Por que então a doença haveria de mudar de curso de repente e atacar de novo tão rápido? Simplesmente não fazia sentido. Não se ele estivesse melhorando.

E ele *tinha* de estar melhorando.

Francesca deixou escapar um suspiro, estendendo a mão para lhe tocar a testa. Estava dormindo agora, roncando suavemente, como costumava fazer quando congestionado. Ao menos fora o que lhe dissera. Não estavam casados por tanto tempo para ela já ter conhecimento disso.

A pele estava quente, mas não muito. A boca parecia ressecada, então ela levou uma colherada de chá tépido aos lábios dele, inclinando-lhe o queixo para cima na tentativa de fazê-lo engolir enquanto dormia.

Em vez disso, ele engasgou e acordou, cuspindo o líquido na cama.

– Perdão – disse Francesca, avaliando o estrago.

Pelo menos fora uma colherada pequena.

– Que diabo está fazendo comigo? – perguntou ele.

– Não sei – admitiu ela. – Não tenho muita experiência como enfermeira. Você parecia estar com sede.

– Da próxima vez que eu estiver com sede, avisarei – resmungou ele.

Ela assentiu e observou enquanto ele tentava se acomodar outra vez.

– Não está com sede agora? – perguntou ela, com uma voz amável.

– Só um pouco. – As sílabas saíram entrecortadas.

Sem uma palavra, ela estendeu uma xícara de chá em sua direção. Ele a virou de um único gole.

– Quer mais uma xícara?

Ele fez que não.

– Se beber mais vou ter de uri... – Ele se interrompeu e pigarreou. – Desculpe – resmungou.

– Eu tenho quatro irmãos – disse ela. – Não se preocupe. Quer que eu vá pegar um urinol?

– Eu posso fazer isso sozinho.

Ele não lhe pareceu bem o bastante para atravessar o quarto por conta própria, mas ela sabia que não era prudente discutir com um homem tão irritado. Ele acabaria por ceder quando tentasse se levantar e caísse outra vez sobre a cama. Não havia argumento que pudesse convencê-lo do contrário antes disso.

– Está bastante febril – comentou ela baixinho.

– Não é a malária.

– Eu não disse...

– Mas pensou.

– E se *for* a malária? – perguntou ela.

– Não é...

– E se for? – interrompeu Francesca, constatando uma nota de pavor em sua voz.

Michael a fitou por vários segundos com olhos impiedosos. Por fim, apenas lhe deu as costas e disse:

– Não é.

Francesca engoliu em seco. Agora tinha a resposta que buscara.

– Se importa se eu der uma saída? – falou, levantando-se com tanta rapidez que chegou a ficar tonta.

Michael não respondeu, mas ela percebeu que ele deu de ombros por baixo das cobertas.

– Só quero dar uma caminhada – explicou ela, hesitante, dirigindo-se à porta. – Antes de o sol se pôr.

– Eu ficarei bem – resmungou.

Ela assentiu, embora ele não a estivesse olhando.

– Eu o verei em breve – disse ela.

Mas ele já adormecera.

O ar estava enevoado e ameaçava chover ainda mais, então Francesca pegou um guarda-chuva e caminhou em direção ao coreto. Pelo menos lá haveria um telhado sobre a sua cabeça.

Mas, a cada passo, sua respiração se tornava mais difícil, e até chegar a seu destino já estava arfando devido ao esforço, não da caminhada, mas da tentativa de conter as lágrimas.

No minuto em que se sentou, parou de tentar.

Os soluços eram enormes, mas ele não ligou.

Existia a possibilidade de Michael estar morrendo. Até onde sabia, ele *estava* morrendo e ela seria viúva duas vezes.

E isso quase a matara da última vez.

Simplesmente não sabia se era forte o bastante para passar por aquilo tudo outra vez. Não sabia se queria ser forte o bastante.

Maldição, não era certo e não era justo que ela tivesse de perder dois maridos quando tantas mulheres conseguiam ter um pela vida inteira. E a maioria dessas mulheres nem ao menos gostava do cônjuge, enquanto *ela* tinha amado um e agora amava o outro...

Francesca perdeu o fôlego.

Ela o amava? Amava Michael?

Não, não, pensou, ela não o *amava*. Não como amava John. Quando pensou a respeito, quando a palavra ecoou em sua mente, ela quis dizer como amigo. É claro que amava Michael dessa forma. Sempre o amara, não era mesmo? Era o seu melhor amigo, e o fora até mesmo enquanto John era vivo.

Pensou nele, viu o seu rosto, o seu sorriso.

Fechou os olhos, recordou o seu beijo e a sensação perfeita da mão colocada na base da sua coluna enquanto atravessavam a casa.

Então se deu conta do motivo pelo qual tudo parecia diferente entre eles nos últimos tempos. Não era, como havia pensado a princípio, apenas por terem se casado. Era porque ele era seu marido, porque ela usava a aliança que ele lhe dera.

Porque o amava.

Aquilo que existia entre eles, aquele elo, não era só paixão.

Era amor, e era divino.

E Francesca não poderia ter ficado mais surpresa nem se John se materializasse diante dela e começasse a dançar.

Michael.

Ela amava Michael.

Não só como amigo, mas como marido. Amava-o com a profundidade e com a intensidade que sentira por John. Era diferente porque eram homens diferentes, e ela também tinha se tornado diferente. Mas ainda era o amor de uma mulher por um homem, e preenchia cada centímetro do seu coração.

E, por Deus, não queria que ele morresse.

– Você não pode fazer isso comigo – gritou ela, colocando a cabeça para fora do coreto e olhando para o céu.

Um grosso pingo de chuva caiu entre seus olhos e espirrou dentro de um deles.

– Ah, não, não vai fazer isso, não – rosnou ela, secando o rosto. – Não pense que pode...

Mais três pingos em rápida sucessão.

– Maldição – murmurou Francesca, seguido por um "perdão" direcionado às nuvens.

Enfiou a cabeça outra vez para dentro do coreto e a chuva começou a aumentar.

O que deveria fazer agora? Encarar os fatos e voltar para casa ou chorar à vontade por algumas boas horas?

Olhou para a chuva, agora forte o suficiente para deixar assustada até mesmo a mais corajosa das mulheres.

Definitivamente, chorar bastante primeiro.

Michael abriu os olhos, surpreso em descobrir que já tinha amanhecido. Piscou algumas vezes apenas para se certificar disso. As cortinas estavam fechadas, embora não por completo, e havia um risco de luz no tapete.

Sim, já era de manhã. Devia mesmo ter estado cansado. A última coisa da qual se lembrava era de Francesca saindo correndo do quarto, avisando que pretendia caminhar um pouco apesar de estar tão claro que iria chover que qualquer tolo teria se dado conta disso.

Mas que mulher tola.

Tentou se sentar, mas logo caiu deitado outra vez. Maldição, estava morto. Não que fosse, teve de admitir, a melhor das metáforas, dadas as circunstâncias, mas não conseguia pensar em outra palavra que descrevesse melhor a dor que percorria seu corpo. Sentia-se exausto. Só de pensar em se sentar ele já começava a querer gemer.

Diabo, como se sentia *mal*.

Tocou a própria testa tentando verificar se continuava com febre, mas nesse caso a mão também estaria quente. Só podia ter certeza de que estava suando e, sem dúvida, necessitado de um bom banho.

Tentou farejar o ar à sua volta, mas estava tão congestionado que começou a tossir.

Deixou escapar um suspiro. Bem, se estivesse fedendo, pelo menos *ele* não era obrigado a sentir o cheiro.

Ouviu um barulho suave à porta e ergueu a vista para ver Francesca entrar no quarto. Ela andava em silêncio, apenas com meias nos pés, claramente tentando não incomodá-lo. Ao se aproximar da cama, no entanto, olhou para ele e deixou escapar um pequeno "Oh!" de surpresa.

– Está acordado – disse ela.

Ele fez que sim.

– Que horas são? – perguntou ele.

– Oito e meia. Não é tão tarde, a não ser pelo fato de você ter adormecido ontem antes do jantar.

Ele assentiu outra vez, já que não tinha mais nada de pertinente para acrescentar à conversa. Além disso, estava cansado demais para falar.

– Como está se sentindo? – indagou ela, sentando-se ao seu lado. – Quer alguma coisa para comer?

– Péssimo, e não, obrigado.

Francesca contraiu os lábios de leve.

– Quer beber alguma coisa?

Ele fez que sim.

Ela pegou uma pequena tigela em uma mesa próxima. Um pires a cobria, presumivelmente para manter o conteúdo morno.

– É de ontem à noite – disse ela, em tom de desculpas –, mas ficou coberta, então não deve estar pavorosa.

– É caldo? – perguntou ele.

Ela assentiu, levando a colher aos lábios dele.

– Está frio demais?

Ele provou um pouco e balançou a cabeça. Não estava nem perto de morno, mas não achou que toleraria qualquer coisa que estivesse quente demais, de qualquer forma.

Ela lhe deu mais algumas colheradas e então, assim que ele disse que já tomara o bastante, ela baixou a tigela e recolocou o pires cuidadosamente de volta no lugar, embora fosse pedir uma porção nova para a próxima refeição.

– Está com febre? – sussurrou ela.

Ele tentou sorrir.

– Não tenho a menor ideia.

Ela levou a mão à sua testa.

– Não tive tempo de me banhar – resmungou ele.

Ela não fez a menor menção de ter ouvido e franziu a testa enquanto apertava a mão de encontro à testa dele com mais força. Então levantou-se, inclinou o corpo sobre ele e encostou os lábios à sua fronte.

– Frannie?

– Você está quente – disse ela, mal sussurrando as palavras. – Você está quente!

Ele nada fez além de piscar.

– Ainda está com febre! – exclamou ela, muito animada. – Não compreende? Se continua com febre, não pode ser a malária!

Por um instante, ele não conseguiu respirar. Ela estava certa. Ainda não conseguia acreditar, mas ela estava certa. As febres da malária sempre desapareciam depois do primeiro dia. Voltavam a atacar no dia seguinte, e muitas com força arrasadora, mas sempre se dissipavam antes disso.

– Não é malária – repetiu ela, os olhos estranhamente brilhantes.

– Eu lhe disse que não era – retrucou Michael, embora em seu íntimo ele soubesse a verdade: não estivera tão certo assim.

– Não vai morrer – sussurrou ela, mordendo o lábio inferior.

Ele a encarou.

– Ficou temerosa de eu morrer? – perguntou, baixinho.

– É claro – respondeu ela, já não tentando esconder a voz embargada. – Meu Deus, Michael, você é inacreditável... Tem alguma ideia de quanto eu... Ora, pelo amor de Deus...

Ele não havia entendido muito do que ela acabava de dizer, mas tinha a impressão de que era bom.

Francesca se levantou. Havia um guardanapo de pano ao lado do caldo; ela o pegou e o usou para secar os olhos.

– Frannie? – murmurou ele.

– Você é o típico *homem* – declarou ela, fazendo uma careta.

Ao ouvir isso, ele se limitou a erguer as sobrancelhas, esperando que ela prosseguisse.

– Devia saber que eu... – Então ela se deteve.

– O que, Frannie?

Ela balançou a cabeça.

– Ainda não – disse, e ele teve a impressão de que falava mais consigo mesma do que com ele. – Logo, mas ainda não.

Michael piscou.

– Não estou entendendo.

– Tenho de sair – disse ela abruptamente. – Preciso fazer uma coisa.

– Às oito e meia da manhã?

– Eu volto logo – retrucou ela, apressando-se em direção à porta. – Não saia daí.

– Ah, maldição. Lá se vão os meus planos de visitar o rei – gracejou ele.

Mas Francesca estava tão distraída que nem se deu o trabalho de ironizar sua patética tentativa de fazer humor.

– Logo – repetiu ela, a palavra soando estranhamente como uma promessa. – Eu volto logo.

E ele só pôde dar de ombros e observar enquanto a porta se fechava às costas dela.

CAPÍTULO 24

... Não sei muito bem como lhe contar isso, e também não sei muito bem como a notícia será recebida, mas Michael e eu nos casamos há três dias. Não tenho como descrever os eventos que conduziram ao casamento; só posso dizer que tive a sensação de que era o certo a ser feito. Por favor, tenha a certeza de que isso em nada diminui meu amor por John. Ele sempre terá um lugar especial em meu coração, assim como você...

– de Francesca para a mãe de John, a condessa viúva de Kilmartin, três dias após o seu casamento com o conde de Kilmartin

Quinze minutos depois, Michael se sentia muito melhor. Não completamente bem, é claro; não poderia ter se convencido de maneira alguma – ou a qualquer outra pessoa, na verdade – que voltara a ser ele próprio, com a robustez e o vigor de costume. Mas o caldo deve ter lhe devolvido um pouco do ânimo, assim como a interação com Francesca, e quando se levantou para usar o urinol, percebeu que as pernas estavam mais firmes do que teria pensado. Depois tomou um banho improvisado, usando um pano úmido para tirar o grosso do suor do corpo. Após vestir um roupão limpo, sentiu-se quase humano outra vez.

Começou a voltar para a cama, mas não conseguiu se forçar a se enfiar de volta entre os lençóis suados, então chamou um criado e se sentou na poltrona de couro após virá-la levemente de maneira a poder olhar pela janela.

Fazia sol. Era uma agradável mudança. O céu tinha estado cinzento desde o seu casamento, duas semanas antes. Não se importara muito com isso; quando alguém passava tanto tempo fazendo amor com a esposa, como ele, não se importava se o sol estava brilhando.

Mas agora, ao escapar da cama depois de ter estado tão debilitado, sentiu o ânimo melhorar com o faiscar da luz do sol sobre a grama coberta de orvalho.

Do lado de fora da janela, um movimento atraiu os seus olhos e ele percebeu que era Francesca atravessando o gramado, apressada. Estava longe demais para que ele pudesse vê-la com clareza, mas estava embrulhada em seu casaco mais simples, levando algo na mão.

Inclinou o corpo para a frente para poder ver melhor, mas ela desapareceu de vista, deslizando por trás de uma cerca viva.

Nesse momento, Reivers entrou no quarto.

– Chamou, milorde?

Michael se virou para olhá-lo.

– Chamei. Pode pedir que alguém venha trocar os lençóis?

– É claro, milorde.

– E... – Michael estivera prestes a pedir também que Reivers lhe preparasse um banho, mas em vez disso perguntou: – Por acaso sabe aonde Lady Kilmartin foi? Eu a vi atravessar o gramado.

Reivers fez que não.

– Não, milorde. Ela não me disse, mas Davies me contou que ela pediu ao jardineiro que cortasse algumas flores para ela.

Michael assentiu enquanto seguia mentalmente a cadeia de pessoas pelas quais a informação tinha sido passada adiante. De fato, precisava ter mais respeito pela simples eficiência dos boatos dos criados.

– Flores – murmurou ele.

Devia ser o que ela levava nas mãos ao atravessar o gramado alguns minutos antes.

– Peônias – confirmou Reivers.

– Peônias – ecoou Michael, chegando o corpo para a frente, com interesse.

Eram as flores preferidas de John e haviam composto o miolo do buquê de casamento de Francesca. Era quase assustador que se lembrasse de um detalhe desses, mas embora tivesse se embebedado por completo tão logo John e Francesca deixaram a festa, ele recordava a cerimônia nos menores detalhes.

O vestido tinha sido azul. Azul cor de gelo. E as flores, peônias. Tiveram de encomendar de uma estufa, mas Francesca havia insistido.

E de repente ele soube exatamente aonde ela estava indo.

Dirigia-se à sepultura de John.

Michael visitara o local uma vez desde que voltara. Fora sozinho, alguns dias após o extraordinário momento em que de repente se dera conta de que John teria aprovado seu casamento com Francesca. Mais do que isso, chegara a imaginar que o primo lá de cima, em algum lugar, dava uma boa risada daquilo tudo.

E Michael não podia deixar de se perguntar: será que Francesca compreendia isso? Será que percebia que John teria desejado isso? Para os dois?

Ou será que continuava possuída pela culpa?

Michael se levantou. Ele conhecia a culpa, sabia como podia devorar o coração de uma pessoa e dilacerar-lhe a alma. Conhecia a dor e sabia que funcionava como ácido.

E nunca desejaria isso a Francesca. Nunca.

Talvez ela não o amasse. Talvez nunca viesse a amá-lo. Mas estava mais feliz agora do que antes de se casarem; disso ele tinha certeza. E ficaria arruinado se ela sentisse qualquer vestígio de vergonha por tal felicidade.

John teria desejado que ela fosse feliz. Que amasse e fosse amada. E se Francesca, de alguma forma, não se dava conta disso...

Michael começou a se vestir. Podia ainda estar fraco e febril, mas, por Deus, tinha condições de chegar à capela do cemitério. Aquilo poderia quase matá-lo, mas ele não permitiria que ela mergulhasse na mesma culpa arrasadora com a qual ele sofrera por tanto tempo.

Francesca não precisava amá-lo. Mas tinha de se sentir livre. Livre para ser feliz.

Porque se não estivesse feliz...

Bem, *isso* o mataria. Podia viver sem o seu amor, mas não sem a sua felicidade.

Francesca sabia que o chão estaria úmido, então levara consigo uma pequena manta. O verde e dourado do quadriculado Stirling a fez sorrir melancolicamente ao estendê-lo sobre a grama.

– Olá, John – disse, ajoelhando-se para ajeitar as peônias com cuidado na base da lápide.

A sepultura era simples, bem menos ostentosa que a dos monumentos que muitos nobres erigiam em homenagem a seus mortos.

Mas era o que John teria desejado. Ela o conhecia tão bem que fora capaz de prever as suas palavras durante metade do tempo que tinham passado juntos.

Ele teria desejado algo simples, e que fosse ali, no canto extremo do pátio da igreja mas próximo aos campos abertos de Kilmartin, seu lugar preferido no mundo.

E fora isso que ela lhe dera.

– Está um dia agradável – disse Francesca, sentando-se de pernas cruzadas no chão.

Não podia sentar-se daquela maneira na companhia de outras pessoas, mas ali pôde ficar à vontade.

John teria desejado isso.

– Choveu por semanas – disse ela. – Alguns dias foram piores do que outros, é claro, mas nenhum deles se passou sem ao menos alguns minutos de chuva. Você não teria se importado, mas eu confesso que estava ansiando pelo sol.

Ela notou que um dos caules não estava exatamente onde queria, então chegou para a frente e o ajeitou.

– É claro que isso não me impediu de sair – continuou ela, com uma risadinha. – Nos últimos tempos eu tenho sido pega pela chuva com alguma frequência. Não sei ao certo o que é; eu costumava prestar mais atenção ao tempo.

Ela suspirou.

– Não, eu sei, sim, o que é. Mas estou com receio de lhe contar. É bobagem minha, eu sei, mas...

Ela riu outra vez, um som forçado que lhe pareceu completamente inadequado. Era a única coisa que ela jamais sentira na presença de John: nervoso. No mesmo instante em que haviam se conhecido, ela se sentira totalmente à vontade na presença dele, tanto com ele quanto consigo mesma.

Agora ela finalmente sentia ter motivo para estar nervosa.

– Algo aconteceu, John – continuou, os dedos puxando o tecido do casaco. – Eu... comecei a sentir uma coisa por alguém que talvez não devesse.

Olhou à sua volta, quase esperando algum tipo de sinal divino. Mas não houve nada, apenas o suave farfalhar do vento entre as folhas.

Ela engoliu em seco, concentrando a atenção de volta na lápide de John. Que bobagem um pedaço de rocha poder simbolizar um homem, mas ela não tinha a menor ideia de para onde olhar enquanto conversava com a memória dele.

– Eu talvez não devesse ter começado a sentir isso – prosseguiu –, ou talvez só tenha achado que não devia. Não sei. Só sei que aconteceu. Eu não esperava, mas então lá estava e... por...

Ela se deteve, os lábios se curvando num sorriso quase de pesar.

– Bem, acho que você já sabe por quem. Pode imaginar?

Então, algo extraordinário aconteceu. A terra não se moveu e nenhum feixe de luz atravessou o cemitério. Não foi nada disso. Não foi nada palpável, nada audível ou visível, apenas uma estranha sensação de mudança dentro dela, quase como se algo tivesse, por fim, se acomodado no lugar.

E ela soube verdadeira e completamente que John poderia ter imaginado. E, mais do que isso, que o teria desejado.

Teria desejado que ela se casasse com Michael. Na verdade, teria desejado que ela se casasse com qualquer homem pelo qual se apaixonasse, mas ela achava que ficaria contente se fosse Michael.

Os dois eram suas pessoas preferidas no mundo, e ele teria gostado de saber que estavam juntos.

– Eu o amo – disse ela, dando-se conta de que era a primeira vez que proferia isso em voz alta. – Eu amo Michael. Amo de verdade, e, John... – Ela tocou o nome dele gravado na lápide. – Eu acho que você aprovaria. Chego a achar que foi você quem arranjou tudo isso.

Ela fez uma pausa e depois, com lágrimas nos olhos, prosseguiu:

– É tão estranho... Passei tanto tempo achando que nunca mais voltaria a me apaixonar... Como poderia? E quando alguém me perguntava o que você teria desejado para mim, é claro que eu respondia que gostaria que eu encontrasse outra pessoa. Mas no fundo... – Ela sorriu, melancólica. – No fundo eu sabia que jamais aconteceria. Eu não ia me apaixonar. Eu sabia. Tinha certeza absoluta. Assim, não tinha muita importância o que você teria desejado para mim, não é mesmo?

Agora a emoção deixava sua voz embargada:

– Só que aconteceu. Aconteceu mesmo sem eu esperar. E com Michael. Eu o amo tanto, John... Eu insistia em dizer para mim mesma que não, mas quando achei que ele estivesse morrendo, foi demais para mim e eu soube... ah, Deus, eu soube, John. Eu preciso dele. Eu o amo. Não posso viver sem ele e precisava lhe contar, saber que você... que você...

Não conseguiu continuar. Havia muitos sentimentos tomando conta dela, todos lutando desesperadamente para sair. Ela enterrou o rosto nas mãos e chorou, não de pesar, não de alegria, mas porque não conseguia conter aquelas emoções todas dentro de si.

– John – arfou ela. – Eu o amo. E acho que é o que você teria querido. Eu realmente acho...

E então ouviu um barulho vindo de trás de si. Um passo, um respirar. Virou-se, mas já sabia quem seria. Podia senti-lo no ar.

– Michael – murmurou, fitando-o como se fosse um espectro.

Estava pálido e abatido, e teve de se encostar numa árvore em busca de apoio, mas aos olhos dela ele pareceu perfeito.

– Francesca – falou, num suspiro. – Frannie.

Ela se levantou sem desviar os olhos dos dele por um instante sequer.

– Você me ouviu?

– Eu te amo – disse ele, com a voz rouca.

– Mas você me ouviu? – insistiu ela.

Ela precisava saber, e se ele não a tivesse ouvido, ela teria de lhe dizer.

Michael assentiu com um movimento espasmódico da cabeça.

– Eu te amo – disse ela. Queria ir até ele, queria atirar os braços a seu redor, mas permaneceu presa no mesmo lugar. – Eu te amo – repetiu. – Eu te amo.

– Você não precisa...

– Preciso, sim. Eu tenho de dizê-lo. Eu te amo. Amo, sim. Eu te amo muito.

Então, a distância entre os dois desapareceu e os braços dele a envolveram. Ela enterrou o rosto em seu peito, as lágrimas encharcando-lhe a camisa. Não sabia ao certo por que chorava, mas não se importava. Só queria o calor de seu abraço.

Ali, ela podia pressentir o futuro, e era maravilhoso.

Michael repousou o queixo sobre a cabeça dela.

– Eu não estava querendo dizer que você não precisava falar – murmurou ele –, só que não precisava repetir.

Ela riu ao ouvir aquilo, mesmo enquanto as lágrimas continuavam a fluir.

– Você tem de dizê-lo – continuou ele. – Se sente, então tem de dizer. Eu sou ganancioso e quero tudo para mim.

Ela ergueu a vista para ele, os olhos brilhantes.

– Eu te amo.

Michael tocou a sua face.

– Não tenho a menor ideia do que fiz para merecê-la – falou.

– Não teve de fazer nada – sussurrou ela. – Só precisou existir. – Ela ergueu a mão e tocou o rosto dele, o gesto um reflexo perfeito do dele. – Eu só demorei um pouco para me dar conta, só isso.

Ele virou o rosto em direção à mão dela, então cobriu-a com as próprias mãos. Beijou-lhe a palma, parando apenas para sentir o perfume de sua pele. Tentara se convencer de que não importava se ela o amava, que tê-la como esposa era o suficiente. Mas agora...

Agora que ela o dissera, agora que seu coração voara às maiores alturas, ele havia descoberto que não era bem assim.

Aquilo era o paraíso.

Aquilo era ser abençoado.

Era algo que ele nunca ousara esperar, algo que jamais poderia ter sonhado que existisse.

Era *amor.*

– Eu a amarei pelo resto da minha vida – jurou ele. – Darei minha vida por você. Eu a honrarei e a tratarei com carinho. Eu...

Ele engasgava nas palavras, mas não se importava. Apenas queria lhe dizer. Apenas queria que ela soubesse.

– Vamos para casa – pediu ela baixinho.

Ele assentiu com a cabeça.

Francesca pegou a mão dele, conduziu-o cuidadosamente para longe da clareira e tomou o bosque que levava a Kilmartin. Michael se deixou levar por ela, mas, antes de seguir caminho, voltou-se para a sepultura de John e articulou as palavras: *Muito obrigado.*

Então deixou que a esposa o guiasse até a casa.

– Eu queria lhe contar mais tarde – comentou ela. A voz ainda tremia de emoção, mas ela já começava a soar um pouco mais normal. – Eu havia planejado algum gesto bem romântico. Algo... – Ela se virou para ele, oferecendo-lhe um sorriso de pesar. – Bem, não sei o quê, mas teria sido grandioso.

Ele apenas balançou a cabeça.

– Não preciso disso. Eu só preciso... Só preciso...

E não importava que ele não soubesse como terminar a frase, porque de alguma forma ela sabia.

– Eu sei – murmurou Francesca. – Preciso exatamente da mesma coisa.

EPÍLOGO

Meu querido sobrinho,

Embora Helen insista que não se surpreendeu com o anúncio de seu casamento com Francesca, devo admitir que tenho uma imaginação bem menos fértil e confesso que, para mim, foi um choque.

Imploro-lhe, no entanto, que não confunda choque com falta de aceitação. Não precisei de muito tempo ou reflexão para me dar conta de que você e Francesca formam um casal ideal. Não sei como não enxerguei isso antes. Não afirmo entender de metafísica e, na verdade, raramente tenho muita paciência para quem diz entender, mas há uma compreensão entre vocês dois, uma comunhão de mentes e de almas existente num plano superior.

Está claro que nasceram um para o outro.

Estas não são palavras fáceis de escrever. John ainda vive em meu coração e eu sinto sua presença todos os dias. Choro a perda de meu filho e sempre o farei. Não posso lhe dizer quanto me conforta saber que você e Francesca se sentem da mesma forma.

Espero que não me ache presunçosa ao lhe oferecer minha bênção.

E espero que não me ache tola por também lhe agradecer.

Obrigada, Michael, por ter permitido que meu filho a amasse primeiro.

– de Janet Stirling, viúva condessa de Kilmartin, para Michael Stirling, conde de Kilmartin, junho de 1824

NOTA DA AUTORA

Caro leitor,

Sujeitei os personagens de *O conde enfeitiçado* a uma parcela não muito justa de infortúnios médicos. Pesquisar as doenças que acometeram tanto John quanto Michael foi complicado; tive de me certificar de que o processo de suas doenças fizesse sentido do ponto de vista científico ao mesmo tempo que revelava apenas o que era conhecido pela ciência na Inglaterra de 1824.

John morreu de um aneurisma cerebral rompido. Aneurismas cerebrais são enfraquecimentos congênitos das paredes dos vasos sanguíneos do cérebro. Podem permanecer dormentes por muitos anos ou se dilatarem depressa e romper, levando a um sangramento dentro do cérebro, que pode ser seguido por perda de consciência, coma e morte. As dores de cabeça provocadas por aneurismas cerebrais rompidos em geral são súbitas e violentas, mas antes da ruptura em si a pessoa pode sentir uma dor de cabeça persistente.

Nada poderia ter sido feito para salvá-lo; mesmo hoje, aproximadamente metade dos aneurismas cerebrais rompidos leva à morte.

No século XIX, a única forma de se fazer o diagnóstico definitivo dessa condição era durante a autópsia. É muito pouco provável, no entanto, que um conde fosse submetido a uma dissecação após a morte; dessa forma, o falecimento de John teria permanecido um mistério para aqueles que o amavam. Tudo o que Francesca poderia saber era que o marido teve uma dor de cabeça, foi se deitar e morreu.

O ponto decisivo para a detecção de aneurismas cerebrais ocorreu com o uso do angiograma, na década de 1950. Essa técnica, que consiste na aplicação de um contraste nos vasos sanguíneos que alimentam o cérebro para criar um raio X da anatomia vascular, foi desenvolvida por Egas Moniz, em Portugal, em 1927. Uma informação interessante: Moniz ganhou o Nobel de Medicina em 1949, mas não pelo seu trabalho no campo do angiograma, pioneiro e que salvou inúmeras vidas. Na verdade, foi celebrado pela descoberta da lobotomia frontal como tratamento para doenças mentais.

Quanto à malária, trata-se de uma doença existente desde a Antiguidade. Por meio de registros históricos, observou-se que a exposição ao ar quente e úmido está associada a febres periódicas, fraqueza, anemia, falência renal, coma e morte. O nome da doença vem da expressão italiana para "ar ruim" e reflete a crença dos nossos ancestrais de que o ar, em si, era o culpado. Em *O conde enfeitiçado*, Michael cita o "ar pútrido" como a fonte de sua doença.

Hoje sabemos que a malária é, na verdade, infecciosa. As condições climáticas quentes e pantanosas não são as únicas causas, mas servem de solo fértil para a reprodução de mosquitos do gênero *Anopheles*, vetor da infecção. Durante uma picada do inseto, a fêmea injeta organismos microscópicos no infeliz hospedeiro humano. Esses organismos são parasitas unicelulares do gênero *Plasmodium*. Há quatro espécies de *Plasmodium* que podem infectar as pessoas: *falciparum, vivax, ovale* e *malariae*. Uma vez na corrente sanguínea, esses micro-organismos são levados até o fígado, onde se multiplicam em ritmo frenético. No espaço de uma semana, dezenas de milhares de parasitas são liberados outra vez na corrente sanguínea, onde infectam os glóbulos vermelhos e se alimentam da hemoglobina que se encontra em seu interior e que carrega o oxigênio. A cada dois ou três dias, através de um processo sincronizado pouco compreendido, os filhotes desses parasitas surgem de dentro dos glóbulos vermelhos, causando febres altas e calafrios violentos. No caso da malária *falciparum*, as células infectadas podem se tornar pegajosas, grudando-se à parte interna dos vasos sanguíneos do rim e do cérebro, levando à insuficiência renal e ao coma – e à morte, caso o tratamento demore a ocorrer.

Michael teve sorte. Pegou a malária *vivax*, que persiste no fígado da pessoa infectada por décadas, mas raramente a mata. A exaustão e as febres causadas por ela, no entanto, são graves.

Ao final do livro, Michael e Francesca temem que o aumento das crises signifique o fracasso da batalha contra a doença. Na verdade, no caso da malária *vivax*, isso não teria importado. Não é possível saber quando um portador da malária *vivax* poderá ter uma crise de febre (a não ser no caso de imunossupressão, como em pacientes com câncer, grávidas ou pessoas com aids). Na verdade, em alguns pacientes as febres nunca mais ocorrem e eles permanecem saudáveis pelo resto da vida. Gosto de pensar que Michael tenha sido um dos afortunados, mas mesmo que não tenha sido esse o caso, não há motivo para crer que não tenha vivido até uma idade bem avançada. Além do mais, como a malária é, estritamente, uma doença transmissível por via sanguínea, ele não poderia tê-la passado para os membros de sua família.

A causa da malária ainda não seria compreendida durante décadas após a ambientação de *O conde enfeitiçado*, mas o tratamento básico já era conhecido: havia a possibilidade de cura pelo consumo da casca da árvore tropical cinchona. A casca costumava ser misturada à água, produzindo o quinino. O quinino começou a ser comercializado na França em 1820, mas seu uso já tinha sido razoavelmente difundido algum tempo antes.

No mundo desenvolvido, a malária já foi praticamente erradicada, em grande parte devido a iniciativas de controle dos mosquitos. No entanto, continua sendo uma das principais causas de morte e invalidez entre os habitantes do mundo em desenvolvimento. Entre 1 e 3 milhões de pessoas morrem por ano de malária *falciparum*. Isso significa uma morte a cada trinta segundos. A maioria das mortes ocorre na África subsaariana e grande parte das vítimas são crianças com menos de 5 anos.

Parte do lucro deste livro será doada à pesquisa pelo desenvolvimento de medicamentos para a malária.

Com carinho,

Julia Q.

AGRADECIMENTOS

Meu muito obrigada aos Drs. Paul Pottinger e Philip Yarnell pela expertise no campo das doenças infecciosas e da neurologia, respectivamente.

CONHEÇA O PRÓXIMO LIVRO DA SÉRIE

Um beijo inesquecível

PRÓLOGO

1815, dez anos antes de a nossa história começar de verdade...

Havia quatro princípios básicos a governar o relacionamento de Gareth St. Clair com o pai que dependiam de ele manter o bom humor e a sanidade, de uma maneira geral.

Um: Eles não conversavam a não ser que fosse absolutamente necessário.

Dois: Todas as conversas absolutamente necessárias deviam ser o mais breves possível.

Três: No caso em que mais do que um simples cumprimento fosse emitido, era sempre preferível haver uma terceira pessoa presente.

E, por fim, quatro: Para que os pontos um, dois e três fossem atingidos, Gareth devia se comportar de maneira a acumular o maior número de convites possível para passar as férias escolares com amigos.

Em outras palavras, não em casa.

Em palavras ainda mais precisas, longe do pai.

De maneira geral, achava Gareth, quando se dava o trabalho de pensar a respeito, o que não era frequente, agora que transformara as táticas de evasão numa ciência, esses princípios lhe serviam bem.

E serviam ao pai igualmente bem, uma vez que Richard St. Clair gostava do filho mais novo tanto quanto o filho mais novo gostava dele. Motivo pelo qual, pensou Gareth, cerrando o cenho, ficara tão surpreso em ser convocado da escola à sua casa.

E com tal vigor.

A missiva do pai não continha a menor ambiguidade. Gareth devia se dirigir à Casa Clair, imediatamente.

Era um bocado irritante aquilo. Faltando apenas dois meses para deixar Eton, a vida estava em plena marcha na escola, uma inebriante mistura de divertimento e estudo e, é claro, a ocasional e clandestina incursão ao pub local, sempre tarde da noite e sempre envolvendo vinho e mulheres.

A vida de Gareth estava, exatamente, da maneira que um rapaz de 18 anos desejaria que estivesse. E ele estivera sob a pressuposição de que, contanto que permanecesse fora da linha de visão do pai, a vida aos 19 anos seria igualmente abençoada. Devia ir no outono, junto de todos os amigos mais próximos, para Cambridge, onde tinha a intenção de prosseguir os estudos e a vida social com igual fervor.

Olhando à sua volta, no vestíbulo da Casa Clair, deixou escapar um longo suspiro que deveria soar impaciente, mas acabou por sair mais nervoso do que qualquer outra coisa. O que poderia o barão – como dera para chamar o pai – querer com ele? Havia muito o pai anunciara que tinha lavado as mãos em relação ao filho mais novo e só estava pagando a sua instrução porque isso era esperado dele.

O que todos sabiam querer dizer que ficaria mal aos olhos dos amigos e dos vizinhos se Gareth não fosse mandado para uma boa escola.

Quando Gareth e o pai, *de fato*, cruzavam caminhos, o barão passava o tempo todo dizendo que o garoto era um desapontamento.

O que só fazia com que Gareth desejasse contrariar o pai ainda mais. Afinal, não havia nada como confirmar as expectativas alheias.

Gareth batia o pé no chão, sentindo-se como um estranho em sua própria casa, enquanto esperava que o mordomo alertasse o pai de sua chegada. Passara tão pouco tempo ali nos últimos nove anos que era difícil sentir algum grande apego ao lugar. Para ele, não era mais do que um monte de pedras que pertenciam ao pai e que acabariam por ser passadas para o irmão mais velho, George. Nada da casa e nada da fortuna St. Clair seria herdado por Gareth e ele sabia que deveria construir o próprio caminho neste mundo. Supunha que entraria para o exército depois de Cambridge; a única outra vocação aceitável era o clero, e só Deus sabia que ele não se adequava a *isso*.

Gareth tinha poucas recordações da mãe, que morrera num acidente quando ele tinha 5 anos, embora conseguisse se lembrar de ela desalinhar seus cabelos e de rir sobre ele nunca levar nada a sério.

– Meu diabinho, é o que você é – costumava dizer. – Não perca isso. O que quer que você faça, não perca isso.

E ele não o perdera. E duvidava muito de que a Igreja Anglicana desejasse vê-lo entre os seus.

– Mestre Gareth.

Gareth ergueu a vista ao ouvir a voz do mordomo. Como sempre, Guilfoyle pronunciava as frases sem inflexão, jamais com interrogações.

– O seu pai o verá agora – entoou Guilfoyle. – Está no escritório.

Gareth assentiu com a cabeça para o mordomo idoso e se dirigiu pelo corredor até o escritório do pai, na sua opinião, o cômodo mais detestado da casa. Era ali que o pai ministrava seus sermões, dizia que ele jamais daria para coisa alguma, e fora ali que especulara – gelidamente – que jamais deveria ter tido um segundo filho, pois Gareth não era mais do que um desperdício das finanças da família e uma mancha em sua honra.

Não, pensou Gareth enquanto batia à porta, não havia lembranças felizes naquele lugar.

– Entre!

Gareth empurrou a pesada porta de carvalho e deu um passo para dentro. O pai estava sentado atrás da escrivaninha, rabiscando alguma coisa numa folha de papel. Pareceu-lhe bem, pensou Gareth, um tanto inutilmente. O pai sempre parecia estar bem. Teria sido mais fácil se ele tivesse se transformado numa caricatura corada, mas não, lorde St. Clair estava em boa forma, era forte e tinha a aparência de um homem duas décadas mais jovem do que os seus cinquenta e tantos anos.

Tinha a aparência de um homem que um menino como Gareth deveria respeitar.

E isso tornava ainda mais cruel a dor da rejeição.

Gareth esperou pacientemente até que o pai erguesse o olhar. Quando não o fez, ele limpou a garganta.

Nenhuma reação.

Gareth tossiu.

Nada.

Gareth sentiu os dentes rangerem. Era esta a rotina do pai: ignorá-lo apenas tempo suficiente para servir de lembrete de que não o considerava digno de nota.

Gareth pensou em dizer: "Senhor". Pensou em dizer: "Milorde". Pensou, até mesmo, em pronunciar a palavra "Pai", mas ao final apenas relaxou o corpo de encontro ao batente da porta e se pôs a assobiar.

O pai ergueu os olhos imediatamente.

– Pare – ordenou.

Gareth entortou a sobrancelha e ficou em silêncio.

– E fique em pé direito. Por Deus – disse o barão, irritado –, quantas vezes eu já lhe disse que assobiar é falta de educação?

Gareth esperou um segundo e perguntou:

– Quer que eu responda ou é uma pergunta retórica?

A pele do pai ficou vermelha.

Gareth engoliu em seco. Não devia ter dito aquilo. Sabia que o tom deliberadamente jocoso enfureceria o barão, mas às vezes era tão difícil ficar de boca fechada. Passara anos tentando fazer com que o pai gostasse dele e, finalmente, se rendera e desistira.

E se pudesse sentir alguma satisfação em deixar o velho tão infeliz quanto ele o deixava, que assim fosse. Cada um encontrava seus prazeres onde era possível.

– Estou surpreso que esteja aqui – comentou o pai.

Gareth piscou, aturdido.

– O senhor me mandou vir – respondeu. E a infeliz verdade era que jamais havia desafiado o pai. Não de verdade. Cutucava, incitava, acrescentava um toque de insolência a cada uma de suas afirmações e ações, mas nunca se portava de maneira explicitamente desafiadora.

Covarde miserável que era.

Em seus sonhos, ele reagia. Em seus sonhos, dizia ao pai exatamente o que achava dele, mas, na realidade, o desafio se limitava a assovios e expressões faciais mal-humoradas.

– Mandei, sim – disse o pai, recostando-se ligeiramente na cadeira. – Não obstante, jamais dou uma ordem esperando que a siga corretamente. Você raramente o faz.

Gareth nada disse.

O pai ficou de pé e caminhou até uma mesa próxima, onde mantinha um decantador de brandy.

– Imagino que esteja se perguntando a que vem tudo isso – disse.

Gareth fez que sim, mas o pai não se deu o trabalho de olhá-lo, então ele acrescentou:

– Sim, senhor.

O barão sorveu o brandy com grande satisfação, fazendo com que Gareth esperasse enquanto ele saboreava o líquido âmbar. Por fim, virou-se e, com um olhar de frio escrutínio, disse:

– Descobri uma maneira de você ser útil à família St. Clair.

Gareth ergueu a cabeça com um movimento abrupto e surpreso.

– É mesmo, senhor?

O pai tomou outro gole, então baixou o copo.

– Exato. – Virou-se para o filho e o olhou diretamente pela primeira vez durante a conversa. – Você vai se casar.

– Senhor? – indagou Gareth, quase engasgando.

– Este verão – confirmou lorde St. Clair.

Gareth agarrou o espaldar da cadeira de maneira a se manter em pé. Pelo amor de Deus, tinha 18 anos. Era jovem demais para se casar. E quanto a Cambridge? Será que poderia frequentar a faculdade quando fosse um homem casado? E onde colocaria a esposa?

E, meu bom Deus do céu, com quem haveria de se casar?

– Trata-se de um ótimo partido – continuou o barão. – O dote haverá de restabelecer nossas finanças.

– Nossas finanças, senhor? – sussurrou Gareth.

Os olhos de lorde St. Clair se prenderam aos do filho como garras.

– Estamos hipotecados até a alma – disse, asperamente. – Mais um ano e perderemos tudo que não fizer parte da linha de sucessão.

– Mas… como?

– Eton não é uma escola barata – vociferou o barão.

Não, mas certamente não era o bastante para levar a família à mendicância, pensou Gareth, desesperado. Aquilo não podia ser culpa sua, *absolutamente.*

– Pode até estar desapontado – começou o pai –, mas nunca me esquivei de minhas responsabilidades para com você. Recebeu a educação de um cavalheiro. Teve um cavalo, roupas e um teto sobre a cabeça. Agora é hora de se comportar como um homem.

– Quem? – sussurrou Gareth.

– Como?

– Quem – repetiu ele, um pouco mais alto. Com quem ele deveria se casar?

– Mary Winthrop – disse o pai, sem grandes rodeios.

Gareth sentiu o sangue deixar o corpo.

– Mary…

– Filha de Wrotham – acrescentou o pai.

Como se Gareth não soubesse disso.

– Mas Mary…

– Será uma ótima esposa – continuou o barão. – Dócil e você pode abandoná-la no interior se desejar vadiar pela cidade com todos os seus amigos.

– Mas, pai, Mary…

– Aceitei em seu nome – afirmou o pai. – Está feito. Os acordos já foram assinados.

Gareth lutava para respirar. Aquilo não podia estar acontecendo. Certamente um homem não podia ser forçado a se casar. Não nos dias de hoje.

– Wrotham gostaria que fosse feito em julho – acrescentou o pai. – Eu disse a ele que não temos objeções.

– Mas… Mary… – arfou Gareth. – Eu não posso me casar com Mary!

Uma das sobrancelhas grossas do pai se ergueu em direção ao couro cabeludo.

– Você pode e vai se casar.

– Mas, pai, ela é… ela é...

– Simplória? – completou o pai, por ele. E riu. – Não vai fazer a menor diferença quando estiver por baixo de você na cama. E não precisa ter mais nada além disso com ela. – Aproximou-se do filho até estarem desconfortavelmente próximos. – A única coisa que precisa fazer é aparecer na igreja. Compreende?

Gareth nada disse. Tampouco *fez* grande coisa. O melhor que podia fazer era respirar.

Conhecia Mary Winthrop desde sempre. Era um ano mais velha do que ele e as propriedades das duas famílias ladeavam uma a outra havia mais de um século. Brincaram juntos quando crianças, mas logo ficou claro que Mary não era exatamente certa da cabeça. Gareth permanecera como seu defensor sempre que se encontrava na região; fizera sangrar mais de um valentão que a insultara ou havia se aproveitado de sua natureza doce e despretensiosa.

Mas não podia se *casar* com ela. Era como uma criança. Aquilo tinha de ser pecado. E, mesmo que não fosse, não podia tolerar a ideia. Como ela ia compreender o que deveria acontecer entre um homem e uma mulher?

Nunca poderia dormir com ela. Nunca.

Gareth se limitou a fitar o pai, as palavras lhe faltando. Pela primeira vez na vida, não lhe veio uma resposta fácil, uma réplica insolente.

Não havia palavras. Simplesmente, não havia palavras para um momento como aquele.

– Vejo que estamos de acordo – disse o barão, sorrindo diante do silêncio do filho.

– Não! – explodiu Gareth, a expressão saindo rasgada de dentro da garganta. – Não! Eu não posso!

Os olhos do pai se estreitaram.

– Você vai estar lá nem que eu tenha de amarrá-lo.

– Não! – Ele teve a sensação de estar engasgando, mas, de alguma forma, conseguiu emitir as palavras. – Pai, Mary é... Bem, ela é uma criança. Nunca vai ser mais do que uma criança. O senhor sabe disso. Não posso me casar com ela. Seria pecado.

O barão riu, aliviando a tensão enquanto se virava para longe dele, rapidamente.

– Está tentando me convencer de que você, dentre todas as pessoas, subitamente encontrou a religião?

– Não, mas…

– Não há nada a ser discutido – interrompeu o pai. – Wrotham foi extremamente generoso com o dote. Deus sabe que tem de ser para tentar se livrar de uma idiota.

– Não fale dela assim – sussurrou Gareth. Talvez não quisesse se casar com Mary Winthrop, mas a conhecia por toda a vida e ela não merecia que falassem dela daquela forma.

– É o melhor que você vai conseguir – avisou lorde St. Clair. – O melhor que jamais vai ter. O acordo com Wrotham é extremamente generoso e vou providenciar para que você receba uma mesada que o mantenha com conforto pelo resto da vida.

– Uma mesada – ecoou Gareth, sem emoção.

O pai deixou escapar uma risadinha breve.

– Não acho que lhe confiaria uma quantia alta, de uma só vez – disse. – Você confiaria?

Gareth engoliu em seco, desconfortavelmente.

– E quanto à faculdade? – sussurrou.

– Você pode frequentá-la – disse o pai. – Na verdade, tem de agradecer à sua nova noiva por isso. Eu não teria tido a verba necessária para enviá-lo sem o acordo de casamento.

Gareth ficou ali, tentando forçar a respiração a se assemelhar a algo remotamente normal. O pai sabia quanto significava para ele frequentar Cambridge. Sobre uma coisa estavam de acordo: um cavalheiro precisava de uma instrução de cavalheiro. Não importava que Gareth desejasse ardentemente a experiência como um todo, tanto social quanto acadêmica, enquanto lorde St. Clair a via apenas como algo que um homem devia fazer para manter as aparências. Aquilo ficara decidido anos antes: que Gareth frequentaria a faculdade e se diplomaria.

Mas, agora, parecia que lorde St. Clair já soubera que não podia pagar a instrução do filho mais jovem. Quando planejara lhe contar? Enquanto Gareth fazia as malas?

– Está feito, Gareth – disse o pai, asperamente. – E tem de ser você. George é o herdeiro e não posso permitir que ele suje a linhagem. Além do mais – acrescentou ele, franzindo os lábios –, eu não o sujeitaria a uma coisa dessas.

– Mas sujeitaria a mim? – sussurrou Gareth. Era esse o tamanho do ódio que o pai sentia dele? Era quanto o desprezava? Ergueu os olhos para encarar o pai, para o rosto que lhe trouxera tanta infelicidade. Nunca houvera um sorriso, uma palavra de encorajamento. Nunca um…

– Por quê? – Gareth ouviu-se dizer, as palavras parecendo ditas por um animal ferido, patético e lamentoso. – Por quê? – repetiu.

O pai nada disse, limitando-se a permanecer ali, segurando a beirada da mesa até os nós dos dedos ficarem brancos. E Gareth nada pôde fazer além de fitá-lo, de alguma forma hipnotizado pela visão mais do que corriqueira das mãos do pai.

– Eu sou seu filho – sussurrou, ainda incapaz de transferir o olhar das mãos do pai para o seu rosto. – Seu filho. Como pode fazer isso com o próprio filho?

E então o pai, que era o mestre das réplicas mordazes, cuja raiva sempre chegava revestida de gelo em vez de fogo, explodiu. As mãos voaram de cima da mesa e a voz rugiu pela sala como um demônio.

– Por Deus, como é que você ainda não juntou as coisas a esta altura? Você não é meu filho! Nunca foi meu filho! Você não passa de um bastardo, de um cachorrinho sarnento que a sua mãe arranjou com outro homem enquanto eu estava de viagem.

A raiva foi se despejando como uma coisa quente e desesperada, represada e reprimida por muito tempo. Atingiu Gareth como uma onda, redemoinhando à sua volta, apertando-o e sufocando-o até ele mal conseguir respirar.

– Não – disse, balançando a cabeça, desesperadamente. Não que isso jamais tivesse lhe passado pela cabeça, que já não o tivesse desejado, mas não podia ser verdade. Ele se *parecia* com o pai. Tinham o mesmo nariz, não tinham? E…

– Eu o alimentei – disse o barão, a voz grave e dura. – Eu o vesti e o apresentei ao mundo como meu filho. Eu o sustentei enquanto outro homem o teria atirado na rua, e já passou da hora de você retribuir o favor.

– Não – insistiu Gareth. – Não pode ser. Eu me pareço com o senhor. Eu...

Por um instante, lorde St. Clair permaneceu em silêncio. Então disse, amargo:

– Uma infeliz coincidência, isso eu posso lhe garantir.

– Mas…

– Eu poderia tê-lo rejeitado quando você nasceu – interrompeu lorde St. Clair –, poderia ter mandado a sua mãe embora e atirado os dois na rua. Mas eu não o fiz. – Ele eliminou a distância que os separava e chegou o rosto muito próximo ao de Gareth. – Você foi aceito e é legítimo. – Então, com uma voz furiosa e grave: – Você me deve.

– Não – disse Gareth, a voz finalmente encontrando a convicção da qual precisaria para o resto dos dias. – Não. Não vou fazer o que está me pedindo.

– Eu cortarei os seus recursos – avisou o barão. – Você não verá mais um único centavo vindo de mim. Pode esquecer os seus sonhos de Cambridge, o seu…

– Não – repetiu Gareth, e dessa vez soou diferente. Sentiu-se diferente. Aquilo era o fim, deu-se conta. O fim da sua infância, o fim da sua inocência e o começo de...

Só Deus sabia de que era o início.

– Para mim, basta de você – sibilou o pai; não, ele não era seu pai. – Basta.

– Que assim seja – declarou Gareth, e se retirou.

CAPÍTULO 1

Dez anos se passaram e conhecemos a nossa heroína que – é preciso dizer – nunca foi considerada uma florzinha tímida e discreta. O cenário é o recital anual dos Smythe-Smiths, uns dez minutos antes de o Sr. Mozart começar a se revirar no túmulo.

– Por que fazemos isso conosco? – perguntou-se Hyacinth Bridgerton em voz alta.

– Porque somos pessoas boas e generosas – respondeu a cunhada, Penelope, já sentada (que Deus as ajudasse) na primeira fila.

– Era para termos aprendido a lição no ano passado – persistiu Hyacinth, olhando para a cadeira que se encontrava ao lado de Penelope com a mesma animação com a qual olharia para um ouriço-do-mar. – Ou, talvez, no ano anterior. Ou, quem sabe, até...

– Hyacinth? – ralhou Penelope.

A Srta. Bridgerton olhou para a cunhada, erguendo a sobrancelha de forma interrogativa.

– Sente-se.

Hyacinth suspirou e se sentou.

O recital dos Smythe-Smiths. Por sorte, ocorria apenas uma vez ao ano, pois Hyacinth estava bastante convicta de que eram necessários doze meses para os ouvidos se recuperarem.

Deixou escapar outro suspiro, este mais alto do que o anterior.

– Não tenho certeza de que sou boa ou generosa.

– Eu, tampouco – comentou Penelope. – Mas resolvi ter fé em você, ainda assim.

– Muito engraçado da sua parte – retrucou Hyacinth.

– Eu também achei.

Hyacinth olhou para ela de soslaio.

– É claro que você não teve escolha.

Penelope se virou no assento, estreitando os olhos.

– Como assim?

– Colin se recusou a acompanhá-la, não foi? – indagou Hyacinth, com um olhar matreiro.

Colin era irmão de Hyacinth e se casara com Penelope um ano antes. A cunhada comprimiu os lábios.

– Eu adoro ter razão – disse Hyacinth, triunfante. – É uma felicidade para mim, pois isso acontece com bastante frequência.

Penelope se limitou a olhá-la.

– Você sabe que é intolerável, não sabe?

– É claro. – Hyacinth inclinou o corpo em direção a Penelope com um sorriso diabólico. – Mas você me ama ainda assim, admita.

– Não vou admitir coisa nenhuma até o fim da noite.

– Quando já estivermos surdas?

– Se você tiver se comportado.

Hyacinth riu.

– Você entrou para a família por casamento. Tem que me amar. É uma obrigação contratual.

– Engraçado, mas eu não lembrava que isso constava dos votos matrimoniais.

– Engraçado: eu lembro perfeitamente.

Penelope a encarou e riu.

– Não sei como você faz isso, Hyacinth... Apesar de ser irritante, sempre consegue ser encantadora.

– É o meu maior dom – esclareceu Hyacinth de forma recatada.

– Bem, você ganha pontos por ter vindo comigo esta noite – disse Penelope, dando um tapinha em sua mão.

– É claro. Apesar de meus modos insuportáveis, eu sou a essência da bondade e da amabilidade.

E teria que ser mesmo, pensou, contemplando a cena que se desenrolava sobre o pequeno palco improvisado. Mais um ano, mais um recital dos Smythe-Smiths. Mais uma oportunidade de aprender de quantas formas é possível estragar uma peça musical perfeitamente boa. Todos os anos,

Hyacinth jurava que não voltaria a comparecer, então, de algum modo, se via outra vez no evento, sorrindo de forma encorajadora para as quatro meninas no palco.

– No ano passado eu pude me sentar lá no fundo, pelo menos – comentou Hyacinth.

– É verdade – concordou Penelope, virando-se para ela, desconfiada. – Como você conseguiu? Felicity, Eloise e eu estávamos todas aqui na frente.

Hyacinth deu de ombros.

– Uma visita bem cronometrada ao lavatório das senhoras. Pensando bem...

– Não ouse tentar isso esta noite – avisou Penelope. – Se me deixar aqui sozinha...

– Não se preocupe – disse Hyacinth, com um suspiro. – Vou ficar aqui até o fim. Mas – acrescentou, apontando o dedo de uma forma que a mãe sem dúvida teria chamado de "muito pouco apropriada" a uma dama – quero que a minha devoção a você seja devidamente observada.

– Por que tenho a impressão de que você está registrando a pontuação de tudo e, quando eu menos esperar, vai saltar na minha frente exigindo algum favor?

Hyacinth pestanejou, aturdida.

– E por que eu haveria de saltar?

– Ah, olhe – disse Penelope, depois de fitar a cunhada como se ela fosse uma lunática –, aí vem Lady Danbury.

– Sra. Bridgerton – cumprimentou, ou melhor, latiu Lady Danbury – e Srta. Bridgerton.

– Boa noite, Lady Danbury – falou Penelope à condessa idosa. – Guardamos um lugar para a senhora bem aqui na frente.

CONHEÇA OS LIVROS DE JULIA QUINN

OS BRIDGERTONS
O duque e eu
O visconde que me amava
Um perfeito cavalheiro
Os segredos de Colin Bridgerton
Para Sir Phillip, com amor
O conde enfeitiçado
Um beijo inesquecível
A caminho do altar
E viveram felizes para sempre

Os Bridgertons, um amor de família

Rainha Charlotte

QUARTETO SMYTHE-SMITH
Simplesmente o paraíso
Uma noite como esta
A soma de todos os beijos
Os mistérios de sir Richard

AGENTES DA COROA
Como agarrar uma herdeira
Como se casar com um marquês

IRMÃS LYNDON
Mais lindo que a lua
Mais forte que o sol

OS ROKESBYS
Uma dama fora dos padrões
Um marido de faz de conta
Um cavalheiro a bordo
Uma noiva rebelde

TRILOGIA BEVELSTOKE
História de um grande amor
O que acontece em Londres
Dez coisas que eu amo em você

DAMAS REBELDES
Esplêndida – A história de Emma
Brilhante – A história de Belle
Indomável – A história de Henry

Os dois duques de Wyndham – O fora da lei / O aristocrata

A Srta. Butterworth e o barão louco